anagramma

756

Della stessa autrice:

Il contratto
Lo sbaglio
Il tradimento
L'imprevisto

Titolo originale: *The Chase*

Traduzione dall'inglese di Serena Tardioli
Prima edizione: luglio 2019

ISBN 978-88-227-2949-1

www.newtoncompton.com

Realizzazione a cura di Librofficina
Stampato nel luglio 2019 presso Puntoweb s.r.l., Ariccia

Elle Kennedy

Resta con me per sempre

Briar University Series

Newton Compton editori

Capitolo uno
Summer

«È uno scherzo?». Fisso esterrefatta gli sguardi giudicanti delle cinque ragazze che non riesco a distinguere l'una dall'altra; nonostante abbiano i capelli, la pelle e gli occhi di diverso colore, le loro espressioni sono identiche. Stanno solo fingendo di essere profondamente affrante dalla notizia: dal rimorso farlocco che provano a trasmettere trapela di sottecchi tutta la loro *strafottenza*.

Ah. Stanno gongolando.

«Mi dispiace, Summer, ma non è uno scherzo». Kaya mi riserva un sorriso colmo di pietà. «In qualità di Comitato per gli standard, prendiamo molto sul serio la reputazione della Kappa Beta Nu. Stamattina ci è giunta voce dal Consiglio nazionale delle confraternite femminili che…».

«Oh, davvero? Vi è giunta voce? Vi hanno mandato un telegramma?»

«No, era un'e-mail», dice, non afferrando affatto il mio sarcasmo. Kaya si getta i capelli lucidi su una spalla. «Hanno rammentato al comitato che ogni membro di questa confraternita deve mantenere alti gli standard da loro stabiliti, altrimenti la nostra associazione perderà la sua buona posizione al Consiglio».

«*Dobbiamo* mantenerla», commenta Bianca, supplicandomi con lo sguardo. Delle cinque stronze davanti a me, lei sembra quella più ragionevole.

«Soprattutto dopo quello che è successo a Daphne Kettleman», aggiunge una ragazza di cui non ricordo il nome.

La curiosità ha la meglio su di me. «Che è successo a Daphne Kettleman?»

«Intossicazione da alcol». La quarta ragazza – penso si chiami Hailey – abbassa la voce a un sussurro e lancia occhiate nervose intorno a sé, come se ci potesse essere una cimice o due da qualche parte nei mobili d'antiquariato che riempiono il salotto della residenza Kappa.

«Hanno dovuto farle una lavanda gastrica», rivela vispa la ragazza senza nome. Il che mi spinge a domandarmi se sia davvero elettrizzata dal fatto che Daphne Kettleman sia quasi morta.

Kaya prende parola in modo brusco. «Basta parlare di Daphne. Non avresti dovuto tirarla fuori, Coral...».

Coral! Giusto. Ecco come si chiama. E il nome continua a essere stupido come quindici minuti fa quando si è presentata.

«Non pronunciamo il nome di Daphne in questa casa», mi spiega Kaya.

Oh, Gesù. Una semplice lavanda gastrica e la povera Daphne diventa Colei-Che-Non-Deve-Essere-Nominata? A quanto pare, l'associazione Kappa Beta Nu dell'Università di Briar è molto più severa di quella della Brown.

Per l'appunto: mi stanno cacciando ancor prima che mi sia trasferita.

«Non è una questione personale», continua Kata, offrendomi un altro falso sorriso consolatorio. «Per noi la reputazione è importantissima, e nonostante tu abbia un retaggio...».

«Un retaggio presidenziale», sottolineo. *Quindi, ah! Alla faccia tua, Kaya!* Mia madre è stata presidente di un'associazione Kappa nei suoi ultimi due anni di università, e così anche mia nonna. Le donne Heyward e la Kappa Beta Nu vanno insieme come gli addominali e i fratelli Hemsworth.

«Un *retaggio*», ripete lei, «ma non ci atteniamo più a quei legami ancestrali nella stessa maniera sistematica di prima».

Legami ancestrali? Ma chi parla così? È spuntata fuori dal passato?

«Come ho detto, abbiamo norme e politiche. E non corre esattamente buon sangue tra te e l'associazione della Brown».

«Non mi hanno sbattuto fuori dalla Kappa», ribatto. «Mi hanno sbattuto fuori dalla scuola in generale».

Kaya mi fissa incredula. «E sarebbe motivo d'orgoglio per te? Venir espulsa da uno dei migliori college del Paese?».

Rispondo a denti stretti. «No, non ne vado orgogliosa. Dico solo che, tecnicamente parlando, sono ancora un membro di questa confraternita».

«Forse è così, ma non significa che hai il diritto di vivere in questa casa». Kaya incrocia le braccia sul suo maglioncino bianco di mohair.

«Capisco». Imito la sua posa e per rincarare la dose, incrocio anche le gambe.

Kaya lascia cadere quel suo sguardo colmo d'invidia sui miei stivali neri di camoscio marca Prada, un regalo da parte di mia nonna per festeggiare la mia ammissione alla Briar. Mi sono fatta una grassa risata sotto i baffi quando ho aperto il pacco ieri sera; non sono sicura che nonna Celeste capisca che vado alla Briar perché sono stata espulsa dall'altra scuola. A dire la verità, scommetto che lo sa, è solo che non le importa. La nonna approfitterebbe di qualsiasi scusa per entrare in un negozio Prada. È la mia anima gemella.

«E non hai pensato», continuo, con una punta di acredine che si insinua nella mia voce, «di dirmelo *prima* che avessi fatto le valige, guidato fino a qui da Manhattan e attraversato la porta d'ingresso?».

Bianca è l'unica che ha la decenza di avere un'espressione colpevole. «Ci dispiace davvero, Summer. Ma come Kaya ha detto, il Consiglio si è messo in contatto solo stamattina, e poi abbiamo dovuto votare, e…». La ragazza si stringe nelle spalle in maniera fiacca. «Ci dispiace», ripete.

«Quindi avete votato e deciso che non mi è permesso di vivere qui».

«Sì», dice Kaya.

Lancio un'occhiata alle altre. «Hailey?»

«Halley», mi corregge in tono gelido.

Oh, vabbè. Come fa a pretendere che mi ricordi i nomi di tutte? Ci siamo appena incontrate. «Halley». Guardo la ragazza accanto. «Coral». E poi quella accanto ancora. Merda. Il suo non lo so proprio. «Laura?»

«Tawny», sbotta lei.

E la palla va oltre la traversa! «Tawny», ripeto in tono di scusa. «Siete sicure di volere proprio questo?».

Tutte e tre annuiscono.

«Perfetto. Grazie per avermi fatto perdere tempo». Mi alzo, spingo i capelli sopra una spalla e inizio ad avvolgermi la sciarpa rossa di cashmere intorno al collo. Forse in modo un po' troppo vigoroso, perché sembra irritare Kaya.

«Smettila di essere così teatrale», mi ordina con una voce sfrontata. «E non comportarti come se fosse colpa *nostra* se hai dato fuoco alla confraternita della Brown. Scusaci tanto se non vogliamo convivere con una *piromane*».

Faccio fatica a tenere a freno la mia rabbia. «Non ho dato fuoco a nulla».

«Non è quello che hanno detto le nostre sorelle della Brown». Kaya serra le labbra. «Comunque sia, abbiamo una riunione tra dieci minuti. È ora che tu vada».

«Un'altra riunione! Ma guarda un po'! Siete proprio piene di impegni oggi!».

«Anche se è la vigilia di Capodanno, organizziamo una serata di beneficenza per raccogliere fondi», dice Kaya freddamente.

Ah, errore mio. «Per che cos'è la beneficenza?»

«Oh». Bianca ha un'espressione da cane bastonato. «Raccogliamo denaro per ristrutturare il seminterrato della confraternita».

Oh, mio Dio. Va a *loro* la beneficenza? «Allora fareste meglio a mettervi all'opera». Con in volto un sorriso beffardo, agito le dita con nonchalance per salutarle ed esco spedita dalla sala.

In corridoio, inizio a sentire le lacrime pizzicarmi gli occhi.

'Fanculo queste ragazze. Non ho bisogno di loro o di questa stupida confraternita.

«Summer, aspetta».

Bianca mi raggiunge all'ingresso. Alla svelta mi stampo in volto un sorriso e sbatto le palpebre per scacciare le lacrime che erano sul punto di traboccare. Non permetterò che mi vedano piangere, e sono strafelice di aver lasciato tutti i bagagli nell'auto e di essere entrata solo con la mia borsa voluminosa. Quanto sarebbe stato mortificante dover trascinare le valigie in auto? Avrei anche dovuto fare avanti e indietro svariate volte, dato che non viaggio leggera.

«Ascolta», dice Bianca con una voce così flebile che faccio fatica a sentirla. «Dovresti considerarti fortunata».

La guardo perplessa. «Per essere rimasta senza casa? Come no, mi sento miracolata».

La ragazza abbozza un sorriso. «Il tuo cognome è Heyward-Di Laurentis. Non sei e non sarai mai senza casa».

Faccio un sorrisetto imbarazzato. Non posso darle torto.

«Ma dico sul serio», sussurra lei. «Tu non vuoi vivere qui». I suoi occhi quasi a mandorla guizzano verso l'entrata. «Kaya è come un sergente istruttore. È il suo primo anno come presidente Kappa, ed è in preda a una specie di delirio di onnipotenza».

«Ho notato», dico con una punta d'ironia.

«Avresti dovuto vedere cosa ha fatto a Daphne! Ha detto di aver agito così per la questione dell'alcol, ma in realtà era solo gelosa che Daph fosse andata a letto con l'ex ragazzo, Chris, quindi le ha reso la vita un inferno. Un week-end quando Daphne non c'era, Kaya ha "per sbaglio"», Bianca mima il gesto delle virgolette con le dita, «donato ogni suo indumento a certe matricole che stavano facendo la raccolta annuale di vestiti da dare in beneficenza. Alla fine Daph ha lasciato la confraternita e se n'è andata».

Inizio a pensare che l'intossicazione da alcol sia la cosa migliore che potesse capitare a Daphne Kettleman, se l'ha tirata fuori da questa topaia.

«Chissene. Non mi frega niente se vivo qui o no. Come hai detto tu, starò benissimo». Assumo la mia voce sprezzante da "mi rimbalza *tutto* addosso" che ho perfezionato nel corso degli anni.

È la mia corazza. Faccio finta che la mia vita sia una bellissima casa in stile vittoriano, e spero che nessuno scruti abbastanza da vicino da vedere le crepe sulla facciata.

Ma per quanto io sia convincente davanti a Bianca, nulla potrebbe fermare l'enorme ondata d'ansia che mi travolge non appena scivolo in auto cinque minuti dopo. Mi blocca il respiro e mi fa accelerare il battito, il che mi rende difficile pensare con lucidità.

Cosa farò?

Dove andrò?

Prendo un respiro profondo. *Va tutto bene. È tutto okay.* Prendo un altro respiro. Sì, ne verrò a capo. Lo faccio sempre, no? Faccio sistematicamente un casino, ma trovo sempre il modo per uscirne fuori. Devo solo darci dentro e pensare…

Dal cellulare strepita la suoneria della canzone *Cheap Thrills* di Sia. Grazie al cielo.

Non perdo tempo a rispondere alla chiamata. «Ehi», saluto mio fratello Dean, grata per l'interruzione.

«Ehi, moccolona. Controllo solo se sei arrivata al campus tutta intera».

«Perché non avrei dovuto?»

«Dio, chi lo sa. Avresti potuto scappare a Miami con un autostoppista con aspirazioni da rapper che hai raccattato sull'interstatale… o meglio, la ricetta per diventare la vittima di un serial killer, come mi piace definirlo. Oh, aspetta! Ma l'hai già fatto».

«Oh, mio Dio! Prima di tutto, Jasper voleva diventare un *cantante country*, non un rapper. Seconda cosa, ero con altre due ragazze e stavamo andando a Daytona Beach, non a Miami. Terza cosa, non ha nemmeno provato a toccarmi, figuriamoci uccidermi». Sospiro. «Lacey, però, se l'è portato a letto e le ha attaccato l'herpes».

Un silenzio incredulo pervade il mio udito.

«Dicky?». È così che chiamo Dean da quando eravamo piccoli. Lo odia. «Ci sei?»

«Sto cercando di capire come fai a pensare che la tua versione della storia sia *minimamente* più accettabile della mia». All'improvviso impreca. «Oh, cazzo, non sono stato insieme a Lacey alla festa dei tuoi diciott'anni?». Una pausa. «La faccenda dell'herpes è successa *prima* di quella festa. Porca miseria, Summer! Cioè, ho usato un preservativo, ma non ti avrebbe fatto male avvertirmi!».

«No, non sei stato insieme a Lacey. Ti confondi con Laney, con una N. Ho smesso di essere sua amica da allora».

«Come mai?»

«Perché è andata a letto con mio fratello quando avrebbe dovuto stare con me alla *mia* festa. Non è carino».

«Vero. Mossa egoista».

«Già».

Sento un forte rumore improvviso al telefono... sembra vento, motori d'auto e poi dei clacson che suonano all'impazzata. «Scusa», dice Dean. «Sto per uscire di casa. Il mio Uber è qui».

«Dove vai di bello?»

«A prendere la nostra roba in lavanderia. Quella a cui Allie ed io ci rivolgiamo è a Tribeca, ma sono bravissimi, quindi vale il viaggio. La consiglio vivamente».

Dean e la sua ragazza Allie vivono nel West Village a Manhattan. Allie mi ha confidato che la zona è più sciccosa di ciò a cui è abituata, ma per mio fratello vivere lì è come una retrocessione alla serie B; l'attico della nostra famiglia è nell'Upper East Side e inglobava gli ultimi tre piani del nostro hotel, il Heyward Plaza. Ma la nuova abitazione di Dean si trova vicino alla scuola privata dove insegna, e dato che Allie ha un ruolo da protagonista in una serie televisiva che viene girata in tutta Manhattan, la posizione è comoda per entrambi.

Deve essere così appagante avere un posto dove vivere.

«Comunque sia, ti sei bella che sistemata alla confraternita?»

«Non proprio», confesso.

«Ma che cazzo, Summer. Che hai combinato?».

Spalanco la bocca, oltraggiata. Perché la mia famiglia dà sempre per scontato che sono *io* quella nel torto?

«Non ho fatto nulla», rispondo stizzita. Ma poi il senso di sconfitta mi indebolisce la voce. «Non credono che una come me vada bene per la reputazione della confraternita. Una di loro mi ha dato della piromane».

«Be'», dice Dean con ben poco tatto. «Un po' lo sei».

«Vaffanculo, Dicky. È stato un incidente. I piromani appiccano incendi di proposito».

«Allora sei una piromane per caso. La piromane per caso. È un gran bel titolo per un libro».

«Grandioso. Perché non lo scrivi?». Non mi interessa quanto sembri sardonica. Mi sento sfrontata e ho i nervi a fior di pelle. «Comunque sia, mi hanno sbattuto fuori e adesso devo capire dove diavolo andrò a vivere questo semestre». Tutt'a un tratto mi viene un groppo in gola che uno pseudo-singhiozzo soffocato cerca di scavalcare per uscire.

«Stai bene?», domanda Dean subito.

«Non lo so». Deglutisco forte. «È che… è ridicolo. Non so perché sono turbata. Quelle ragazze sono terribili e non mi sarebbe piaciuto vivere con loro. Cioè, è la vigilia di Capodanno e sono tutte al campus! Stanno facendo non so che raccolta di beneficenza invece di festeggiare! Non è proprio nelle mie corde».

Non riesco più a domare le lacrime che stavo tenendo a bada. Due grosse gocce scivolano lungo le mie guance, e sono così contenta che Dean non sia qui ad assistere alla scena. È già brutto che possa *sentirmi* piangere.

«Mi dispiace, moccolona».

«Chissene». Mi asciugo con rabbia gli occhi bagnati. «Non ha importanza. Non piangerò per qualche ragazza perfida e una casa sovraffollata. Non dovrei prendermela così tanto. Selena Gomez se la sarebbe *presa*? Assolutamente no».

C'è una pausa colma di confusione. «Selena Gomez?»

«Sì». Sollevo il mento. «È un simbolo di classe e purezza, e cerco di prenderla a modello. Dal punto di vista della personalità. Ovviamente, quando si tratta di stile, ambirò sempre a essere come Coco Chanel e fallirò sempre perché nessuno può essere come Coco Chanel».

«Ovviamente». Dean indugia. «Di quale versione di Selena Gomez stiamo parlando? Justin Bieber o The Weeknd? O Bieber il ritorno?».

Guardo in modo torvo il telefono. «Ma ci sei o ci fai?»

«Cosa?»

«Una donna non è definita dai suoi fidanzati. È definita dai suoi successi. E dalle sue scarpe».

Lo sguardo mi finisce suoi miei nuovi stivali, per gentile concessione di nonna Celeste. Almeno nel campo delle calzature, ho avuto un successo clamoroso.

Per quanto riguarda il resto, non così tanto.

«Forse posso chiedere a papà di chiamare quelli degli alloggi per vedere se c'è una stanza disponibile nei dormitori». Ancora una volta, mi sento sconfitta. «Però non voglio farlo. Ha già dovuto usare la sua influenza per farmi accettare alla Briar».

E preferirei non vivere in un dormitorio, se posso farne a meno. Condividere un bagno con una dozzina di ragazze è il mio incubo peggiore. Ho dovuto farlo nella Kappa della Brown, ma la stanza da letto privata rendeva la situazione del bagno più facile da mandare giù. Ormai a questo punto dell'anno accademico, è impossibile trovare delle stanze singole nei dormitori.

Gemo debolmente. «Che faccio?».

Ho due fratelli maggiori che non si lasciano mai e poi mai sfuggire l'opportunità di prendermi in giro o mettermi in imbarazzo, ma a volte hanno rari momenti di compassione.

«Non chiamare papà ancora», dice Dean di colpo. «Prima fammi vedere cosa posso fare».

Corrugo la fronte. «Non credo che tu possa fare qualcosa».

«Tu non chiamarlo per adesso. Ho un'idea». Lo stridio

dei freni copre la sua voce. «Aspetta un attimo. Grazie, amico. Un servizio da cinque stelle, non c'è dubbio». Sento sbattere lo sportello dell'auto. «Summer, tanto stasera torni in città, no?»

«Non era in programma», ammetto, «ma immagino di non avere scelta adesso. Dovrò fermarmi in un hotel a Boston finché non troverò una sistemazione».

«Non Boston. Intendevo New York. Manca ancora qualche settimana all'inizio del semestre. Pensavo che saresti rimasta nell'attico fino ad allora».

«No, volevo disfare le valigie, sistemarmi, cose così».

«Be', non succederà oggi, e stasera è la vigilia di Capodanno, quindi ti conviene tornare a casa e festeggiare con me e Allie. Vengono anche un paio di miei vecchi compagni di squadra».

«Tipo chi?», chiedo curiosa.

«Garrett è in città per una partita, quindi ci sarà. E si unirà la brigata attuale della Briar. Ne conosci qualcuno… Mike Hollis, Hunter Davenport. A dire la verità, Hunter giocava per la Roselawn, penso fosse un anno indietro rispetto a te a scuola. Pierre e Corsen, ma non penso tu li conosca. Fitzy…».

Ho un tuffo al cuore.

«Mi ricordo di Fitzy», dico nel tono più disinvolto possibile… il che non è disinvolto affatto. Riesco a sentire persino dell'emozione nella mia voce.

Chi potrebbe farmene una colpa, però? Fitzy è il diminutivo di Colin Fitzgerald, e si dà il caso che sia LA PERFEZIONE FATTA UOMO: un uomo alto, sexy, tatuato, giocatore di hockey per il quale potrei aver avuto una minuscola cottarella.

Okay, va bene.

Una cotta mastodontica.

È che lui è così… magico. Ma è anche fuori portata. Gli

amici di hockey di Dean di solito mi stanno addosso quando mi conoscono, ma non Fitz. L'ho incontrato lo scorso anno quando sono andata a trovare Dean alla Briar, e mi ha a malapena guardato. Quando l'ho rivisto a una festa di compleanno per un amico di Dean, Logan, mi ha rivolto circa dieci parole… e sono abbastanza sicura che metà di quelle parole erano *ciao, come stai* e *ci vediamo*.

È un ragazzo esasperante. Non è che mi aspetto che ogni appartenente al genere maschile si inchini al mio cospetto, ma lo *so* che mi trova attraente. Ho notato il modo in cui i suoi occhi marroni si infiammano quando mi guardano. Si *infiammano*, per la miseria.

A meno che io non veda solo ciò che voglio vedere.

Mio padre ha questo motto strapomposo: *c'è un'enorme differenza tra percezione e realtà. La verità di solito si trova nel mezzo*. Papà ha usato quelle parole nelle arringhe finali per un processo per omicidio, e adesso le tira fuori ogni volta che si applicano anche solo minimamente a una situazione.

Se la verità sta nel mezzo tra l'evidente freddezza di Colin Fitzgerald nei miei confronti (mi odia) e il calore che vedo nei suoi occhi (la sua passione ardente per me), allora… arriviamo a un compromesso e diciamo che mi vede come un'amica?

Contraggo le labbra.

No. Assolutamente no. Mi rifiuto di essere relegata al ruolo di amica prima ancora di aver fatto la mia mossa.

«Ci divertiremo», sta dicendo Dean. «Tra l'altro, è passato un secolo dall'ultima volta che abbiamo trascorso Capodanno insieme. Quindi porta le tue chiappe a New York e mandami un SMS quando arrivi. Sono in lavanderia adesso. Devo andare. Ti voglio bene».

Riattacca il telefono, e ho in volto un sorriso così radioso che è difficile immaginare che fossi in lacrime cinque minuti fa. Dean sarà un rompipalle il più delle volte, ma è anche un bravo fratello maggiore. C'è sempre per me quando ho bisogno di lui, ed è tutto ciò che ha davvero importanza.

E – grazie a Dio! – adesso ho una festa a cui andare. Non c'è nulla di meglio di una festa dopo una giornata di merda. Ne ho proprio un gran bisogno.

Controllo l'ora. È l'una.

Alla svelta faccio un paio di calcoli mentali. Il campus della Briar è a un'ora di distanza da Boston. Da lì è un viaggio di tre, quattro ore fino a Manhattan. Il che significa che non arriverò in città prima di sera e quindi non mi rimarrà molto tempo per prepararmi. Se stasera vedrò la mia perfezione fatta uomo, allora ho intenzione di agghindarmi dalla testa ai piedi.

Quel ragazzo non sa cosa l'aspetta.

Capitolo due
Fitz

«Balli con me?».

Voglio dire di no.

Ma voglio anche dire di sì.

Lo chiamo il dilemma Summer: le frustranti reazioni antitetiche che questa dea dagli occhi verdi e capelli dorati suscita in me.

Cazzo, sì e *certo che no*.

Denudarmi davanti a lei. Scappare il più lontano possibile da lei.

«Grazie, ma non mi piace ballare». Non è una bugia. Ballare è una rottura.

Tra l'altro, quando si tratta di Summer Di Laurentis, il mio istinto alla fuga ha sempre la meglio su di me.

«Sei una piattola, Fitzy». Fa un suono di disapprovazione, il che attira il mio sguardo sulle sue labbra: piene, rosee e lucide, con un piccolo neo sopra la bocca a sinistra.

Ed è una bocca estremamente sexy.

Cavolo, tutto di Summer è sexy. È senza alcun'ombra di dubbio la ragazza più bella del pub, e ogni uomo lì intorno mi sta fissando con invidia o mi sta guardando in cagnesco perché sto con lei.

Non che stia *con* lei. Non stiamo insieme. Sono solo accanto a lei; tra di noi c'è una distanza di mezzo metro che

Summer continua a cercare di accorciare avvicinandosi a me sempre di più.

In sua difesa, deve praticamente urlarmi nell'orecchio per far sì che la senta, con tutta la musica elettronica che rimbomba nella sala. Odio l'EDM e non mi piacciono pub del genere, quelli con la pista da ballo e la musica assordante. Perché il sotterfugio? Chiama il tuo locale un nightclub, se è ciò che vuoi che sia. Il proprietario del Gunner's Pub avrebbe dovuto chiamarlo Gunner's Club. In quel modo, avrei potuto girare i tacchi una volta vista l'insegna, e mi sarei risparmiato la rottura dei timpani.

Non per la prima volta stasera, maledico i miei amici per avermi trascinato a Brooklyn per la vigilia di Capodanno. Avrei preferito di gran lunga starmene a casa a bere una birra o due e a guardare scendere la sfera di Times Square in TV. Sono un tipo alla buona.

«Sai, mi hanno avvertito che eri un barbagianni, ma non ci ho creduto fino ad adesso».

«*Chi* ti ha avvertito?», domando con sospetto. «Ehi, aspetta. Non sono un barbagianni».

«Uhm, hai ragione… quel termine è un po' antiquato. Optiamo per un mister antipatia».

«Ma anche no».

«Rompiscatole? Ti sta meglio?». La sua espressione è di innocenza pura. «Sul serio, Fitz, ma che cos'hai contro il divertimento?».

Senza accorgermene, mi sfugge un sorriso. «Non ho nulla contro il divertimento».

«Va bene. Allora, cos'hai contro di *me*?», mi chiede in tono di sfida. «Perché ogni volta che cerco di parlarti, scappi via».

Il mio sorriso svanisce. Non dovrebbero sorprendermi i suoi rimproveri esternati in pubblico. Abbiamo avuto un totale di due miseri incontri, ma mi sono bastati per capire che lei è un tipo che gode delle sceneggiate.

Io odio le sceneggiate.

«Non ho nulla nemmeno contro di te». Con una scrollata di spalle, mi allontano dal bar, pronto a fare quello di cui mi ha appena accusato: scappare.

Un barlume pieno di frustrazione si accende nei suoi occhi. Sono grandi e verdi, della stessa sfumatura di quelli del fratello maggiore, Dean. E Dean è la ragione per cui costringo me stesso a farmi da parte. È un mio buon amico. Non posso comportarmi da idiota con la sorella, sia perché lo rispetto, sia perché ho paura per la mia salute. Ho visto cosa succede quando Dean si infervora: ha un gancio destro micidiale.

«Dico sul serio», biascico. «Non ho nulla contro di te. Siamo a posto».

«Cosa? Non ho sentito l'ultima parte», dice sovrastando la musica.

Abbasso la bocca verso il suo orecchio, e sono sorpreso dal fatto di dover a malapena piegare il collo. È più alta del normale, un metro e settantacinque o un metro e ottanta, e dato che io sono un metro e ottantotto e abituato a torreggiare sulle donne, trovo la cosa rigenerante.

«Ho detto che siamo a posto», ripeto, ma ho calcolato male la distanza tra le mie labbra e l'orecchio di Summer. C'è una collisione e percepisco un brivido scorrerle per tutto il corpo.

Anch'io rabbrividisco perché ho la bocca fin troppo vicina alla sua. Summer profuma di paradiso, una combinazione affascinante di fiori, gelsomino, vaniglia e… legno di sandalo, forse? Un uomo potrebbe sballarsi con quella fragranza. E non parliamo del suo vestito. Bianco, senza spalline e corto. Così corto che a malapena le sfiora la parte inferiore delle cosce.

Che Dio mi aiuti, per la miseria.

Mi raddrizzo alla svelta prima di fare qualcosa di stupido, come baciarla. Invece faccio un lungo sorso di birra. Solo che mi va di traverso e inizio a tossire come se fosse il XVIII secolo e fossi malato di tubercolosi.

Bella mossa.

«Stai bene?».

Quando l'attacco di tosse si calma, trovo quegli occhi verdi danzanti che mi fissano. Le sue labbra sono curvate in un sorriso malizioso. Sa esattamente cosa mi ha scombussolato.

«Sto bene», gracido, proprio quando tre ragazzi molto sbronzi si accalcano al bar e si scontrano con Summer.

Lei inciampa, dopodiché mi ritrovo tra le braccia una stupenda donna dal dolce profumo.

Summer ride e mi afferra la mano. «Dai, filiamocela da questa folla prima che ci riempia di lividi».

Per qualche ragione, lascio che mi porti via.

Finiamo a un tavolo alto vicino alla ringhiera che separa la sala principale del pub dalla piccola pista da ballo merdosa. Mi basta un'occhiata veloce per notare che quasi tutti i miei amici sono ubriachi fradici.

Mike Hollis, il mio coinquilino, si sta strusciando su una ragazza carina dai capelli mori a cui non sembra dispiacere affatto. È stato lui a insistere di festeggiare a Brooklyn invece di rimanere nei dintorni di Boston. Voleva passare il Capodanno con il fratello maggiore, Brody, che è sparito non appena siamo arrivati. Immagino che la ragazza sia il premio di consolazione di Hollis per essere stato mollato dal fratello.

Il nostro altro coinquilino, Hunter, sta ballando con tre ragazze. Già, tre. Gli stanno praticamente leccando la faccia, e sono abbastanza sicuro che una gli ha infilato la mano nei pantaloni. Hunter, ovviamente, è in visibilio.

Quanta differenza fa un anno. La scorsa stagione le attenzioni femminili lo mettevano a disagio, diceva che lo facevano sentire una persona un po' viscida. Adesso sembra che gli vada benissimo approfittarsi dei benefici che derivano dall'essere un giocatore di hockey per l'Università di Briar. E potete scommetterci che ci sono un sacco di benefici.

Diciamo le cose come stanno: gli atleti sono i ragazzi più scopabili in quasi tutti i campus universitari. Se sei in una squadra di football, è molto probabile che ci sia una fila di sciupamaschi imploranti di fare un pompino al quarterback. Squadra di basketball? La gamma di fan si duplica e si triplica quando c'è il campionato di pallacanestro maschile. E alla Briar, con una squadra di hockey che ha alle spalle una dozzina di vittorie e più partite trasmesse a livello nazionale di qualsiasi altro college del Paese? I giocatori di hockey sono delle divinità.

Tranne che per me, però. Sì, gioco a hockey. E sono bravo, non c'è alcun dubbio. Ma "divinità", "sportivo" e "superstar" sono termini con i quali sono sempre stato a disagio. In fondo in fondo, sono un nerd di proporzioni epiche. Un nerd mascherato da divinità.

«Hunter sa il fatto suo». Summer sta studiando l'entourage del mio amico.

Il dee-jay è passato dalla robaccia elettronica ai successi della top 40. Per fortuna, ha anche abbassato il volume, probabilmente in previsione dell'imminente conto alla rovescia. Ancora mezz'ora e posso darmi alla fuga.

«È vero», concordo.

«Sono colpita».

«Sì?»

«Certo. Di solito i ragazzi di Greenwich sono dei pudici in incognito».

Mi domando come faccia a sapere che Hunter è del Connecticut. Non penso di averli visti scambiarsi più di qualche parola stasera. Forse gliel'ha detto Dean? O forse…

O forse non ha per niente importanza come fa a saperlo, perché se *avesse* importanza, allora significherebbe che la strana sensazione che mi formicola nel petto è gelosia. E francamente, è una cosa inaccettabile.

Summer dà un altro colpo d'occhio alla folla e sbianca. «Oh, mio Dio. Che schifo». Si mette le mani intorno alla bocca per creare una sorta di megafono, e urla. «Tieni la lingua nella bocca, Dicky!».

Scoppio a ridere. Dean non avrebbe potuto sentirla, ma immagino che possieda una sorta di radar per sorelle, perché tutt'a un tratto stacca le labbra da quelle della sua ragazza. Dean gira la testa dalla nostra parte. Quando avvista Summer, le fa il dito medio.

In risposta, lei gli manda un bacio.

«Sono così contento di essere figlio unico», commento.

Summer fa un gran sorriso. «Naah, non sai cosa ti perdi. Tormentare i miei fratelli è uno dei miei passatempi preferiti».

«L'ho notato». Chiama Dean "Dicky", un soprannome dei tempi dell'infanzia che una persona più gentile avrebbe smesso di usare anni fa.

D'altro canto, il soprannome di Dean per Summer è "moccolona", quindi forse fa bene a torturarlo.

«Dicky merita di essere tormentato. Non ci credo che stiamo festeggiando a *Brooklyn*», brontola lei. «Quando mi ha detto che avremmo incominciato il nuovo anno in città, credevo che intendesse Manhattan… ma invece lui e Allie mi hanno trascinato nel tugurio che è Brooklyn. Mi sento presa in giro».

Ridacchio. «Cos'ha che non va Brooklyn? Il padre di Allie vive da queste parti, no?».

Summer annuisce. «Passeranno la giornata con lui domani. E per rispondere alla tua domanda… cosa *non* ha che non va Brooklyn? Una volta era bella, prima che venisse invasa dagli hipster».

«Gli hipster ancora esistono? Pensavo che avessimo superato quelle scemenze».

«Dio, no. E non permettere a nessuno di dire il contrario». Fa finta di avere i brividi. «Tutta questa zona brulica di quelli lì».

Dice "*quelli lì*" come se fossero portatori di una malattia orribile e incurabile. Non ha tutti i torti, però: un esame accurato della folla rivela una grande quantità di abbigliamento vintage, jeans dolorosamente attillati indosso agli uomini, accessori retrò abbinati con nuovi dispositivi tecnologici, e un sacco, ma proprio un sacco di barbe.

Mi strofino la mia, domandandomi se mi colloca nella categoria degli hipster. L'ho sfoggiata per tutto l'inverno, più che altro perché è un buon metodo di isolamento dal freddo pungente che stiamo subendo. Nell'ultima settimana siamo stati colpiti da uno dei peggiori cicloni extratropicali che abbia mai visto. Mi si sono quasi congelate le palle.

«Sono così…». È alla ricerca della parola giusta. «Tronfi».

Mi viene da ridere. «Non tutti».

«La maggior parte», dice. «Tipo, vedi quella ragazza laggiù? Con le trecce e la frangetta? Indossa un cardigan Prada che costa un migliaio di dollari… e l'ha abbinato a una canottiera da cinque dollari che probabilmente ha pescato all'Esercito della Salvezza, e con quelle strane scarpe decorate con nappe che vendono a Chinatown. È una ciarlatana».

Corrugo la fronte. «Come fai a sapere che il cardigan costa mille dollari?»

«Perché ce l'ho uguale, ma grigio. E comunque, so riconoscere un Prada dovunque».

Non ne dubito. Con molta probabilità, Summer è stata messa dentro un pigiamino di marca non appena è saltata fuori dal ventre della madre. Lei e Dean vengono da una famiglia ricca sfondata. I genitori sono avvocati di successo che erano già benestanti di loro prima di sposarsi, così adesso sono come un super duo straricco che potrebbe addirittura comprare un piccolo Paese senza neanche scalfire il loro conto in banca. Sono stato al loro attico a Manhattan un paio di volte, ed è stato assolutamente irreale. Hanno anche una villa a Greenwich, una casa al mare e un mucchio di altre proprietà in giro per il globo.

Per quanto mi riguarda, riesco a malapena a pagare l'affitto della casa che condivido con altri due ragazzi. Siamo ancora a caccia di un quarto coinquilino, però, quindi la mia parte calerà non appena riempiamo quella stanza vuota.

Non mentirò… il fatto che Summer viva in attici e possieda vestiti che costano migliaia di dollari mi scombussola leggermente.

«Comunque sia, gli hipster fanno pena, Fitzy. No, grazie. Preferirei di gran lunga… oooh! *Adoro* questa canzone! Avevo i pass del backstage del suo spettacolo al Garden lo scorso giugno ed è stato *fantastico*».

L'iperattività è grande in lei, e già.

Trattengo un sorriso quando Summer abbandona del tutto la sua filippica da "morte a tutti gli hipster" e inizia a muovere la testa al ritmo di una canzone di Beyoncé. La sua alta coda di cavallo ondeggia all'impazzata.

«Sei sicuro di non voler ballare?», implora lei.

«Sicurissimo».

«Sei pessimo. Torno subito».

Sbatto le palpebre, e lei sparisce dal mio fianco. Sbatto di nuovo le palpebre e la noto sulla pista da ballo, braccia gettate in aria, la coda di cavallo che oscilla, i fianchi che si muovono al ritmo.

Non sono l'unico a guardarla. Un mare di sguardi avidi si increspa in direzione della bellissima ragazza con il vestito bianco. Summer non lo nota o non le importa. Balla da sola, senza il minimo sentore di imbarazzo. È completamente a suo agio con sé stessa.

«Cristo», gracchia Hunter Davenport, avvicinandosi al tavolo. Come quasi tutti gli uomini intorno a noi, sta fissando Summer con un'espressione che può essere descritta solo come fame primordiale.

«A quanto pare, non si è scordata quelle vecchie mosse da cheerleader». Hunter lancia un altro sguardo di apprezzamento verso Summer. Quando nota la mia espressione perplessa, aggiunge: «Era una cheerleader alle superiori. Era anche membro del gruppo di danza».

Quand'è stato che lui e Summer hanno intrattenuto una conversazione abbastanza lunga da rivelargli certe chicche?

Quell'inquieta sensazione formicolante ritorna, stavolta mi scorre per tutta la schiena.

Ma non è gelosia.

«Cheerleader e ballerina, eh?», chiedo in tono leggero. «Te l'ha detto lei?»

«Siamo andati alla stessa scuola privata», rivela lui.

«Ma non mi dire».

«Già. Ero un anno dietro di lei, ma fidati di me, ogni ragazzo etero con un uccello funzionante conosceva bene i passi da cheerleader di Summer Di Laurentis».

Non ne dubito.

Mi dà una pacca sulla spalla. «Vado al cesso e poi prendo qualcos'altro da bere. Tu vuoi qualcosa?»

«Sono a posto così».

Non so perché, ma sono sollevato dal fatto che Hunter

non ci sia quando Summer torna al tavolo, le guance arrossate per la fatica.

Nonostante la temperatura gelida all'esterno, ha scelto di non indossare collant o calze e, come direbbe mio padre, ha delle gambe chilometriche: gambe lunghe, lisce e stupende che con molta probabilità avrebbero un aspetto magnifico avvolte intorno alla mia vita. E quel vestito bianco fa risaltare la bella abbronzatura dorata che le conferisce un'aurea raggiante e sana che quasi mi ipnotizza.

«Allora…». Mi schiarisco la voce. «Frequenterai la Briar questo semestre, eh?», domando, cercando di distrarmi dal suo corpo da urlo.

Summer annuisce con entusiasmo. «Esatto!».

«Ti mancherà Providence?». So che ha passato i primi due anni di università alla Brown, più un semestre del terzo anno, il che è praticamente la metà della sua carriera universitaria. Se fossi al posto suo, odierei ricominciare da capo in una nuova scuola.

Ma Summer scuote la testa. «Non proprio. Non ero una fan della città o della scuola. Sono andata lì solo perché i miei genitori volevano che frequentassi una delle università più prestigiose d'America, e perché non sono riuscita a entrare a Harvard o a Yale, dove loro si sono laureati». Si stringe nelle spalle. «Tu volevi andare alla Briar?»

«Assolutamente sì. Ho sentito cose fenomenali sul loro corso di Belle arti. E poi, si capisce, il loro programma di hockey è eccezionale. Mi hanno offerto una borsa di studio per farmi giocare, e ho la possibilità di studiare qualcosa che mi piace davvero, così…». Le offro una scrollata di spalle a mia volta.

«È importantissimo. Fare ciò che ami, intendo. Molte persone non hanno quell'opportunità».

Vengo stuzzicato dalla curiosità. «Tu cosa ami fare?».

Il suo sorrisetto di risposta è autodenigratorio. «Te lo farò sapere quando lo scoprirò».

«E dai, ci deve essere qualcosa che ti appassiona».

«Be', ho *avuto* delle passioni: architettura di interni, psicologia, danza classica, nuoto. Il problema è che vanno e vengono. Perdo interesse alla svelta. Immagino di non aver ancora trovato una passione a lungo termine».

La sua schiettezza mi sorprende un po'. Stasera sembra molto più coi piedi per terra, in paragone ai nostri incontri precedenti.

«Ho sete», annuncia lei.

Reprimo l'impulso di alzare gli occhi al cielo, dato che sono sicuro che quello sia un codice per *va' a prendermi qualcosa da bere*. Ma non è così. Con un sorriso malizioso, Summer mi sfila la birra dalle mani.

Le nostre dita si sfiorano appena, e faccio finta di non notare la scintilla di calore che scorre sul mio braccio. La osservo fare un lungo sorso con le dita avvolte intorno alla bottiglia di Budweiser.

Ha mani piccole e dita delicate. Sarebbe una sfida disegnarle, catturare l'intrigante combinazione di fragilità e sicurezza. Ha le unghie corte e tonde, con quel *french*, o come si chiamano quelle puntine bianche, uno stile fin troppo banale per una come Summer. Mi sarei aspettato degli artigli extra lunghi verniciati di rosa o un altro colore pastello.

«Lo stai facendo di nuovo». La sua voce ha un tono di accusa. E anche un po' di esasperazione.

«Sto facendo cosa?»

«Sei con la testa da un'altra parte. Stai barbagiannando».

«Quella non è una parola».

«Chi lo dice?». Prende un altro sorso di birra.

Il mio sguardo si fissa all'istante sulle sue labbra.

Porca miseria, devo fermarmi. Non è il mio tipo. La prima volta in cui l'ho incontrata, tutto di lei urlava *ragazza da confraternita*: i vestiti di marca, le onde infinite di capelli biondi, un viso che poteva fermare il traffico.

E neanch'io potrei mai essere il suo tipo. Non ho la benché minima idea del perché stia passando il Capodanno a parlare con un gorilla sciatto e con tatuaggi ovunque.

«Scusa. Non sono molto loquace. Non prenderla sul personale, okay?». Mi riprendo la bottiglia.

«Okay, mi asterrò. Ma se non ti va di parlare, almeno intrattienimi in altri modi». Mette le mani sui fianchi. «Propongo una pomiciata».

Capitolo tre
Fitz

Ancora una volta, mi strozzo a metà sorso.

Oh, Cristo santo. Ma l'ha detto sul serio?

Le lancio un'occhiata, e Summer ha una sopracciglia perfetta inarcata, in attesa della mia risposta. Eh, sì. L'ha detto.

«Uh… tu vuoi, ehm…». Tossisco di nuovo.

«Oh, rilassati!». Summer ride. «Era una battuta».

La guardo torvo. «Una battuta», ripeto. «Quindi non hai alcun interesse a pomiciare con me?». Cavolo, perché la sto sfidando? Il mio uccello freme nei pantaloni, un monito che mi dimostra che l'idea di baciare Summer non la devo nemmeno considerare.

«Cioè, non sarebbe la fine del mondo se lo facessimo», dice lei, facendomi l'occhiolino. «Ed è sempre bello avere qualcuno da baciare a mezzanotte. Però, era più che altro una battuta. È che mi piace vederti arrossire».

«Io non arrossisco», obietto, perché sono un maschio, e i maschi non vanno in giro a dichiarare che arrossiscono.

Summer fa una risata di scherno. «Sì, invece! Stai arrossendo adesso».

«Ma davvero? E vedi questo mio ipotetico rossore attraverso la barba, eh?». Mi strofino il viso con aria di sfida.

«Sì, sì». Allunga la mano e mi accarezza la guancia sopra il pelo folto. «Proprio. Qui».

Deglutisco. Il mio uccello scatta di nuovo.

Odio essere così attratto da lei.

«Fitzy», mi sussurra all'orecchio, e il mio battito accelera all'impazzata. «Penso che...».

«Buon anno, cazzo!».

Salvato da Hollis.

Il mio amico barcolla verso di noi e pianta un bacetto impacciato sulla guancia di Summer. Si sono conosciuti stasera, ma lei non sembra offesa dal bacio, solo leggermente divertita.

«Sei in anticipo di venti minuti per certe esclamazioni», lo informa.

«E tu sei sprovvista di alcol!». La fissa con uno sguardo di disapprovazione. «Perché è sprovvista di alcol? Qualcuno dia dell'alcol a questa bellissima donna!».

«Non sono una grande bevitrice», protesta Summer.

«Stronzate». Dean fa una risata fragorosa. Si è avvicinato, con la ragazza Allie al suo fianco. «Eri ubriaca persa quando hai dato fuoco alla confraternita».

«Hai dato fuoco a una confraternita?», chiede una voce familiare.

Dean si volta di botto. «G!», strepita. «Proprio per il rotto della cuffia».

«Già, quasi non ce l'abbiamo fatta», dice Garrett Graham, mentre si avvicina a grandi passi al tavolo. «C'era un tamponamento a catena sul ponte. Siamo rimasti lì per quasi un'ora prima che il traffico ricominciasse a scorrere».

«Han-Han!», urla Allie felice, gettando le braccia intorno a Hannah Wells. Hannah è la ragazza di Garrett, ma è anche la migliore amica di Allie. «Sono così contenta che tu sia qui!».

«Anch'io! Felice vigilia di Capodanno».

«Vigilia di Garrett», la corregge il ragazzo.

«Amico», controbatte Hannah, «dacci un taglio. Non la chiamerò così».

Summer sbuffa. «Vigilia di Garrett?».

Dean guarda esasperato il nostro vecchio capitano. «Pallone gonfiato». Lancia un'occhiata a Summer. «Il suo compleanno è a Capodanno».

«Capogarrett», dice G in automatico, prima di girarsi per salutare me, Hollis e gli altri ragazzi della squadra che si sono presi la briga di venire fino a Brooklyn. Summer riceve un abbraccio veloce e un bacino sulla guancia. «È bello vederti, raggio di sole. Hai dato alle fiamme la confraternita?»

«Oh, mio Dio. No. Non ho dato alle fiamme nulla!». Summer guarda in cagnesco il fratello.

«Amico, ti stanno guardando tutti», dice Hollis all'improvviso, facendo un gran sorriso a Garrett.

Hollis ha ragione: diverse teste sono girate verso di noi. Quasi tutti qui sono troppo sbronzi per prestare attenzione a ciò che li circonda, ma alcuni hanno riconosciuto Garrett. È nel bel mezzo di una delle stagioni d'esordio più esplosive dei Bruins, quindi non sono sorpreso che stia attirando attenzione anche fuori da Boston.

«Presto inizieranno a scocciarmi», dice G in tono cupo. «Ieri sera abbiamo perso contro i New York Islanders. Il risultato finale è stato cinque a quattro».

«Sì, ma *tu* hai segnato una tripletta», controbatte Hannah. «Chiunque assilli un giocatore per una tripletta è uno stupido imbecille».

«Non è insito nell'imbecille essere stupido?», chiede Dean con un sorrisetto.

«Oh, chiudi il becco, Di Laurentis. Sai cosa intendo».

Quando altre persone iniziano a guardare e indicare Garrett, Allie commenta in tono scherzoso: «Com'è essere famosi?»

«Dimmelo tu», ribatte G.

«Ah. Non sono così famosa», dice la persona con un ruolo in una serie della HBO.

La serie di Allie è basato su un libro che mi è piaciuto parecchio, e nonostante io sia felice che lavori come attrice, in segreto penso che il libro fosse meglio.

Il libro è sempre meglio.

«Smettila di essere così modesta!». Summer avvolge un braccio intorno a Allie, la cui testa le arriva quasi alle spalle. «Ragazzi. L'ho vista firmare *quattro* autografi stasera. È una stella».

«Hanno mandato in onda solo mezza stagione», protesta Allie. «Può darsi che nemmeno ci riconfermano».

«Ma certo che vi riconfermano», dice Dean, come se fosse scontato.

Summer libera Allie e ritorna al mio fianco, posando una mano sul mio braccio. Non è una presa possessiva, minimamente, ma non mi sfugge il modo in cui sia Garrett che Hunter strabuzzano gli occhi. Dean non ci fa caso, grazie a Dio, perché Allie lo sta trascinando via per ballare ancora prima del conto alla rovescia.

Accanto a me, Hollis esamina la sala con un livello sorprendente di intensità per un tipo ubriaco. «Devo decidere quale lingua voglio in bocca a mezzanotte», annuncia.

«*Bonjour finesse*», dice Summer.

Hollis la guarda in modo lascivo e famelico. «Se giochi bene le tue carte, quella lingua potrebbe essere la tua».

La reazione di Summer è di gettare la testa all'indietro e ridere.

Per fortuna, Hollis ha un'autostima inscalfibile. Fa spallucce e si allontana, il che sprona gli altri a disperdersi. Pierre, il nostro medico interno franco-canadese, e Matt Anderson, un difensore del terzo anno, si dirigono al bar.

Solo Garrett e Hannah rimangono. E Hunter, che ha una birra in una mano e il cellulare nell'altra. Sta registrando un video per la sua storia su Snapchat.

«Tu che mi dici?», chiede Summer a Hunter. «Stasera ti ho visto ballare con sette ragazze diverse. Chi di loro bacerai?»

«Nessuna». Hunter abbassa il telefono, i suoi occhi azzurri serissimi. «I baci di mezzanotte non fanno per me. Le ragazze cercano sempre di vederci un significato che non c'è».

Summer alza gli occhi al cielo così tanto che rimango sorpreso dal fatto che non si sia stirata un muscolo. «Certo, perché tutte le donne iniziano a pianificare le nozze dopo *un* bacio». Lancia un'occhiata a Hannah che le sorride.

«Andiamo in bagno? Voglio sistemarmi il trucco prima del conto alla rovescia. Il mio rossetto deve essere *perfetto* per quando bacerò il mio futuro marito a mezzanotte». Rivolge un'altra espressione esasperata a Hunter.

Lui le fa l'occhiolino, imperturbato. «Meglio che ti sbrighi, biondina. Mancano solo sedici minuti». Fa un cenno all'enorme orologio digitale appeso sopra la postazione del dee-jay.

«Torno subito». Hannah dà a Garrett un bacio e poi segue Summer.

«Ho bisogno di un bis», dico a Garrett. Faccio cenno alle sue mani vuote. «E tu hai bisogno di un drink».

Lui annuisce; lasciamo Hunter al tavolo e ci dirigiamo verso il bar. Ci fermiamo in fondo dove è più tranquillo, vicino alla porta d'entrata ad arco dei bagni.

Ordino due birre e le pago. Quando mi giro, trovo Garrett che mi adocchia.

«Che c'è?», dico imbarazzato.

«Che succede tra te e Summer?»

«Nulla». Cazzo. Ho risposto troppo alla svelta?

«Bugiardo. Hai risposto troppo alla svelta».

Porca miseria.

Il tono della sua voce si fa guardingo. «Quando ti ha messo le mani addosso prima… non sembrava che ti dispiacesse».

Ha ragione. *Non* mi è dispiaciuto. L'ultima volta in cui ho visto Summer, ho fatto uno sforzo meditato per starle alla larga. Stasera ho lasciato che mi toccasse il braccio. Ho condiviso una birra con lei. A dire la verità, se mi piacesse ballare, forse le avrei permesso di trascinarmi in pista.

«È che… be', le interesso», dico lentamente.

Garrett sbuffa. «Hai scoperto l'acqua calda. Quella tipa vuole farsi un giretto sul tuo uccello».

«Lo so». Il senso di colpa mi pizzica in gola. Spero di non averla illusa stasera. «Non ti preoccupare», lo rassicuro. «Non oserei».

Garrett sembra colto di sorpresa. «Perché mai dovrei preoccuparmi?». Corruga la fronte. «Aspetta. Forse non ci siamo capiti. Non ti sto avvertendo di starle lontano. Penso che sia una *bella* cosa».

Arriccio le labbra. «Davvero?»

«Certo. Cioè, punto primo… non rimorchi mai».

Abortisco una risata. Non è affatto vero. Ho una vita molto movimentata. È solo che non ne parlo.

«Punto secondo… Summer è carina. È divertente. È facile parlare con lei». Fa spallucce. «Potrebbe essere esattamente ciò di cui hai bisogno. Ma prima devi discuterne con Dean. Pensa che la sorella sia una mocciosa viziata, ma è molto protettivo nei suoi confronti».

Discuterne con Dean? Nel senso di chiedere a Dean il permesso di spassarmela con la sorellina? Garrett ha perso qualche rotella se…

Sospendo il mio ragionamento.

«Ti riferisci a più di una semplice sveltina», dico.

«Be', sì. È la sorella di Dean. Ti ammazzerebbe altrimenti».

«Non voglio uscire con lei, G».

«Perché no?». Afferra le birre e mi passa la mia bottiglia.

La stappo e prendo un sorso abbondante prima di rispondere. «Perché non è il mio tipo. Non abbiamo nulla in comune».

«Le piace l'hockey», sottolinea lui. «È un inizio».

«E anche la fine», dico in tono secco. «Progetto e recensisco videogiochi. Mi interesso d'arte. Sono coperto di tatuaggi e rimango incollato su Netflix a guardare polizieschi. E lei è… nemmeno lo so». Mi spremo le meningi. «È ossessionata dalle scarpe, secondo Dean. E insiste nel dire che sia una maniaca dello shopping».

«Okay. Quindi le piace la moda. Alcuni la considerano un'arte».

Ridacchio. «Adesso non esagerare».

«E tu non giudicare. Sembra una brava ragazza, Fitz».

«Amico, è stata cacciata fuori dalla Brown per aver fatto troppa baldoria. È una festaiola. Fa parte di una confraternita».

Ho preso il via adesso, perché il mio uccello è ancora semiduro e, come un disperato, mi sto arrampicando sugli specchi per trovare dei motivi per non farmi Summer.

«È… fuffa».

«Fuffa».

«Sì, fuffa». Mi stringo nelle spalle, impotente. «Hai capito, non prende nulla sul serio. È superficiale».

Garrett si ferma a scrutarmi il volto per un lungo momento.

Mi fissa così a lungo che giocherello con la manica della felpa; mi sento come un campione sotto il microscopio. Odio quella sensazione invadente dei suoi occhi che mi penetrano. È una cicatrice rimastami dall'infanzia, un bisogno di confondermi tra la folla, di essere invisibile.

Sono sul punto di dirgli di darci un taglio quando Garrett inizia a ridere. «Oh, capisco. Stavo sprecando il mio tempo nel cercare di corromperti. Sei già corrotto». I suoi occhi grigi si illuminano di gioia. «Hai un debole per la sorella di Dean».

«Naaah», dico, ma tutt'al più è un tiepido diniego.

«Davvero? Perché mi sembra che tu stia cercando di convincere te stesso che lei non fa per te». Sorride a trentadue denti. «Funziona?».

Sospiro, sconfitto. «Più o meno? Cioè, sono riuscito a trattenermi dal saltarle addosso per tutta la serata».

Gli strappo una risata. «Ascolta, Colin… posso chiamarti Colin?». Rimane a bocca aperta. «Cazzo, mi sono appena reso conto di *non averti mai chiamato Colin*».

Garrett si sconvolge da solo fino ad ammutolirsi, finché non emetto un grugnito di impazienza.

«Scusa», dice lui. «Sono rimasto di sasso. Comunque. Fitzy. Sulla carta, Wellsy ed io non sembriamo ben assortiti. Ma invece lo siamo, no?».

Non ha tutti i torti. La prima volta in cui li ho visti insieme, non riuscivo a capacitarmene. Hannah era una studentessa estrosa di musica. Garrett era un atleta arrogante. Erano l'uno l'opposto dell'altra in svariatissimi modi, e tuttavia sono davvero affiatati come coppia.

Ma Summer ed io… c'è un abisso tra di noi. Da quello che ho visto e da quello che mi ha detto Dean, è la teatralità fattasi persona, in ogni momento. Brama essere sotto le luci della ribalta. Io le evito. Già è troppo che le nostre partite vengano trasmesse ogni venerdì sera sul canale locale del New England. E che le partite più importanti finiscano sull'emittente sportiva nazionale. Il pensiero che degli estranei mi guardino pattinare, segnare e azzuffarmi su uno schermo gigante mi fa rabbrividire.

«Tutto ciò che dico è di avere una mentalità aperta. Non combatterlo». Mi afferra la spalla. «Lascia che accada».

Lascia che accada.

E, cazzo, potrebbe assolutamente accadere. Mi basterebbe rivolgere a Summer un sorriso per farla finire tra le mie braccia. Mi ha sempre mandato continui segnali di interesse. Ma…

Credo che il tutto si riduca a un fatto: Summer è fuori dalla mia portata.

Gioco a hockey. Sono piuttosto intelligente. E sono attraente, se vogliamo dare retta al mio successo nel campo femminile.

Ma in fin dei conti, sono quel ragazzino nerd che si rintanava in camera da letto a giocare ai videogiochi, cercando di fare finta che i genitori non litigassero come cane e gatto.

Alle superiori, per un breve momento, ho cercato di espandere i miei orizzonti. Ho iniziato a frequentare un gruppo di nichilisti che ci provava gusto a ribellarsi contro qualsiasi cosa. Ma queste scorribande sono terminate di botto quando sono finiti invischiati in una rissa con alcuni ragazzi di una scuola vicina, e la metà del gruppo è stata arrestata per aggressione. Dopodiché, sono ricaduto alla svelta nella mia solitudine, non solo per salvare la mia posizione nella squadra di hockey, ma per evitare di fornire ai miei genitori nuove scuse per litigare. Li ho ascoltati urlarsi addosso per due ore, accusandosi a vicenda perché ero finito in una "cattiva compagnia". Era più facile starmene da solo.

Va da sé dire che non avevo ragazze come Summer che si gettavano ai miei piedi. E non andavo a festeggiare con i compagni di squadra dopo le partite, quindi neanche le fan esagitate di hockey sprecavano le proprie energie con me.

Al college, mi sono sforzato di più a essere socievole, ma

in fondo sono ancora l'adolescente che vuole rimanere invisibile.

Summer è la persona più in vista che abbia mai conosciuto.

Ma Garrett ha ragione. Mi sto comportando da bastardo criticone. A volte Summer può risultare un po' viziata e superficiale, ma merita una possibilità. Tutti la meritano.

Hannah è già al tavolo quando io e Garrett ritorniamo.

«Siete quasi in ritardo!», rimprovera lei, indicando il grande orologio. Mancano due minuti alla mezzanotte.

Corrugo la fronte perché Summer non è con lei. Cavolo. Ma dov'è?

Ho deciso di seguire il consiglio di G e di smettere di combatterlo. Cederò e quando scoccherà la mezzanotte, la bacerò fino allo stremo. Poi quel che sarà, sarà.

«Manca un minuto, gente!», tuona la voce del dee-jay.

Scruto la sala. Summer sembra essere scomparsa.

Voglio chiedere a Hannah se sa dov'è, ma ha le braccia avvolte intorno al collo di G, e hanno solo occhi l'uno per l'altra.

«Trenta secondi!», urla il dee-jay.

Intorno a me, la gente si mette in coppia o si raduna con il proprio gruppo d'amici. Allie e Dean stanno già pomiciando. Hollis si è ritrovato con la ragazza mora con cui stava ballando prima.

Summer ancora non si vede.

«DIECI!», gridano tutti.

I numeri rossi sull'orologio scendono a tempo con le urla della folla.

«NOVE!».

Ogni secondo che passa porta un altro fremito di delusione.

«OTTO! SETTE!».

E poi la scorgo. O almeno penso sia lei. Le luci stroboscopiche iniziano a sfavillare, zigzagando sul mare di corpi stipati nel pub. Ogni fascio di luce mi aiuta a formare una chiara immagine della ragazza contro il muro.

«SEI! CINQUE!».

Vestito bianco. Ballerine rosse. Coda di cavallo.

«QUATTRO! TRE!».

È senz'altro Summer.

«DUE!».

Ma non è da sola.

«UNO!».

Sposto lo sguardo il momento in cui la bocca di Hunter impatta avidamente con le labbra perfette di Summer.

«BUON ANNO!».

Capitolo quattro
Fitz

Mi sveglio la mattina seguente senza i postumi della sbornia. Ecco cosa succede quando bevi solo tre birre e torni nella tua stanza d'hotel prima dell'una di notte.

A Capodanno.

Non sono il testimonial della buona condotta?

Il cellulare mi informa che ho una dozzina di messaggi e chiamate perse. Passandomi una mano tra i capelli scompigliati, mi rotolo sulla schiena e scorro tra le notifiche.

I miei genitori mi hanno mandato un SMS a mezzanotte in punto. Me li immagino proprio, seduti nelle loro rispettive case alle 11:59, con il dito pronto sul cellulare come se si stessero preparando a premere il pulsante a un quiz televisivo, ognuno desideroso di essere il primo a inviare il messaggio. Sono davvero competitivi.

MAMMA: Buon anno, tesoro!! Ti voglio tantissimo bene! Sarà un anno fantastico! Il TUO anno! Sei mitico!

Oh, santo cielo. Alle mamme non dovrebbe essere permesso di scrivere "mitico". Il messaggio di mio padre non è tanto meglio.

PAPÀ: Buon anno. Ce l'abbiamo in pugno.

Ce l'abbiamo in pugno? Ma cosa? I genitori che cercano di sembrare fichi sono tutto un altro livello di imbarazzo.

I messaggi dei miei amici sono più divertenti.

HOLLIS: Do cazzo sei? La fetta sta x iniziare.
HOLLIS: *fetta.
HOLLIS: *feto.
HOLLIS: Festa!!!!!! FANCULO IL CEL.
GARRETT: Buon anno!! Dove sei finito, Colin?? (Mi fa ancora strano chiamarti così).

I miei vecchi compagni di squadra, Logan e Tucker, hanno mandato i messaggi di buon anno a varie chat di gruppo. Tuck e Sabrina hanno incluso una foto della loro bambina, il che ha scatenato l'invio di un milione di emoji con occhi a cuore da parte dei nostri amici.

Pierre ha scritto qualcosa in francese.

I miei compagni di squadra invadono la conversazione condivisa con messaggi di buon augurio e video casuali, sgranati e con un pessimo audio, delle varie feste a cui sono andati.

Dalla chat di gruppo e dal mio cellulare in generale, manca palesemente uno dei nostri compagni di squadra. Ancora nessuna notizia da parte di Hunter.

Immagino che ieri sera fosse troppo indaffarato per mandare messaggi.

Indaffarato, indaffarato, indaffarato.

Ignoro la fitta lancinante al petto ed espello dalla mia testa tutti i pensieri su Hunter e la sua serata super indaffarata. Continuo a scorrere sul telefono.

Una ragazza che conoscevo alle superiori mi ha mandato una nota generica. Per qualche ragione, sono ancora nella sua lista contatti, quindi ogni volta che ci sono le festività ricevo un suo messaggio.

Hollis mi ha mandato altri messaggi che mi fanno ridere.

HOLLIS: Oh. il pub chiude. do sei. a farti fare un bocchino?
HOLLIS: Dopo fetta a casa di Danny. nuovo amico. ti piacerà.

HOLLIS: Come ti pare.
HOLLIS: Ma che sei morto.
HOLLIS: Spero nn sei morto!!! Ti voglio bene, frate. anno nuovo, vita nuova. poi scommetterci.

Oh, cavolo. Bisognerebbe confiscargli il telefono quando è ubriaco. Ancora ridendo, clicco sul messaggio successivo nella casella. È da parte di Dean.

Il mio buonumore svanisce non appena lo leggo.

DEAN: Buon anno!!! Speravo di parlarti ma sei sparito. Mi serve un grosso favore, fratello.
DEAN: State ancora cercando un 4° coinquilino?

Capitolo cinque
Summer

Due settimane dopo

L'assistente del rettore parla con un finto accento britannico.

Sono seduta nel suo ufficio da circa sette minuti, e ne sono convinta. Voglio torchiarlo per sapere dove è cresciuto, ma non penso che il signor Richmond apprezzerebbe l'interruzione. Sta chiaramente traendo fin troppa goduria da questa ramanzina.

«...periodo di prova accademico», sta blaterando. La sua voce ha uno strano tono rauco e gracidante. Se una rana potesse parlare, è così che me lo immagino.

Un soprannome si forma nella mia testa: il coglione ranocchio.

«...politica di tolleranza zero, dato la natura della sua precedente espulsione...».

O forse Testa di rospo. Suona meglio.

«Summer».

Pronuncia il mio nome *Sum-ah*. Cerco di ricordare come Gavin lo diceva. Gavin è il duca sexy con cui uscivo lo scorso anno quando ho passato l'estate in Inghilterra. Non penso, però, che si possano paragonare i loro accenti. Gavin è di sangue blu, quindi aveva quell'accento dell'alta società che solo quelli che si trovano nella linea di successione al trono possiedono. Certo, ci sono circa quaranta membri della famiglia reale prima di lui, ma è comunque una spanna, una stratosfera, al di sopra del signor Richmond.

L'assistente del rettore della Briar non è un duca. E il suo nome è Hal, il che non sembra molto britannico. A meno che non sia il diminutivo di qualcosa? Hallam? Halbert?

«Signorina Di Laurentis!».

Alzo la testa di scatto. L'espressione di Testa di rospo è tagliente come il suo tono. Stavo facendo lo struzzo, e se n'è accorto.

«Capisco che le regole di condotta e le politiche accademiche non siano l'argomento più elettrizzante, ma lei, più di chiunque altro, dovrebbe prestare attenzione. Il resto della sua carriera universitaria potrebbe dipendere da questo».

«Mi dispiace», mi costringo a dire. «Non volevo essere maleducata o ignorarla di proposito. Ho, ehm, problemi di attenzione».

Annuisce, con lo sguardo sulla mia cartella. «ADHD, secondo questa. Prende dei medicinali?».

Mi irrito. Non li prendo, ma non sono affaracci suoi.

Giusto?

Mi faccio un appunto mentale di chiedere ai miei genitori, entrambi avvocati. Ma sono piuttosto certa che uno studente non deve rivelare alla scuola se prende dei medicinali.

Svicolo la domanda in un modo che renderebbe fiero mio padre. «Sono sicura che la sua cartella accenni anche ai miei problemi nello scrivere?».

La distrazione funziona. Testa di rospo ricontrolla la cartella, sfogliando alcune pagine. «Difficoltà di elaborazione della lingua scritta... sì, tende a essere un sintomo dell'ADHD. Il suo tutor alla Brown ha raccomandato metodi alternativi di valutazione per lei, se possibile. Tempo extra nei test, lezioni private extra ed esami orali per ridurre la quantità di prove scritte. Per lei sono un problema tutti i lavori scritti o solo i saggi più lunghi?»

«Quasi tutti i lavori scritti sono un problema». Mi vanno a fuoco le guance. È talmente imbarazzante stare qui a parlare di quanto sono stupida.

Non sei stupida, Summer. È solo che impari in modo diverso.

La voce della mamma fluttua nella mia testa, recitando le stesse parole incoraggianti che ho sentito per tutta la vita. Ma anche se voglio un bene dell'anima ai miei genitori, il loro sostegno non rende meno umiliante il fatto di non riuscire a organizzare i miei pensieri su carta. Cavolo, a malapena riesco a trattenere quei pensieri per cinque secondi prima che la mia mente vaghi da qualche altra parte.

Altre persone hanno disturbi dell'apprendimento, lo so. Ma quando i tuoi genitori e due fratelli maggiori sono stati ammessi alla facoltà di Legge di Harvard e tu sei una studentessa di moda che ha problemi a scrivere un misero paragrafo, è un po' difficile non sentirsi… inferiori.

«Cercheremo di offrirle la stessa assistenza accademica che ha ricevuto alla Brown, ma non tutti i professori saranno in grado di venire incontro alle sue esigenze». Testa di rospo gira la pagina. «Diamo un'occhiata al suo piano di studi… Sospetto che dovrà preoccuparsi solo dei lavori scritti per Storia della moda e Fondamenti di colore e Design. Il resto dei suoi corsi sembra essere più pratico.

Sono incapace di nascondere il mio sollievo. Oltre ai corsi che ha appena nominato, frequenterò anche Tessuti, di cui sono entusiasta. Cucito e Sartoria, non molto entusiasta. E uno studio indipendente che richiede che io disegni una linea di abbigliamento e la presenti allo spettacolo di moda di fine semestre. Tutti e tre sono quasi interamente pratici. Ho raggiunto quasi tutti gli obiettivi del mio corso di laurea durante i primi due anni alla Brown, ho dato esami terribili come Letteratura, Sociologia e Studi di genere. Forse ecco perché ero sempre in periodo di prova accademico lì. Li ho superati a malapena.

«Ma come ho detto prima, qui non avrà un limite di punti a sfavore. Nessuna seconda possibilità. Se causa problemi, se non riesce a soddisfare i requisiti accademici minimi e mantenere la media, sarà espulsa. È tutto chiaro?»

«Cristallino», mormoro.

«Magnifico».

Argh. Quell'accento è *finto*. Ne sono certa.

«Ehi, signor Richmond, se non sono indiscreta, posso chiedere da quale parte del Regno Unito viene? La sua voce mi ricorda un po' del mio amico Marcus che viene da…».

Ma lui mi interrompe con: «I suoi problemi d'attenzione sono alquanto preoccupanti, Summer. Non mi ha detto se prende o no farmaci…».

Oh, ma vaffanculo.

Facciamo a gara di sguardi per un paio di secondi. Digrigno i denti e chiedo: «Posso andare adesso?»

«Un'ultima cosa», dice, con una nota derisoria nella voce.

Mi sforzo a rimanere seduta.

«Sono sicura che si sarà accorta che nel suo piano di studi non è inserito il nome del suo tutor».

A dire la verità, non me ne sono accorta. Ma, ovviamente, c'è uno spazio vuoto nella casella del tutor accademico.

«Questo perché mi occuperò di lei personalmente».

Un'ondata di ansia mi travolge. Cosa? Ma è legale?

Be', sono sicura che sia *legale*. Ma… perché l'assistente del rettore vorrebbe fare da tutor per una studentessa di moda?

«Non è un ruolo che di solito assumo. Tuttavia, dato le circostanze per le quali è stata ammessa a questa università…».

«Circostanze?», mi intrometto, confusa.

Gli occhi scuri dell'uomo luccicano di... penso sia astio? «Capisco che suo padre e il rettore sono amici di vecchia data e compagni di golf...».

È senz'altro astio.

«...e sono più che consapevole delle numerose donazioni che suo padre ha fatto a questa scuola. Detto ciò, non sono un sostenitore della mentalità del "io faccio un favore a te, tu fai un favore a me". Credo che l'ammissione a questo college, a qualsiasi college, debba essere garantita in base ai meriti dello studente. Perciò...». Si stringe nelle spalle. «A mio parere, sarebbe prudente tenerla d'occhio dal punto di vista accademico e assicurarmi che si comporti secondo le regole e le politiche che abbiamo appena esaminato».

Sono sicura di avere le guance più rosse di un pomodoro, e spero che il mio fondotinta da duecento dollari stia facendo il suo lavoro. È assolutamente mortificante sapere che mio padre abbia dovuto chiedere un favore al rettore Prescott per farmi entrare nella Briar dopo il fiasco alla Brown. Se fosse dipeso da me, avrei lasciato il college per sempre. Ma ho promesso ai miei genitori che avrei preso una laurea, e odio deluderli.

«Ci incontreremo una volta alla settimana, così posso valutare i suoi progressi e guidarla dal punto di vista accademico».

«Mi sembra ottimo», mento. Stavolta mi alzo in piedi senza chiedere il permesso. «Adesso devo scappare, signor Richmond. Perché non mi manda un'e-mail con i giorni degli incontri, così li aggiungo al mio calendario? Grazie mille per la sua guida».

Sono certa che all'uomo non sfugge la nota sarcastica in quell'ultima parola – *guida* – ma non gli do l'opportunità di replicare. Sono già fuori dalla porta a salutare la segretaria.

Fuori inspiro l'aria gelida. Di solito adoro l'inverno, e il nuovo campus sembra particolarmente magico coperto da uno strato di brina bianca, ma adesso sono troppo stressata per godermelo. Non posso credere che sono costretta ad avere contatti regolari con Richmond. È un tale idiota.

Prendo un altro respiro, sistemo la cinghia della borsa di Chanel, e inizio a camminare verso il parcheggio dietro il rettorato. È un bellissimo edificio di mattoni, coperto dall'edera e incredibilmente vecchio, proprio come tutto il resto sul campus. Briar è una delle università più antiche e prestigiose del Paese. Ha prodotto un paio di presidenti e una marea di politici, il che è impressionante, ma solo negli ultimi dieci anni hanno iniziato a offrire corsi più trendy e meno accademici. Come questo programma di Design della moda che mi darà una laurea in Belle arti.

Nonostante quello che *certe* persone pensano, la moda non è fuffa.

Io non sono fuffa.

Quindi prenditela in quel posto, Colin Fitzgerald!

La bile mi sale in gola, ma la inghiotto perché non sono una persona collerica. Ho un caratteraccio, è vero, ma di solito sfogo la mia rabbia in un'eruzione vulcanica che poi sbollisce quasi all'istante. Non rimango arrabbiata a lungo… a che serve quell'energia negativa nella propria vita? E di certo non serbo rancore.

Tuttavia, sono passate due settimane da Capodanno, e ancora non riesco a lasciar perdere. Quegli stupidi commenti insulsi e meschini che ho sentito per caso al bar mi sono rimasti impressi nella mente.

Mi ha definito fuffa.

Pensa che io sia superficiale.

Dimenticati di lui. Non vale la pena angosciarsi per un tipo del genere.

Giusto. Che mi frega dell'opinione di Fitz? Non è il primo a pensarlo e non sarà l'ultimo. Quando sei una ragazza ricca del Connecticut, le persone tendono a supporre che tu sia una stronza materialista.

Dice la stronza materialista con un'Audi color argento, mi schernisce una vocina interiore quando raggiungo la mia lucente auto costosa.

Uffa. Anche la mia mente cerca di farmi sentire uno schifo.

Me l'hanno regalata, ricordo al mio cervello traditore. Un regalo di tre anni fa per il diploma, da parte dei miei genitori. In anni automobilistici, il veicolo è come se fosse un'anzianotta. E cosa avrei dovuto fare, rifiutare il regalo? Sono la cocchina di mio padre, la sua principessina. Mi vizierà, che lo voglia o no.

Ma avere una bella auto non mi rende superficiale.

Avere un interesse nella moda e far parte di una confraternita non mi rende superficiale.

Dimenticati di lui.

Uso la chiave elettronica per aprire lo sportello dell'auto. Ma non salgo sul sedile del conducente. Qualcosa tiene i miei stivali incollati all'asfalto.

Credo che quel qualcosa si chiami: *Oh, porca miseria. Non voglio tornare a casa e vedere il tipo che pensa che io sia fuffa.*

È difficile credere che due settimane fa ero elettrizzata nel vedere Fitzy.

Adesso ne ho il terrore. La perfezione fatta uomo non è più così perfetta. È un asino criticone.

Premo il pulsante per chiudere. Al diavolo. Forse prenderò prima un caffè al bar. Ancora non sono pronta a incontrarlo.

Codarda.

Riapro l'auto alla svelta. Non sono una codarda. Sono

Summer Heyward-Di Laurentis e non me ne frega una cippa lippa di quello che Colin Fitzgerald pensa di me.

Chiudo l'auto.

Perché *chiaramente* me ne frega qualcosa.

Apro l'auto.

Perché non me ne dovrebbe importare.

Chiudo.

Apro.

Chiudo.

Apro.

«Okay! Sembra uno spasso!», esclama una voce altamente divertita. «Fammi indovinare… è l'auto del tuo ex?».

Sobbalzo per la sorpresa. Ero così concentrata su questa stupida chiave elettronica che non ho nemmeno notato la ragazza avvicinarsi. «Che? No. È la mia».

La ragazza corruga le sopracciglia scure. «Davvero? Allora perché quell'apri e chiudi maniacale?».

Sono altrettanto confusa. «E perché dovrebbe essere l'auto del mio ex? Cosa pensavi stessi facendo?»

«Scaricare la batteria della chiave, così dopo non riuscirà ad aprirla. Immaginavo gli avessi rubato le chiavi e stessi cercando un modo per fotterlo».

«Ma che scherzi? Sembra il metodo di rivalsa più estenuante del mondo. Dovrei starmene qui per ore per scaricare questa cosa. Se volessi vendicarmi, taglierei una o due gomme. Veloce ed efficace».

«Tagliare le gomme? È da pazzi e lo adoro». Fa un cenno di approvazione, facendo così cadere i suoi spessi capelli color mogano su una spalla. «Comunque, divertiti a fare qualsiasi cosa tu stia facendo, pazzoide. Ci vediamo».

La brunetta inizia ad allontanarsi.

«Ehi», la chiamo. «Ti serve un passaggio da qualche parte?».

Fantastico. Adesso offro passaggi a completi estranei? Il livello di terrore che Fitzy ha insinuato in me è alle stelle.

La ragazza si gira ridendo. «Grazie, ma vado a Hastings», dice, riferendosi alla città più vicina. È un tragitto breve dal campus e, guarda caso, è anche la mia destinazione.

«Anch'io vado lì», rivelo. È un segno: ancora non devo andare a casa. L'universo vuole che prima dia un passaggio a questa ragazza.

Lentamente torna da me, i suoi occhi marroni scaltri mi squadrano dalla testa ai piedi. Sono piuttosto certa di non poter apparire più innocua. Ho i capelli acconciati in uno chignon sfatto, e indosso un caban color crema, dei jeans attillati blu scuro, e degli stivali marroni di cuoio. Sembro uscita da un catalogo di Zara.

A dire la verità, è *lei* ad avere un aspetto letale: indossa pantacollant neri, un cappotto nero e stivali neri con un tacco vorticoso da dieci centimetri. Un berretto rosso di lana le copre la testa, da cui le scendono i capelli scuri, e porta un rossetto rosso brillante anche se è solo mezzogiorno.

È una tipa tosta, e penso di adorarla.

«Mi chiamo Summer», aggiungo. «Mi sono trasferita qui dalla Brown e abito in una casa a Hastings».

La ragazza contrae le labbra per un momento prima di rispondere. «Sono Brenna. Anch'io abito in città». Fa spallucce e marcia verso lo sportello del passeggero. «Apri sul serio stavolta, pazzoide. Accetto il passaggio».

Capitolo sei
Summer

«Allora, non che mi lamenti... fidati, sono felice di non pagare un Uber o un taxi... ma rimorchi sempre ragazze a caso nei parcheggi?», chiede Brenna in tono allegro.

Sbuffo. «No. E tanto per la cronaca, non ti sto rimorchiando. Cioè, sei bellissima, ma mi piacciono gli uomini».

«Ah. Anche a me piacciono gli uomini. E anche se mi piacessero le donne, tu non saresti il mio tipo, Barbie Malibu».

«Hai sbagliato costa... vengo da Greenwich nel Connecticut», controbatto, ma sorrido perché ho notato il pizzico di umorismo nella sua voce. «E no, di solito non invito estranei pericolosi nella mia vita». Decido di essere sincera. «Sto facendo tutto in mio potere per non tornare a casa».

«Oooh. Intrigante. E come mai?». Brenna si sposta sul sedile del passeggero, girandosi in modo da squadrarmi meglio. Posso percepire il suo sguardo penetrarmi nella testa.

Tengo gli occhi fissi sulla strada. Sono due corsie strette, e c'è una spolverata di neve per terra, quindi guido con prudenza. Ho già due tamponamenti sulla mia fedina, entrambi successi d'inverno, quando non mi sono data abbastanza spazio per fermarmi.

«Mi sono trasferita qualche giorno fa», le dico. «I miei coinquilini sono fuori città... sono andati a sciare nel Vermont o una roba del genere. Quindi ho avuto la casa tutta per me. Ma mi hanno mandato un SMS stamattina per dirmi che sono di ritorno». Reprimo un brivido nervoso. «Potrebbero essere già arrivati».

«E quindi? Che hai contro i tuoi coinquilini? Sono degli stronzi?».

Uno di loro lo è.

«È una lunga storia».

Brenna ride. «Siamo due estranee che viaggiano in auto insieme. Di che altro parliamo, del tempo? Dimmi perché non ti piacciono queste tipe».

«Tipi», la correggo.

«Eh?»

«I miei coinquilini sono ragazzi. Tre ragazzi».

«Oh, *cavolo*, sì. Dimmi di più. Sono sexy?».

Non posso fare a meno di ridere. «Molto sexy. Ma è una situazione incasinata. Ho pomiciato con uno di loro a Capodanno».

«E allora? Non vedo il problema».

«È stato un errore». Mi mordo il labbro. «Avevo una cotta per uno degli altri due, ma l'ho sentito sparare cazzate su di me, ed ero arrabbiata, allora…».

«Allora hai baciato per vendetta il suo coinquilino. Ho afferrato».

Non c'è giudizio nella sua voce, ma sento comunque di dovermi difendere. «Non è stato un bacio per vendetta. È stato…». Emetto un verso seccato. «In realtà, è stato un bel bacio».

«Ma non l'avresti fatto se non ti fossi arrabbiata con l'altro».

«Forse no», ammetto, rallentando mentre ci avviciniamo a un incrocio con il semaforo rosso.

«Che cazzate stava dicendo?», chiede con curiosità.

Il piede mi trema sul pedale del freno mentre rivivo il bruciore e l'imbarazzo di uscire dal bagno e sentire la conversazione tra Fitzy e Garrett al bar. Non è stato venir definita "fuffa" che mi ha turbato, quanto il fatto che lui fosse lì a elencare tutte le ragioni per cui non sarebbe mai e poi mai uscito con una come me.

«Ha detto al suo amico che sono superficiale». Mi si scalda il viso. «Pensa che abbia zero sostanza, e che sono una festaiola, e ha detto che non sarebbe mai uscito con me».

«Ma che cazzo». Brenna si dà uno schiaffo sulla coscia. «Mandalo a quel paese».

«Hai ragione».

«Oh, mio Dio, e adesso devi vivere con quel verme?». Dalla sua voce traspare sincera compassione. «È il peggio del peggio. Mi dispiace tanto».

«Già, fa schifo. Sono…». La frustrazione mi si incastra in gola come un pezzo di gomma da masticare. «Sono arrabbiata, ovviamente. Ma sono anche molto delusa da lui».

«Cristo, sembri mio padre». La ragazza ingrossa la voce per imitare il genitore. «*Non sono arrabbiato con te, Brenna. Sono solo… deluso*. Puah. Odio quando fa così».

«Scusa». Ridacchio. «È vero, però. Sono delusa. Pensavo fosse un bravo ragazzo, e mi piaceva. Ero convinta che ci avrebbe provato con me… mi mandava queste vibrazioni, hai presente? E avrei senz'altro fatto di più che pomiciare con lui». Le lancio un'occhiata imbarazzata. «Per me è un passo importante. Non vado a letto con qualcuno con cui non sono mai uscita. E anche così, faccio passare diversi appuntamenti prima di concedermi».

«Pudica», commenta lei.

«Ehi, avrò anche dato fuoco a una confraternita, ma in fondo sono una ragazza all'antica».

Brenna fischia di gusto. «Okay… *torneremo* al commento sulla confraternita, oh credimi, ci torneremo, cazzo. Ma rimaniamo sul tema in questione. Quindi di solito non concedi il tuo fiorellino a un ragazzo finché non ti dimostra di essere un principe, ma avresti offerto volentieri a questo idiota tutto il tuo giardino. Ma poi il tizio ha rivelato la sua vera natura e allora hai pomiciato con il suo amico».

«Praticamente sì». Ripenso al momento in cui Hunter Davenport mi ha impedito di lasciare il bar. Mi stavo facendo strada attraverso la folla in direzione dell'uscita. I commenti di Fitzy erano stati così offensivi che volevo piantare tutti in asso. Ma poi mi sono imbattuta in Hunter, e ha detto qualcosa che mi ha fatto ridere. Nemmeno mi ricordo cos'era. Dopodiché, il conto alla rovescia è arrivato all'ultimo secondo, e Hunter mi ha tirato tra le sue braccia e mi ha baciato.

È stato eccitante. Hunter era un fantastico baciatore e duro come la roccia mente si strusciava su di me. Non posso dire di rimpiangerlo, perché in quel momento mi è piaciuto proprio baciarlo.

Ma allo stesso tempo, non avevo previsto che sarei finita a vivere con lui.

Dean ha organizzato tutto senza consultarmi prima, anche se, in tutta franchezza, non esisteva uno scenario in cui *non* avrei colto al volo l'occasione di vivere nella vecchia casa di Dean. Non solo è un milione di volte meglio dei dormitori, ma trovare qualcos'altro a Hastings sarebbe stato una vera e propria impresa. Gli alloggi disponibili sono rari in una città così piccola.

L'unico lato negativo è che adesso devo vivere con il ragazzo che ho baciato.

E il ragazzo che, a un certo punto, avrei *voluto* disperatamente baciare.

E Hollis, ma lui è innocuo perché non l'ho baciato, né ho mai voluto farlo.

Brenna mi guarda. «Ma voialtri…».

«Voialtri?», la canzono.

La ragazza fa un gran sorriso. «Mia madre era della Georgia. "Voialtri" è l'unico pizzico del Sud che ho ereditato da lei».

«Era?».

L'atmosfera si appesantisce leggermente. «È morta quando avevo sette anni».

«Mi dispiace. Deve essere stata dura». La mia vita sarebbe letteralmente a pezzi se non avessi mia madre. È la mia roccia.

«Già». Brenna ritorna subito all'argomento principale. «Comunque sia. Voialtri sapevate che avreste vissuto insieme prima di Capodanno?»

«Assolutamente no. Non avrei fatto nulla, con nessuno di loro, se avessi saputo. Non mi sarei incastrata in questa faccenda super imbarazzante. Già devo abituarmi a vivere con tre ragazzi, dopo aver passato due anni e mezzo in una confraternita femminile».

«Okay, ma ovviamente i ragazzi non pensano che sia imbarazzante, altrimenti non avrebbero accettato di lasciarti vivere con loro. Erano tutti d'accordo, vero?»

«Sì». Anche se ho solo parlato con Mike Hollis e scambiato qualche messaggio con Hunter, il quale, per fortuna, non ha menzionato la nostra pomiciata. «Sono stata in contatto con due di loro. Nessun contatto con Fitz, però».

Con la coda dell'occhio, vedo la testa di Brenna girarsi di colpo verso di me. «Hai detto Fitz?».

Uh, oh.

Una sensazione di panico mi stringe lo stomaco. Lo conosce? Immagino che non sia una cosa inconcepibile. Fitz non è esattamente il soprannome più comune al mondo.

Per fortuna, mi si presenta la perfetta opportunità di cambiare argomento, perché abbiamo appena raggiunto l'idilliaca via principale di Hastings.

«Non riesco a capacitarmi di quanto sia carina questa città», dico con allegria. Evito lo sguardo di Brenna concentrandomi sui negozi e i ristoranti che fiancheggiano la strada. «Oh, forte! Non sapevo ci fosse un cinema». È una bugia. Certo che lo sapevo. Mi ci sono voluti solo cinque minuti per esplorare Hastings e le sue "attrazioni".

«Non offre una grande selezione. Ha solo tre sale». Indica la vetrina poco dopo la piazza. «Mi vedo con i miei amici al Della's Diner. È laggiù».

Non sono ancora stata al Della's, ma ho intenzione da andarci. A quanto pare, è un ristorante a tema anni Cinquanta dove le cameriere indossano uniformi vecchio stile. Ho sentito che servono una valanga di tipi diversi di torta.

«Il tizio che parlava male di te... si chiama Fitz?».

Accidenti. Speravo di essere riuscita a distrarla. Ma non ha mangiato la foglia.

«Sì», ammetto. «È un soprannome, però».

«Diminutivo di Fitzgerald? Fa di nome Colin?».

Merda.

La guardo con sospetto. «Mica sarai una sua ex o qualcosa del genere, vero?»

«No. Ma siamo amici. Be', siamo in buoni rapporti. È difficile essere amici con uno come Fitzy».

«Come mai?»

«È il tipico uomo forte e silenzioso, con un alone di mistero, eccetera, eccetera». Fa una pausa ad effetto. «Ma non ce lo vedo a parlare male di una ragazza. O di chiunque altro, a dirla tutta».

Serro la mascella. «Non me lo sto inventando, se è quello che intendi».

«Non volevo insinuare questo», dice alla leggera. «Riesco a fiutare una bugiarda da chilometri di distanza, e tu sembri sinceramente a pezzi per questa cosa. Non penso che avresti pomiciato con quell'altro se... oh, cavolo, l'altro è Davenport? Hunter Davenport, giusto? Hai pomiciato con lui?».

In tutta la mia vita, non mi sono mai sentita così a disagio. Digrigno i denti mentre accosto davanti al ristorante, fermandomi lungo il bordo del marciapiede senza spegnere il motore. «Eccoci qua».

Brenna ignora del tutto il fatto che siamo arrivate. È come se stesse parlando tra sé e sé. «Sì, certo che era Hunter. Non ti ci vedo a pomiciare con Hollis... è talmente irritante. Dice sempre le cose più imbecilli».

Sospiro. «Quindi conosci anche Hunter e Hollis?».

Brenna alza gli occhi al cielo. «Li conosco tutti. Mio padre è Chad Jensen».

Ho un vuoto di memoria. «Chi?»

«Il capo allenatore della squadra maschile di hockey? Io sono Brenna Jensen».

«L'allenatore Jensen è tuo padre?»

«Già. È...». Spalanca la bocca, indignata. «Aspetta un secondo... hai detto che sono andati a *sciare*? Che bastardi! Non possono farlo nel bel mezzo della stagione. Mio padre li ucciderà se lo scopre».

Porca miseria, è tutta colpa mia. Non mi aspettavo che Brenna sapesse di chi stavo parlando quando ho accennato al Vermont.

«Non lo scoprirà», dico con fermezza. «Perché tu non dirai nulla».

«Non lo farò», mi rassicura, ma il suo tono di voce è distratto. È occupata a fissarmi di nuovo, stavolta in pieno sconcerto. «Non ci arrivo. Come ha fatto una ragazza da confraternita della Brown a finire col vivere insieme a tre giocatori di hockey? Che, tra l'altro, sono ottimi partiti con la P maiuscola. Ogni fan smaniosa nel raggio di cento chilometri segue a ruota un giocatore di hockey della Briar, perché quasi tutti finiscono nella lega nazionale».

«Sono amici di mio fratello maggiore. Giocava a hockey qui lo scorso anno».

«Chi è tuo fratello?», pretende di sapere.

«Dean Heyward-Di Lau…».

«Laurentis», conclude lei con un sussulto. «Oh, mio Dio, adesso la vedo *proprio* la somiglianza. Sei la sorella di Dean».

Annuisco a disagio. Spero tanto che non sia una vecchia fiamma di Dean. Era un dongiovanni prima che si innamorasse di Allie. Non voglio nemmeno sapere quanti cuori spezzati quel gigolò ha lasciato dietro di sé.

Brenna sbianca come se mi avesse letto nel pensiero. «Oh, no. Non ti preoccupare. Non sono mai uscita con lui. Non andavo nemmeno alla Briar prima di quest'anno».

«Ah, no?»

«No. Ho fatto due anni di università statale nel New Hampshire», spiega. «Mi sono trasferita qui a settembre. Sono al terzo anno, ma tecnicamente sono una matricola dato che questo è il mio primo anno». All'improvviso scatta sul sedile come se la sua borsa l'avesse morsa. «Un attimo. Mi vibra il telefono».

Aspetto con impazienza mentre lei controlla il cellulare. Ho bisogno di più dettagli da questa tipa… al più presto. Quante possibilità ci sono che tra tutti gli estranei a cui avrei potuto offrire un passaggio, scegliessi proprio la figlia del capo allenatore di Fitzy? E sarà anche il suo primo anno alla Briar, ma chiaramente sa molto sui giocatori del padre, incluso mio fratello, che non ha nemmeno incontrato.

Brenna scrive un veloce SMS. «Scusa. I miei amici vogliono sapere dove sono. Dovrei andare».

La guardo male. «Fai sul serio? Non puoi sganciare una

bomba del genere e poi *andartene*. Voglio che tu mi dica, fino all'ultimo particolare, tutto ciò che sai su questi ragazzi».

Brenna sfodera un gran sorriso. «Be', ovvio. Dobbiamo assolutamente rivederci. Ti inviterei a pranzare con noi, ma non voglio essere una complice».

«Che vuoi dire?»

«Voglio dire che devi andare a casa, fregartene dell'imbarazzo e affrontare i tuoi coinquilini. Togliti il pensiero e via». Afferra il mio cellulare dal cruscotto. «Mi mando un messaggio dal tuo telefono così hai il mio numero. Vieni con me alla partita domani sera?»

«Partita?»

«La Briar gioca contro l'Harvard. Mio padre si aspetta che io venga a tutte le partite in casa e quelle fuori casa che siano a un'ora di distanza dal campus».

«Sul serio? E se hai altri piani?»

«Allora mi toglie la paghetta».

«Mi prendi…».

«Per il culo? Sì». Fa spallucce. «Se ho da fare, non ci vado. Se non ho da fare, ci vado. Non pretende molto da me, e amo l'hockey e i ragazzi carini, quindi non è proprio un sacrificio da parte mia».

«Non hai tutti i torti».

Le vibra di nuovo il telefono… stavolta per il messaggio che ha inviato dal mio. «Ecco. Tu hai il mio numero, ed io il tuo. La prossima settimana inizieremo a organizzare il matrimonio».

Ridacchio.

«Grazie per il passaggio». Salta fuori dall'auto e inizia a chiudere lo sportello, ma poi di colpo infila la testa nell'abitacolo. «Ehi, che maglia devo indossare domani sera? Quella di Fitzy o quella di Davenport?». Sbatte le palpebre con fare innocente.

Con uno sguardo torvo, le faccio il dito medio. «Non sei divertente».

«Sono esilarante e lo sai. Ci vediamo domani, pazzoide».

La guardo con invidia mentre corre dentro al ristorante. Mi piacerebbe pranzare e mangiare una fetta di torta adesso. Ma Brenna ha ragione… non posso continuare a rimandare.

È ora di tornare a casa.

Capitolo sette
Fitz

C'è un'Audi luccicante nel vialetto d'ingresso quando accostiamo. Raddrizzo le spalle, e spero che Hunter non noti la mia reazione. Non lancio un'occhiata verso il sedile del conducente per stimare la *sua* di reazione, perché sono sicuro che sia elettrizzato di vedere l'auto di Summer. Almeno credo sia quella di Summer. Ho lasciato la mia Honda malandata nel garage monoposto prima di partire per il Vermont, quindi non c'era altro posto dove poteva parcheggiare.

Tra l'altro, è un'Audi del cazzo.

Hunter parcheggia la Land Rover dietro l'auto argentata e si rivolge a noi in tono severo. «Questo rimane tra noi».

«Ovvio». Hollis fa uno sbadiglio forte e si slaccia la cintura. Ha dormito come un sasso sul sedile posteriore per tutto il viaggio di ritorno.

«Non sto scherzando. Se l'allenatore lo viene a sapere…».

«Non succederà», lo rassicura Hollis. «Questa gita non c'è mai stata. Giusto, Fitz?».

Annuisco in modo austero. «Mai stata».

«Bene. Ma ripassiamo la storia in caso ci chieda qualcosa agli allenamenti di domani?». Hunter spegne il motore. «Siamo stati nel New Hampshire dai genitori di Mike. Ci siamo rilassati davanti al camino, poi nella vasca idromassaggio, e abbiamo giocato a Monopoli».

«Ho vinto io», interviene Hollis.

Alzo gli occhi al cielo. Ovviamente doveva essere lui il vincitore di questa partita finta di Monopoli.

«Naah, *io* ho vinto», dico compiaciuto. «Ho comprato Parco della Vittoria e ci ho messo otto hotel».

«'Fanculo. Ce l'avevo io Parco della Vittoria».

«Nessuno aveva Parco della Vittoria», borbotta Hunter. «Non abbiamo giocato a Monopoli».

Ha ragione. Eravamo a sciare, vale a dire la cosa più stupida che potevamo fare, dato che siamo a metà stagione. Ma Hollis, Hunter ed io non siamo esattamente la miglior influenza l'uno sull'altro. Siamo tutti cresciuti sull'East Coast e amiamo gli sport invernali, quindi quando Hollis ha suggerito di passare durante la pausa un week-end segreto in montagna, sembrava troppo divertente per perderselo.

L'allenatore diventerà una furia se lo scopre, però. Essendo giocatori di hockey, non possiamo fare nulla che possa mettere a repentaglio i nostri corpi o la stagione. Un week-end all'insegna dell'alcol sulle montagne del Vermont? Peccato mortale.

Ma a volte devi dare priorità al divertimento, no?

E no, non ho accettato di fare questo viaggetto solo per ritardare il mio incontro con Summer. Perché è patetico e stupido, e io non sono né patetico né stupido.

Che mi importa se è stata con Hunter? Tanto lei non è il mio tipo. E adesso posso pagare meno affitto. È una doppia vittoria.

«Okay, quindi siamo d'accordo sulla storia? New Hampshire. Camino, vasca idromassaggio, Monopoli, cioccolata calda».

«Cioccolata calda?!», urla Hollis. «Porca miseria! Stai scombussolando tutta la trama. Non so se riuscirò a ricordarmelo».

Inizio a ridere.

Hunter scuote la testa. «Giocate per Jensen da più tempo di me... dovreste sapere meglio di chiunque altro cosa succederà se scopre che ci siamo dati alla pazza gioia questo week-end. Già è grave essere andati a sciare. L'alcol e l'erba potrebbero essere peggio dal suo punto di vista».

Hollis ed io torniamo seri. Non ha tutti i torti. L'ultima volta in cui un giocatore è stato beccato a far baldoria, è stato cacciato dalla squadra. Si dà il caso che quel giocatore fosse Dean, che aveva portato un po' di ecstasy a una festa e il giorno dopo non aveva passato il test delle urine.

Non che abbiamo preso l'ecstasy questo week-end. Solo qualche birra, uno spinello e un paio di acrobazie sulle discese che forse... okay, che non avremmo dovuto provare nel modo più assoluto.

«Entriamo. Non facciamo aspettare la nostra nuova coinquilina». Hollis è la personificazione dell'allegria; il suo sorrisone gli divora tutto il volto.

Hunter gli lancia uno sguardo torvo quando salta fuori dalla Rover. «Tieni giù le mani».

«Scordatelo. Non hai la precedenza».

«Prima di tutto, non è un pezzo di carne. È la nostra coinquilina». Hunter inarca un sopracciglio. «Ma se qualcuno ha precedenza, ce l'ho io senza alcun'ombra di dubbio dato che ho avuto la lingua nella sua bocca».

Digrigno i denti quasi automaticamente.

«Vero». Hollis sospira, sconfitto. «Mi farò da parte».

I muscoli della mia mandibola si rilassano mentre ridacchio. Lo dice come se avesse avuto qualche speranza. Hollis è un bel ragazzo, ma è un bambinone, per non dire odioso. A una ragazza come Summer non piacerebbe mai.

«Grazie», dice Hunter in tono beffardo. «Molto generoso da parte tua, Mike. Davvero, sono commosso».

«Sono un buon amico», concorda Hollis.

Mentre ci dirigiamo con passo pesante verso la scalinata d'ingresso, è impossibile non notare il luccichio di trepidazioni negli occhi di Hunter, il che era da aspettarselo. Ho visto il suo viso quando Dean ha chiamato per dirci che a Summer serviva un posto dove stare. Era ovvio che non vedeva l'ora di avere un bis della notte di Capodanno.

Dato che sono una persona dotata di senso pratico, ho seppellito i miei sentimenti sulla questione e ho avvertito Hunter che qualunque cosa succeda tra lui e Summer, non può influenzare la nostra convivenza perché adesso c'è il nome di lei sul contratto d'affitto. Ci ha assicurato che non sarebbe stato così.

Come se fosse già sicuro che *accadrà* qualcosa tra di loro.

Chissene. Non mi interessa. Che pomiciassero pure. Ho di meglio su cui concentrarmi.

Butto il borsone sopra la spalla e aspetto che Hollis apra la porta d'ingresso. All'interno, lascio cadere la sacca con un tonfo e mi sfilo gli stivali. Gli altri fanno lo stesso.

«Tesoro, siamo a casa!», urla Hollis.

Una risata riecheggia dal piano superiore.

I battiti del mio cuore accelerano quando sento i suoi passi avvicinarsi al pianerottolo. Summer appare alla ringhiera con indosso pantaloni di pile e una felpa della Briar, i capelli sollevati in uno chignon disordinato.

Hollis rimane incantato. Non c'è nulla di indecente nell'abbigliamento di Summer, ma questa ragazza sarebbe capace di far sembrare sexy un sacco di iuta.

«Ehi. Bentornati!», dice lei con allegria.

«Ehi», rispondo. La mia voce sembra flebile.

Hunter si toglie il cappotto con una scrollata di spalle e lo butta sul gancio. «Biondina», dice in modo strascicato. «Sono contento che tu sia qui».

Hollis annuisce. «Davvero».

«Oh, grazie. Sono contenta di essere qui».

«Aspetta. Salutiamoci come si deve». Sorridendo, Hunter balza sulle scale.

Le guance di lei si colorano un po' di rosa quando lui la tira tra le sue braccia.

Distolgo lo sguardo e faccio finta di essere concentratissimo ad appendere la mia giacca. Non so se la bacia o no, ma Summer sta ancora arrossendo quando obbligo me stesso a girarmi verso di loro.

«Vado a cambiarmi», dice Hunter.

Si infila in camera sua, e Hollis vaga verso la cucina. Il che significa che Summer ed io siamo da soli quando raggiungo il pianerottolo del piano di sopra.

Mi guarda con diffidenza. «Vi siete divertiti?».

Annuisco.

«Bene». Si avvicina alla porta aperta della sua camera.

Sbircio da sopra la sua spalla esile e noto un letto perfettamente rifatto con un piumone bianco e circa un centinaio di cuscini decorativi. Sul pavimento c'è un pouf color rosa fluo, insieme a un peloso tappeto bianco. Sulla piccola scrivania all'angolo si trova un computer portatile aperto che non era lì quando la stanza era di Dean.

Direi che ormai si sente come a casa sua.

Questa è casa sua, mi rammenta una voce.

«Grazie per avermi lasciato…». Si corregge. «…per avermi accettato come coinquilina».

Faccio spallucce. «Non c'è problema. Ci serviva una quarta persona».

A poco a poco, si allontana, come se non volesse starmi vicino. Mi domando se si ricorda come mi si è praticamente gettata addosso la vigilia di Capodanno e poi ha finito col limonare con il mio compagno di squadra.

Non che provi rancore o qualcosa del genere.

«Comunque...». Le parole le muoiono in bocca.

«Già. Io...». Anch'io inizio a indietreggiare. «Vado a farmi una doccia. Abbiamo fatto un ultimo giro di... ah, di Monopoli», mi correggo, «prima di partire e sono tutto sudato».

Summer mi guarda con perplessità. «Non sapevo che il Monopoli fosse così faticoso».

Hunter ridacchia dalla soglia della sua camera.

Mi volto per guardarlo male, perché è stato lui a farsi venire in mente l'alibi del Monopoli, ma non c'è più. È entrato in stanza infilandosi una maglietta.

«I giochi da tavolo sono intensi», rispondo in modo fiacco. «Almeno nel modo in cui giochiamo noi».

«Interessante. Allora non vedo l'ora che facciamo una serata di giochi tra coinquilini». Colpisce la porta con la spalla quando il suo percorso a ritroso finisce. «Goditi la doccia, Fitz».

Sparisce in camera da letto, e io entro con passo pesante nella mia. Quando mi vibra il cellulare, quasi inciampo per il sollievo. Mi serve la distrazione prima che inizi a rimuginare su quanto l'intera interazione sia stata imbarazzante fino all'inverosimile.

Il messaggio sullo schermo mi fa sorridere.

Sono ancora bloccato al terzo cancello! Cazzo se ti odio, fra.

Invece di rispondere, chiamo il mio amico. Morris è un collega *gamer*, un buon amico, e al momento sta provando il gioco di ruolo che ho passato gli ultimi due anni a progettare.

«Ohi!», risponde Morris subito. «Come faccio a entrare nella Città d'acciaio, porca miseria?».

Ridacchio. «Speraci che te lo dica».

«Ma è da ieri sera che sono bloccato lì».

«Ti ho mandato il link proprio ieri sera. Il fatto che tu sia riuscito ad arrivare alla città è allucinante». Scuoto la testa. «Non ho controllato i forum oggi, ma l'ultima volta nessuno degli altri beta si era minimamente avvicinato a superare il livello del villaggio».

«Be', sì. Perché io sono superiore a loro in ogni modo possibile. Sono l'unico la cui opinione ha importanza».

«E qual è la tua opinione finora?»

«Questo gioco è una figata».

Mi pervade un senso di frenesia. Adoro sentirmi dire cose del genere, soprattutto da un gamer zelante come Morris, i cui video in streaming su Twitch gli fanno guadagnare un fottio di soldi. Già, la gente si iscrive davvero per guardarlo giocare online ai videogiochi. È proprio bravo, senza contare il fatto di essere incredibilmente spassoso quando trasmette in diretta le sue avventure virtuali.

Non per vantarmi, ma anch'io sono un po' una leggenda. Non per i video in streaming, ma per le recensioni. Fino a quest'anno, recensivo i giochi per il blog del college, così pure per altri siti di giochi estremamente popolari sul web. Ho smesso perché mi prendeva troppo tempo, e avevo bisogno di concentrarmi sul mio di gioco.

Legion 48 non è il videogioco di ruolo più complesso del mondo; non è *multiplayer* e segue una trama molto elaborata piuttosto che un concetto da *open world*. Con la mia tabella di marcia, è già abbastanza dura trovare del tempo per giocare ai videogiochi, figuriamoci progettarli. Ma intanto sto facendo domanda per un posto di lavoro in diverse compagnie di sviluppo giochi, e devo dar loro un'idea di ciò che so fare in termini di tecniche di progettazione. *Legion 48* non sarà *Skyrim* o *Grand Theft Auto*, ma tutto quello che mi serve è mostrare a questi studio che non sono un cialtrone.

La mia più grande forza, penso, è che ho fatto tutta la grafica da solo, insieme alla scrittura di codice richiesta per rendere funzionale il gioco. La grafica è nata sotto forma di bozzetti, poi è stata disegnata digitalmente, e infine trasformata in modelli 3D. Non riesco neanche a calcolare tutto il tempo che ci ho passato sopra, ma non si avvicina minimamente a quanto mi ci è voluto per scrivere quei benedetti codici.

«Sei incorso in qualche *bug*?», chiedo a Morris.

«Niente di grave. Quando parli al drago nella caverna, il dialogo si impalla e poi passa alla prossima frase».

Va bene. Una cosa facile da sistemare. Un sollievo, perché mi ci sono volute ora per rifinire ed elaborare tutti i *bug* molesti nella versione alfa. Per quasi un anno, *Legion 48* è stato a malapena giocabile. Il primo giro di beta test ha gettato luce su altri *bug* che mi erano sfuggiti. In qualche modo, nonostante la mia tabella di marcia estenuante, ho fatto un *debug* sufficiente da rendere il gioco perfettamente operativo e pronto per questo secondo giro finale di beta test. Stavolta, partecipa una dozzina di giocatori, inclusi molti dei miei amici universitari.

«Ancora non è crashato», aggiunge gentilmente.

«Ancora? Non gufare, amico. Ho mandato il gioco a una mezza dozzina di studio. Se gli crasha…».

«Non è crashato. Punto», si corregge Morris. «Non crasherà, mai. Adesso dimmi come aprire il terzo portone».

«Giammai».

«Ma muoio dalla voglia di vedere la Città d'acciaio. C'è un oracolo con cui devo parlare? Perché non riesco a trovare questa chiave?»

«Magari non sei così bravo come pensi».

«Oh, ma vaffanculo. Va bene. Come ti pare. Risolverò questo rompicapo e poi ti chiamerò per gongolare».

«Fai pure». Sghignazzo tra me e me. «Ci sentiamo dopo online. Adesso vado a farmi una doccia».

«Come vuoi. *Auf Wiedersehen*».

Mi spoglio e mi dirigo verso il bagno a passo svelto. L'entusiasmo di Morris per *Legion 48* è riuscito ad allentare la tensione che affliggeva il mio corpo.

Ma i muscoli si irrigidiscono di nuovo al suono della risata di Summer che proviene dal corridoio.

Fisso il mio riflesso allo specchio, notando la frustrazione nei miei occhi, la mascella contrarsi. L'asprezza che ho in volto si acuisce se abbinata con i miei tatuaggi: due mi coprono totalmente le braccia, e quello sul petto è tutto nero. Il colore è un po' sbiadito, anche se gli dà quasi un aspetto più figo. Non che mi sia tatuato perché è figo. Sono un artista. Ho disegnato io stesso tutti i tatuaggi, e ogni cosa che posso usare come tela, la userò. Inclusa la mia pelle.

Ma quando la mia faccia è torva, e lascio crescere la barba, e rimugino davanti allo specchio, tutto quell'inchiostro mi dà l'aspetto di un teppista.

Se devo essere sincero, "teppista" è quello che stavo cercando di essere durante la mia breve fase di ribellione al liceo. Mi sono fatto il primo tatuaggio – il drago sul mio braccio sinistro – quando frequentavo dei tipi la cui soluzione per risolvere i problemi implicava i cazzotti. O i tirapugni. Ma capiamoci… non mi hanno fatto pressioni per farmi tatuare. Sapevano di un salone che tatuava i minori senza il permesso dei genitori. Perché, a dire il vero, la prima volta era essenzialmente un vaffanculo ai miei genitori. Il mio corso d'arte del secondo anno aveva allestito una mostra di fine anno, in cui mamma e papà hanno trascorso tutto il tempo a lanciarsi frecciatine invece di sostenere il proprio figlio. Sono passati proprio davanti ai miei quadri, troppo occupati a discutere tra di loro per notare i miei lavori.

Così il Colin di quindici anni, piantagrane com'era, ha deciso: *Bene. Siete troppo impegnati a litigare per apprezzare la mia arte, quindi la metterò proprio dove potete vederla.*

In questi giorni, considero i tatuaggi come un'estensione della mia arte, ma non posso negare che non sia iniziata in quel modo.

Irrigidisco le spalle quando sento il basso mormorio della voce di Hunter. Seguito da un'altra risata di Summer.

Immagino che stiano riprendendo proprio da dove si sono lasciati.

Capitolo otto
Summer

Non è stato poi così tanto male. Sono riuscita a scambiare qualche frase cordiale con Fitz senza dargli qualche ceffone in viso. Una stella d'oro per me! Però poi toglietemela e sostituitela con tre pomodori marci per il modo in cui la mia vagina ha reagito a quella sua faccia da imbecille.

Ha formicolato.

Stupida vagina.

Odio il fatto di trovarlo ancora attraente dopo tutti i commenti offensivi che ha fatto su di me.

Sento bussare alla porta, il che mi salva da quella che probabilmente sarebbe stata un'ora buona di rimuginii. Hunter entra con fare rilassato in camera e getta il suo corpo slanciato e muscoloso sul mio letto.

«Mi serve un sonnellino».

Storco la bocca in un sorriso sardonico. «Certo, fa come se fossi a casa tua».

«Oh, grazie, biondina». Fa l'occhiolino e si mette ancora più comodo spaparanzandosi sulla schiena e infilando le braccia dietro la testa.

Uhm, alla faccia dei muscoli. Le sue braccia sono incredibili. La canotta che ora indossa mette in mostra i bicipiti definiti e le spalle larghe. E i pantaloni sportivi sono abbastanza a vita bassa da poter vedere gli obliqui lisci e abbronzati. Sono allettanti quanto i bicipiti.

Hunter è sexy e sa di esserlo. Curva le labbra quando si accorge che lo sto divorando con gli occhi.

Oh, quelle labbra. Ancora mi ricordo la sensazione che mi ha suscitato quando le ha premute sulle mie. È stato un bel bacio. Non troppo aggressivo, non troppo entusiasta, la giusta quantità di lingua.

Mi domando come baci Fitzy.

Come un idiota, Summer, dice la mia Selena Gomez interiore con fermezza. *Bacia come un idiota.*

Giusto. Perché è un idiota.

«Perché sei in camera mia, Hunter?», chiedo, appoggiando un fianco sulla scrivania.

«Pensavo fosse meglio toglierci il pensiero e fare il discorsetto subito».

Emetto un sospiro afflitto. «Buon'idea».

«Va bene. Facciamolo».

Faccio un cenno educato verso di lui. «Prima gli uomini».

Lui sbuffa. «Vigliacca».

Ridendo, mi siedo sulla scrivania con un salto. «Vuoi la verità? Non so neanche cosa dire. Abbiamo pomiciato. Non serve fare chissà quale dramma».

I suoi occhi scuri puntano sulle mie gambe nude, che stanno ciondolando dal bordo della scrivania. È ovvio che gli piaccia ciò che vede, perché il suo sguardo diventa incandescente. Mi ricorda un po' Logan, un amico di Dean, e non solo perché si assomigliano con i loro capelli scuri e corpi sodi. Logan irradia energia sessuale. Non so come descriverlo, ma ha qualcosa di selvaggio e volgare. Hunter emana la stessa vibrazione, e non posso negare che abbia un effetto su di me.

Ma solo perché siamo attratti l'uno dall'altra non significa che dobbiamo fare qualcosa al riguardo.

«Lo so che ci siamo messaggiati qualche volta dopo quella

sera, ma sento che ci sia altro di cui parlare. Non mi hai mai detto cosa…». Hunter si ferma di colpo.

Corrugo la fronte. «Non ti ho mai detto cosa?».

Si mette a sedere e si trascina una mano sulla testa. Si è tagliato i capelli dall'ultima volta in cui l'ho visto, ma sono ancora abbastanza lunghi da farci scorrere le dita. «Stavo per chiederti cosa ha significato quel bacio per te». Mi fissa inorridito. «Sono diventato il mio peggior incubo».

Scoppio a ridere. «Oh, tesoro. Va tutto bene… un sacco di uomini trovano un significato nei baci di Capodanno». Gli lancio un'occhiata pungente.

Lui grugnisce. «Non mettere il dito nella piaga, biondina».

«Scusa, dovevo farlo. Quella sera sei stato così arrogante, ti comportavi come se qualsiasi ragazza che avresti baciato a mezzanotte volesse avere bambini da te». Tiro fuori la lingua. «Be', chi è quello che vuole bambini da *me*? Tu!».

Le spalle gli tremano a forza di ridere.

Scendo dalla scrivania. «I ruoli si sono invertiti», canticchio.

Hunter si mette in piedi. È più alto di quel che ricordo, ben oltre il metro e ottanta. È lo stesso con Fitz, ma immagino che quasi tutti i giocatori di hockey hanno il vantaggio dell'altezza. C'è un ragazzo nella squadra della Briar che è alto un metro e settantacinque, però. Penso si chiami Wilkins. Una volta ho sentito Dean farneticare su quanto questo tipo fosse tosto considerando la sua stazza.

«Non ti preoccupare», dice Hunter. «Ancora non sto pensando ai bambini».

«No? A che stai pensando, allora?».

Non risponde. Quegli occhi scuri si abbassano sul mio petto prima di guizzare di nuovo sul mio viso. Non indosso il reggiseno. Se n'è senz'altro accorto.

E io mi sono senz'altro accorta che i suoi pantaloni sembrano un po' più attillati sull'area inguine di quanto lo fossero due minuti fa.

Quando lui si accorge che *io* me ne sono accorta, tossisce e gira leggermente il corpo.

Mi sfugge un sospiro tremulo dalla gola. «Non renderai le cose complicate, no?».

Due fossette così adorabili da essere ridicole gli incavano le guance marcate. «Definisci complicate».

«Non so. Imbarazzanti? Non mi eviterai, vero?».

Fa un altro passo verso di me. «Ti sembra che ti stia evitando?», chiede, strascicando le parole.

Mi batte più veloce il cuore. Diamine, ci sa fare. «Okay. Allora farai tutto il malato d'amore? Scriverai poesie su di me e mi preparerai la colazione?»

«La poesia non è nel mio stile. E cucino di merda». Si avvicina di più, finché tra i nostri volti c'è una distanza di solo pochi centimetri. «Sarei felice di prepararti del caffè la mattina, però».

«Non bevo caffè», dico con sufficienza.

La sua risatina di risposta fa riemergere quelle fossette. «Già ho capito che mi renderai le cose difficili, eh?»

«Le cose?», riecheggio con diffidenza. «E con esattezza cosa sono *le cose*?».

Hunter inclina la testa in breve contemplazione. «Non lo so ancora», ammette. Il suo respiro mi solletica l'orecchio quando si china per mormorarmi: «Ma non vedo l'ora di scoprirlo».

Mi sfiora leggermente il braccio nudo con la punta delle dita. Poi, in un batter d'occhio, scivola fuori dalla porta.

Il mio nuovo vicinato è un convento dove si fa il voto del silenzio in paragone alla confraternita della Brown.

All'una del mattino, l'unico suono al di là della finestra della camera proviene dall'occasionale grillo. Non si sentono motori, musica, ragazze ubriache e urlanti o ragazzi sguaiati che si accapigliano durante una partita scalmanata di birra pong.

Devo ammettere, lo trovo destabilizzante. Il silenzio non mi è amico. Il silenzio ti costringe a riesaminare la tua mente. Ad affrontare i pensieri che hai messo da parte durante il giorno o le preoccupazioni che speravi sparissero, i segreti che cercavi di mantenere.

Non sono una fan dei miei pensieri. Tendono a essere un guazzabuglio di insicurezze, mischiato con mancanza di fiducia in me stessa, uno spruzzo di critica interiore, e un pizzico di presunzione malriposta. È un posto incasinato la mia mente.

Rotolo a pancia in giù e grugnisco nel cuscino. Il rumore attutito è come un colpo d'arma da fuoco nella stanza dove regna un silenzio quasi inquietante. Non riesco a dormire. Mi giro e mi rigiro dalle undici e mezza e la cosa sta iniziando a mandarmi in bestia. Ho dormito benissimo quando i ragazzi erano nel Vermont. Non capisco perché la loro presenza abbia cambiato tutto.

Cercare di sforzarmi di dormire è inutile, quindi mi tolgo di dosso il piumone con un calcio e mi trascino giù dal letto. Chi se ne frega. Vado a prendermi qualcosa da mangiare. Forse dopo andrò in coma da cibo.

Dato che dormo solo in mutandine, afferro il primo indumento che trovo. Si dà il caso sia una sottile T-shirt bianca che mette in mostra i contorni dei miei capezzoli e a malapena mi copre le cosce. La infilo comunque, perché dubito che i miei coinquilini siano svegli per vedermi. Hunter ha detto che hanno gli allenamenti alle sei.

Ma mi sbaglio. Un coinquilino è molto sveglio.

Sia io che Fitzy emettiamo dei suoni di sorpresa quando i nostri sguardi si scontrano in cucina.

«Merda», impreco. «Mi hai spaventato».

«Scusa. E anche tu mi hai spaventato». Fitzy è seduto al tavolo con le gambe lunghe appoggiate sulla sedia accanto a lui e un blocco per schizzi in grembo.

Oh, ed è senza maglietta.

Cioè, non indossa una maglietta.

Non ce la posso fare.

Distolgo lo sguardo dal suo torso nudo, ma è troppo tardi. Ogni dettaglio è già inciso nel mio cervello. I tatuaggi che gli coprono le braccia. La spirale nera d'inchiostro che si estende lungo la clavicola e si ferma proprio sopra i pettorali sodi. I suoi addominali sono così marcati che sembra siano stati disegnati con un pennello da contouring. Come Hunter, è tutto muscoli e niente grasso, ma mentre il petto di Hunter ha innescato in me apprezzamento e qualche formicolio, Fitz scatena un turbinio di brividi e un bisogno intenso e viscerale.

Voglio mettere la mia bocca su di lui. Voglio tracciare ogni linea e curva dei suoi tatuaggi con la lingua. Voglio afferrare quel blocco per schizzi e gettarlo via per poter essere io sul suo grembo. Preferibilmente con le labbra incollate alle sue e la mano intorno al suo uccello.

Che Dio mi aiuti.

Non capisco. Non è affatto il mio tipo. Per tutta la vita sono stata circondata da ragazzi ammodo, e di solito è da loro che sono attratta: maglietta polo, visi rasati e sorrisi da un milione di dollari. Non tatuaggi e barba incolta.

«Non riesci a dormire?», dice in tono leggero.

«No», ammetto. Apro il frigorifero e lo perlustro alla ricerca di qualcosa di appetitoso. «Tu che mi dici?»

«Sarei dovuto andare a letto un'ora fa, ma volevo finire

prima questo schizzo perché non avrò tempo di farlo domani».

Decido per un po' di yogurt e cereali, e mentre mi preparo una ciotola, lancio occhiate continue a Fitz. «Che disegni?»

«Qualcosa per un videogioco a cui sto lavorando». Chiude di colpo il blocco per schizzi, anche se non stavo cercando di sbirciarci dentro.

«Già. Dean mi ha detto che sei un gamer. Credevo, però, che recensissi i giochi e basta. Li progetti anche?»

«Solo uno finora. Adesso sto lavorando al secondo», dice in modo vago.

Ovviamente non ne vuole parlare, quindi faccio spallucce e dico: «Forte. Sembra interessante». Mi sistemo contro il bancone e inghiotto un cucchiaio di yogurt.

Nella cucina cala il silenzio. Lo osservo mentre mangio, e lui mi osserva mangiare. È sia dolorosamente seccante e che stranamente gradevole. Vacci a capire.

Ho così tante domande sulla punta della lingua, quasi tutte in relazione alla vigilia di Capodanno.

Davvero non eri attratto da me quella sera? Me li sono immaginati quei segnali d'interesse? Pensi sul serio tutte quelle cattiverie che hai detto su di me?

Non ne pronuncio nemmeno una. Mi rifiuto di rivelargli anche il minimo cenno di vulnerabilità. Non gli è concesso di sapere quanto le sue parole giudicanti mi abbiano ferito.

Invece lo metto alla gogna per qualcos'altro.

«Non sareste dovuti andare a sciare».

Emette un rapido sospiro. «No, non dovevamo».

«Allora perché l'avete fatto?»

«Perché siamo degli idioti».

Sorrido, poi mi arrabbio con me stessa per aver sorriso a qualcosa che ha detto.

«L'allenatore darà di matto se lo scopre. Anche gli altri compagni, ad essere sincero. È stata una vera bastardata da parte nostra», dice in tono aspro. «Quindi teniamoci questo viaggetto tra di noi, okay?».

Ehm…

Gli lancio uno sguardo mortificato. «Troppo tardi».

«Che vuoi dire?». Il suo tono si inasprisce.

«Per caso oggi sono diventata la migliore amica della figlia dell'allenatore. E per caso le ho detto che siete andati a sciare».

Mi guarda a bocca aperta. «E che cazzo, Summer».

Mi difendo subito. «Ehi, Hollis non ha detto che era un segreto quando ci siamo parlati al telefono».

Fitz scuote la testa qualche volta. «Come fai a diventare amica di qualcuno *per caso*?», farfuglia. «E come ha fatto il nostro viaggio a essere un argomento di discussione? Brenna ha detto se lo spiffererà all'allenatore?»

«Ha promesso di no».

Impreca sottovoce. «Non è una garanzia. Brenna è pericolosa quando perde le staffe. Non si sa mai cosa le uscirà dalla bocca».

«Non spiffererà nulla», lo rassicuro. «Come ho detto, adesso siamo migliori amiche».

Contrae il labbro come se stesse cercando di non ridere.

«Andrò con lei alla vostra partita contro l'Harvard domani», aggiungo.

«Ah, sì?»

«Eh, sì». Finisco il mio yogurt e pulisco la ciotola nel lavandino. «È una tipa a posto. Andiamo molto d'accordo».

Lo sento sospirare. Forte.

Gli lancio uno sguardo da sopra alla spalla. «E questo a cosa lo devo?»

«È un anticipo di tutti i guai che mi immagino tu e Brenna

causerete. Prevedo che voi due sarete una terribile influenza l'una per l'altra».

Non posso fare a meno di ridere. «È una possibilità».

Sospira di nuovo. «Un'eventualità. Già riesco a vederla».

Sorridendo, chiudo il rubinetto e metto la ciotola pulita nello scolapiatti. Ho un tuffo al cuore quando sento Fitzy avvicinarsi dietro di me.

«Scusa, devo prendere un bicchiere», mormora lui. Un lungo braccio si distende verso la credenza, a pochi centimetri dalla mia guancia.

Il suo odore mi solletica le narici. Boschivo con un accenno di agrumi. Ha un buon profumo.

Mi asciugo le mani con uno strofinaccio e mi giro per affrontarlo. Fitz ha un lieve sussulto, i suoi occhi scuri guizzano verso il mio petto prima di abbassarli alla svelta sul bicchiere in mano.

Oh, giusto. La mia T-shirt è trasparente. E i miei capezzoli sono turgidi a causa dell'acqua fredda in cui ho immerso le mani un minuto fa. Be', è per quello che *erano* duri. Adesso spuntano fuori per un altro motivo.

Un motivo che si chiama Colin Fitzgerald, il cui petto nudo mi è così vicino che posso toccarlo. O leccarlo.

Penso di essere nei guai. Sono ancora attratta da lui. *Troppo* attratta da lui. Non dovrei provare lussuria per qualcuno che nutre tali pensieri negativi su di me.

Respiro attraverso la bocca per evitare il suo profumo mascolino, e guizzo via dal bancone. Il mio sguardo ha bisogno di una distrazione, qualcosa su cui concentrarsi che non sia il magnifico petto muscoloso di Fitz. I miei occhi finiscono sullo spesso libro tascabile accanto alle matite da disegno che ha lasciato sul tavolo.

«Oh!». La mia voce è esageratamente alta. L'abbasso alla svelta prima di svegliare Hunter e Hollis. «Adoro questa serie». Prendo il libro e lo giro per leggere la quarta di copertina. «Lo stai per iniziare o lo rileggi?».

Quando Fitz non risponde, lo guardo e intravedo lo scetticismo che balena nella sua espressione. Quando parla, la sua voce è intrisa dello stesso dubbio. «Hai letto i libri di *Venti itineranti*?»

«I primi tre. Ancora non ho iniziato il quarto». Sollevo il libro che ha ben più di mille pagine. «Ho sentito che è persino più lungo di questi».

«*Il sangue del drago*? Sì, è lungo il doppio», dice con tono assente. Ancora mi adocchia in modo incerto. «Non ci credo che hai letto questa serie».

Arriccio le labbra. «E perché?»

«È che è molto densa e...». Le parole trapelanti disagio gli muoiono in bocca.

Mi serve un secondo per assorbire l'implicazione.

Non è che non riesca a credere che io abbia letto questi libri.

È che *non crede* che io abbia letto questi libri.

L'indignazione mi pervade il petto e mi sale in gola, formando un groppo che brucia. Be', del resto, perché mai dovrebbe crederlo? Ai suoi occhi, sono *superficiale*. Una stupida ragazza frivola non potrebbe comprendere un'opera così lunga e densa! Cavolo, probabilmente pensa che sia anche analfabeta.

Un grugnito mi scappa dalla bocca. «So come cazzo si legge».

Fitz sembra colto di sorpresa. «Cosa? Non ho detto...».

«E solo perché non ho draghi, fate ed elfi tatuati su tutto il corpo, non significa che non mi è permesso leggere libri fantasy...».

«Permesso? Non ho detto...».

«...per quanto *densi* possono essere», concludo con uno

sguardo torvo. «Ma è un bene sapere il tuo pensiero sulla questione». Con un sorriso forzato, lascio cadere il libro sul tavolo. *Tump*. «Buonanotte, Fitz. Cerca di non stare alzato fino a tardi».

«Summer…».

Esco dalla cucina prima che possa dire un'altra parola.

Capitolo nove
Fitz

Di solito gli esercizi pre-partita non sono così estenuanti, ma stamattina l'allenatore vuole provare alcune finalizzazioni che prevede ci aiuteranno stasera. Quest'anno l'Harvard è stata inarrestabile. È sulla buona strada per una stagione perfetta, e anche se non lo direi mai ad alta voce, penso che in questo incontro potrebbero essere la squadra migliore.

Anche l'allenatore è in fondo della stessa opinione, perché ci sprona più del solito. Quando esco goffamente dalla pista di ghiaccio, sono un ammasso di sudore. Ho i capelli appiccicati sulla fronte, e potrei giurare che mi esce il fumo dalle orecchie, come nei cartoni animati.

L'allenatore mi dà una forte pacca sulla spalla. «Bel pressing, Colin».

«Grazie, allenatore».

«Davenport», dice a Hunter. «Fammi vedere quella stessa efferatezza stasera, figliolo. Lancia attraverso Johansson, non intorno a lui. Mi hai capito?»

«Sì, allenatore».

Abbiamo trenta minuti per farci la doccia e cambiarci prima di un incontro obbligatorio nella sala proiezioni per visionare il filmato di una partita. Sarà la prima delle due partite contro l'Harvard in questa stagione, e vogliamo mandare un messaggio. Per giunta, giochiamo fuori casa, quindi sarà durissima... ma anche una goduria se riusciamo a vincere sul loro campo.

Negli spogliatoi, mi tolgo l'abbigliamento sportivo sudato e mi rifugio nell'area docce. I box sono divisi da un tramezzo e hanno porte stile saloon, il che significa che non possiamo vederci a vicenda le parti basse, ma i petti sono leciti. Entrando nel box accanto a quello di Hollis, apro l'acqua fredda e ci ammollo la testa. Giuro che sto ancora sudando, anche sotto il getto freddo.

«Vogliamo davvero non prendere atto del fatto che Mike si sia rasato il petto?», esige di sapere Dave Kelvin, un difensore junior.

Il suono delle risate rimbalza sulle piastrelle acustiche. Lancio un'occhiata a Hollis e inarco un sopracciglio interrogativo. Mi sono fatto la doccia, mi sono allenato e sono andato a nuotare con Hollis abbastanza volte da sapere che di solito ha i peli sul petto. Adesso è più liscio di un sedere di un neonato.

Nate Rhodes, il capitano di quest'anno, fa un sorriso a trentadue denti. «Hai fatto da solo o sei andato dall'estetista?».

Hollis lancia uno sguardo esasperato a Nate. «Da solo. Perché dovrei pagare qualcuno per fare qualcosa che posso fare da solo? È stupido». Si gira per indicare Kevin. «E tu? Vedi di abbassare la cuffia...».

«La cresta», dico per aiutarlo.

«Quel che è. Sappiamo tutti che ti fai la ceretta sul petto *e* sulla schiena, Kelvin. Coglione ipocrita».

Sbuffo e mi strofino il sapone su tutto il petto. La mia temperatura corporea sta finalmente scendendo.

«Non mi faccio la ceretta sulla schiena», protesta Kelvin.

«Sì, invece. Nikki Orsen ha fatto la spia, stupido gorilla».

Nikki è l'ala destra nella squadra di hockey femminile della Briar. È una grande giocatrice e una ragazza fantastica, ma si dà il caso che sia una vera e propria lingualunga. Non puoi dirle nulla che non vuoi che si venga a sapere.

Mentre Nate e un paio di altri giocatori fischiano forte, la faccia di Kelvin diventa rossa come un pomodoro. «Io l'ammazzo».

«Oh, rilassati, principessa», dice Hunter in modo strascicato. «Ogni tizio che vedi su Instagram si fa la ceretta su qualche parte del corpo».

«Già, e qual è il problema?», dice Hollis. «Non bisogna vergognarsi della depilazione».

«Questo è un luogo sicuro», concorda Nate con solennità.

«Esatto. Un luogo sicuro. Tutti qui ci depiliamo… o almeno dovremmo farlo tutti se ci consideriamo dei *gentiluomini* del cazzo», rimprovera Hollis.

Deglutendo una risata, rimetto il sapone sul piatto e inizio a risciacquarmi.

«Sul serio, amico, come mai il restauro?», commenta Matt Anderson. Come Kevin, è un difensore junior. L'anno scorso i due facevano più che schifo, ma il nostro nuovo allenatore della difesa, Frank O'Shea, ha messo sotto i difensori per tutta la stagione, e li ha preparati come si deve.

«Stasera ho un appuntamento dopo la partita», rivela Hollis.

«E allora? La tipa ha qualcosa in contrario con i peli?»

«Li odia. Una volta ha inghiottito un pelo pubico e l'ha fatta rimettere su tutto l'uccello del ragazzo. E poi anche lui ha iniziato ad avere i conati perché il vomito lo fa vomitare, dopodiché si sono lasciati».

Per un lungo momento, l'unico suono nella stanza enorme è dell'acqua che scorre.

Poi si trasforma in uno scroscio di risate di un mucchio di tizi nudi con le chiappe al vento.

«Oh, mio Dio, è la cosa migliore che abbia mai sentito in tutta la mia vita», geme Hunter.

«Ti ha raccontato tutta questa roba?». Il capitano è piegato a metà, e non capisco se sono le lacrime o l'acqua che gli scorrono in viso.

«Ha detto che non prenderebbe nemmeno in considerazione l'idea di spassarsela se il tipo ha peli sul corpo. Il che include petto, braccia, gambe e così via…». Hollis fa spallucce.

«Ti sei fatto la ceretta anche sulle braccia e gambe?», starnazza Nate.

Hunter ride più forte.

«Le donne sono pazze», borbotta Kelvin.

Non ha tutti i torti. Le donne sono fuori di testa. Cioè, ieri sera Summer me ne ha dette quattro senza alcun motivo se non per la mia sorpresa perché ha letto *Venti itineranti*.

A quanto pare, ha capito che pensavo che non sapesse leggere?

Ma davvero?

Anche se… okay, dal suo punto di vista, posso capire perché ha reagito in quella maniera eccessiva. Forse con il mio atteggiamento sembrava volessi sottintendere che non fosse abbastanza intelligente per la serie o che stesse mentendo sull'averla letta.

Ma non era la mia intenzione. Quei libri sono davvero difficili da leggere. Cavolo, a malapena sono riuscito a finirli io, e leggo fantasy religiosamente da anni.

Se mi avesse dato l'occasione per replicare, avrei potuto dirglielo. E mi sarei scusato per aver insinuato che non le credevo.

Ma, come ho sempre sospettato, Summer è una ragazza teatrale. Sei misere parole avrebbero potuto chiarire tutto – *mi dispiace, non intendevo quello, perdonami* – se mi avesse lasciato parlare. Invece, se n'è andata via furiosa come una bambina di cinque anni.

Afferro un asciugamano e alla svelta me lo avvolgo intorno alla vita. *Teatrale*, ripeto a me stesso. Non sono interessato alla teatralità. Non lo sono mai stato, né lo sarò mai.

Allora perché non riesco a togliermi la sua espressione ferita dalla testa?

L'eccellente struttura di hockey della Briar è una landa di opulenza. Abbiamo attrezzatura d'avanguardia, spogliatoi ben ventilati, delle docce fantastiche, un salotto, una cucina, sale di fisioterapia, idromassaggio... abbiamo di tutto e di più. La sala proiezioni è particolarmente bella. Assomiglia a un piccolo cinema, solo con tre file di tavoli semicircolari ed enormi sedie imbottite. In fondo alla galleria, gli allenatori hanno un sistema audiovisivo simile a quello dei commentatori sportivi, con l'alimentazione per i computer portatili e uno schermo sul quale possono scrivere. Quando evidenziano mosse o cerchiano i giocatori, i loro scarabocchi appaiono anche sul grande schermo.

Mi accascio nella sedia accanto al nostro portiere, Patrick Corsen. «Ehi».

«Ehi». Sta fissando lo schermo, che è in pausa su un'inquadratura dello stadio di Harvard. Sembra la partita della scorsa settimana, Harvard contro Boston College. Quel giorno i BC sono stati stracciati.

L'Harvard è senz'altro la squadra da battere quest'anno. In passato, erano un facile avversario, perché la Briar ha sempre avuto il programma superiore. Ma in questa stagione stanno andando alla grande, con più talento che mai. Dopo la laurea dei giocatori più esperti dell'anno scorso, agli altri che non hanno avuto l'occasione di brillare è stato dato più tempo sul ghiaccio, e ognuno di loro ha alzato il proprio livello. La squadra dell'Harvard non fa più affidamento sulle capacità del loro capitano come ha fatto l'anno scorso. Jake Connelly è bravissimo, ma non può portare sulle spalle l'intera squadra.

«La linea di Connelly è straveloce», dice Corsen cupo.

«La nostra lo è di più», lo rassicuro, riferendomi a me, Hunter e Nate.

«Bene. Ma la loro seconda e terza linea sono altrettanto veloci. Puoi dire lo stesso delle nostre?». Il portiere abbassa la voce. «Tra l'altro, sono migliorati anche in difesa. Quei due del secondo anno? Non ricordo come si chiamano, ma sono bravissimi a tenere il disco fuori dalla loro zona. Porta via un sacco di pressione da Johansson».

Johansson è il portiere dell'Harvard ed è fenomenale. In verità, Corsen ha ragione a preoccuparsi.

«Kelvin e Brodowski non sono così forti», mormora.

«No», concordo. «Ma Matty sì». Faccio un cenno verso Anderson, che sta messaggiando sul cellulare.

Come i ragazzi dell'Harvard, Matt è salito di livello quando Dean e Logan si sono laureati. Adesso è il miglior cannoniere tra i difensori e uno dei nostri migliori ammazza-rigori. È anche l'unico giocatore di colore nella squadra, cosa di cui va molto fiero. Quest'anno sarà selezionata dalla lega nazionale di hockey professionistico ed è impaziente di lasciare il segno in un mondo che è prevalentemente bianco.

«Vero. Matty è una risorsa», cede Corsen, ma ancora sembra infelice.

Capisco perché sia preoccupato. Ha firmato con i Los Angeles Kings e giocherà per loro nella prossima stagione, quindi è sempre motivo di apprensione se la tua futura squadra ti vede mandare tutto a puttane. Un sacco di volte ti garantisce un posto nella squadra satellite, anche se a volte è l'opzione migliore, a dire il vero. È quello che sta

sta facendo Logan adesso; gioca per i Providence Bruins e sviluppa le proprie capacità. Non tutti sono come Garrett Graham, una superstar con talento innato. E non tutti i giocatori universitari sono pronti all'istante per la categoria professionistica.

L'allenatore avanza nella stanza e stringe forte le mani. «Vediamo di iniziare». Non grida, usa la sua voce normale, ma tutti scattano sull'attenti come se avesse urlato un sergente istruttore. Jensen è il tipo d'uomo che incute rispetto. È anche un uomo di poche parole, ma le parole che usa detengono un gran potere.

«Guardate bene questo ragazzo», ordina. Preme *play* e sullo schermo l'immagine prende vita.

Un giocatore, numero di maglia 33, sfreccia attraverso la linea blu. L'allenatore mette in pausa, disegna sul tablet e un cerchio rosso brillante appare sul giocatore come un bersaglio.

«Junior, ala sinistra», dice in modo spiccio. «Brooks Weston».

«L'esecutore», commenta uno del secondo anno.

«E allora?», spara Hollis. «Anche noi abbiamo i nostri esecutori. Possiamo batterlo».

«È più che una guardia», ci dice l'allenatore Jensen. «È un istigatore del cazzo e una vera e propria piaga da estirpare».

Ridacchiamo.

«Questo stronzetto ha l'abilità sovraumana di commettere infrazione dopo infrazione senza venir richiamato. È molto, ma molto bravo a obbligare l'avversario a fare un fallo. La sua specialità è provocare risse. La conseguenza è che di solito lui se ne esce fuori pulito come un giglio, mentre l'altro tipo commette una grave penalità o, nel peggiore dei casi, viene espulso».

Un borbottio di disapprovazione generale si ripercuote

per la stanza, anche se sono sicuro che in qualche occasione siamo stati tutti colpevoli di aver provocato gli avversari a commettere un'infrazione. Tuttavia, alcuni giocatori lo fanno sistematicamente, lo usano come una strategia. L'allenatore Jensen non crede a questa strategia. Se dipendesse da lui, l'associazione sportiva nazionale prenderebbe una posizione più decisa su certe modalità di gioco.

«Qualsiasi puttanata esca dalla bocca di questo tizio, voi ingoierete il rospo, sono stato chiaro?». Ci fissa tutti con uno sguardo letale.

«Non ho paura di un figlio di papà sboccato», dice Kelvin in modo strascicato.

«Come sai che è un figlio di papà?», chiede Hunter, divertito.

«Il suo nome di battesimo è anche un cognome. Il che di solito significa che i suoi genitori lo hanno chiamato così per onorare i nonni ricchi sfondati».

«Anche il mio nome è un cognome», sottolinea Hunter.

«Già, e sei ricco sfondato!», interviene Hollis, grugnendo una risata. «Cavolo, probabilmente conosci questo Wesley Brooke».

«Brooks Weston», lo corregge qualcuno.

«In effetti, lo conosco», ammette Hunter, suscitando un altro grugnito di Hollis. «Entrambi giocavamo per la Roselawn. Ha due anni più di me».

L'allenatore annuisce. «Una spina nel culo, quelli della Roselawn».

«Ma se ho *appena* detto che andavo alla Roselawn», protesta Hunter.

«Ripeto: una spina nel culo, quelli della Roselawn».

Hunter sospira.

Passiamo i prossimi quindici minuti ad analizzare il primo terzo della partita tra Harvard e Boston College. L'allenatore ha ragione. Weston Brooks o Brooks Weston o come diavolo si chiami è una gran seccatura. È aggressivo di brutto, la fa franca con il bastone alto dopo tre minuti di gioco, e quasi accende una rissa prima della fine. Weston riesce a punzecchiare l'avversario fino a farsi spingere in maniera innocua un paio di volte, ma proprio quando un giocatore della Boston College sta per attaccarlo, un compagno di squadra lo strattona all'indietro. Weston ridacchia mentre si allontana.

Già mi sta antipatico.

«Sbaglio o il colpo secco di Connelly sembra molto più letale quest'anno?», chiede Kelvin con tono prudente, lo sguardo incollato allo schermo.

«Certo, è più letale», conferma l'allenatore. «E adesso è anche più veloce. Ha segnato in ogni rottura e fuga che ha avuto in questa stagione». Punta il dito intorno alla stanza. «Non lasciatelo scendere a rete. Ci siamo capiti?».

C'è un coro di «Sissignore».

La summenzionata rottura e fuga prende il via. Come previsto, Connelly elude quattro avversari, inclusi due difensori che hanno l'aria di non sapere dove si trovino. È come questa vecchia serie degli anni Novanta che ho guardato senza sosta lo scorso anno, in cui il protagonista fa salti temporali nel corpo di persone a caso per poter cambiare la storia. Quel tizio passa i primi cinque minuti di ogni episodio a cercare di capire dove diavolo si trova e in quale corpo è finito.

Ecco cosa Connelly fa a quei difensori. Girano la testa confusi, come se fossero appena finiti sul ghiaccio nel bel mezzo di una partita di hockey. Quando si rendono conto di ciò che è successo, Connelly è sfrecciato via e si sta già preparando a tirare. Il disco vola nell'angolo in alto a sinistra della rete con una precisione millimetrica, come un falco pescatore che si getta nell'oceano per afferrare la sua cena. L'allenatore mette in pausa sullo sguardo di assoluta frustrazione del portiere quando il tabellone luminoso segna il punto.

«Bel tiro», dice Nate con riluttanza.

«Già», dice l'allenatore. «E non voglio vedere nulla del genere stasera, a meno che non sia uno di voi a farlo agli avversari. Sono stato chiaro?»

«Chiarissimo», replicano tutti.

Continuiamo a esaminare il resto del filmato. Ogni volta che l'allenatore indica ciò che reputa una debolezza della squadra dell'Harvard, noi pendiamo dalle sue labbra. Dovremmo sfruttare ogni minima debolezza se vogliamo fargli il culo a strisce stasera.

Capitolo dieci
Summer

«Ci credi che l'ha detto?». È passato un giorno intero dal mio incontro in cucina con Fitz, e sto ancora fumando dalla rabbia.

«Sì, ci credo», risponde Brenna in tono irritato. «Ci ho creduto quando me l'hai detto nel primo tempo, e ci ho creduto durante il secondo tempo, e adesso siamo al terzo e ancora ci credo, cazzo, quindi ti prego, per l'amor di Dio, puoi metterci una pietra sopra?»

«Mai», dichiaro.

La sua replica è un incrocio tra un mugolio e una risata. «Oddio, sei davvero cocciuta. Sei sempre stata così cocciuta?»

«Sì. Sono cocciuta. E lo rivendico con orgoglio. Ma lo sai cosa non rivendico?». Incrocio forte le braccia sul petto. «Essere analfabeta. Perché so leggere!».

Brenna alza gli occhi come se volesse chiedere al cielo un aiuto. O forse sta meditando, anche se sarebbe difficile farlo in uno stadio pieno zeppo. Inoltre, dobbiamo rimanere vigili, perché siamo arrivate tardi e siamo rimaste bloccate in una sezione invasa da fan dell'Harvard. Siamo due punti color nero e argento che affogano in un mare di cremisi.

«Summer. Tesoro. Non ti ha accusato di essere analfabeta». Il tono di Brenna è quello che si userebbe con un bambino in età prescolare a cui si insegna a dipingere con gli acquarelli. Rasenta la pazienza.

«Ha insinuato che fossi troppo stupida per leggere *Venti itineranti*».

«Tutti sono troppo stupidi per leggere *Venti itineranti*!», ringhia. «Pensi sul serio che tutte quelle persone che dichiarano di amare la serie hanno letto davvero quei libri del cavolo? Non l'hanno fatto! Perché sono lunghi cinquemila pagine, cazzo! Ho tentato di leggere il primo libro una volta, e quel pezzo di merda dell'autore ha usato nove pagine per descrivere un albero. *Nove pagine!* Quei libri sono un flagello. Un flagello tremendo».

Rimane senza fiato e quando si accorge che sono scoppiata a ridere, mi fa un gran sorriso.

«E quello era il mio TED Talk su *Venti itineranti*», dice con grazia. «Non c'è di che».

Il mio buonumore non dura a lungo. «È che è stato così borioso, Brenna».

Il suo tono diventa prudente. «Davvero? O forse sei tu che reagisci in modo fin troppo permaloso a quello che dice, perché ti ha definita superficiale?».

Mi mordo il labbro inferiore. È vero. Sono eccessivamente permalosa in questi giorni, soprattutto per quanto riguarda Fitz. È che… continuo a cercare di percepire me stessa attraverso i suoi occhi, e l'immagine che si forma non è qualcosa di cui andare fieri.

Vedo una biondina sbadata che viene cacciata da una confraternita e bandita dall'altra, a cui fanno sempre un richiamo accademico, il cui padre ha dovuto chiedere un favore per farla accettare al college, il cui fratello ne ha chiesto un altro per trovarle un posto dove vivere.

Vedo una buona a nulla.

Con un cuore pesante, dico lo stesso a Brenna, ma un ruggito della folla sovrasta la sua risposta.

Il suo sguardo non ha lasciato la pista di ghiaccio nemmeno una volta durante la nostra conversazione, e adesso sta balzando in piedi. «Ma sei cieco, arbitro!», urla. «Quello era uno sgambetto!».

Un gruppo di ragazzi qualche fila dietro di noi inizia a ridere fragorosamente del suo oltraggio. «Ehi, non è colpa nostra se i vostri giocatori di merda non sanno pattinare senza inciampare da soli!», la deride uno di loro.

«Oh, vuoi davvero parlare di questo?». Si volta e io soffoco una risata.

A parte la sciarpa color grigio argenteo, è vestita di nuovo tutta di nero, in aggiunta al rossetto rosso che ormai ho capito essere il suo marchio di fabbrica. Con i capelli scuri sciolti e gli occhi ardenti, ha l'aspetto di una vera tipa tosta. Assomiglia un po' a Gal Gadot, l'attrice che fa Wonder Woman. A pensarci bene, assomiglia anche alla Wonder Woman originale.

Il che vuol dire che è bella da morire, e i ragazzi che sta fissando reagiscono a scoppio ritardato quando notano chi hanno infastidito.

«L'unica cosa di merda che vedo è il grosso stronzo che il vostro portiere ha lasciato sul ghiaccio», controbatte lei.

Sbuffo, liberando una risatina.

«Date un'occhiata al tabellone, minchioni, e ditemi cosa vedete», cinguetta, indicando gli schermi sopra il centro del campo.

Il punteggio chiaramente mostra: Briar: 1, Harvard: 0.

Nessuno di loro segue il suo sguardo. «Attenta a come parli», sbotta uno.

«Attento tu», ribatte lei.

«I vostri sono dei finocchietti», sbeffeggia lui. «Stanno lì a implorare per un richiamo, invece di comportarsi da uomini. *Oh nooo, quel cattivone mi ha fatto inciampare!*».

I suoi amici scoppiano in una cascata di risate.

«Non farmi venire lassù», avverte Brenna con le mani piantate saldamente sui fianchi.

«Non tentarmi. Non picchio le donne, ma potrei fare un'eccezione per te».

«Neanch'io picchio gli uomini», dice dolcemente. «Ma per fortuna non vedo uomini qui intorno. E tu?»

«Brutta stronza...».

Strattono Brenna per il braccio e la obbligo a rimettersi a sedere. «Rilassati», le ordino. Sono estremamente consapevole degli sguardi pesanti intorno a noi.

«Sono un branco di idioti», borbotta lei. «E quell'arbitro è stato un imbecille! Hanno fatto inciampare Anderson. Avrebbe dovuto chiamare fallo».

«Be', non l'ha fatto. Ci manca tanto così perché veniamo assalite o espulse. Quindi passiamo oltre, ve bene?»

«Passiamo oltre, eh? Cioè, quello che dovresti fare *tu* invece di fissarti su un unico banale commento?».

Digrigno i denti. «Scusa se mi dà fastidio se uno dei ragazzi con cui vivo pensa che io sia una stupida ragazza frivola».

«Sai chi altro era considerato una stupida ragazza frivola?», domanda con tono di sfida. «Elle Woods. E lo sai cosa ha fatto? È andata alla facoltà di Legge e ha dimostrato a tutti quanto fosse intelligente, e poi è diventata un avvocato e tutti le volevano bene, e il suo viscido ex ha cercato di riconquistarla e lei l'ha mandato a quel paese. Fine».

Mi viene da ridere, anche se il suo riassunto di *La rivincita delle bionde* non assomiglia molto alla mia vita, visto che non frequento la facoltà di Legge nonostante il fatto che chiunque altro nella mia famiglia l'abbia fatto. Be', tranne Dean. Ha seguito la propria strada e ha deciso all'ultimo minuto di lasciare Legge perché ha capito che preferiva essere un allenatore di hockey e lavorare con i bambini. Se i miei genitori fossero dei riccastri snob con una scopa su per il culo, sarebbero senza alcun dubbio rimasti inorriditi dal fatto che Dean Heyward-Di Laurentis diventasse un insegnante di ginnastica.

Per fortuna, i miei genitori sono fantastici e solidali, e adesso Dean mi ha aperto la strada per fare anch'io di testa mia.

Una volta deciso cosa voglio fare, certo. Adoro la moda, ma non so se voglio disegnare vestiti, e il fashion merchandising non mi interessa molto. Il mio obiettivo è vedere come procede il resto della mia carriera universitaria prima di prendere la decisione finale. E al quarto anno abbiamo lo stage, quindi mi farò un'idea più chiara di quello che mi piace e che non mi piace.

«Non importa come ti vedono gli altri», conclude Brenna. «È come vedi te stessa che…». Si ferma di botto, e poi impreca a macchinetta quando l'Harvard va in pareggio.

«Incassa il colpo, stronzetta!», urla il suo nuovo arcinemico.

«Ma ficcatelo su per il culo!», risponde lei per le rime, ma con un tono di voce sbadato; il suo sguardo è ancora incollato alla partita. Per un breve istante, i suoi occhi si riempiono di ammirazione prima di farli diventare due fessure avvampate di rabbia. «Puah. Connelly. Perché deve essere una saetta sui pattini?»

«È una brutta cosa?»

«Lo è se gioca per l'altra squadra».

«Oh. Ops». È ovvio che devo studiare l'elenco di giocatori della Briar. Conosco solo Fitz, Hunter, Hollis e un paio d'altri che ho incontrato a Brooklyn per Capodanno. «Quindi è il nemico?»

«Eccome. È pericoloso. Nell'uno contro uno, con lui sei fregato. Doppiamente fregato in caso di rottura e fuga». Indica il lato della Briar sul campo. «Ed è un problema anche quell'idiota che ha bloccato Hollis dietro la rete. È Weston. Non ci piace nemmeno lui».

«Sono andata a scuola con un tipo di nome Weston. Anche lui giocava a hockey».

Brenna gira di colpo la testa verso di me. «Giuro su Dio, Summer, se mi vieni a dire che sei amica di Brooks Weston, ti do un pugno».

Le faccio la linguaccia. «No che non lo farai. E stiamo parlando dello stesso tipo… ma quant'è strano? Non sapevo che Weston andasse a Harvard. Per qualche ragione, pensavo fosse sulla West Coast». Quando noto il suo sguardo torvo, faccio un sorrisetto. «Rilassati, non siamo mica grandi amici, ma alle superiori ci frequentavamo. È un tipo divertente».

«È un energumeno diabolico».

«Ciò non lo rende meno divertente».

«Vero», dice con riluttanza. «È che non mi piace l'idea dei miei amici che fraternizzano con il nemico». Solleva l'indice e il medio, poi li manda avanti e indietro tra i suoi occhi e i miei. «Non ti perderò di vista, Barbie».

Facendo un gran sorriso, mi chino per piantarle un bacio sulla guancia. «Ti voglio bene. Sei il mio animale guida».

«Quanto sei sciocca». Alzando gli occhi al cielo, riporta l'attenzione sulla partita.

Guardare l'hockey dal vivo è una tale scarica di adrenalina. È frenetico, intenso. Se distogli lo sguardo dalla pista di ghiaccio anche per una frazione di secondo, potresti ritornare a una partita del tutto diversa.

Prima era l'Harvard all'attacco. Adesso è la volta della Briar. I nostri attaccanti sfrecciano verso la zona dell'Harvard, ma sono in fuori gioco.

Brenna impreca con impazienza. «Andiamo, ragazzi!», urla. «Ripigliatevi!».

«C'è poco da ripigliarsi quando fai SCHIFO!», si vanta il suo sobillatore.

Brenna gli fa il dito medio senza voltarsi.

C'è un ingaggio a sinistra della rete della Briar. I centroavanti sono serpenti a sonagli attorcigliati pronti a scattare mentre aspettano l'entrata in gioco del disco.

«Nate è al centro», mi spiega Brenna. «Quello a destra è Fitz e a sinistra c'è Hunter».

Il mio sguardo si sposta involontariamente su Fitz. Il suo numero di maglia è il 55. Non riesco a vedergli il volto a causa della visiera, ma posso immaginare le linee di profonda concentrazione che gli corrugano la fronte.

Il disco entra in gioco e Nate vince l'ingaggio. Ottiene il possesso, ma poi passa subito il disco. A Fitz, che abilmente lo prende, eludendo due avversari. È difficile da credere che qualcuno così grande riesca a essere così aggraziato. La sua statura di un metro e ottantotto vola nella zona dell'Harvard, e l'elettricità crepita nell'aria alla vista di quell'uniforme nera e argentea.

Il disco finisce dietro la rete e Fitz accelera verso di esso. Sbatte qualcuno contro la barriera e disincastra il disco con il bastone, poi lo fa schizzare verso la rete. Il portiere lo blocca con facilità, ma non penso che Fitz stesse cercando o si aspettasse di segnare. Stava creando un rimpallo per Hunter, il quale spara un proiettile alla rete.

Il portiere dell'Harvard blocca anche quel tiro, per un pelo.

Brenna emette un lamento. «*Ma perché?*»

«Perché siamo meglio di voi!», la canzona il suo nuovo migliore amico.

Succede un'altra volta: volto la testa per un misero secondo per guardare male l'istigatore di Brenna, e quando ritorno con gli occhi sul campo, la Briar non ha più il disco. Un giocatore dell'Harvard lo passa a Weston che lo schiocca verso Connelly, e all'improvviso mi ricordo il monito di Brenna su ciò che accadrà se quel particolare giocatore riesce a ottenere una rottura e fuga.

«Prendilo!», incalzo il difensore della Briar che sta inseguendo il capitano dell'Harvard.

Ma nulla può tenere testa alla saetta. Connelly è troppo veloce. Si trasforma in Keanu Reeves, si muove come se fosse nel film *Matrix*, facendo slalom alla velocità della luce tra i suoi potenziali avversari. Se ci fosse della polvere sulla pista di ghiaccio, ogni giocatore della Briar ne sarebbe ricoperto.

Brenna geme e si mette la testa tra le mani. Connelly tira. Brenna non guarda nemmeno. Io sì, e non posso dissimulare la mia delusione quando vedo il disco volare oltre il guanto di Corsen.

«GOOOOOOL!», strepita una voce dagli altoparlanti. Qualche secondo dopo, la sirena di fine partita squarcia l'aria.

I tifosi dell'Harvard esplodono per la gioia mentre la Briar perde.

Dopo la partita, non lasciamo subito lo stadio. Brenna vuole salutare il padre prima che salga sul bus della squadra per ritornare alla Briar, e io voglio andare a cercare Brooks Weston.

Ricordo che alle superiori organizzava le feste migliori. I miei genitori sono a posto, ma sapevano bene di non permettere a me o ai miei fratelli di invitare a casa più di qualche amico. Il signor e la signora Weston, d'altro canto, erano sempre fuori città, quindi il figlio aveva l'enorme villa tutta per sé quasi ogni week-end. Il giardino era leggendario. Era modellato secondo quello della sede di «Playboy», grotta inclusa. Sono quasi certa di aver limonato con un ragazzo o due dietro la cascata artificiale.

«Ci vediamo fuori tra dieci minuti», dice Brenna. «E se sei proprio così convinta di abbordare il nemico, almeno cerca di carpirgli qualche segreto».

«Farò del mio meglio», prometto.

Brenna sparisce tra la folla. Mi faccio strada verso il grande atrio fuori dagli spogliatoi, e lì incontro qualche guardia di sicurezza e un mucchio di ragazze. Brenna mi ha avvertito che le ossessionate di hockey si trattengono dopo le partite, nella speranza di attirare l'attenzione di un giocatore. Mi ricordo questo fenomeno anche nelle partite di mio fratello.

Rimango a pochi passi di distanza e mando un SMS veloce a Weston, contando sul fatto che abbia ancora lo stesso numero dalle superiori.

Ehi!! Sono Summer H.D.L. Sono qui con un'amica e ti sto aspettando fuori dagli spogliatoi. Vieni a farmi un salutino! Mi piacerebbe rivederti.

Includo il nome in caso abbia cancellato il mio numero. Anche se non aveva alcun motivo per farlo. Non stavamo insieme. Non ci siamo salutati in malo modo dopo il diploma.

Decido di dargli cinque minuti, e se non si fa vedere, andrò a cercare Brenna. Ma Weston non mi delude. Passano a malapena due minuti prima di vederlo fiondarsi verso di me.

«Sìììì! Summer!». Mi solleva da terra e mi fa girare tutto contento, e sono certa che le fan scalmanate che erano in sua attesa stiano tramando la mia rovina. «Che ci fai qui?». Sembra elettrizzato di vedermi. Devo ammettere: è proprio bello rivederlo.

I suoi capelli biondo cenere sono più lunghi di quanto lo fossero alle superiori, gli arrivano quasi al mento adesso. Ma i suoi occhi grigi sono altrettanto diabolici. Hanno sempre avuto quel luccichio, come se stesse tramando qualcosa di depravato. È una delle ragioni per cui non sono mai uscita con lui, perché era (e sospetto che lo sia ancora) l'esempio perfetto di bambinone. Tra l'altro, frequentava una delle mie amiche, e il codice delle ragazze dettava che era un frutto proibito.

«Vado alla Briar», lo informo dopo che mi lascia.

Rimane a bocca aperta. «Mi prendi per il culo?»

«No. Ho iniziato questo semestre».

«Ma non dovevi andare alla Brown?»

«Ci sono andata».

«Ah, okay. E che è successo?»

«Lunga storia», confesso.

Weston butta un grosso braccio sulle mie spalle e abbassa la voce con fare cospirativo. «Fammi indovinare… c'entrano feste e intrallazzi vari, e poi ti è stato chiesto educatamente di andartene».

Il mio sguardo oltraggiato dura circa mezzo secondo. «Odio il fatto che siamo andati a scuola insieme», borbotto.

«E come mai? Perché significa che ti conosco fin troppo bene?». Fa un sorriso affettato.

«Sì», dico con riluttanza. «Ma se vuoi saperlo, non ero nemmeno a una festa quando gli intrallazzi sono successi». Ma è tutto quello che dico sull'argomento. L'intero episodio ancora mi imbarazza terribilmente.

Solo i miei genitori sanno tutta la storia, ma è perché non sono mai stata capace di nascondergli nulla. Punto primo: sono avvocati, il che significa che sanno raccogliere informazioni tanto abilmente quanto le spie russe. Punto secondo: li adoro e non mi piace avere dei segreti con loro. Certo, non gli racconto *ogni cosa*, ma sarebbe stato impossibile nascondergli qualcosa di così enorme come un incendio della confraternita.

«Non sai quando sia bello rivederti!», esclama Weston, abbracciandomi ancora.

Oh, sì. Le fan assatanate mi odiano.

La temperatura nell'atrio diventa assolutamente glaciale quando un altro giocatore si avvicina a noi. Gli sguardi famelici e l'ondata di sussurri indistinti mi dicono che la maggior parte stava aspettando proprio lui.

«Connelly, questa è Summer», ci presenta Weston. «Siamo andati alle superiori insieme. Summer, Jake Connelly».

La superstar dell'Harvard che ha vinto la partita. Oh, cavolo. Sto *sul serio* fraternizzando con il nemico. Questo è il tipo che Brenna odia.

Si dà anche il caso che sia incredibilmente attraente.

Mi ritrovo senza parole mentre lo fisso negli occhi che hanno la sfumatura di verde più scura che abbia mai visto. E potrei mettere la mano sul fuoco che i suoi zigomi sono più carini dei miei. Non ha un aspetto femminile, però. Ha i lineamenti marcati da far schifo, come un giovane Clint Eastwood. Il che immagino faccia di lui Scott Eastwood? Oh, chi se ne frega. Tutto ciò che posso dire è… gnam.

Riesco a ricompormi. «Ciao», dico, allungando la mano. «Come devo chiamarti? Connelly o Jake?».

Mi guarda a lungo, e penso che gli piaccia ciò che vede perché le sue labbra si curvano leggermente. «Jake», dice, e mi stringe brevemente la mano prima di ritirare le sue lunghe dita. «Sei andata a scuola con Brooks?».

Non penso di aver mai sentito qualcuno chiamare Weston "Brooks". Certo, è il suo nome. Ma persino i suoi genitori lo chiamavano Weston.

«Oh, sì, ci conosciamo da un bel po'», confermo.

«Andavamo insieme alle feste», dice Weston, buttando di nuovo il braccio intorno a me. «Il che è perfetto, perché adesso andiamo a far bisboccia. E tu vieni con noi».

Esito. «Oh, ecco...».

«Tu vieni con noi», ripete. «Non ti vedo, tipo, da tre anni. Dobbiamo recuperare». Indugia. «Basta che non dici a nessuno che vai alla Briar».

Ciò risveglia l'interesse di Jake. «Vai alla Briar?»

«Eh, già. Lo so, lo so. Sono il nemico». Lancio un'occhiata a Weston. «Dov'è questa festa?»

«Da un amico a ovest di Cambridge. Non sarà troppo chiassosa. È della gente molto bonacciona».

Non esco da Capodanno, quindi l'idea di socializzare e bermi un bicchierino o due sembra molto accattivante.

«Sono qui con un'amica», dico, ricordandomi di Brenna.

Weston fa spallucce. «Porta anche lei».

«Non so se vorrà venire. È una fanatica di hockey, e per fanatica, intendo che tifa per la Briar e vi odia a morte».

Lui ridacchia. «Non mi importa se tifa per il Diavolo in persona. Mica siamo in *Gangs of New York*. Ci è permesso di socializzare con persone di altri college. Ti invierò l'indirizzo».

Quando mi accorgo che Jake mi sta ancora fissando, chiedo: «Sicuro che non ti importa se veniamo?»

«Non è casa mia», replica, stringendosi nelle spalle.

Non so se intende che non è casa sua fisicamente o non è casa sua metaforicamente, cioè non spetta a lui obiettare. Ma lo prendo per un sì.

«Okay. Vado a prendere la mia amica e ci incontreremo lì».

Capitolo undici
Summer

«È un'eresia», bisbiglia Brenna quando ci avviciniamo alla porta d'ingresso di una villetta indipendente con rivestimento esterno in doghe di legno bianche. Si gira intorno, lanciando occhiate bramose all'Uber che si sta allontanando dal bordo del marciapiede.

Le faccio un'espressione esasperata. «Dai, entriamo».

I suoi piedi rimangono incollati al portico. «Non farmi questo, Summer».

«Farti cosa?»

«Portarmi nel covo di Satana».

«Oh, mio Dio. E poi dicono che sono *io* quella teatrale». La tiro verso la porta. «Entriamo. Fattene una ragione».

Nonostante Weston abbia detto che sarebbe stata una serata tranquilla, la casa straripa di persone quando entriamo senza suonare il campanello. Tanto la musica è così forte che nessuno lo avrebbe sentito.

E nonostante l'espressione quasi comica d'orrore di Brenna, la festa mi strappa all'istante un sorriso enorme. La musica, l'allegria e la folla non falliscono mai di mettermi di buonumore, non so perché. A un certo punto della mia vita, ho pensato di diventare un'organizzatrice d'eventi, ma ho compreso abbastanza alla svelta che in realtà non mi piace organizzare feste… mi piace andarci. Ci provo gusto a mettere insieme una *mise*, a scegliere la palette di ombretti, a trovare gli accessori giusti. Adoro fare un'entrata a effetto e poi girovagare per vedere cosa indossano tutti gli altri.

Forse devo essere una di quelle intervistatrici che sta sul tappeto rosso ad ammirare i vestiti. Praticamente il lavoro consiste nel ficcare i microfoni in faccia alle persone e chiedergli cosa indossano. Diamine. A dire la verità, sembra davvero divertente. Ma penso sia un po' troppo tardi per cambiare facoltà e passare a Scienze della comunicazione. Dovrei ricominciare daccapo. Inoltre, non ho mai avuto tutto questo interesse a stare davanti alle telecamere.

«Non mi piace. Guarda questi idioti con le loro facce compiaciute», grugnisce Brenna, affondando il dito nell'aria.

In quel preciso istante, un ragazzo alto con braccia scheletriche che spuntano da una maglia dei Boston Celtics indietreggia e viene infilzato dal dito teso della mia amica. «Ehi! Ma che...». La sua protesta si disinnesca quando si gira e vede Brenna. «Dimentica ciò che ho detto», implora. «Ti prego, *ti prego*, continua a pungolarmi. Pungolami tutta la notte».

«No. Va' via», ordina lei.

Lui le fa l'occhiolino. «Vieni a cercarmi dopo che ti sei scolata un paio di drink».

Rimango a bocca aperta. «Bleah. Adesso te ne devi proprio andare».

Dopo averlo superato, cerco nella folla Weston o Jake Connelly, ma non vedo nessuno dei due. So che Weston è già qui, perché mi ha mandato un messaggio circa dieci minuti fa.

Prendo il braccio di Brenna e la trascino verso quella che spero sia la cucina. «Mi serve un drink».

«A me dieci».

Le do un pizzicotto sul braccio. «Smettila di essere così melodrammatica. È solo una festa».

«È una festa di Harvard. Dove si festeggia una vittoria di Harvard». Scuote la testa. «Stai dimostrando di essere la migliore amica più deludente di sempre».

«Sia tu che io sappiamo che non dici sul serio. Sono formidabile».

In cucina, veniamo accolte da uno scroscio di risate sguaiate. L'isola in legno di cedro è ricoperta da varie bevande alcoliche e bicchieri rossi di plastica accatastati uno sopra l'altro, ed è circondata da una folla di persone, più che altro maschi. Non ci sono né Weston né Jake, ma i ragazzi chiassosi al bancone sono tutti grossi abbastanza da essere con molta probabilità giocatori di hockey.

Ognuno di loro lancia sguardi di apprezzamento verso di noi, mentre le uniche ragazze – due bionde carine – assottigliano gli occhi. Nel giro di pochi secondi, trascinano via due tipi col pretesto che vogliono ballare. Immagino siano i loro filarini, ed è più che palese che quelle ragazze vedano me e Brenna come minacce.

Ho una brutta notizia per loro. Se hanno *così tanta* paura che i loro ragazzi sgarrino, allora probabilmente è ciò che accadrà. Quella mancanza di fiducia non è di buon auspicio in una relazione.

Un ragazzo dai capelli scuri in una felpa grigia con cappuccio di Harvard ci squadra e ci fa un sorrisone. «Ragazze!», ci chiama. «Venite a festeggiare con noi!». Solleva una bottiglia di champagne.

«Bollicine! Caspita! Voi di Harvard *sì* che siete chic», dice Brenna in modo strascicato, ma penso che nessuno di loro abbia recepito il sarcasmo.

Quello con la felpa grigia afferra due bicchieri vuoti da una credenza vicina – dei calici autentici – e li agita verso di noi. «Dimmi quando basta».

A malincuore, Brenna si muove provocante verso di lui e

accetta il bicchiere. Girando la testa verso di me, difende tale azione dicendomi: «Vado matta per lo champagne».

Nascondo un sorriso. Come no. È ovvio che l'ha fatto per le bollicine e non per il ragazzo carino. Almeno *io* penso che sia carino. Ha una zazzera di capelli marroni e un bellissimo sorriso. Per di più, ha quel che immagino sia un corpo sodo, scolpito nel marmo e tutto da leccare al di sotto della felpa e pantaloni cargo.

Dio, adoro gli atleti.

«Tu quale saresti?», gli domanda Brenna.

«Che vuoi dire?»

«Che nome hai sulla maglia?».

Il ragazzo fa un gran sorriso. «Ah, capito. Numero 61. McCarthy».

Brenna assottiglia gli occhi. «Hai segnato il gol del pareggio al terzo tempo».

McCarthy assume un'espressione raggiante. «*Mea culpa*».

«Bel colpo di polso».

Rimango perplessa. Caspita. Sul serio gli ha fatto un complimento? Immagino di non essere l'unica a cui piace il suo sorriso…

«Che ti era preso, il tuo colpo secco non ha abbastanza potenza?».

O forse no.

«Perfida», dice lui con un finto broncio.

Avrei dovuto immaginarlo che non avrebbe fatto un complimento sincero a un giocatore dell'Harvard. Tuttavia, lo vedo che si sta infervorando per la festa. I suoi fianchi, anche se solo un tantino, hanno iniziato a muoversi al ritmo della musica che sta strepitando dal salotto, e adesso sembra più rilassata mentre sorseggia lo champagne.

Sto per prendere il bicchiere che McCarthy mi sta offrendo quando mi vibra il cellulare nella borsa. E continua a vibrare. Lo tiro fuori, capendo che è una chiamata. Lo schermo mi dice che è Hunter.

«Tieni le bollicine al freddo per me. Devo rispondere». Fisso ogni ragazzo con uno sguardo severo, sollevando due dita ai miei occhi mentre vago verso la porta. «Non fate nulla di stupido», li avverto.

«La tua amica è in buone mani», promette McCarthy. «Sono un vero e proprio gentiluomo».

«È vergine», dice uno dei suoi compagni di squadra.

McCarthy annuisce con solennità. «Eh, già».

Brenna assottiglia gli occhi. «Davvero?»

«Cazzo, no». Sorride di nuovo e, oh cavolo, ha le fossette. Questo tipo è proprio adorabile.

Quando mi trovo in un punto più tranquillo, rispondo alla chiamata. «Ehi, che c'è?»

«Dove sei, biondina?», domanda Hunter. «Credevo che ormai saresti tornata a casa».

«Dopo la partita, mi sono imbattuta in un vecchio amico e ci ha invitato a una festa».

Nel salotto, qualcuno alza il volume di una traccia *drum and bass* che è appena iniziata, e potrei giurare che le pareti si stanno espandendo e contraendo come un cuore pulsante. La musica sovrasta la replica di Hunter.

«Come, scusa? Non ti sento».

Anche al telefono, riesco a percepire il suo sospetto. «Ma dov'è che sei?»

«A Cambridge. Te l'ho detto: mi sono imbattuta in un amico delle superiori. Oh, ehi, forse lo conosci anche tu. Brooks Weston?».

Il silenzio che segue è pregno di accusa.

«Hunter?»

«Mi prendi in giro? Sei alla festa dell'Harvard?»

«Sì, e prima che tu inizi a farmi la ramanzina sul fraternizzare con il nemico, non ti disturbare. Ci ha già pensato Brenna».

«È inaccettabile», grugnisce. «Non puoi festeggiare con gli stronzi che ci hanno battuto stasera».

«Perché no?»

«Perché sì!».

Soffoco una risata. «Devi sapere una cosa sullo sport, tesoro. A volte vinci e a volte perdi. Sarebbe davvero immaturo – per non dire stupido – odiare ogni giocatore di ogni squadra che ti ha battuto».

«Odiamo l'Harvard», dice con testardaggine.

«Non sono nemmeno i vostri rivali ufficiali! È l'Easton College».

«Questa è l'America, Summer. Alle squadre universitarie di hockey è permesso avere più di un rivale».

Scoppio a ridere. «Posso andare adesso, Hunter? Per colpa tua sto ignorando Brenna». Anche se una veloce occhiata mi rivela che non le manco affatto. Sta ridacchiando per qualcosa che McCarthy ha detto.

Alla faccia del covo di Satana. Si sta divertendo.

«Va bene, puoi andare». Ha un tono di voce adorabile da brontolone. «Ma tanto per la cronaca, vorrei che fossi qui».

Uno strano calore mi riempie la pancia. Questi tentativi di seduzione di Hunter mi confondono. Mi è piaciuto baciarlo, ma vivo con lui adesso. E vivo anche con Fitz, da cui sono ancora attratta nonostante quanto voglia proprio dargli un pugno nelle parti basse.

Come ho detto, mi confonde.

«Potresti sempre venire qui, se vuoi», propongo.

Una forte risatina mi riecheggia nell'orecchio. «Nelle fosse ardenti di Lucifero? Ma manco morto».

Oh, Cristo. Tutti i tifosi della Briar pensano che Harvard sia l'inferno di Dante, o sono solo circondata da persone strambe? Harvard è una scuola assolutamente rispettabile con una squadra di hockey assolutamente rispettabile che si dà il caso abbia battuto la Briar stasera. Fatevene una ragione, gente.

«E comunque sia, abbiamo amici a casa», aggiunge. «Ti ho chiamato anche per questo, per avvertirti».

«Okay, va bene. Sono…».

«Finalmente!», strepita una voce familiare dalla porta lontana. «Ma dove sei stata!».

Sorrido a trentadue denti quando Weston entra a grandi passi in cucina. Quando indico il cellulare e sollevo il dito per comunicargli che ci metterò un minuto, fa spallucce e si gira verso i suoi compagni di squadra. «A me la birra».

«Devo andare», dico a Hunter. «Ci vediamo a casa».

Recuperare il tempo perduto con Weston è uno spasso. Ci rintaniamo in una stanza lontana dalla zona giorno principale; forse in passato è stata una sala da pranzo, ma adesso è un secondo salotto con due sofà imbottiti, un paio di poltrone e un enorme tavolo da caffè di vetro. Weston è su un'estremità del divano mentre io sono appollaiata sul bracciolo. La musica non è così forte qui dentro, il che significa che non dobbiamo urlare per ragguagliarci a vicenda su come stanno i nostri compagni di classe con cui abbiamo perso i contatti.

Dall'altro lato della stanza, Brenna sembra estremamente a suo agio sul grembo di McCarthy. È ovvio che il ragazzo è super preso da lei. L'atleta ha un braccio buttato intorno alla mia amica e una mano posata sulla sua coscia, mentre sbirciano qualcosa sul cellulare di Brenna. Li ho intravisti baciarsi qualche volta da quando si sono seduti, e ogni volta devo trattenere un sorriso.

Dopo glielo sbatterò in faccia *come non mai*, garantito.

«La tua amica è una bomba», mi dice Weston.

«Vero? È anche divertente da avere intorno». Mi resta difficile credere di aver conosciuto Brenna solo ieri. Mi sembra di conoscerla da una vita.

«A proposito di divertente...». Facendo l'occhiolino, si china verso il tavolo e fa una striscia della polvere bianca che stavo facendo finta di non notare.

Sono stata in presenza della cocaina più volte di quante mi piaccia ammettere. È la droga preferita dei figli di papà con tempo da perdere e soldi da sperperare. L'ho provata una volta a una festa a sedici anni, ma non faceva per me. Preferisco il formicolio caldo dell'alcol a quella sensazione frenetica e tesa.

Tuttavia, non sono sorpresa di vedere Weston che ne fa uso... gli è sempre piaciuto sniffare. E a dirla tutta, piaceva anche alla maggior parte dei giocatori di hockey della Roselawn. Dean una volta mi ha detto che cocaina e giocatori di hockey vanno a braccetto, e adesso mi domando se anche quelli della Briar si dilettano con quella roba. Spero di no.

Weston sniffa, poi si strofina il naso e scuote la testa un paio di volte, come se stesse cercando di schiarirsi le idee. «Sicura che non vuoi?»

«Non è roba per me», gli rammento. Faccio un sorso di birra. «Non ti preoccupi mai del test antidroga?». Mio fratello è rimasto fregato la scorsa stagione per colpa di un casuale test antidroga che gli è stato fatto a sorpresa.

«La cocaina si smaltisce dopo quarantotto ore, tesoro». Weston alza gli occhi al cielo. «Devi essere davvero stupido per farti beccare». Pianta una mano sul mio ginocchio, ma il gesto non ha nulla di sessuale. «Allora, ti piace la Briar? Meglio della Brown?»

«Le lezioni ancora non sono iniziate, quindi non ti saprei rispondere. Il campus è stupendo, però».

«Vivi nei dormitori?»

«No, sto con alcuni amici di Dean. A dire la verità, uno di loro è Hunter Davenport, il tuo vecchio compagno di squadra nella Roselawn».

«Ma non mi dire! Convivi con Davenport?»

«Platonicamente».

«Come no».

Sto per controbattere quando sento un sottile spostamento d'energia nella stanza. Jake Connelly è appena entrato, e fatemelo dire, quell'uomo ha carisma. Cammina a grandi passi con in mano una bottiglia di Samuel Adams, e si ferma davanti alla poltrona di fronte al nostro divano. Il tipo che occupa la poltrona balza in piedi all'istante. Con calma, Connelly prende il suo posto.

Mentre sorseggia la birra, i suoi occhi verde scuro guizzano verso Brenna.

La mia amica si scorda momentaneamente della presenza di McCarthy. Contempla i jeans scuri di Jake, la maglietta nera di Under Armour e un berretto dei Red Sox. «Connelly», dice Brenna in modo brusco. «Bella partita».

L'atleta le dà uno sguardo meditabondo. Non c'è traccia di sarcasmo nel tono di voce di Brenna, ma penso che Connelly percepisca la difficoltà con cui lei ha espresso quella lode. «Grazie», dice lui in modo strascicato. Fa un altro sorso di birra.

McCarthy cerca di attirare l'attenzione di Brenna, ma gli occhi della mia amica rimangono su Jake. E quelli di Jake rimangono sui suoi.

«Dove ti ho già visto?», chiede lui pensieroso.

«Uhm. Be', riesci a sentire le urla mentre sei in campo? Perché di solito sono io quella che vomita insulti contro di te», commenta.

Connelly sembra divertito. «Ho capito. Sei una tifosa sfegatata della Briar».

«Ah! Gli piacerebbe».

«Frequenti la squadra. Ti ho visto».

«Non ho scelta». Inclina la testa in segno di sfida. «Mio padre è l'allenatore».

Jake rimane assolutamente imperturbato.

McCarthy, invece? Decisamente inorridito. Si alza di scatto, facendo quasi cadere Brenna a faccia in giù sulla moquette. Dimostrando di essere almeno un gentiluomo, riacquista la presa su di lei, poi la fa accomodare sulla poltrona prima di saltare in piedi.

«Perché non hai detto nulla?». Si gira verso Weston con un'espressione di tradimento in volto. «Perché non mi hai avvertito?»

«Chi se ne frega, amico. È una brava ragazza».

«Le ho detto del mio ginocchio malconcio! L'allenatore non aveva intenzione di metterlo nel rapporto sugli infortuni la prossima settimana. E se lo spiffera al padre?»

«E allora?». Weston non è ancora preoccupato.

«E allora, prima che me ne accorga, uno dei suoi esecutori mi assesta un colpo sul ginocchio, *oops! È stato un incidente*, e all'improvviso ho chiuso per la stagione».

«Mio padre segue un programma pulito», rimbecca Brenna, alzando gli occhi al cielo. «Non si ispira a Tonya Harding».

Weston emette una risata nasale. Connelly fa un sorriso smagliante, e accidenti se non lo rende ancora più attraente.

«Inoltre», continua lei. «Non sono mica la CIA: ho di meglio da fare con il mio tempo che spiare un branco di giocatori di hockey per mio padre».

McCarthy perde un po' della sua sbruffoneria. «Sì?»

«Sì». Brenna si alza dalla poltrona. «Stasera sono venuta qui per rilassarmi con la mia amica, bere un paio di drink e forse spassarmela con un ragazzo carino».

L'espressione di McCarthy diventa speranzosa. «Possiamo ancora spassarcela».

Brenna getta la testa all'indietro e ride. «Scusa, ragazzone. Quel treno è partito quando mi hai praticamente buttato sul pavimento perché ho i pidocchi».

Un paio dei suoi compagni di squadra scoppia a ridere. Il povero McCarthy non è divertito.

Con mia grande sorpresa, Connelly interviene. «Non darle retta, amico. Non se la sarebbe mai spassata con te».

Brenna solleva le sopracciglia. «Ah, no? Non penso che tu mi conosca così bene da prendere questa decisione».

Lui la fissa, con la lingua si inumidisce l'angolo della bocca. È estremamente sexy. «Non andresti mai a letto con un giocatore dell'Harvard».

Lei ricambia il suo sguardo per diversi secondi prima di capitolare. «Hai ragione. Neanche tra un milione di anni». Sposta l'attenzione su di me. «È ora di andare, pazzoide. Chiamo un Uber».

Forse è una buona idea. Mi chino per dare a Weston un bacio sulla guancia. «È stato bello rivederci», gli dico. «E grazie per l'invito».

«Non c'è di che. Spero che ci rivedremo ancora, adesso che vivi qua».

«Assolutamente». Mi alzo e lancio un'occhiata a Jake. «Buona serata».

Lui si limita ad annuire.

«Arriva tra quattro minuti», dice Brenna, sollevando il cellulare.

McCarthy è ancora vicino a lei e non si sforza di nascondere la propria delusione. «Potresti rimanere…». La sua voce si affievolisce, in attesa della sua risposta.

Sotto sotto, penso che se la sarebbe spassata con lui, al diavolo Harvard. Purtroppo McCarthy ha mandato tutto all'aria con quella reazione esagerata alla scoperta della sua identità.

Brenna prova compassione per il tipo e gli avvolge le braccia intorno al collo, sfiorandolo con le labbra sulla guancia ispida. «Forse in un'altra vita, McCarthy».

Con un sorriso addolorato in volto, l'atleta le dà uno schiaffo leggero sul sedere prima che se ne vada. «Ti prendo in parola».

Prima di uscire dalla porta, Brenna lancia lo sguardo più lapidario del mondo verso Jake Connelly. Gli occhi verdi del giocatore luccicano divertiti quando lei sparisce dalla stanza.

Tre minuti dopo, ci troviamo sui sedili posteriore del nostro Uber. Brenna si rivolge a me in un tono rancoroso. «Non è stato troppo atroce».

«Vedi! Te l'avevo detto che ci saremmo divertite», la stuzzico.

Guardandomi in modo torvo, affonda un dito nell'aria tra di noi. «Detto ciò, racconterò subito a mio padre del ginocchio di McCarthy».

Sogghigno. «Non mi aspettavo altro».

Brenna decide di accamparsi a casa mia quando scopre che anche i miei coinquilini stanno dando una festa. Mi confessa di essere una tiratardi e ha difficoltà ad addormentarsi prima delle tre o delle quattro. Per quanto mi riguarda, amo un bel dopo-festa come amo i miei stivali Prada, così sono felice di portarla a casa con me.

Con nostro sgomento, non c'è più nessuno quando attraversiamo la porta. I miei coinquilini sono ancora svegli, però. Hollis e Fitz sono sul divano a sfidarsi a vicenda in un videogioco sparatutto. Hunter è privo di sensi sulla poltrona, con indosso pantaloni da tuta e una T-shirt logora senza maniche.

L'unica prova di una festicciola sono le dozzine di lattine di birra vuote e un vago odore di marijuana che sembra venire da Mike.

«Togliti dalle palle», sta grugnendo Hollis a Fitzy. «Smettila di mettermi alle strette».

«Smettila di nasconderti nello stesso magazzino se non vuoi che ti trovi».

Dalla porta osservo quando il soldato nella parte di Mike dello schermo si trova di fronte alla canna di un fucile spaventoso. Nella parte di Fitzy, è chiaro che abbia messo Hollis completamente in trappola.

«Vuoi dire le tue ultime parole?», chiede Fitzy.

«Non ho mai imparato ad andare in bicicletta».

Fitz scoppia a ridere. Una risata profonda e sexy che scaturisce dal suo petto… e muore nel momento in cui si accorge della mia presenza.

«Porca miseria, bella battuta», dice Brenna a Hollis quando entra con disinvoltura in salotto. «Sei riuscito a dire qualcosa che mi ha fatto ridere. Cioè, ho riso *con* te e non *di* te».

Hollis replica con uno sguardo torvo. «Oh, ma salve. Com'era Roma?»

«Roma?», dice lei con perplessità.

«Sì. Roma». Il suo sguardo cupo vaga verso di me. «Giusto, Bruto?».

Mi giro con riluttanza verso Fitz in cerca d'aiuto. «Di che diavolo sta parlando?»

«*Tu quoque, Brute*», mormora con sarcasmo.

«Davenport ci ha detto dove sei stata», accusa Hollis. «Quindi non cercare di nasconderlo».

«Non ne avevo intenzione», dico in tono allegro. «Bee, vuoi bere qualcosa?»

«Ovvio».

Dalla poltrona Hunter apre a fatica un occhio. «C'è rimasta solo una bottiglia di Fireball», borbotta, indicando a casaccio l'estremità del tavolo.

Adocchio la bottiglia di whisky alla cannella con apprensione. «Ti senti pepata?», chiedo a Brenna.

«Sempre».

Facendo un sorriso smagliante, mi infilo in cucina alla ricerca di bicchierini. Al mio ritorno, Brenna è accoccolata a fianco di Fitz e cerca di convincere lui e Hollis di essere stata costretta a venire alla festa a Cambridge.

«È stato terribile», si lamenta Brenna.

«Stronzate! Si è divertita un mondo». Poso i bicchieri sul tavolo, e poi lancio un'occhiata ai miei coinquilini. «Va bene se Brenna resta qui a dormire, vero?». Adesso mi domando se avessi dovuto chiedere il permesso.

Ma Hollis agita la mano in maniera sbrigativa. «Certo che puoi restare», le dice. «Il mio letto è il tuo letto».

Fitz sbuffa.

«Oh, tesoro, non toccherei il tuo letto con un palo di tre metri».

«A proposito di pali...». Hollis agita le sopracciglia.

«Tienitelo nei pantaloni, Michael».

«Oh, abbi pietà di lui. Ne ha bisogno», dice Fitz, buttando un braccio tatuato sulla spalla di Brenna.

E no, non sono gelosa nel vederlo.

Perché dovrei esserlo?

Distolgo lo sguardo e mi concentro a versare il whisky.

«Perché ha bisogno della mia pietà?»

«Perché si è fatto la ceretta su tutto il corpo per una donna che gli ha poi dato buca». Fitz sembra come se stesse cercando di non ridere.

Dalla sua poltrona, Hunter non si scomoda dal trattenersi. Ridacchia, anche se in modo sonnolento. Penso che forse Hollis non sia stato l'unico a fumare erba stasera. Da quando siamo tornate, Hunter si è a malapena mosso.

«Oh, cielo». Brenna si allunga oltre il grande corpo di Fitz e dà un buffetto sul braccio di Hollis. «Le mie più sentite scuse, dolcezza».

Lo osservo mentre finisco di versare. Indossa jeans e maniche lunghe. Nemmeno un accenno di pelle. «Su una scala da uno a dieci, quanto sei spelato?».

Curva le labbra. «Vieni qui a scoprirlo...».

Stavolta è Fitz ad allungarsi per dare un ceffone a Hollis sulla nuca. «Finiscila, amico. Persino io sto iniziando a essere schifato».

Brenna ed io facciamo tintinnare i bicchieri, li solleviamo alle labbra e buttiamo giù il liquido. Il whisky alla cannella mi brucia fino allo stomaco.

«Oddio», gemo. Ho la bocca e la gola in fiamme. «Mi sono dimenticata di quanto è potente questa roba».

«Un altro», ordina Brenna. «L'ho a malapena sentito».

Con uno sbuffo di risata, verso altri due bicchierini.

Mentre facciamo un altro giro di shot, riesco a percepire lo sguardo guardingo di Fitz che mi penetra. Scommetto che vuole farmi una ramanzina sull'alcol. Avvertirmi di rallentare. Ma tiene la bocca chiusa.

«Oookay, questo l'ho sentito!». Le guance di Brenna sono arrossate adesso. Non perde tempo a sfilarsi il suo maglione nero stretto, rimanendo in jeans neri attillati e una canottiera di pizzo leggerissima.

Gli occhi azzurri di Hollis ardono di passione. «Vuoi andare di sopra? Per rispondere alla domanda di Summer, sono un dieci. Completamente spelato...».

Mi sfugge un risolino. Certo. Come se una cosa del genere potesse persuaderla.

«Assolutamente no», replica lei. Prende il controller abbandonato di Fitz. «A che stiamo giocando?»

«*Killer Instinct*».

«Forte. Lo conosco. Fammi giocare contro Hollis. Voglio metterlo in ginocchio un paio di volte».

Hollis è raggiante. «Avete sentito? Vuole mettermi in ginocchio. E la mia risposta è sì. Mettimi in ginocchio, dolcezza».

Purtroppo per lui, Brenna gli spara virtualmente in testa almeno sei volte. Non mi piace tanto guardare gli altri giocare ai videogiochi, quindi scorro la libreria Spotify di Hollis sul suo computer acceso, faccio una playlist e passo l'ora successiva a godermi la musica da sola, mentre Brenna fa a turno per confrontarsi contro Hollis e Fitz.

Buttiamo giù altri due bicchierini durante quell'ora. E poi altri due, dopo che Hollis insiste nel dire che è inutile lasciare la scolatura nella bottiglia. «Questa è Briar!», urla, come se stesse recitando una scena da *Il Gladiatore*. «Finiamo ciò che iniziamo!».

Sono così ubriaca che il suo discorso ha perfettamente senso per me. Quindi noi tre tracanniamo il whisky, mentre Hunter russa piano sulla poltrona e Fitz mi osserva con ciò che penso sia disapprovazione. Non posso esserne sicura, perché la mia vista è un tantino annebbiata.

E forse la stanza sta girando un pochettino.

Ma potrebbe essere perché sono io a girare.

«Penso sia ora di andare a letto». La voce bassa di Fitz rimbomba nel mio orecchio. Si avvicina alle mie spalle mentre ballo sulle note di una canzone dei Whitesnake dalla playlist metal di Hollis.

Ero nel bel mezzo di una mossa in cui ondeggio la coda di cavallo, così gli frusto i capelli in faccia quando mi giro. Lui non sussulta nemmeno. Si limita a piantare una grossa mano sul mio braccio per immobilizzarmi prima che cada a terra.

«Non sono stanca», lo informo, scrollandomi di dosso la sua mano.

Ancora una volta, traballo. E ancora una volta, mi afferra.

Ma solo stavolta, fa un ulteriore passo avanti.

In un batter d'occhio, tutto il mio corpo è in aria. Fitz mi solleva sopra la sua spalla, e all'improvviso sto fissando il dietro della sua T-shirt nera mentre ciondolo le gambe sul suo ampio petto.

Gli do un calcio. «Mettimi giù! Oh, mio Dio, Fitz!».

«No».

Gli do un altro calcio. Più forte. «Mettimi giù! Brenna, salvami!».

«Ciccia, nell'ultima ora hai pogato da sola», la sento dire. Non posso vederla, perché Fitz mi sta ancora maneggiando come un cavernicolo. «Penso abbia ragione. Ti raggiungo dopo questa partita».

Intravedo il suo viso divertito prima che Fitz marci verso le scale con me in spalla.

«Dico sul serio», grugnisco. «Mettimi *giù*».

«No». Il suo braccio è come una morsa d'acciaio intorno alle mie cosce.

«Non sto scherzando! Non sono un giocattolo che puoi sbattere qua e là! Sono un essere umano e *ho dei diritti*!».

Tutto ciò che ottengo come risposta è una risatina bassa.

Non ci credo che mi sta *trasportando* al piano di sopra. Come se fossi una bambina di sei anni che non è andata ancora a nanna e deve essere bandita al suo letto di Hello Kitty. Digrignando i denti, gli sferro un pugno sulla scapola. Non si muove nemmeno. Siamo a metà strada sulle scale. Provo un'altra via e gli pizzico i deltoidi. Quando anche quello fallisce, provo con l'ascella.

Indietreggia come se gli avessero sparato, poi impreca irritato. «Smettila».

«Lo farò se mi metti giù». Lo pizzico ancora e ancora.

Scrolla la schiena e le spalle per cercare di liberarsi dalle mie dita. «Porca puttana, Summer. Smettila di pizzicarmi!», urla.

«Oh, ma a te è concesso di afferrarmi contro la mia volontà?», rispondo gridando anch'io.

Entrambi stiamo respirando forte. Avverto le gocce di sudore formarsi sulla nuca e tra i seni. È una fatica cercare di divincolarmi dalla sua presa. Fitz raggiunge la cima delle scale e avanza verso la mia camera da letto, imprecando nel frattempo perché non smetto di pizzicargli la schiena muscolosa.

«Quand'è che sei entrato nella polizia anti-spasso?», esigo di sapere quando alla fine mi mette giù… in modo un po' più rude del necessario. I miei piedi si connettono al pavimento con un tonfo pesante. «E chi ti ha dato il diritto di trascinarmi di sopra?».

I suoi occhi marroni fiammeggiano. «Ci mancava tanto così perché cadessi e ti fracassassi la testa su un mobile. Forse saresti pure svenuta».

«Oh, mio Dio, perché tutti nella mia vita sono così teatrali! Stavo solo ballando!».

«*Io* sono teatrale?», ruggisce, e rimango momentaneamente sbigottita perché non penso di aver mai sentito Fitz alzare la voce. «Ieri mi hai fatto una scenata senza motivo. Cazzo, mi hai accusato di aver insinuato che tu non sapessi leggere».

«Perché ti stavi comportando come uno stronzo borioso!».

«E tu come una mocciosa!».

«E adesso sembri mio padre!».

«E tu ti comporti ancora come una mocciosa!».

Smettiamo di parlare e ci geliamo con lo sguardo. Fitz sta chiaramente stringendo i denti. Le vene del collo sono come corde di chitarra troppo tese. Ha l'aria di qualcuno che sta per scoppiare da un momento all'altro. Ma dopo qualche secondo, emette un sospiro pesante e si strofina la barba scura.

«Mi dispiace per ieri, okay?», mormora. «Non volevo insinuare…».

«Non fa niente», interrompo bruscamente.

«Summer».

«Che c'è?»

«Dico sul serio. Non penso che tu sia stupida».

Almeno uno di noi due lo pensa.

Scaccio via quel pensiero dispregiativo nei meandri della mia mente ebbra. In qualche modo, anche ubriaca fradicia, non sono così ingenua da dargli la soddisfazione di vedere le mie insicurezze.

Stringo le mani a pugno e le premo ai miei fianchi. Fitz mi sta ancora osservando; non è più arrabbiato o frustrato, ma contemplativo. Anche ora, quando sono infuriata o esacerbata per colpa sua, la sua presenza ha un effetto su di me. Il cuore mi martella. Sento le ginocchia traballanti. Dei formicolii ballano lungo la schiena e si adagiano tra le gambe. Quando Fitz si passa le lunghe dita tra i capelli scompigliati, i formicolii si trasformano in un groviglio stretto di desiderio.

Lui mi eccita da morire. Voglio quelle dita sul mio corpo.

«Mi piacevi», dico d'impulso.

La sua mano si pietrifica tra i capelli. «Cosa?»

«Niente. Lascia perdere. Sono ubriaca». Faccio marcia indietro come se la mia vita dipendesse da esso, perché a Fitz non è concesso sapere che ero interessata a lui o che mi ha ferito. Rivelarglielo significa ammettere che ho sentito ogni parola di scherno che ha detto di me.

Un solco gli taglia la fronte. «Summer…».

«Ho detto, lascia perdere. Hai ragione, è ora di andare a letto. Grazie *tante* per avermi scortato al piano di sopra». Il sarcasmo è lampante. «Adesso te ne vai da camera mia?».

Fitz esita per un secondo. Poi irrigidisce le spalle e fa un cenno con la testa secco. «Buonanotte».

Emetto un gemito esausto non appena se ne va.

Porca miseria. Mannaggia a me e alla mia stupida bocca. Devo smetterla davvero di spiattellare tutto quello che mi passa per la mente.

La mattina seguente, un forte colpo, seguito da un'imprecazione ancora più forte, mi sveglia di soprassalto.

Ho il sonno leggero, quindi anche il minimo rumore può trascinarmi via da uno stato di profondo riposo e spingermi in una modalità di panico cieco. Stralunata, mi metto a sedere e controllo l'ora sul cellulare. Sono le sette e mezza. Di domenica.

Quale dei miei coinquilini sta facendo tutto questo casino? Devo saperlo per capire chi devo uccidere.

È meglio che non sveglino Brenna. Immagino che si sia addormentata accanto a me, ma quando controllo, mi accorgo di essere da sola. Ero certa che ieri mi avesse detto che mi avrebbe seguito a letto.

«Porca miseria», mormora qualcuno.

La voce di Brenna.

Mi tolgo in fretta e furia le coperte di dosso e salto fuori dal letto. Apro la porta nello stesso momento in cui altre due si spalancano. Fitz e Hunter appaiono alle loro rispettive soglie, indossando boxer e con tutti i capelli spiaccicati.

Tutti e tre rimaniamo a bocca aperta quando notiamo da quale stanza Brenna sta uscendo.

La mia amica si paralizza come un animale selvatico che

ha appena sentito un ramo spezzarsi. Non indossa nient'altro che una canottiera e slip neri. I jeans sono buttati su un braccio, e i suoi capelli sono così arruffati da darle l'aspetto di una rockstar degli anni Ottanta.

Incrocia il mio sguardo e scuote la testa in segno di monito. «Non una parola».

Non penso di essere capace di formulare parole. La mia mandibola è finita sul pavimento, ammutolendomi.

Brenna sta uscendo con la coda tra le gambe dalla stanza di Mike Hollis?

È una cosa inconcepibile per me.

Hunter apre la bocca, ma Brenna lo azzitta con un grugnito sommesso.

«Non. Una. Parola».

Rassegnato, Fitzy scuote la testa, si volta e chiude la porta della camera.

«Ti chiamo dopo», mormora Brenna, passandomi davanti mentre si dirige verso le scale.

Annuisco senza parlare.

Qualche minuto dopo se ne va, il rumore di un motore d'auto mi suggerisce che ha prenotato un Uber.

«Wow», dico.

Con mia grande sorpresa, Hunter mi segue nella mia stanza e si butta sul letto. Mentre si mette comodo, vedo i suoi addominali flettersi. «È stato surreale», dice con voce assonnata.

Lo fisso. «C'è una ragione per cui ti trovi nel mio letto?»

«Non proprio». Si gira su un lato, distendendo una lunga gamba muscolosa. Si accoccola sul mio cuscino ed emette un sospiro soddisfatto. «'Notte».

Incredibile. Si addormenta profondamente nel giro di pochi secondi, ma non ho nemmeno l'energia di sbatterlo fuori. È troppo presto, e ho solo dormito quattro ore.

Quindi faccio quello che qualunque ventunenne stanca farebbe. Striscio nel letto con l'uomo mezzo nudo che si è sistemato lì.

Hunter emette un mormorio flebile e poi getta un braccio sopra di me, tirandomi più vicino a sé. In un primo momento, resisto, diventando tutta rigida. Poi mi rilasso e permetto alla tensione di svanire. È passato molto tempo dall'ultima volta in cui ho dormito con qualcuno, ed è...

Cavolo, è bello.

Capitolo dodici
Fitz

Lunedì è il primo giorno del nuovo semestre e sono sveglio ancor prima del canto del gallo. Il cielo è una pennellata di blu marino attraverso una tela nera. Un piccolo baluginio di luce inizia a fare capolino attraverso l'oscurità mentre fisso fuori dalla finestra della cucina, in attesa che il caffè vada in infusione. Non ho sentito nient'altro che cosa fenomenali su Fotografia per videogiochi, e Fondamenti dell'animazione 2D sembra una forza.

Mi sto laureando sia in Belle arti che in Ingegneria informatica… e sulla questione, mio padre non manca mai di farmi la ramanzina. Pensa che sia un peso inutile, che dovrei concentrarmi solo sull'ultima. «I computer sono il futuro dell'arte, Colin», è la sua tesi.

Non ha tutti i torti; oggigiorno la grafica opera soprattutto nella sfera digitale, con le persone che disegnano direttamente sui computer o tablet. Io stesso ne sono colpevole.

Ma per me, non c'è nulla di meglio che toccare la superficie rigida di un blocco per schizzi, sentire il raschiare di una matita o lo stridere del carbone che si muove per la pagina. Disegnare su carta e dipingere su tela è così radicato in me che non riesco a immaginare di dipendere unicamente dalla tecnologia.

Sono sicuro che alla fine i musei esporranno solo schermi

digitali invece di tele, e forse ciò mi rende un dinosauro, ma il pensiero mi deprime parecchio.

Dato che la prima lezione non c'è fino alle dieci e gli allenamenti non ci sono fino alle otto, ho un mucchio di tempo per monitorare il progresso beta del mio gioco. Porto il caffè di sopra e lo poso sulla scrivania. O ciò che a Hollis piace chiamare "Centrale del comando spaziale".

Il mio impianto per videogiochi *è* un po' carico per uno studente del college, completo di tre monitor ad alta definizione, una tastiera programmabile, un mouse da gioco totalmente personalizzabile, e una scheda grafica che è costata più di quanto mi piacerebbe ammettere. Ma ne è valsa la pena.

Mi infilo le cuffie color nero e verde fluorescente appese sulle casse esterne. Guardo un paio di video, poi controllo il forum privato che ho aperto per il mio gruppo beta. L'accesso al gioco era solo tramite invito, quindi le uniche persone che giocano a *Legion 48* sono quelle che ho scelto e approvato. Nella chat, alcuni sono in cerca di scorciatoie per eludere il sistema, il che mi esaspera. Scorro velocemente quelle richieste e do la caccia a dati utilizzabili. Il punto di questa versione è di sistemare i *bug*, in modo che il prodotto finale sia completamente funzionante.

Non mi salta niente all'occhio. Sorseggio il caffè mentre commenti e domande spuntano sullo schermo, la chat scorre da sola con ogni nuova linea di testo. Non sono sorpreso di vedere così tanti giocatori online a quest'ora del mattino. È molto probabile che non siano nemmeno mai andati a letto.

Quando sento rumore di passi nel corridoio, giro cautamente la testa verso la porta. Qualcuno entra in bagno. Qualche minuto dopo, l'acqua della doccia scorre.

Mi domando se sia Summer. Una parte di me spera che non lo sia, così potrò uscire di casa e andare agli allenamenti senza vederla. Ogni interazione che io e lei abbiamo condiviso ieri è stata più che imbarazzante. E sorvoliamo sull'altra notte, quando ho dovuto trascinare quel suo culo da ubriacona al piano di sopra.

Un fantastico culo da ubriacona. E sto parlando di un culo scandaloso, incredibilmente sodo, così rotondo da farti venire l'acquolina in bocca… è un culo che non puoi non desiderare.

Mi piacevi.

Cerco di non soffermarmi sulle due parole che Summer mi ha scagliato addosso. Era ubriaca quando le ha dette, e non mi fido molto delle dichiarazioni alimentate da alcol.

Altri passi riecheggiano fuori dalla mia porta. Stavolta so per certo chi è: Hollis. Sta borbottando tra sé e sé su quanto deve pisciare.

All'improvviso mi ricordo di Brenna che camminava lungo quello stesso corridoio. Ieri Hollis non la smetteva di parlare della loro sveltina, comportandosi come se avesse vinto alla lotteria. Non è lontano dalla verità, dato che sono quasi certo che questa sia la prima volta in cui Brenna è stata con uno di noi. Di solito ci evita come se fossimo affetti da lebbra, anche se non so se è perché non le piacciono i giocatori di hockey o perché è abbastanza sveglia da sapere cosa l'allenatore farebbe se uno di noi toccasse la sua preziosa figlia.

Hollis, purtroppo, non è sveglio. Impavido, sì. Ma non sveglio. Perché se l'allenatore scoprisse quello che ha fatto, lo legherebbe alla rete nudo e a gambe aperte per fare pratica con il suo colpo secco.

«Iiiiiiiii!».

Quasi cado dalla sedia quando un urlo spacca-timpani trapassa la casa silenziosa. Mi si gela il sangue e mi alzo in un batter d'occhio, balzando verso la porta.

Ragiono come un cavernicolo.
Summer urlare.
Summer pericolo.
Salvare Summer.
Con i pugni alzati, mi scaravento in corridoio e poi mi blocco di colpo quando la porta del bagno si spalanca. Un Hollis in boxer viene gettato ai miei piedi senza alcun riguardo.
«No!», strilla Summer. «Non puoi entrare qui quando ci sono io sotto la doccia! È INACCETTABILE!».
Oh, cavolo.
Esce barcollando, con i capelli biondi bagnati che gocciolano sulla sua umida pelle dorata. La schiuma le cola dalle braccia nude, ed è evidente che ha preso l'asciugamano sbagliato perché questo è troppo piccolo: a malapena le copre i seni e le cosce. Se il tessuto di spugna bianco scivolasse di un millimetro in alto o in basso, finiremo tutti nei guai.
La bocca mi diventa arida. Le sue gambe sono lunghe in maniera inverosimile e sono così sexy che non posso fare a meno di immaginarle avvolte intorno alla mia vita.
Deglutisco. Forte.
Nel frattempo, Hollis sembra disorientato. «Volevo solo svuotare la vescica», protesta.
«E io ero sotto la doccia!», strepita lei. «E ho chiuso la porta a chiave!».
«La serratura è rotta».
«Adesso me lo vieni a dire!».
Hollis si strofina gli occhi. «Non capisco quale sia il problema, piccola».
«*Non* chiamarmi piccola».
La porta di Hunter si spalanca. «Che diavolo succede?». Inarca le sopracciglia quando esamina la scena. «Che hai combinato?», grugnisce all'amico.

«Non ho combinato nulla», borbotta Hollis.
«È entrato mentre mi facevo la doccia!».
«Stavo solo pisciando! Non è che mi sono unito a te *nella* doccia».
«Non è quello il punto!». Summer indica la porta del bagno. «Vedi quella stanza? È un luogo sacro! È un tempio, Mike! È per una persona, e una sola persona. Come in cella d'isolamento».
«Quindi è una prigione o un tempio?», domanda quel zuccone.
«Sta' zitto», sbotta lei. «E stammi a sentire, Hollis. A differenza di te, io non ho un pene».
«E meno male, direi».
«Hollis», lo metto in guardia a bassa voce.
Si tappa la bocca.
«*Io* sono una donna», continua Summer. Stringe la presa sull'asciugamano per tenerlo al suo posto. «Sono una donna che vive con *tre* uomini, e ho il diritto ad avere la mia privacy. Ho il diritto a farmi una cazzo di doccia senza che tu piombi dentro e tiri fuori l'uccello!».
«Ma se non l'hai nemmeno visto», controbatte lui.
«Non è quello il punto!». Getta le braccia in aria per la frustrazione.
E tutt'a un tratto, l'asciugamano le scivola.
Oh, Madre santissima.
Riesco a dare una sbirciata ai suoi seni pieni color crema con i capezzoli rosa pallido. Un'unica sbirciata incredibile e invitante, prima che Summer si copra di colpo il petto con una mano e un braccio. Riesce a recuperare l'asciugamano prima che cada, usando l'altra mano per tenerlo sulle parti basse.
Hollis sembra sbigottito.
Gli occhi di Hunter sono in fiamme.
Per quanto mi riguarda, sto facendo tutto in mio potere

per non guardarla. Concentro il mio sguardo su un punto a caso sopra la sua testa e parlo con una voce sorprendentemente decisa. «Non risuccederà, Summer. Giusto, Hollis?»

«Giusto», la rassicura lui.

Annuisco in segno d'approvazione. «Per prima cosa, sistemeremo la serratura...».

«Perché stai parlando al soffitto?», domanda Summer con tono intransigente.

Deglutendo un gemito, obbligo me stesso a incrociare il suo sguardo. Quelle grandi profondità verdi non riflettono nient'altro che infelicità e imbarazzo nei miei confronti. Summer sarà anche teatrale, ma ha ragione. Vive con tre uomini e si merita la propria privacy.

«Questo è il peggior bagno del mondo», geme in maniera cupa. «Non c'è spazio sulle mensole. La luce è così terribile che non riesco a truccarmi. E adesso neanche posso stare da sola quando mi faccio una doccia?»

«Summer», dico pacatamente. Sembra stia per piangere, quindi cammino lentamente verso di lei.

Non toccarla. Non toccarla. Non toccarla.

La tocco.

Solo la punta delle dita sulla sua spalla, ma il contatto manda un caldo brivido lungo la mia schiena. «Sistemerò la serratura. Te lo prometto».

Il suo corpo si rilassa quando sospira. «Grazie».

Si volta e marcia in bagno. Ci sbatte la porta in faccia. Un istante dopo, l'acqua della doccia ricomincia a scorrere.

Hunter e io ci scambiamo uno sguardo veloce prima di girarci per attaccare Hollis.

«Che c'è?», dice sulla difensiva.

«Amico, hai due sorelle», accusa Hunter. «Come fai a non capire il galateo del bagno? Io e Fitz siamo figli unici, ma *conosciamo* il galateo del bagno, porca miseria».

«Io e le mie sorelle non abbiamo mai condiviso il bagno». Con uno sbuffo irritato, cammina in modo altero verso camera mia.

«Dove vai?», gli chiedo.

«Al cesso di Re Colin». Mi guarda male. «O preferisci che piscio di sotto nel lavandino?».

Sollevo alla svelta le braccia come lasciapassare. «È tutto tuo, amico».

Animazione 2D è divertente come mi aspettavo. Dopodiché, lascio il laboratorio informatico con i miei due amici, Kenji e Ray. Dato che sono gamer incalliti, erano in cima alla mia lista di *beta tester*, e non riescono a smettere di parlare di *Legion 48* mentre usciamo.

«È una figata, Fitz», sta dicendo Kenji mentre chiude la zip della giacca a vento.

Metto un cappello di lana nero sulla testa e infilo le mani in un paio di guanti. Sembra che gennaio non finisca mai. È come se ogni anno il pianeta si bloccasse in un circolo temporale del cazzo per allungare gennaio di un centinaio di giorni. E poi il circolo si spezza e il resto dell'anno vola in circa quattro minuti.

«È una figata», riecheggia Ray.

All'apertura delle porte veniamo accolti da una folata di vento gelido. Gennaio del cavolo.

Nonostante il freddo, non posso contenere una scarica di frenesia. «Non avete trovato nessun gran problema finora?»

«Assolutamente nessuno».

«Dai, deve esserci qualcosa».

Scendiamo i larghi scalini verso il marciapiede coperto di brina. Gli edifici della facoltà di Belle arti sono raggruppati insieme sul lato ovest del campus, così quasi tutti gli studi e le aule sono situate qui.

«Ti dico che non c'è nulla», dice Ray.

«Nada», concorda Kenji.

Il cellulare mi vibra nella tasca. Lo tiro fuori e aggrotto la fronte vedendo le parole "NUMERO PRIVATO".

Kenji e Ray sono ancora immersi in una conversazione animata sul gioco, quindi faccio segno che me ne vado e loro continuano a camminare.

«Prego, rimanga in attesa per Kamal Jain», sbotta sbrigativa una voce femminile nel mio orecchio.

Mi pietrifico per un attimo, e poi scoppio in una risata avventata. «Certo. Bel tentativo...».

Ma la donna ha già dirottato la chiamata.

Deve essere uno scherzo. Sì, ho fatto domanda per un posto a Orcus Games, uno studio di videogiochi da miliardi di dollari di proprietà del leggendario dio nerd Kamal Jain. Ma se questa donna lavora davvero per Orcus, dubito altamente che mi farà parlare con il fondatore e il presidente della compagnia. È come se Mark Zuckerberg rispondesse alle chiamate del servizio clienti di Facebook.

Sto quasi per riattaccare quando una nuova voce riempie la chiamata.

«Colin, ciao! Kamal. Allora, sono qui a guardare il tuo curriculum. Devo essere sincero con te, Colin... eri un no per me».

Il battito del mio cuore si accelera. O sto avendo delle allucinazioni o c'è davvero Kamal Jain al telefono. Ho visto centinaia di interviste con lui, e riconoscerei ovunque la sua voce frenetica e nasale.

«Giocatore collegiale di hockey? Sarò sincero, fratello. Eri da scartare subito, dato che sei uno di quei palestrati. Cioè, la maggior parte non sa nemmeno la differenza tra Java e C sharp».

Sono contento che non si trovi davanti a me, così non può

vedere le mie labbra corrucciate. Sono stufo marcio dello stereotipo dell'atleta palestrato stupido. È così arcaico, per non dire completamente falso. Si dà il caso che alcune delle persone più intelligenti che conosco facciano sport.

Tengo la bocca chiusa, però. Questo è Kamal Jain, porca miseria. Ha progettato il primo gioco di ruolo *multiplayer* all'età di quindici anni, se l'è autoprodotto, e poi l'ha visto schizzare in cima alle classifiche di popolarità. Ha venduto il gioco per cinquecento milioni di dollari, ha usato i soldi per avviare la propria azienda, e da allora ha guadagnato sempre di più. Nel settore dei videogiochi, questo tipo di andamento è virtualmente inaudito. Il creatore di *Minecraft* è nulla rispetto a Jain.

«Ma uno dei miei stagisti è venuto da me stamattina e mi ha detto di provare questo tuo gioco. Devo dirtelo, Colin, per quanto riguarda il codice, è più semplicistico di quanto mi piacerebbe… anche se, siamo realisti, qualsiasi codice non creato da me è semplicistico. Cosa mi ha convinto? Gli asset! Oh, grande Giove, la grafica! Hai fatto tutto da solo?».

È difficile stare al passo con il blateramento di Jain, ma in qualche modo riesco a rispondere: «Sì. Tutto da solo».

«Laureando in Arti visive alla Briar».

«E non solo», lo correggo. «Anche in Ingegneria informatica».

«Ambizioso. Mi piace. Non mi aggrada molto la parte dell'hockey, ma immagino che ormai hai chiuso con quello sport, dato che hai fatto domanda per lavorare nel mio studio. Non hai intenzione di diventare un professionista dopo la laurea?»

«No, signore».

Una risata stridula mi trapassa il timpano. «Signore? Molla subito questa abitudine, Colin. Chiamami Kamal o KJ. Preferisco KJ, ma va bene qualunque cosa ti metta più a tuo agio. Okay. Fammi dare un'occhiata alla mia agenda». Sento il fruscio dei fogli. «Sono a Manhattan venerdì prossimo. Dirò al pilota di fare prima una fermata a Boston. Ci incontreremo al Ritz».

«Incontreremo?», riecheggio confuso.

«Mi piace fare un colloquio di persona a ogni potenziale progettatore, e deve essere faccia a faccia. Sei su una lista ristretta con altri sei candidati. Sarà competitivo», mi avverte, ma c'è un pizzico di allegria nella sua voce. Ho la sensazione che gli piace mettere i candidati gli uni contro gli altri. «Allora, tra due settimane. Venerdì. Sì?»

«Sì», dico subito. Lavorare per Orcus Games sarebbe un sogno. Era la mia prima scelta e a dire la verità, non mi aspettavo un colloquio. Come ha detto Jain, è competitivo. Tutti vogliono lavorare per Kamal Jain, il miliardario che si è fatto da solo.

«Bene. La mia assistente ti invierà i dettagli. Non vedo l'ora di incontrarti, fratello».

«Anch'io non vedo l'ora».

Scuoto la testa sbalordito quando riattacco. È successo davvero? Ho un colloquio di lavoro con Kamal Jain?

Porca puttana.

Apro la finestra di testo per mandare un messaggio a Morris, ma prima di poter iniziare a scrivere, mi squilla di nuovo il cellulare. Stavolta non è un numero privato, ma mio padre.

Come sempre, un senso di inquietudine mi torce lo stomaco. Non si sa mai cosa ti può capitare con i miei genitori.

«Colin», tuona quando rispondo. Mio padre ha questo modo brusco e diretto di parlare che può risultare scortese se non lo conosci, e irritante se invece lo conosci.

«Ehi, che c'è? Ho solo un secondo prima della prossima lezione», mento.

«Non ti ruberò molto tempo. Volevo solo dirti che questo week-end porterò Lucille alla tua partita in casa. Non vede l'ora di vederti giocare».

Lucille è la nuova ragazza di mio padre, ma non credo che usciranno insieme per più di qualche mese. Il vecchio passa da una donna all'altra con una velocità che è sia impressionante che disgustosa.

D'altro canto, mia madre sostiene di non essere uscita con nessuno dal divorzio, il che è stato dodici anni fa. E se mio padre non si fa scrupoli a vantarsi con me delle proprie conquiste, neanche mia madre ha problemi a lamentarsi della sua vita di castità. È colpa di papà, ovviamente. Ha frantumato la sua fiducia nell'umanità, soprattutto negli *uomini.* E secondo lui, è colpa della mamma se è una banderuola con le donne, perché anche lui ha perso la fiducia.

I miei genitori sono estenuanti.

«Bene. Non vedo l'ora di vederla». Sto ancora mentendo.

Per un momento, penso di raccontargli del mio colloquio di lavoro con Kamal Jain, ma decido alla svelta che sia meglio farlo inviando un'e-mail in contemporanea ai miei genitori. Se lo racconto a uno prima dell'altro, si scatenerà il finimondo.

«Tua madre ci sarà alla partita?». Dice la parola *madre* come se fosse velenosa. «Se viene, dovresti avvertirla che porto Lucille».

Traduzione: dovresti sforzarti di dirglielo, così posso sbatterle in faccia che sto con qualcuno.

«Non verrà», rispondo, felice di disinnescare quella bomba.

«Capisco. Sarai molto deluso».

Traduzione: non si scomoda nemmeno di venire alle tue partite, Colin. Ti voglio più bene io!

Reprimo un sospiro irritato. «Non fa niente. Non c'è bisogno che veniate alle mie partite. Comunque sia, devo andare. Ci vediamo questo week-end».

Non appena riattacco, la pressione che sentivo sul petto si alleggerisce un po'. Avere a che fare con i propri genitori ti strema nel fisico.

«Colin, ehi!».

Mi volto e vedo Nora Ridgeway che viene verso di me. Nora stava in due dei miei corsi d'arte l'anno scorso, e questo semestre abbiamo insieme Disegno anatomico avanzato. È una tipa a posto. Anche lei prende una doppia laurea come me, in Arti visive e Design della moda.

«Ehi», la saluto, entusiasta della distrazione. Ci metto sempre qualche minuto a scaricare del tutto la tensione dal mio corpo dopo aver interagito con i miei genitori. «La lezione non inizia prima delle due. Lo sai, vero?».

Nora sorride. «Non ti preoccupare, ne sono consapevole». Fa un cenno verso l'edificio dall'altra parte del viottolo. «Ho Storia della moda tra dieci minuti. Ti ho visto quaggiù e volevo venirti a salutare». Mentre parla, il fiato le esce in una densa nuvola bianca.

«Ti serve un cappello», le dico, notando che ha la punta delle orecchie rossa.

«Eh, sopravvivrò».

Capisco perché non vuole coprirsi i capelli. Ha un taglio corto e sbarazzino, di color nero corvino tranne per le punte, che sono di un rosa acceso. Ha quest'aria indie gagliarda che ho sempre apprezzato. Per di più, ha tatuaggi, un punto sicuro a suo favore.

«Com'è stata animazione?», chiede lei. «Quel corso lo frequenta la mia amica Lara, ed era così gasata al riguardo».

«È stato fantastico». Le faccio un gran sorriso. «Ti garantisco che è più divertente di Storia della moda».

Nora mi rifila un colpetto sul braccio. «Impossibile. I vestiti sono di gran lunga più interessanti dei computer».

«Mi permetto di dissentire».

«E questo corso è tenuto da una *leggenda*». I suoi occhi grigio chiaro luccicano al sole invernale quando si riempiono di entusiasmo. «Erik Laurie».

Il mio sguardo assente la fa ridere.

«Ex redattore di moda per "Vogue", "GQ", "Harper's". Inoltre, è il cofondatore ed ex caporedattore di "Italia", probabilmente la rivista di moda per uomini *più* innovativa del mondo. È come la versione maschile di Anna Wintour».

Lancio un altro sguardo assente.

«Caporedattrice di "Vogue", e una vera e propria dea. È il mio idolo. E lo è anche Erik Laurie. Quest'anno tiene due corsi alla Briar, *ed* è il direttore della sfilata di moda di fine anno. Sono più che estasiata. Impareremo *così* tanto da lui».

Mi domando se Summer sarà nel corso di Laurie oggi. Non ricordo se si laurea in Design della moda o Fashion merchandising. Immagino che Storia della moda si presti all'una o all'altro.

E parli del diavolo...

Summer appare sul sentiero di ciottoli, andatura sciolta, infagottata in un cappotto lungo fino al ginocchio e con una spessa sciarpa rossa avvolta intorno al collo e ai capelli. Quando si accorge di me, incespica per un attimo. Non appena i nostri occhi si incrociano, mi torna in mente il piccolo asciugamano che le scivola dal corpo attraente. Quella sbirciatina fulminea ai suoi seni bagnati e nudi. Quella sensazione stuzzicante e passeggera che mi ha fatto indurire l'uccello.

«La conosci?». Nora si è accorta che la mia attenzione è stata distolta. Il suo sguardo sospettoso si posa su Summer mentre aspetta la mia risposta.

«Sì. È la sorella di un mio amico», dico in tono vago, decidendo di non menzionare il fatto che siamo coinquilini. Ho la sensazione che darebbe il via a una conversazione che non sono dell'umore di avere.

Nora si rilassa. «Oh, forte. Comunque, devo scappare, ma penso che forse sia ora di prendere quel fantomatico drink di cui parliamo da un anno».

Rido. «Forse dovremmo». Ne abbiamo parlato l'anno scorso a Teoria del colore, ma ho troppi impegni per poter uscire con qualcuno. Abbiamo giocato a rincorrerci per telefono per un po' di tempo, ma quando ho finalmente avuto una serata libera, Nora stava uscendo con qualcun altro.

Chiaramente è di nuovo single. «Hai ancora il mio numero?», chiede lei.

«Ce l'ho ancora».

Sembra soddisfatta dalla risposta. «Che ne dici di domani sera al Malone? Mandami un messaggio oggi per confermare».

«Sembra ottimo».

«Perfetto. Ci vediamo allora». Mi stringe per poco il braccio, poi si affretta verso lo stesso edificio in cui Summer è appena sparita.

Immagino di avere un appuntamento domani sera.

Capitolo tredici
Summer

Non appena mi metto comoda sulla sedia nell'aula di Storia della moda, cerco di rammentare a me stessa che sono per il potere alle donne. Viviamo in una società dove troppe donne si fanno a pezzi a vicenda invece di sostenersi. È una cosa assurda per me. Dobbiamo darci man forte l'una all'altra, insegnare alle future generazioni di ragazze che è importante restare unite. Una volta, avevamo un obiettivo comune e un nemico comune. Bruciavamo reggiseni e combattevamo per il diritto al voto.

Adesso ci insultiamo sui social e diamo la colpa all'amante se il nostro uomo ci tradisce.

Non mi considero una femminista radicale. Non credo che gli uomini siano dei demoni dall'inferno che dovrebbero essere epurati dalla società: penso che gli uomini abbiano un sacco di cose buone da offrire al mondo. Tanto per cominciare, i loro uccelli sono favolosi.

È solo che sarebbe davvero bello se potessimo mostrare un po' di solidarietà femminile come una volta.

Ma so cosa ci ferma: la gelosia. Siamo fin troppo invidiose l'una dell'altra, e l'invidia è un sentimento che ti devasta. Ci fa dire cose e comportarci in modi di cui ci vergogniamo in segreto, o almeno io me ne vergogno. Rimpiango quasi tutte le cose che ho detto e fatto per gelosia. Sono stata anche dall'altra parte della barricata. Qualche ragazza ce l'aveva con me per il mio aspetto. Altre davano per scontato che sarei stata una stronza con loro per il suddetto aspetto, quindi attaccavano per prime.

Nonostante questo, ho cercato sempre di mantenere un sorriso sul mio volto e di essere gentile con tutte, anche con le *hater*. Ironia della sorte, molte mie hater delle superiori sono finite per essere mie buone amiche, non appena smettevano di collegarmi alle loro insicurezze.

Quindi, sì, voglio più potere per le donne. Donne che ce la fanno benissimo da sole. Sono una donna, senti il mio ruggito.

Tuttavia, odio questa Nora con lo stesso fervore di migliaia di soli.

Prima di lezione, stava parlando con Fitz. Adesso è seduta con altre due ragazze a parlare *di* Fitz. So che si chiama Nora perché una delle sue amiche l'ha chiamata così, e dato che mi trovo a solo due file dietro di loro, ogni parola che pronuncia svolazza verso di me, forte e chiara.

«...è *così* fico. Ed estremamente intelligente. Ed è *così* pieno di talento. Dovreste vedere i suoi dipinti».

«Non guasta che sia sexy da morire», la stuzzica un'amica.

«Quei tatuaggi», sospira l'altra.

Immagino che abbiano visto tutte i tatuaggi di Fitz in qualche modo? E adesso odio anche le amiche.

«*Così* sexy», dice Nora, facendo finta di sventolarsi.

E io sono così pronta a lanciarle per sbaglio qualcosa addosso, perché Nora è *così* snervante con il suo abuso ed enfasi esagerata della parola *così*.

«Andiamo a bere insieme domani sera».

Le fiamme dell'odio nel mio stomaco vengono spente da un secchio di realtà ghiacciata.

Le ha chiesto di uscire?

«Porca miseria, finalmente ci sarà questo appuntamento?». Una delle sue amiche applaude con gioia.

«Sì! Sono *così* emozionata».

Okay. Quindi Fitz l'ha invitata a uscire. Nora è carina, ha un grande senso dello stile. Perché non dovrebbe uscire con lei?

E perché dovrebbe darmi fastidio se lo fa?

Perché...

Perché, be', perché ovviamente è una stronza. Non voglio che Fitz esca con una stronza.

Non è una stronza. È la tua gelosia che sta parlando.

No, controbatto con ostinazione a me stessa. Mi ha assolutamente lanciato un paio di occhiatacce prima che si unisse alle sue amiche. Non me lo sono immaginato. Quindi ha un po' di stronzaggine, almeno.

E adesso hai tu *un sacco di stronzaggine.*

«Vaffanculo», dico a me stessa.

A qualche posto più in là nella mia fila, un ragazzo con capelli neri lunghetti muove la testa verso di me. Inarca un sopracciglio folto in un'espressione perplessa.

Gli sventolo una mano amichevole. «Ignorami. Ho deciso che sarò la pazzoide che parla da sola a lezione».

Lui ride. «Ne prendo atto».

Nora si volta al suono della mia voce, assottiglia gli occhi, e poi si rigira.

La odio.

Ti comporti da matta.

«Non abbiamo deciso che ho scelto la strada della pazzia?», dico ad alta voce, però lo faccio più che altro per prendere in giro il mio compagno di fila.

Sopracciglia Folte mi lancia un altro sguardo. «Oh, wow. Non stavi scherzando».

Faccio un gran sorriso. «Ora la smetto. Promesso».

Davanti a me, le amiche stanno spremendo Nora per ottenere più dettagli sull'appuntamento imminente.

«Solo a bere?»

«Solo a bere», conferma lei. «Pensate sul serio che avrei accettato una cena al primo appuntamento dopo Ethan Otto-portate?».

Le ragazze scoppiano a ridere. «Oh, mio Dio! Mi ero dimenticata di lui!».

Smetto di ascoltarle mentre ricordano quella volta in cui Nora era rimasta impantanata in una cena di quattro ore quando era pronta a tagliare la corda dopo la prima portata. È una storia divertente, ma sono troppo occupata a cercare di combattere la mia gelosia indesiderata.

Fitz può uscire con chi gli pare. Inoltre, non ho alcun diritto a essere gelosa. Io e Hunter ci siamo coccolati l'altra notte. Lo ammetto, non abbiamo fatto nient'altro se non tenerci stretti, ma è stato bello stare lì con un caldo corpo maschile premuto contro il mio. Se Hunter ci avesse provato, non posso dire con assoluta certezza che non avrei contraccambiato.

Le porte in fondo all'aula si spalancano, interrompendo i miei pensieri. L'uomo che entra non ha bisogno di introduzioni; tuttavia, si avvicina al leggio e ci saluta come se nessuno di noi avesse mai preso in mano una rivista di moda.

«Buongiorno! Sono Erik Laurie e mi dispiace informarvi che vi toccherà tollerare la mia presenza insopportabile per i prossimi quattro mesi».

Nell'aula rimbomba uno scroscio di risate.

«Scherzo», dice con una risatina cordiale. «Sono una cannonata».

Sorrido insieme a tutti gli altri nella stanza. Fin da subito, si è messo nella posizione del professore ganzo e divertente. Mi piace. Sembra anche molto più giovane che nelle foto.

Forse perché di solito fa mostra di una folta barba bionda in quelle immagini, e oggi è completamente rasato, rivelando un bel faccino liscio.

So che ha all'incirca trentacinque anni, però. E il suo senso della moda è così perfetto che quasi faccio le fusa. I vestiti sono di Marc Jacobs: riconosco la giacca retrò della collezione autunnale di Marc. Le scarpe... Tom Ford, penso. Dovrei guardarle da vicino per essere sicura.

«Benvenuti a Storia della moda, signori e signore».

La sua voce è armoniosa e vellutata, trasformando ogni viso femminile in un'emoji con occhi a cuore in carne e ossa. Per qualche motivo, non ha lo stesso effetto su di me. Obiettivamente, Laurie è un uomo attraente, ma c'è qualcosa nel suo viso angolare e simmetrico che non mi dice niente.

Al nostro nuovo professore non sfugge l'attenzione femminile che sta richiamando. Fa l'occhiolino a due ragazze alla fila davanti quando appoggia gli avambracci sul leggio. Per i seguenti dieci minuti, elenca le sue impressionanti credenziali, senza rivelare qualcosa che non sapessi già.

Per la sua relativa giovane età, ha avuto una carriera estremamente prolifica, ed è evidente che nutre una passione sincera per ciò che fa. Quando ha finito di recitare il proprio curriculum, ci parla di cosa possiamo aspettarci da questo corso. Esamineremo l'influenza globale della moda, come ha preso forma nel corso degli anni, e come certe epoche ed eventi storici hanno avuto un impatto sul concetto e l'implementazione dello stile.

Laurie ha un modo di parlare che cattura la tua attenzione. Ci dice che invece di una lezione formale, oggi vuole solo "chiacchierare" sul perché amiamo la moda e chi ci ispira. Attacca con la confessione che, crescendo, il suo idolo era Ralph Lauren, poi procede a passare cinque minuti buoni a idolatrarlo.

Una volta terminato, passa il testimone a noi. Sopracciglia Folte, che si presenta come Ben, mi sorprende proclamando il suo amore per Versace. A giudicare dal suo stile da vagabondo chic, l'avrei etichettato come un amatore di Alexander McQueen. Ma Ben parla all'infinito di Versace finché il nostro professore finalmente non fa un sorriso smagliante e chiede se c'è un altro volontario.

Dato che non ho mai avuto problemi a parlare in classe, alzo la mano.

Laurie mi studia dal leggio. «E il tuo nome è?»

«Summer».

«No, tesoro, è inverno. Non hai guardato fuori?».

Nora e le sue amiche ridacchiano dietro le mani, così come qualche altro studente. Per quanto mi riguarda, alzo gli occhi al cielo, un'azione che provoca in Laurie un altro sorriso smagliante.

«Ti dicono quella battuta spesso, eh?». Sventola una mano. «Va bene. Dicci chi ti ispira».

Rispondo senza alcuna esitazione. «Chanel».

«Ah, sì». Annuisce con approvazione. «Gabrielle Bonheur Chanel. Nota anche come Coco. Lo sai come si è ritrovata con quel soprannome, Winter?».

A seguire altre risatine.

Non sono sicura di come sentirmi riguardo al professore-comico, soprattutto dal momento che continua a saltare da una personalità all'altra. Prima è affascinante e spigliato, poi è il signor Farò una battutaccia perché sono uno di voi! È disorientante.

«Si è ritrovata quel soprannome perché era una cantante da cabaret», rispondo. «Ha tentato di sbarcare il lunario come attrice, ha fallito e si è dedicata alla moda».

«Trovando un successo inimmaginabile», conclude lui. «È uno dei motivi per cui la amo. Quando il suo piano originale non è andato a buon fine, non si è arresa. Ha scelto una strada diversa, si è affermata ed è diventata un'icona. Il suo marchio è in circolazione da quasi un secolo. È sopravvissuto alla seconda guerra mondiale...».

«Sì, perché era una collaboratrice nazista», commenta Nora in un tono di voce beffardo.

Serro le mani a pugno e le premo sulle cosce. Ma fa sul serio adesso? Mi interrompe per insultare una leggenda della moda?

«E tu sei?», sprona Laurie.

«Nora Ridgeway». Si stringe nelle spalle. «Ed è risaputo da tutti che Chanel era sospetta. In base a dei documenti che sono stati desegretati di recente si suppone che le sue attività in tempo di guerra fossero assolutamente spregevoli».

Il nostro professore non dissente. «Sì, è ciò che è stato insinuato. E in effetti, quando è rientrata nel mondo della moda dopo la guerra, c'è stata molta rabbia riguardo a queste affermazioni. Tuttavia, il marchio si è ripreso». Inclina la testa. «Perché, secondo te, Summer?»

«Perché... lei...». Mi mordo il labbro, pensierosa. «Perché lei era la *moda*. Ha fatto da pioniera ai tubini neri, per l'amor del cielo. Viene accusata di essere troppo conservatrice, ma in realtà penso che abbia rivoluzionato il settore. Ha mostrato al mondo che la moda non è solo indossare un bel vestito o un completo fatto su misura a un ricevimento... è un modo di vivere». Mi soffermo, scandagliando i miei ricordi. «C'era questa sua famosa citazione su come la moda sia ovunque... "La moda è nel cielo, nelle strade, ha a che fare con le idee, con il nostro modo di vivere, con ciò che sta accadendo". È una filosofia in cui credo».

Laurie annuisce. Anche molti dei miei compagni di corso annuiscono. Nora, però, mi lancia un'occhiata torva da sopra la spalla per poi tornare con lo sguardo fisso verso il leggio.

Chissene. Non mi interessa se non le piaccio. Ha cercato di farmi passare da stupida perché rispetto Chanel, e le si è ritorto contro. Cavoli suoi.

«Ben detto», mi dice Laurie prima di scandagliare l'aula al completo. «Chi è il prossimo? Voglio sapere chi vi ispira».

L'ora seguente vola via, e non sono così contenta quando veniamo congedati. Avevo il timore di questo momento, soprattutto adesso perché so di aver fatto una buona impressione su Erik Laurie. Non voglio proprio che perda tutta quella benevolenza che ha nei miei confronti quando gli dirò dei miei problemi di apprendimento.

Mentre mi faccio strada verso il leggio, sento Nora parlare alla sua amica. «Ci vediamo fuori. Voglio dirgli che sono una sua grande fan».

Oh, meraviglioso. Adesso se vado a parlare con lui, Nora penserà che stia cercando di mettermi in competizione con lei.

«Summer», mi chiama Laurie dal leggio. «Hai un attimo?».

Okay. Almeno non sono stata io ad aver iniziato il contatto.

Ma penso che così sarà peggio.

Nora si blocca sui propri passi. I suoi occhi mi bruciano sulla schiena come carboni ardenti quando scendo alla svelta gli scalini.

«È un piacere conoscerti ufficialmente». Sorridendo, Laurie mi tende una mano.

La stringo. «Anche per me è un piacere conoscerla, professor Laurie».

«Chiamami Erik».

«Oh. Ehm. Dovrò lavorarci su. Mi sento strana a chiamare per nome figure autorevoli».

Laurie ridacchia. «Mi sembra giusto. Che ne dici di signor L finché non ti abitui a Erik?». Mi fa l'occhiolino, e il suo tono di voce tradisce una nota leziosa, ma sto iniziando a pensare che sia il suo modo di essere amichevole. L'ho visto strizzare l'occhio a diverse ragazze durante la lezione.

«E sia per signor L». Esito, preparandomi per la parte imbarazzante. «Non so se ha avuto l'occasione di parlare con il signor Richmond. È il mio tutor accademico quest'anno».

«Ci ho parlato, in effetti. Tranquilla, mi ha avvisato riguardo alle tue difficoltà di apprendimento, e ho intenzione di discuterne ulteriormente con te. Ma dovremmo farlo durante l'orario di ricevimento». Mi scruta per un momento. «Mi hai fatto una buona impressione stamattina. Sei un'oratrice molto eloquente».

«E una scrittrice davvero terribile».

«Ehi, questo vale per un sacco di individui. E ci sono modi per aggirare il problema. Come ho detto, parleremo durante l'orario di ricevimento, ma credo di poter prendere disposizioni alternative per te. Forse un conteggio parole più basso per l'esame di metà semestre, integrato da un elemento orale?».

Un sorrisino gli solleva gli angoli della bocca alla parola *orale*. So che si sta riferendo a una presentazione orale, ma il sorriso di accompagnamento innesca il mio radar per maniaci. O sta costeggiando il limite pericoloso che separa l'insegnante dalle sue studentesse, o è solo eccessivamente amichevole. Spero davvero sia l'ultima.

«Puoi controllare la mia disponibilità nel sito della facoltà, ma penso che prima chiariamo tutto quanto, meglio è».

«Concordo».

Mi stringe la mano. «E, ti prego, continua a farti sentire in classe come hai fatto oggi. Apprezzo gli studenti che sono appassionati quanto me su questo argomento».

Un altro occhiolino.

O forse non sta strizzando l'occhio, ed è solo un suo tic? C'è la possibilità che sia così che sbatte le palpebre, una alla volta? Non ne ho la minima idea e non mi interessa scoprirlo. Nora mi sta ancora fissando. E Laurie ancora mi sta tenendo la mano.

Con imbarazzo, la faccio scivolare via dalla sua presa. «Farò del mio meglio. E controllerò il suo orario di ricevimento quando torno a casa. Grazie, professore… cioè, signor L».

«Ecco, così va meglio».

Fa l'occhiolino. O sbatte le palpebre. Che cavolo ne so.

Praticamente scatto verso l'uscita, ignorando l'espressione di Nora mentre trattiene la rabbia.

Fuori, rabbrividisco per il freddo mentre mi infagotto con tutti i miei vestiti invernali. Non volevo farlo in aula sotto lo sguardo di Laurie. Quell'uomo sarà anche una leggenda nel mondo della moda, e sembra abbastanza gentile, ma ho una strana sensazione nei suoi confronti.

Mah. Non so. Forse sto ingigantendo la cosa.

Dato che avevo solo questa lezione oggi, sono libera come un fringuello, quindi mando un messaggio a Brenna chiedendole se è al campus. È veloce a rispondere.

BRENNA: Biblioteca.
IO: Ho appena finito la lezione. Pranziamo insieme?
BRENNA: Sììì. Mi raggiungi?
IO: Ok. 10 minuti.
IO: Preparati a parlare di MH o non ti lascerò salire in auto!

Stavolta risponde in ritardo. Scioccante. Le ho mandato un sacco di messaggi ieri implorandola di raccontarmi con esattezza cosa sia successo tra lei e Hollis, ma si è rifiutata di parlarne.

BRENNA: MH?

Sul serio? Fa la finta tonta?

IO: Mike Hollis. Cioè, il re dei bambinoni. Voglio tutti i dettagli oggi, altrimenti questa amicizia è finita.
BRENNA: Mi mancherai.
IO: Pensi che stia bluffando? Ho troncato amicizie per non essere stata taggata sui post di Insta. Sono spietata, Bee.
BRENNA: Non ti credo.
IO: E daaaaai! Ti prego! Non ne posso più. Devo sapere 1) la grandezza del suo uccello e 2) CHE CAVOLO TI È SALTATO IN MENTE.

Dopo un'altra lunga pausa, risponde con: «Va bene. Hai vinto tu».

Nonostante le mie minacce, non spingo Brenna a parlare di Hollis durante il tragitto verso Hastings. Invece discutiamo delle nostre lezioni, e le confesso di sentirmi un pochettino a disagio nei confronti del mio professore.

«Mi ha dato l'idea di essere un pervertito», dico, mentre cerco un parcheggio in strada.

«Come si chiama?»

«Erik Laurie».

«Mai sentito».

Non c'è ragione per cui dovrebbe conoscerlo, a meno che non segua da vicino il mondo della moda, e so che non è così. Le faccio un riassunto veloce delle sue credenziali prima di descriverne le croniche strizzatine d'occhio.

«Forse non capisce il concetto?», suggerisce lei. «Tipo, per lui, l'occhiolino potrebbe essere un'altra forma di sorriso. Quindi, se gli fai un complimento, lui dice *Grazie!* Occhiolino. E quando saluta le persone, fa: *Piacere di conoscerti!* Occhiolino».

Mi mordo il labbro per trattenermi dal ridere. «Mi stai prendendo per il culo?»

«Ovvio. Nessuno è così stupido. Occhiolino vuol dire flirtare. Tutti lo sanno».

«Quindi stava flirtando con me?»

«Forse?». Alza gli occhi al cielo. «E se provi a dirmi che questa è la prima volta che un prof ha flirtato con te, non ti crederò».

«No, è successo», ammetto. «Ma non me lo aspettavo da lui. È talmente rispettato nel suo settore».

Il suo forte sbuffo riecheggia nell'auto. «Certo. Perché gli uomini rispettati non possono essere degli stronzi. Vogliamo parlare dell'aria che tira a Hollywood?»

«Non tocchiamo quel tasto». Trovo un posto e ci infilo la mia Audi.

Cinque minuti dopo, siamo sedute una di fronte all'altra in uno di quei séparé retrò in vinile rosso. Brenna ordina del caffè, nero. Io ordino un tè alla menta con limone. In qualche modo, la scelta delle bevande riassume la nostra amicizia. Per quanto riguarda l'aspetto, io sono per colori chiari e trucco *nude*, mentre Brenne preferisce occhi sfumati e nero ovunque. In termini di personalità, io sono più spensierata, lei è più tagliente, ma entrambe siamo un po' fuori di testa. È l'amicizia del secolo.

«Okay, ho lasciato che evitassi l'argomento per troppo a lungo», annuncio dopo che la cameriera prende il nostro ordine. «Sei pronta?».

Brenna avvolge le mani intorno alla tazza di caffè calda. «Spara».

Per più di un giorno, la mia curiosità traboccante è stata contenuta da una diga di nome Brenna. Ora che si è rotta, è impossibile fermare l'inondazione.

«È bravo a baciare? Com'è la situazione pene? Te l'ha leccata? Hai dormito con lui? Perché l'hai fatto? È irritante a letto? Lo rimpiangi? È…».

«Oh, mio Dio!», esclama Brenna. «Non risponderò a *nessuna* di queste domande».

Ho un'ultima questione prima del gong finale. «Adesso è il tuo ragazzo?»

«No, ma ho un'ex migliore amica», dice con dolcezza.

La ignoro. «A proposito del tuo ragazzo, stamattina è entrato in bagno mentre mi facevo la doccia».

La notizia la distrae momentaneamente da qualunque piano omicida stia architettando per me nella sua testa. «Cosa?»

«È entrato in bagno mentre mi facevo la doccia».

Brenna drizza le antenne. «Ottimo. Quindi non devo punirti per averlo chiamato il mio ragazzo. L'universo l'ha fatto per me».

«È stato così imbarazzante». La ragguaglio sul dramma di stamattina, concludendo con il gran finale: l'asciugamano che cade davanti a tre ragazzi in boxer.

La mia amica contrae le labbra. «Hai appena descritto la trama di un porno, quindi immagino che la scena sia finita con te che fai una sega a tutti?»

«No, cretina. È finita con Fitz che promette di aggiustare la serratura. Il che è stato gentile da parte sua», obbligo me stessa ad aggiungere.

«Vedi? Te l'ho detto, è un bravo ragazzo».

«Ne sei sicura? Perché prima l'ho visto fuori al campus e non mi ha nemmeno detto "ciao". Mi ha guardato dritto negli occhi e poi mi ha ignorato».

«Forse non ti ha visto».

«Quale parte di "mi ha guardato dritto negli occhi" ti è poco chiara?».

Brenna emette un sospiro. «Non è così male come credi, Summer». Sottovoce, borbotta: «Hollis, d'altro canto…».

Balzo come un ircocervo. Be', se un ircocervo sa balzare, ecco. E se sapessi cosa sia un ircocervo. «Se Hollis è davvero un poco di buono, allora perché ci sei andata a letto?»

«Perché ero ubriaca. E non ci sono andata a letto insieme».

«Se ricordo bene, non indossavi i pantaloni ieri mattina...».

«Non so se te l'hanno insegnato a educazione sessuale, ma *è* possibile stare nudi con qualcuno senza farci sesso». Mi dà un contentino rivelandomi: «Non fa così schifo a baciare».

«Starai di nuovo con lui?»

«Assolutamente no».

Il nostro cibo arriva, e Brenna è super veloce a dare un enorme morso al suo club sandwich. Sospetto che l'abbia fatto per non dover parlare.

Spizzico la mia Caesar salad con la forchetta; il mio appetito si attenua leggermente quando ricordo cos'altro è successo oggi. «Una ragazza a Storia della moda ha chiesto a Fitz di uscire».

Brenna risponde mentre mastica. «Davvero? Chi?»

«Nora qualcosa. Una ragazzina indie con i capelli rosa». Faccio un piccolo boccone della mia insalata. «Ha detto di sì».

«Come sai che ha detto di sì?»

«Ho sentito Nora che lo raccontava alle sue amiche».

«Okay». Brenna inghiotte e posa il sandwich sul piatto. «Non so quale sia la risposta adatta: vuoi che sia felice per Fitzy perché frequenta qualcuno, oppure oltraggiata per conto tuo perché hai ancora una cotta per lui?»

«Non ho una cotta per lui», obietto all'istante.

«La dama si sbilancia eccetera eccetera», recita Brenna, facendo il verso all'*Amleto* di Shakespeare.

La guardo male. «Certo che si sbilancia. Non sono attratta dai ragazzi per cui sono fuffa».

«Certo, certo. Quindi mi stai dicendo che se adesso ti chiamasse e ti dicesse: "Ehi, Summer, vorrei uscire con te e poi alla fine potrei mostrarti il mio pene", gli risponderesti di no?»

«Al cento per cento».
«Stronzate».
«Fitz può uscire con qualunque ragazza di questo college per quel che mi frega. Ha sprecato la sua occasione con me».
«Stronzate».
«È vero».
«Stronzate».
Grugnisco esasperata. «Sei così infantile».
«Già. Sono *io* quella infantile. Ammettilo che ti piace ancora».
«Certo, se *tu* ammetti che ti è piaciuto trastullarti con Hollis», dico in tono di sfida.
Siamo a un punto morto.
Brenna fa spallucce e riprende a mangiare. Io continuo a spizzicare l'insalata. Il mio appetito è completamente andato, perché sapere che Fitz uscirà con un'altra ragazza mi dà fastidio molto più di quanto pensassi.

Alle superiori, ero una cheerleader, capitano della squadra di danza, e co-capitano della squadra femminile di nuoto. L'ultima attività significava che non frequentavo solo giocatori di football sexy, ma anche nuotatori sexy. I ragazzi con muscoli asciutti e corpi lisci e aerodinamici. Quindi la sera seguente non sono per niente turbata quando mi stravacco sul divano accanto a un Mike Hollis senza neanche un peletto.
Il braccio nudo appoggiato in modo casuale sul cuscino tra di noi e le gambe nude sul tavolino da caffè non hanno un solo pelo, ma in qualche modo ciò non toglie nulla alla sua virilità. Hollis sarà anche irritante, ma ha carica erotica. Glielo concedo.
Inoltre, io e lui – e la cosa mi inorridisce leggermente, per-

ché non so quanto questo dica di *me* – abbiamo molto più in comune di quanto potessi immaginare. Nell'ultima ora, ho scoperto che preferisce il tè al caffè, non si vergogna di dire che adora l'album da solista di Harry Styles, ed è ossessionato quanto me dal film *Titanic*. Lo stiamo al momento guardando su uno di quei canali per film a cui i ragazzi sono abbonati. Siamo arrivati al giro di boa, e adesso il film si sta preparando a tutti quegli epici momenti devastanti.

«Forse dovremmo spegnere prima che finiscano con l'acqua alla gola», mi avverte. E poi ridacchia della propria battuta. «Acqua alla gola, l'hai capita? Perché la nave affonda».

«Sì, Mike. L'ho capita». Poso i piedi coperti dai calzettoni sul tavolo, dando un colpetto al suo piede sinistro con il mio destro. «E non possiamo spegnere. Le scene finali sono le migliori».

«Piccola. Ti prego. Non mi va di piangere stasera».

Una risata mi gorgoglia in gola. La sua espressione seria mi rivela che non sta scherzando per niente. «Quale parte ti commuove? La madre che legge ai figli? La coppia anziana sul letto?»

«Tutte. E non farmi parlare della morte insensata di Jack. Assolutamente inutile».

Annuisco con trasporto. «C'era spazio per due sulla porta».

«Esatto, cavolo. È stato anche dimostrato. Non doveva morire».

Quando mi squilla il telefono, distolgo lo sguardo dal bellissimo viso di un giovane Leonardo DiCaprio. Anche se, in realtà, il suo viso è bello adesso tanto quanto allora. È una meraviglia senza età.

Leggo il messaggio di Hunter, che è uscito stasera con alcuni ragazzi della squadra. Io sono rimasta a casa perché Brenna doveva venire a passare del tempo con me. Ho la sensazione che sia l'unica ragione per cui anche Hollis è rimasto qui. Ma la mia amica ha cancellato all'ultimo minuto, ecco perché io e Hollis siamo da soli.

Neanche Fitz è a casa, ma ce la sto mettendo tutta per non soffermarmi sul perché.

«Hunter vuole sapere se vuoi che ti porti qualche aletta di pollo», dico a Hollis.

«Che razza di domanda è?»

«È un sì?»

«Tu che dici?»

«Penso sia un sì», dico irritata, «ma vorrei essere sicura».

«Non mi abbasserò a giustificare la sua domanda con una risposta».

Giuro che un giorno lo ammazzerò. Rispondo a Hunter confermando le alette con un *sì*, poi invio un messaggio a Brenna.

IO: Dato che mi hai dato buca, sono in compagnia del tuo fidanzatino ed è super irritante.

BRENNA: Non volevo darti buca, BM. Mi sono scordata del gruppo di studio.

Ci metto un secondo a capire che "BM" significa Barbie Malibu. Ridacchiando, rispondo: «Non fa niente. Scherzavo cmq. Be', non sull'irritante. Perché lo è».

BRENNA: Lo è parecchio. E non è il mio fidanzatino.

Lo puntualizza con l'emoji del dito in mezzo. Solo per infastidirla, mi giro verso Hollis e dico: «Brenna ti saluta».

I suoi occhi azzurri si illuminano. «Sul serio? Dille che si decidesse a darmi il suo numero. Sono stufo di supplicarla per averlo». Si ferma, lo sguardo che cade sul cellulare in mano mia. «Meglio ancora, perché non me lo dai tu e glielo dico direttamente?».

Oh, mio Dio. Brenna non vuole nemmeno dargli il suo

prezioso numero di cellulare? Poveretto. Mi piacerebbe tanto ridere, ma ho paura di ferire i suoi sentimenti.

«Scusa, dolcezza», dico in tono leggero. «Non posso farlo. È contro il codice della sorellanza».

Nonostante la sua espressione delusa, si china e mi dà un buffetto solenne sulla spalla. «Lo rispetto. Tutti noi abbiamo bisogno di vivere secondo un codice». La sua attenzione ritorna al film. «Cristo santo, Kate Winslet è così sexy mentre brandisce quell'ascia».

Mi scappa una risata nasale. Guardiamo Kate attraversare l'acqua che le arriva al ginocchio per salvare un Leo ammanettato. «Vedi, le ragazze ricche sanno essere toste», dico a Hollis.

«Se è il tuo modo di offrirti di rompere le mie manette con un'ascia, rispettosamente declino. Non mi fido per niente della tua mira».

«Ah, no? Che ne dici di questa come mira?». Veloce come una saetta, afferro un'arachide dalla lattina di noccioline miste che ci stavamo passando tra di noi, e gliela lancio con un colpetto delle dita.

Prima lo colpisce in mezzo alla fronte e poi rimbalza con un vero e proprio *ping*.

Mi piego in due per le risate che non riesco a soffocare. «Perché… ha… fatto… quel… rumore?», ansimo, cercando di riprendere fiato. Mi fa male lo stomaco a forza di ridere. «Mike! Hai una lastra metallica nella fronte?».

Hollis è perplesso quanto me. «Oddio. Pensavo di no. Adesso voglio chiamare i miei genitori e chiederglielo».

Mi sto ancora sbellicando dalle risate quando la porta d'ingresso si apre cigolando. Mi aspetto di vedere Hunter con una porzione di alette di pollo, ma è il corpo robusto di Fitz che riempie la soglia. Quasi subito, le mie risate si affievoliscono.

Stasera è uscito con Nora Ridgeway. Hollis lo stava prendendo in giro prima quando Fitz è sceso al piano di sotto con indosso bei jeans e una camicia azzurrina.

Oh, e senza barba.

Già. Si è rasato per lei. E a differenza del professor Laurie, la cui assenza di barba lo fa apparire prepuberale, Fitz è sempre virile, con o senza barba. Anzi, l'aspetto sbarbato enfatizza ancora di più i suoi lineamenti mascolini: la mascella marcata, la bocca sexy, il mento con fossetta. Prima sono quasi svenuta dal desiderio quando mi sono accorta che ha una piccola cavità sul mento.

«Ehi. Che c'è di così divertente?», chiede in modo burbero, lanciando sguardi continui a me e a Hollis.

«Il mio cranio è fatto di metallo», replica Hollis. «Com'è andato il tuo appuntamento?».

Sono a malapena le dieci e mezza. Mi domando se il suo rientro anticipato sia un buon segno, ma Fitz boccia quell'ipotesi dicendo: «Piuttosto bene».

Ho promessa a me stessa che non gli avrei fatto neanche una domanda sul suo stupido appuntamento.

Alla mia bocca non va di obbedire.

«Sono sorpresa che tu sia uscito con una laureanda in Moda», mi lascio sfuggire.

Lui fa spallucce, appoggiando una spalla sullo stipite della porta. «Si sta anche laureando in Arti visive. Il suo mezzo espressivo è la pittura astratta».

E ti pareva. Nora sembra quel tipo di ragazza che scaraventa vernice nera e rosa su una tela e poi se ne sta lì a pontificare su come l'"opera" rappresenti l'anarchia e/o la disuguaglianza femminile.

«Capisco. Quindi avete passato tutto il tempo a discutere di Monet e Dalí, immagino?». Avevo intenzione di fare la spiritosa, ma le parole sembrano quasi un attacco.

Anche Fitz lo avverte. Assottiglia gli occhi. «Abbiamo parlato di arte, sì. È un problema?»

«Certo che no. Perché dovrebbe esserlo?»

«Non so. Perché dovrebbe?»

«Ho appena detto che non lo è». Digrigno i denti e prendo la bottiglia d'acqua. Faccio fatica a deglutire a causa della mia mascella tesa, ma ci riesco. «Sono contenta che condividiate interessi simili. Immagina quanto sarebbe stato tremendo se lei avesse passato tutta la serata a spettegolare sulle Kardashian». Chiudo la bottiglia, aggiungendo alla svelta: «Non che abbia nulla contro le Kardashian». Adoro Kim e il suo entourage. Penso che siano tutte donne d'affari scaltre, se devo essere sincera.

«Adoro le Kardashian», interviene Hollis.

«Se dici una sola parola sui loro sederi…», lo avverto.

«Mi piace lo show», mi assicura. «È divertente».

«Bugiardo. Non ci credo che lo guardi».

«Bibbia».

Sussulto. «Oh, mio Dio. Okay. Dopo discuteremo della stagione in corso». A Fitz dico: «Sembra sia stato un appuntamento divertentissimo. Tutti quei discorsi sull'arte. Molto profondo».

Appoggia una mano sullo stipite. «C'è una ragione per cui ti comporti da stronza?».

Cosa?

«Ah, però», mormora Hollis.

Guardo Fitz a bocca aperta. Mi tremano le mani intorno alla bottiglia d'acqua. Mi ha davvero definita una stronza? Non penso di aver mai sentito quella parola uscire dalla sua bocca prima d'ora. E poi diretta a *me*? Costernazione e rabbia si fanno la guerra nel mio stomaco, facendolo rivoltare.

La rabbia trionfa.

Sbattendo la bottiglia sul tavolo, mi alzo e avanzo verso di lui. «Non posso credere a quello che hai detto».

«Davvero? Quindi a *te* è concesso di fare commenti sarcastici, ma per me è inaccettabile rispondere a tono?»

«Ragazzi», si intromette Hollis.

«Non ero sarcastica», sbotto.

«Stavi prendendo in giro Nora», controbatte lui. «A casa mia si chiama sarcasmo. E non è la prima volta che ti comporti da stronza nei miei confronti, Summer. Pensi davvero che non me ne sia accorto?»

«Accorto di cosa? Che non ho molta voglia di starti intorno?». Pianto le mani sui fianchi. «Non stavo cercando di nasconderlo».

«Esatto. Sei apertamente stronza».

«Smettila di chiamarmi stronza!».

«Smettila di comportarti come se lo fossi!».

«Ragazzi», ci rimprovera Hollis.

«Perché mi urli sempre addosso?», ringhio a Fitz. «Non ti ho mai sentito urlare a qualcun altro».

«Perché nessun altro mi fa *impazzire* così». Con rabbia, trascina le mani tra i capelli. «Un minuto sei tutta sorrisi e abbracci a Capodanno, l'altro sei…».

«*Non* discuteremo di Capodanno», interrompo. «Non dopo che tu…», mi fermo di colpo.

Un solco gli compare sulla fronte. «Dopo cosa?»

«Dopo cosa?», riecheggia Hollis incuriosito.

«Te l'ho detto, non ne discuteremo».

«Discutere di cosa?», vuole sapere Fitz. «Non ho la minima idea di cosa tu stia parlando. Che diavolo avrei fatto?».

Serro la bocca.

Mi scruta il viso per qualche secondo. Poi i suoi occhi assumono un luccichio di determinazione. Oh, no. Inizio a riconoscere quell'espressione.

«Sai che c'è? Invece ce ne occuperemo adesso, cazzo». Fa un minaccioso passo avanti. «Scusaci, Mike».

Sollevo le mani in una posa difensiva quando Fitz si avventa su di me. «Non ci provare», lo avviso. «Non ci...».

Vengo scagliata sopra la sua spalla prima di poter finire la frase.

Non ci posso credere!

«*Come può succedere di nuovo?*», urlo.

Le mie proteste passano inascoltate, perché Fitz mi sta già trasportando su per le scale.

Capitolo quattordici
Fitz

Non mentirò. Avere una Summer furiosa e agitata che si dimena tra le mie braccia mi eccita un pochettino.

Okay, lo ammetto. Sono duro da morire.

A mia discolpa, non ho iniziato questo litigio con un'erezione. Ero davvero incavolato con lei. Lo sono ancora. Solo che adesso sono anche eccitato.

Denunciatemi, allora.

«Mettimi. Giù. Ora». Summer sputa fuori quelle parole, e ogni suono tagliente manda un altro dardo di calore al mio membro.

C'è qualcosa di davvero sbagliato in me. Ho passato le ultime tre ore con una ragazza che si è agghindata per me, che ha sbattuto le ciglia e mi ha toccato la mano, e che ha praticamente sventolato un cartello che diceva SCOPAMI, COLIN!

Il mio uccello nemmeno ha avuto un fremito.

E adesso che sono qui con Summer, la quale indossa pantaloni a quadri sformati e una maglietta a maniche lunghe, e che mi sta urlando oscenità, il mio uccello è impaziente di mettersi al lavoro.

«Pensavi che fossi una stronza prima?», dice in tono minaccioso. «Be', che ne dici adesso?».

Ricorre alla sua mossa preferita: pizzicarmi il sedere.

Ma la fitta di dolore mi fa solo eccitare. Apro la porta

della sua camera da letto con un calcio. «Te l'ha mai detto nessuno che sei una mocciosa?».

Non appena la metto giù, mi tira un pugno.

Una risata sorpresa mi rimane incastrata in gola. Blocco con facilità il suo pugno prima che possa colpirmi il plesso solare. «Smettila», ordino.

«Perché? Perché mi rende una mocciosa? Oh, e anche una stronza, giusto? E teatrale... e non prendo nulla sul serio... che altro...». Le si arrossano le guance con quello che sembra essere imbarazzo. «Oh, sì. Sono superficiale. È quello che pensi, vero? Che sono fuffa?».

Mi sento lo stomaco sprofondare.

Neanche il mio uccello se la cava bene: basta uno sguardo al viso scosso di Summer e la mia erezione dice "stammi bene".

Le sue dita, che tiene strette da prima, lentamente si spiegano e si rilassano. Notando la mia espressione, Summer emette una risata amareggiata. «Quella sera ho sentito tutto quello che hai detto a Garrett al bar».

Oh, cavolo. Il senso di colpa si diffonde in tutto il mio corpo prima di piazzarsi nello stomaco, in un vortice di vergogna. «Summer», inizio a dire. Poi mi fermo.

«Ogni parola», dice sottovoce. «Ho sentito ogni parola che hai pronunciato, e non ce n'era una che fosse gentile, Colin».

Mi sento un tale bastardo.

Per quasi tutta la mia vita ho fatto in modo di non essere crudele nei confronti degli altri, di non parlare male di nessuno... in faccia o alle spalle. Crescendo, tutto ciò che ho visto dai miei genitori è stata negatività. Frecciatine odiose che si rivolgevano a vicenda. *Tuo padre è un pezzo di merda, Colin. Tua madre è una stronza bugiarda, figliolo*. Nel corso degli anni si sono calmati, ma non è successo abbastanza in fretta. L'ambiente tossico che avevano creato aveva già fatto la sua parte, insegnandomi con le cattive quanto dannose possono essere le parole. Che non puoi rimangiarti il veleno una volta che l'hai sputato.

«Summer», ritento e mi rifermo.

Non so come spiegare le mie azioni senza rivelare quanto disperatamente la desiderassi quella sera. Ero alla ricerca di caratteristiche negative perché mi stavo divertendo con lei. Perché mi stava facendo ridere. Mi eccitava. La volevo, e mi stava confondendo le idee, quindi ho iniziato a criticare ogni cosa che percepivo come difetto.

«Mi dispiace che hai sentito tutto quello», è ciò che finalmente esalo.

E mi accorgo subito che è la cosa sbagliata da dire. Seduta sul bordo del letto, mi scruta con tristi occhi verdi.

Cristo. La sua espressione. È come un dardo al cuore.

«Non sono fuffa». Le sue parole sono a malapena un sussurro. Si schiarisce la voce, e quando parla di nuovo, lo fa in un tono più forte e deciso. «Sì, sono energetica in modo quasi stupido. Sì, mi piace fare shopping, e sono ossessionata dai vestiti. Sì, facevo parte di una confraternita, e sì, mi piace ballare e divertirmi con gli amici». Sospira velocemente. «Ciò non mi rende superficiale, Fitz. E non significa che ci sia il nulla sotto la superficie. Perché c'è molto di più».

«Certo che c'è». Prendendo un respiro irregolare, sprofondo accanto a lei. «Mi dispiace tantissimo, Summer. Non volevo farti del male».

«Sai cosa fa davvero male? Che hai dato per scontato che il mio mondo girasse unicamente intorno alle feste e allo shopping. Sono un'amica leale. Sono una brava figlia, una brava sorella. Hai passato quanto? Novanta minuti in mia presenza? E pensi di conoscere tutta la mia storia?».

Il senso di colpa sale per foderarmi la gola. Cerco di mandarlo giù, ma si inspessisce e basta, come uno strato di catrame che ricopre il marciapiede. Summer ha assolutamente ragione. Anche se stavo usando quei suoi fantomatici difetti come deterrenti, non cambia il fatto che mi siano venuti comunque in mente.

In effetti, ho dato per scontato che fosse solo una festaiola e non ci fosse altro in lei, e me ne vergogno.

«Mi dispiace», dico con voce roca. «Niente di quello che ho detto era giusto. Né te lo meritavi. E mi dispiace anche di averti definito una stronza prima. Il tuo comportamento *era* da stronza, ma adesso capisco perché. Mi dispiace tantissimo».

Summer rimane a lungo in silenzio. Mezzo metro di spazio ci separa, ma è come se fosse seduta sulle mie ginocchia; ecco quanto sono consapevole della sua presenza. Il calore del suo corpo, il suo seno che si solleva sotto la maglietta quando inspira, il profumo inebriante che è tipico di Summer. I capelli spessi intessuti d'oro le cadono a cascata su una spalla, il che solletica la mia voglia di toccarli.

«Stavo bene con te quella sera». Il suo tono è piatto, deluso. «Era divertente parlare con te. Prenderti in giro sul fatto che fossi un barbagianni». Fa una pausa. «Barbagianni non è più idoneo, però. Penso che "coglione" funzioni meglio adesso».

Mi si stringe il cuore perché è vero. «Mi dispiace». A quanto pare, è tutto quello che sono capace di dire.

«Come ti pare». Sventola una mano sprezzante. «È quello che ottengo per essermi presa una sbandata per qualcuno che non è di solito il mio tipo. Credo... Be', ecco perché abbiamo tutti un tipo, no? Sei attratto da certe persone, e loro sono attratte da te. Ma non dovevi essere cattivo, Fitz. Se non eri interessato, avresti potuto dirmelo invece di sparlare di me con Garrett». Chiude di nuovo le mani a pugno, premendole forte sulle cosce.

«Di solito non lo faccio». Avverto il tormento nella mia voce. Sono sicuro che lo avverte anche lei. «Ma quella sera…».

«Lo capisco», interrompe. «Non volevi stare con me».

Ancora una volta, la vergogna mi sigilla la gola perché riesco a stento a respirare.

«Ma per la cronaca, c'è ben di più in me di quello che pensi». La sua voce si spezza. «Ho sostanza».

Cristo santo, questa ragazza mi sta facendo il cuore a pezzi. Non mi sono mai sentito così male per qualcosa in tutta la mia vita.

«Conosco persone che stanno lì a meditare sul significato della vita, sul loro scopo, sull'universo, sul perché il cielo è azzurro, su qualunque cosa possono mettere in discussione. Ma io non sono mai stata così. Sono brava in altre cose, come ascoltare quando qualcuno ha bisogno di me. Sono…».

Un raggio di sole, concludo in silenzio.

Proprio come il suo nome, Summer è un raggio di sole.

Invece di completare il resto della frase, cambia marcia. «E nonostante quello che pensi di me, posso sostenere una conversazione che non verte su scarpe e vestiti di marca. Non sarò capace di scrivere una tesina di cinquemila parole su Van Gogh e ogni piccola, minuscola pennellata che ha fatto, ma posso spiegare la gioia che l'arte e la bellezza portano al mondo». Si alza in piedi, in modo un po' rigido. «Comunque, mi dispiace di essere stata maleducata riguardo alla tua nuova ragazza».

«Non è la mia ragazza», mormoro. «Siamo stati ad un appuntamento».

«Come vuoi. Mi dispiace di aver preso in giro il tuo appuntamento. Per quel che vale, è nel mio corso di storia, e non mi ha fatto un'impressione particolarmente buona».

Mi mordo forte l'interno della guancia. «Mi dispiace davvero tanto per Capodanno. Non pensavo nulla di ciò che ho detto».

Mi offre un sorriso rassegnato che ancora una volta mi lacera dentro. Poi si stringe nelle spalle e dice: «Sì che lo pensavi».

Di solito, mettere le carte in tavola facilita i rapporti tra due persone.

Per Summer e me, produce l'effetto opposto.

Nei giorni che seguono il nostro confronto, ci teniamo a distanza, comportandoci con cautela l'uno nei confronti dell'altra e parlando solo in caso di necessità. Non c'è alcun intento astioso, solo un estremo imbarazzo da parte di tutti e due. Sospetto che lei ancora pensi che io sia un coglione per quello che ho detto, e ancora mi ci sento.

E come se non bastasse, lei e Hunter stanno spesso insieme. A volte, li ho sorpresi seduti uno accanto all'altra sul divano. Non ostentavano gesti affettuosi, né trasmettevano vibrazioni eccessivamente sessuali, ma è chiaro che godono della reciproca compagnia. Hunter flirta con lei ogni volta che può, e non sembra che a Summer la cosa dispiaccia.

A me sì.

Mi dispiace un po' troppo, ecco perché mi sono rintanato in camera mia la domenica sera dopo la nostra vittoria contro la Dartmouth, invece di festeggiare al piano di sotto con i miei compagni di squadra. E ieri abbiamo battuto la Suffolk, quindi tecnicamente è un doppio festeggiamento.

La partita contro la Dartmouth è stata dura. Un sacco di colpi (non tutti puliti), un sacco di falli (non tutti chiamati) e un infortunio all'inguine per un difensore della

Dartmouth che mi ha fatto rientrare le palle e battere in ritirata come una tartaruga spaventata. Inutile dire che sono stanco, indolenzito e irascibile.

Al piano di sotto, la musica a tutto volume continua a sovrastare la playlist che viene fuori dalle casse del computer. È uno strano mix di country e indie rock, il che per qualche ragione si presta bene a questo esercizio di disegno libero che sto al momento svolgendo. A volte, quando ho un blocco creativo, mi metto lungo sulla schiena, album da disegno sul grembo, matita in mano. Chiudo gli occhi, inspiro ed espiro, in modo lento e regolare, e permetto alla mia matita di disegnare quello che vuole.

È stata la mia insegnante d'arte delle superiori a incoraggiarmi a farlo un giorno, sostenendo che fosse tanto efficace, quanto la meditazione nello schiarire la mente, ad aprire gli argini creativi. Aveva ragione: ogni volta che ho un blocco, il disegno libero è il rimedio.

Non sono certo per quanto tempo rimango disteso lì, a disegnare con gli occhi chiusi, ma quando mi accorgo che la matita non è più appuntita e ho i crampi al polso, non si sente più la musica dal salotto, e la mia playlist si è riavviata.

Scuotendo il polso, scivolo in posizione seduta. Fisso il mio schizzo e scopro di aver disegnato Summer.

E non la ragazza con il sorriso accecante. Non la Summer che ride, o la Summer le cui guance diventano più accese delle mele Red Delicious quando è incavolata con me.

Ho disegnato Summer i cui occhi verdi brillano di dolore quando ha sussurrato le parole: «Ho sostanza».

Sulla pagina, le sue labbra piene sono congelate nel tempo. Ma nella mia mente, stanno fremendo mentre lei emette un respiro tremolante. Lo schizzo accenna alle lacrime che le erano rimaste aggrappate alle ciglia inferiori, trasmettendo così un'aria di vulnerabilità che mi tocca le corde del cuore. Ma la sua mandibola serrata suggerisce che non cederà senza combattere.

Mi si ferma il respiro.

È totalmente e completamente perfetta per il personaggio del nuovo gioco che sto progettando. Lavoro agli asset da qualche mese, ma non ho trovato l'ispirazione per il personaggio femminile principale, e la cosa sta rallentando la produzione.

Fisso lo schizzo per quasi cinque minuti, prima di costringere me stesso a chiudere il blocco e metterlo via. Nel momento in cui il mio cervello si riprende dalla modalità artistica ed entra nella modalità "sono una creatura vivente che respira", non solo mi rendo conto che devo andare a pisciare come un cavallo da corsa, ma ho una tale fame che forse neanche quel cavallo potrebbe eguagliarla. Mi brontola lo stomaco così forte che sono sorpreso di non aver notato i morsi della fame fino ad ora.

Prima mi occupo del problema vescica, poi vado al piano di sotto per scroccare un po' di cibo. Dalle scale, sento uno scroscio di risa provenire dal salotto e la voce di Hollis che dice: «Adesso *sì* che ci siamo!». Di solito quando Mike Hollis mostra un simile entusiasmo, è per la cosa più orripilante del mondo o per la più fantastica oltre ogni immaginazione. Non esiste una via di mezzo con lui.

La curiosità mi fa seguire la voce di Mike invece di farmi dirigere in cucina. Quando mi avvicino alla soglia della porta, mi sembra di essere stato trasportato in terza media. È rimasta ancora un po' di gente, incluso il capitano della mia squadra, Nate, che si sta sfregando le mani euforico e incoraggia la bottiglia sul tavolo a fermarsi davanti a lui.

Sì, ho detto bottiglia.

Ho le allucinazioni, oppure i miei amici grossi e vaccinati stanno facendo il gioco della bottiglia. Sono sul pavimento o seduti su diversi mobili formando una specie di cerchio. Chiaramente è stata Summer a girare la bottiglia, perché è chinata in avanti sul divano per osservarla bene. Nel frattempo, tutti i ragazzi single nella stanza stanno osservando *lei*. In modo oltremodo speranzoso.

La bottiglia verde di Heineken rallenta, sorpassando Nate e Hollis. Quasi finisce sulla ragazza di Jesse Wilkes, Katie. Si muove di un altro centimetro, poi si ferma in modo fluido. E punta direttamente alla porta del salotto.

Punta a me.

Capitolo quindici
Summer

Ed ecco perché giochi come quello della bottiglia e sette minuti in paradiso hanno smesso di essere fichi dopo le medie.

Perché quando hai dodici e tredici anni, ti è concesso di baciare ragazzi a caso senza preoccuparti delle conseguenze.

Ma quando sei un adulto, ci sono *sempre* delle conseguenze.

Per esempio, se adesso dovessi baciare Colin Fitzgerald? Tutti in questa stanza capiranno quanto sia grande la mia cotta per lui.

«Fatemela ruotare di nuovo», mi lascio sfuggire. «Fitz nemmeno sta giocando».

Katie, una rossa carina con una bocca larga alla Julia Roberts, agita un dito verso di me. «Assolutamente no! Io mi sono appena baciata con Hollis... e davanti al mio *ragazzo*!».

«Non mi sono sentito minacciato», dice Jesse con disinvoltura. «Cioè, è Hollis».

«Ehi», protesta Mike.

«Non è quello il punto», obietta Katie. «Tutto quello che dico è che devi baciare chiunque la bottiglia sceglie. Nessuna eccezione».

Il mio sguardo si sposta su Fitz. Sta sfoggiando un abbigliamento che mi piace chiamare "Attentato alle ovaie": pantaloni da tuta grigi a vita bassa che gli risaltano alla perfezione i fianchi slanciati, e una T-shirt bianca attillata che gli mette in mostra le braccia tatuate. Dio mio, che visione. È assolutamente da dieci.

Anzi, diamogli un nove. Gli tolgo un punto per il fatto che dal suo viso traspare il desiderio di poter teletrasportarsi in Siberia.

La sua espressione scontenta mi fa saltare i nervi. Ma fa sul serio? L'idea di baciarmi gli fa *cooooosì* schifo? Dopo il nostro scontro all'inizio della settimana quando gli ho sbattuto in faccia la sua cattiveria, dovrebbe fare di tutto per entrare nelle mie grazie.

Lo stronzo dovrebbe supplicare di baciarmi.

Fitz indietreggia. «Io, ah, vado a prendere un po' di cibo».

Dall'altra estremità del divano, Hunter dice in modo strascicato: «Buon'idea». Il suo tono di voce è leggero, ma ha un accenno di cupezza.

Come me, Hunter non sembrava molto contento di fare questo gioco, anche se non l'ho visto lamentarsi quando ha potuto limonare con l'incredibilmente sexy Arielle dieci minuti fa. Arielle è l'unica altra ragazza single qui. Katie e Shayla sono entrambe impegnate, ma a quanto pare ai loro ragazzi (rispettivamente, Jesse e Pierre) non dispiace condividere le loro ragazze per il bene del gioco.

«Altolà!», ordina Katie quando Fitz cerca di fare un passo.

Lui si pietrifica.

«Mi dispiace dirtelo», lo informa, «ma adesso Summer ti bacerà».

Oh, mio Dio. Dov'è Brenna quando c'è bisogno di lei? Se fosse qui, non avrebbe mai permesso a Katie e Arielle di convincerci a fare questo stupido gioco. Brenna avrebbe riso loro in faccia e avrebbe sfidato tutti a fare una gara di shottini invece, che sono sicura sarebbe finita comunque in un mucchio di baci. Magari non baci sul momento e forzati.

Ma no, Brenna aveva altri piani. Stronza.

«Giro di nuovo la bottiglia», insisto. A questo punto, bacerei volentieri chiunque altro, persino Hollis. O una delle ragazze.

Con mia profonda sorpresa, Hollis è dalla parte di Katie. «No, tesorino, una regola è una regola». La mia espressione riluttante e infelice non fa altro che acuire la sua determinazione. «Vi farà bene». Lancia uno sguardo verso la porta, da dove Fitz lo fissa in modo torvo. «Non fate altro che litigare. È ora di baciarvi e fare pace».

La mia seccatura aumenta. «E dai, Hollis».

«Vedi! Ancora meglio», dice Katie contenta. «Voi due avete bisogno di appianare le vostre divergenze».

«Con la lingua», concorda Arielle con solennità.

Nate, il capitano della squadra di hockey, sbuffa divertito. Perché non posso baciare *lui*, porca miseria? È alto, ha un fisico da urlo e dei magnifici e intensi occhi azzurri.

In un lampo, Katie mi tira per la mano. Rimango a bocca aperta quando la piccola rossa, che non può essere alta più di un metro e cinquantatré, mi trascina in piedi e mi dà una piccola spinta.

«Sei tremendamente forte», brontolo, guardando in basso. E intendo *in basso*: sono quasi una spanna più alta di lei, ed è comunque in grado di strattonarmi.

Lei sogghigna. «Lo so».

Fitz contempla la stanza con diffidenza. «Esattamente quanto siete ubriachi?». Guarda perplesso il suo capitano. «E da quando facciamo il gioco della bottiglia?».

Nate fa spallucce e solleva la birra. «Si vive una volta sola, no?», dice con disinvoltura.

«Va bene, ciccini». Katie si stringe le mani. «Baciatevi e fate pace».

Emetto uno squittio oltraggiato quando sento un'altra

mano spingermi sulla schiena. Inciampo in avanti e ci manca poco che vado a sbattere il naso sullo stipite della porta, prima che le forti mani di Fitz mi blocchino.

Il suo tocco mi trapassa il corpo come un dardo di calore, e mi si mozza il fiato quando i suoi occhi si addolciscono. Anzi, no. Forse hanno perso la loro asprezza, ma di certo non sono dolci. Adesso hanno le palpebre pesanti e luccicano di un calore inaspettato.

Poi ritorna in sé, e il fuoco viene sostituito dall'esasperazione.

«Facciamolo, così stanno zitti», mormora così piano che riesco a sentirlo solo io. «Non vuole lasciar perdere».

Si riferisce a Katie, e penso che abbia ragione. Stasera è la prima volta che la vedo, ma nel giro di cinque secondi dopo esserci presentate, ho concluso che è una peperina prepotente. Non fraintendetemi, è divertente. Ma ho l'impressione che se sei amica di Katie, lei debba sempre avere l'ultima parola su tutto.

«Va bene», mormoro in risposta. «Niente lingua».

Vedo l'accenno fugace di un sorriso. «Non prometto nulla».

Ho a malapena tempo di elaborare il commento canzonatore prima che Fitz mi afferri il mento nella sua grande mano. Vagamente mi accorgo di un forte fischio… penso provenga da Hollis, che poi viene sovrastato dal mio battito martellante quando le labbra di Fitz con delicatezza toccano le mie.

Oh.

Oh, wow.

Non mi aspettavo che iniziasse con una tale tenerezza. Davanti a tutti. Ma lo fa. Il suo pollice mi accarezza la guancia mentre la sua bocca si muove lentamente sulla mia. Ha le labbra più morbide che abbia mai sentito, e le sa usare con sicurezza. Rabbrividisco quando aumenta la pressione, sigillando indissolubilmente la sua bocca alla mia. E poi fa passare la punta della lingua sul mio labbro inferiore, e io sobbalzo come se avessi infilato il dito in una presa elettrica.

Non appena le nostre lingue si toccano, sono perduta. Un ronzio basso di desiderio mi vibra tra le gambe, che poi sale crepitando sui miei seni e mi indurisce i capezzoli. Mi arrendo completamente al suo bacio. Lascio che la sua lingua mi accarezzi la bocca. Lascio che le sue dita affondino possessivamente nella mia vita, che il suo respiro caldo mi infiammi la bocca, che il suo profumo sexy pervada i miei sensi.

Non riesco a fermarmi: premo una mano sul suo petto duro come una roccia. L'altra, l'avvolgo intorno alla sua nuca. I capelli corti e fini che ci sono lì mi solleticano il palmo. Il suo pettorale sinistro freme sotto la mia mano, e riesco a sentire il battito del suo cuore. È martellante tanto quanto il mio.

Quando avverto che si sta per staccare, una sensazione frenetica e impotente si riversa in me. Stringo la presa sul suo collo e lo bacio più forte. Intreccio la lingua con la sua, e inghiotto il suono cupo che emette. Spero che nessun altro l'abbia sentito.

Perché quel bellissimo suono disperato appartiene a me. È tutto mio. Voglio memorizzare il riverbero seduttivo e riascoltarlo ancora e ancora, quando sarò a letto da sola, quando farò scivolare la mano tra le gambe nel ricordo di questo bacio.

Oh, cazzo. Sono così eccitata. Mi tremano le gambe. Ho le mutandine bagnate fradice.

Mi costringo a separare le nostre bocche. Ma mi serve ancora più forza di volontà per non guardarlo. Sono terrorizzata di vedere quello che la sua espressione mi mostrerà, quindi lo evito lanciando uno sguardo da sopra la spalla verso il nostro pubblico.

Ma riesco a percepirlo. Come un marchio incandescente che mi brucia la schiena.

Prego Dio che i nostri amici non riescano a vedere oltre la maschera di noncuranza che alla svelta mi metto. «Ecco qua», cinguetto, con un sorriso fin troppo smagliante e una voce fin troppo allegra. «Ci siamo baciati e abbiamo fatto pace. A chi tocca adesso?».

Ecco come stanno le cose con i baci. Alcuni baci sono un preludio al sesso. Alcuni capitano per noia. Alcuni ti fanno formicolare il corpo, altri non ti fanno provare nulla. Ma cos'è che hanno in comune tutti quei baci? Sono solo baci.

Non sono IL BACIO.

Quello che permane nella tua mente per ore, persino giorni, dopo che c'è stato. Quello che ti fa toccare le labbra per sbaglio e si trasforma in un brivido caldo e tremolante quando ricordi la sensazione della sua bocca sulla tua.

E non deve nemmeno avere chissà quale scenografia epica. Non deve avere luogo davanti alla torre Eiffel al tramonto con cavalli maestosi sullo sfondo e l'aurora boreale che brilla in cielo (facendo una comparsata miracolosa a Parigi).

L'ultima volta in cui ho provato IL BACIO, è stato dietro a una balla di fieno al ranch della mia amica Eliza nel Kentucky. Avevo sedici anni ed ero innamorata di suo fratello maggiore Glenn, ma usciva con la stessa ragazza da secoli. Quell'estate, quando ero andata con lui e Eliza a fare visita al ranch della nonna, lui e la ragazza si erano finalmente (finalmente!) lasciati. E Glenn mi aveva finalmente (finalmente!) notato.

Mi ha baciato al rumore dei cavalli che sbuffano e con l'odore di letame nell'aria. È stato impacciato e furtivo, ma è stato comunque un bacio che non ho mai dimenticato. Siamo poi tornati nel Connecticut e siamo usciti insieme per sette mesi. Ho perso la mia verginità con lui e pensavo che ci saremmo sposati e avremmo avuto dei bambini, ma poi la sua ex ragazza ha deciso che lo rivoleva e adesso sono *loro* a essersi sposati e ad aver avuto dei bambini.

Buon per Glenn. Non penso che sarei stata felice con lui a lungo andare. Io che vivo in un ranch nel bel mezzo del nulla? Ma anche no.

Non provavo un bacio del genere da allora, però. Almeno fino a ieri.

Fitz mi ha dato IL BACIO. È durato meno di un minuto, è successo davanti a una dozzina di persone durante quel gioco infantile della bottiglia, eppure… mi ha consumato la mente dal secondo in cui sono andata a letto fino al momento in cui ho aperto gli occhi la mattina. Senza alcun dubbio, l'avrò anche sognato, anche se non lo ricordo.

Non posso neanche più permettere a me stessa di rimuginarci sopra. Fitz ha assecondato Katie per placarla ed è sparito poco dopo. Per me sarà anche stato IL BACIO, ma per lui era solo… un bacio.

Che pensiero incredibilmente deprimente.

Per fortuna, ho un sacco di distrazioni oggi, anche se non sono proprio positive. Prima di tutto, ho un altro incontro con il signor Richmond, il quale è tanto brusco e accondiscendente quanto lo è stato l'ultima volta in cui ci siamo visti. Le labbra di Testa di rospo si arricciano in disgusto quando gli dico che ho deciso di disegnare una linea di costumi da bagno per la sfilata.

Immagino che ai finti britannici non piaccia nuotare.

Ancora una volta, quando lascio il suo ufficio, sono combattuta tra il desiderio di non rivederlo mai più e il bisogno impellente di scavare in ogni angolo della sua vita per scoprire se quell'accento è autentico.

Uscendo dall'edificio dell'amministrazione, mando un messaggio a Brenna con i miei continui sospetti.

IO: Giuro su Dio che non è inglese!

BRENNA: Chi?

IO: L'assistente del rettore, cioè il tutor accademico. Ti ho parlato di lui la scorsa settimana.

BRENNA: Giusto. Ok. DOBBIAMO indagare.

IO: Brava!! Come procediamo?

BRENNA: Ero sarcastica. Serve un modo per trasmetterlo per messaggio. Cioè pensavo che il maiuscolo in DOBBIAMO suggerisse sarcasmo, ma immagino di no.

IO: Dico sul serio, Bee.

BRENNA: Ed è questa la cosa triste.

IO: Come scopro dove è nato? Il suo profilo LinkedIn dice che è andato alla Columbia a New York. Non è neanche studiato in Inghilterra!

BRENNA: 1) un sacco di inglesi vengono in America come studenti internazionali; 2) sei pazza; 3) andiamo cmq alla partita sabato?

IO: Sì ci andiamo. E grazie per TUTTO il tuo aiuto.

IO: L'hai capito che era sarcasmo, vero?

BRENNA: Vaffanculo.

Dopo una camminata di dieci minuti per il campus nel freddo pungente, busso alla porta dell'ufficio di Erik Laurie per il mio secondo incontro del giorno. Nonostante i miei vestiti invernali, sono più fredda di un ghiacciolo. Sto battendo i denti e ho i geloni sul naso, ne sono certa.

«Oh, cavolo. Hai portato il freddo con te». Laurie fa finta di tremare quando mi lascia entrare nel suo ufficio. È sorprendentemente spazioso, con un divano di pelle marrone accostato alla parete più distante, una grande scrivania al centro della stanza, e una vista stupenda del cortile innevato.

«Rimango col cappotto, se non è un problema», dico in tono beffardo. «Sono congelata fino al midollo».

«Per quanto vorrei vedere il tuo abbigliamento stupefacente e alla moda che hai indosso sotto tutti quegli strati, lascerò correre». Fa l'occhiolino. «Stavolta».

Una familiare sensazione di inquietudine mi pervade. È la seconda settimana di lezioni e Laurie è sempre stato amichevole con me. Ma ogni volta che mi trovo con lui, il mio radar per viscidoni va in tilt. Non ha nemmeno smesso di fare l'occhiolino. Ieri ha strizzato l'occhio almeno dieci volte a varie studentesse.

«Siediti». Indica una delle sedie felpate per visitatori quando si siede sulla propria. «Prima discutiamo l'esame di metà semestre».

Annuendo, sprofondo nella sedia. Ci siamo già scritti e-mail su come verrà incontro alle mie difficoltà di apprendimento. Questo corso richiede due tesine, ma ne consegnerò solo una, quella di metà semestre. Per il saggio finale, mi è stato dato il permesso di fare un seminario davanti alla classe, in cui dovrò condurre una discussione su un argomento che Laurie mi assegnerà.

Lunedì mi ha consegnato una lista di temi per l'esame di metà semestre, e ho scelto ciò che credo sarà il più facile da scrivere. Ora deve solo approvarlo.

«Hai deciso per un argomento? Voglio assicurarmi che ti senta a tuo agio con la decisione presa prima di iniziare a scrivere».

La sua preoccupazione sincera sgonfia un po' della mia diffidenza nei suoi confronti. Nonostante le strizzatine d'occhio croniche e l'aria viscida occasionale, sembra un bravo professore. Uno che si interessa dei suoi studenti.

«Mi piacerebbe fare quello sulla moda di New York. Penso di poter avere molto da dire sull'argomento. Ho intenzione di tracciare una scaletta stasera».

«Va bene. Perfetto. E hai il mio indirizzo e-mail, quindi puoi contattarmi se rimani bloccata o vuoi che dia uno sguardo alla tesi».

«Grazie», dico con riconoscenza. «Potrei accettare l'offerta».

Laurie fa un sorriso smagliante. «Bene. Cambiando argomento, devo vedere la tua proposta per la sfilata».

«Ce l'ho qui». Tiro fuori dalla borsa a tracolla un portfolio di pelle che contiene i miei schizzi, un breve commento sulla mia linea per costumi da bagno, e le fotografie comparative che ha richiesto. «Ho incluso immagini di stilisti per costumi da bagno meno conosciuti che di recente mi hanno ispirata». Faccio scivolare il portfolio attraverso la scrivania.

L'espressione di Laurie brilla di approvazione mentre sfoglia le foto. «Kari Crane», dice annuendo. «Ero in prima fila per il suo debutto a Milano».

«Davvero?»

«Certo. Non mi perdo mai una settimana della moda».

«Sono stata alla settimana della moda a Parigi e a New York», gli dico. «Ma non a Milano».

Laurie passa alla prossima stilista. «Queste sono intriganti. Adoro come Sherashi utilizza le perline in queste canotte scollate».

Sembra conoscere ogni stilista del pianeta, e ne sono impressionata. «Anch'io. Adoro anche come instilla la sua cultura nella propria linea».

«Bollywood incontra la Costa Azzurra. È geniale».

«Sì. Esattamente». Non posso fare a meno di sorridergli a trentadue denti. E negli ultimi cinque minuti non mi ha fatto l'occhiolino, né ha flirtato, il che è un sollievo. «Per la mia linea, voglio giocare con una combinazione di classico moderno, mescolandola con un tocco di boho-chic».

«Interessante. Fammi dare un'occhiata ai tuoi schizzi». La concentrazione crea dei solchi sulla fronte di Laurie mentre questi studia i disegni che ho allegato. «Sono molto belli, Summer».

Arrossisco. Non sono la migliore artista quando si tratta

di ritratti o paesaggi, ma ho sempre avuto un talento nel disegnare vestiti. Quando ero più giovane, riempivo interi blocchi per schizzi con ciò che consideravo i vestiti o gli stili perfetti.

«Grazie». Esito mentre lui studia una serie di schizzi di costumi da bagno per uomini. «Lo so che i costumi da bagno non sono così difficili da creare come, diciamo, gli abiti formali, ma sono davvero entusiasta di questa linea. E ovviamente posso includere più pezzi nella sfilata, in modo che il mio carico di lavoro sia paragonabile a quello degli altri studenti».

«La cosa non mi preoccupa», dice in tono assente, passando a un altro schizzo. Quando finisce di esaminarli tutti, mi guarda con un sorriso soddisfatto. «Hai il mio appoggio».

Un gran fermento cresce dentro di me. «Davvero?»

«Oh, sì. Sono impaziente di vedere cosa ti inventerai». E proprio quando pensavo che avessimo finito, lui fa l'occhiolino. «Sono soprattutto curioso di vedere chi farai sfilare».

Puah. Ecco come rovinare il momento.

«Sei una ragazza alta», aggiunge. «Dovresti prendere in considerazione di camminare sulla passarella tu stessa. Non ho alcun dubbio che saresti incredibile in bikini».

Doppio puah.

«Ehm, sì, ma non mi ha mai interessato fare la modella». Mi alzo in piedi e faccio un cenno al portfolio. «Quindi ho la sua approvazione per procedere?»

«Assolutamente». Mi ridà la custodia in pelle.

«Benissimo. Grazie. Ci vediamo a lezione».

Sono sollevata mentre esco dal suo ufficio, anche se significa finire di nuovo tutta intirizzita per il freddo. Ogni volta che inizio a pensare che il professore sia innocuo, fa scattare il temuto radar per viscidoni.

Fuori vengo investita da una folata di vento gelido. *Ti*

odio, gennaio. Perché non muori una volta per tutte? Inizio il mio tragitto attraverso il campus, controllando il cellulare mentre mi dirigo verso il parcheggio dove ho lasciato l'auto. Trovo una chiamata persa da parte di mia madre, insieme a un messaggio che mi fa sorridere.

Chiama i tuoi genitori, Summer. Mi manca la mia bambina.

Il mio cuore si espande d'amore. Oh, mi mancano tantissimo. Ci ho a malapena parlato dall'inizio del semestre. Ero occupata, e così anche loro. Mio padre ha di recente iniziato la selezione della giuria per un importante processo per omicidio, e mia madre è in visita da nonna Celeste in Florida.

Richiamo mia madre, ma parte la segreteria. Provo con mio padre, allora.

Risponde subito. «Principessa! Era ora!».

«Lo so, mi dispiace. Sono stata sommersa dagli impegni. Comunque, non ci credo che ti ho beccato fuori dal tribunale».

«Per un soffio», ammette. «Sono disponibile solo perché l'accusa ha richiesto una sospensione di cinque minuti. Il suo prossimo testimone è in ritardo».

«È inaccettabile!», esclamo, solo un po' per scherzo. «Non fargliela passare liscia, papà. Falli accusare di oltraggio alla corte».

Ridacchia. «Non è così che funziona, tesoro, ma grazie per l'interessamento. Come va la scuola?»

«Bene. Mi sono appena vista con il tutor per il progetto indipendente. Sto disegnando una linea di costumi da bagno per la sfilata».

«Che mi dici delle altre lezioni? Come gestisci il carico di lavoro?».

Gli faccio un rapido riassunto di quello che studierò questo semestre, ammettendo che ancora non è così arduo.

«Ma stasera scriverò una scaletta per un saggio. Augurami buona fortuna».

«Non hai bisogno di fortuna, principessa. Lo farai a dovere, questo saggio».

Ha una tale fiducia in me che mi fa piangere. Neanche una volta, in tutta la mia vita, i miei genitori mi hanno chiamato stupida. Ma so che devono averlo pensato. Come non potevano quando continuavo a tornare a casa con compiti non superati da firmare? Quando tutti i miei scritti erano coperti di correzioni in rosso e commenti scarabocchiati sui margini?

«Ma se hai dei problemi, fammi sapere. Forse posso parlare con David…».

«No», intervengo con tono deciso. Si riferisce a David Prescott, il rettore. Be', non lo permetterò. «Papà. Devi smetterla di parlare di me con Prescott e chiedere favori. L'assistente del rettore già mi odia perché pensa che abbia avuto un trattamento preferenziale… aspetta, lascia perdere», mi interrompo. «Se sei ansioso di concedere favori, me ne serve uno».

Ride. «Sono curioso di sapere di cosa si tratta».

«Puoi scoprire dov'è nato Hal Richmond?»

«Chi?»

«L'assistente del rettore della Briar. Ha un accento inglese e sono convinta sia finto».

C'è una pausa.

«Principessa». Mio padre sospira. «Stai torturando questo pover'uomo?»

«Non sto torturando nessuno», protesto. «Ho solo dei sospetti e ti vorrò tanto bene se potessi verificare il suo luogo di nascita. Ti porterà via solo cinque secondi, lo sai».

La sua risata rimbomba nel mio orecchio. «Vedrò cosa posso fare».

Il mio morale è ancora altissimo quando dopo mi metto a tracciare la scaletta per il mio esame di metà semestre. Mia madre è riuscita a contattarmi prima di cena e abbiamo passato un'ora al telefono ad aggiornarci. E tutti i miei tre coinquilini sono fuori per la serata, quindi posso lavorare in pace. Con il mio ADHD, anche la benché minima distrazione può ostacolarmi. Mi distraggo fin troppo facilmente.

L'argomento del mio saggio è come la moda a New York si sia evoluta nella prima metà del XX secolo, e i fattori che hanno portato a ogni episodio trasformativo. È un po' scoraggiante perché tratterò di cinque decenni di moda, segnati da eventi fondamentali come la grande depressione e la seconda guerra mondiale.

Alle superiori, la mia insegnante di sostegno… oddio, dirlo mi fa venire voglia di vomitare. *Insegnante di sostegno*. È umiliante da morire. Comunque, l'insegnante assegnatami aveva un arsenale di trucchi per aiutarmi a organizzare meglio i miei pensieri. Come fare schede didattiche o usare post-it per appuntare diverse idee. Nel corso del tempo, ho compreso che era meglio scrivere un'idea per nota, e poi sistemarle finché non si incastravano tutte insieme per formare un filo del discorso coerente.

Per iniziare la scaletta, mi metto a sedere sul pavimento della mia camera con i materiali allineati e pronti all'uso: evidenziatori, post-it, penne cancellabili. Indosso pesanti calzettoni di lana e sorseggio del tè alle erbe da una grande tazza. Sono una rockstar.

Comincio con lo scrivere i decenni su ogni fogliettino giallo: gli anni Dieci, Venti, Trenta, Quaranta. Forse così sarà più facile organizzare il saggio in ordine cronologico. So che dovrò fare un sacco di ricerca, ma per adesso mi affido alle mie conoscenze su quei periodi storici. Fino alla grande depressione, sono abbastanza certa che i colori accesi fossero diffusissimi. Lo scrivo su un post-it.

Nei ruggenti anni Venti, vediamo la comparsa delle *flapper*, donne emancipate dal trucco eccessivo. Scrivo un altro post-it.

Per un po', la moda femminile ha prediletto il look da maschiaccio... penso fossero gli anni Trenta? Attacco un altro post-it sul pavimento. Ma ho l'impressione che gli anni Trenta abbiano anche prodotto un sacco di canotte fru fru femminili. E a proposito di canotte fru fru, durante le vacanze, ne ho viste, tipo, cinque da Barneys sulla Madison. Sono tornate di moda?

Oh, e mi sono dimenticata di dire di Barneys a una mia amica della Brown! Faranno dei saldi super segreti per VIP nel week-end di San Valentino. Darà di matto quando lo verrà a sapere.

Afferro il cellulare e mando un messaggio veloce a Courtney. La sua riposta è istantanea.

COURT: ODDIO!!!!!!
IO: Lo so!!!
COURT: Ci andiamo, vero?
IO: CHE DOMANDE!!

Iniziamo a messaggiarci alla grande e con trasporto, finché all'improvviso non mi rendo conto che ho passato dieci minuti a parlare di saldi invece di fare il mio lavoro.

Grrr.

Faccio un respiro profondo e mi sforzo di concentrarmi. Elenco tutto le tendenze a cui riesco a pensare, poi annuisco con approvazione. Ecco. Ora devo semplicemente scendere nei dettagli di ognuna e spiegare i fattori ed eventi sociali che hanno dato forma alla moda nel corso del tempo.

Aspetta. È questa la mia tesi?

No, razza di idiota. Devi ancora trovarne una.

Mi mordo il labbro più forte del necessario. Il mio critico interiore è, francamente, un vero stronzo. Il mio vecchio terapista predicava sempre l'amor proprio, incoraggiandomi a trattare me stessa con gentilezza, ma tra il dire e il fare c'è di mezzo il mare. Quando hai un'insicurezza gigantesca che domina la tua vita, il tuo subconscio non te la fa dimenticare.

Amare sé stessi è già abbastanza dura. Zittire il critico interiore è sull'orlo dell'impossibile. Per me, almeno.

Faccio un respiro lento e regolare. Va tutto bene. Non devo pensare a una tesi proprio in questo istante. Prima posso raccogliere tutte le informazioni, e poi una volta messe insieme, si formerà un'ipotesi generale.

Ma ci sono così tante informazioni. Una semplice ricerca su Google di cinque minuti mi travolge di fatti. E più leggo, più complesso diventa l'argomento. Non so proprio come restringere il campo, e il senso di panico mi colpisce come un pugno allo stomaco.

Prendo un altro respiro, ma è rapido e agitato, e non penso che mi sia entrato dell'ossigeno nei polmoni.

Odio tutto questo. Odio questo saggio e odio me stessa.

Sento un bruciore agli occhi. Cominciano a pizzicarmi. Li strofino, ma non appena li tocco, scateno le lacrime che sto cercando di reprimere.

Smettila di piangere, mi rimprovera il mio critico interiore. *Ti stai comportando in modo ridicolo. È solo un saggio.*

Tento di nuovo di aspirare l'aria nei polmoni. Il mio cervello inizia a ripassare gli esercizi che i miei terapisti e genitori mi incoraggiano a fare durante un attacco di panico: ripeto che starò bene. Mi visualizzo mentre do a me stessa un grande abbraccio. Penso a nonna Celeste (che mi tranquillizza sempre). Ma giungo a una battuta d'arresto quando il mio sguardo cade sul mare di foglietti gialli sul pavimento, sulla baraonda di pensieri di cui è composto il mio cervello squinternato.

Mi sfugge un altro singhiozzo soffocato.

«Summer?».

Mi impietrisco al suono della voce di Fitz. Dopodiché, sento un leggero bussare alla porta.

«Stai bene?».

Il fiato mi esce in un rantolo tremante. «S-sì!», riesco a rispondere, e la mia voce incrinata mi provoca un sussulto.

Anche lui si accorge del mio tremore. «Sto per aprire la porta, okay?»

«No», mi lascio sfuggire. «Sto bene, Fitz. Te lo giuro».

«Non ti credo». La porta si apre con facilità e il viso bellissimo e preoccupato di Fitz appare.

Mi guarda e impreca con voce roca. Prima che possa accorgermene, si inginocchia accanto a me. Una mano calda mi afferra il mento, costringendomi a incrociare lo sguardo di lui. «Che c'è che non va?», vuole sapere.

«Nulla». La voce mi trema di nuovo.

«Stai piangendo. Non è *nulla*». I suoi occhi cadono sulle decine di post-it attaccati al pavimento. «Cos'è tutto questo?»

«Prova della mia stupidità», biascico.

«Cosa?»

«Nulla».

«Smettila di dire nulla. Parla con me». Mi accarezza delicatamente col pollice la guancia bagnata. «Sono bravo ad ascoltare, te lo prometto. Dimmi cosa c'è non va».

Mi cominciano a tremare le labbra. Porca miseria, sento arrivare un'altra ondata di lacrime. E questo mi fa arrabbiare di nuovo. «Non so farlo, cazzo, ecco cosa c'è che non va».

Scaravento via i post-it con una mano. Alcuni rimangono attaccati al legno duro, mentre altri volano attraverso la stanza o scivolano sotto il letto.

Fitz raccoglie uno dei foglietti e lo legge. «È per una tesina a cui stai lavorando?»

«Esame di metà semestre», sussurro. «Che non supererò».

Rilasciando un respiro, Fitz si mette a sedere. Esita per un attimo prima di allungare una mano verso di me.

Forse se non mi sentissi così vulnerabile al momento, sarei abbastanza forte per respingerlo. Ma sono debole e mi sento sconfitta, e quando spalanca le braccia, salgo sul suo grembo, affondo il viso nel suo petto, e gli permetto di confortarmi.

«Ehi», mormora lui, facendo scorrere una mano su e giù per la mia schiena. «È normale essere travolti dallo studio. Tutti quanti si stressano».

«Tu ti senti stressato?», chiedo sottovoce.

«Sempre».

Le sue dita si intrecciano tra i miei capelli e all'improvviso mi sento come una bambina. Mia madre mi accarezzava i capelli ogni volta che mi arrabbiavo. Qualche volta anche mio fratello Nick faceva lo stesso, se mi scorticavo un ginocchio o sbattevo la testa a causa di qualsiasi acrobazia temeraria che avevo provato quel giorno. Ero una bambina turbolenta. Cacchio, sono un'adulta turbolenta.

Il calore del forte corpo di Fitz si insinua in me. Premo la guancia sulla sua clavicola e confesso con imbarazzo: «Ho difficoltà di apprendimento».

«Dislessia?». La sua voce è piena di comprensione.

«No. È più un insieme di sintomi correlati all'ADHD. Ho difficoltà a concentrarmi e organizzare i miei pensieri su carta. Da bambina, sono stata in terapia per questo, ma i farmaci mi davano terribili mal di testa e mi facevano venire la nausea e le vertigini, così ho smesso di assumerli. Ho provato a riprenderli da adolescente, ma sono comparsi comunque gli stessi sintomi». Emetto una risata aspra e autoironica. «Al mio cervello non piacciono le medicine. Purtroppo, questo significa che tocca a me focalizzare i miei pensieri, e a volte è davvero difficile».

«Cosa posso fare per essere d'aiuto?».

Sobbalzo per la sorpresa. «Che?».

Il suo sguardo è serio, splende di sincerità. Non c'è nemmeno un pizzico di compassione. «Hai problemi con il tuo esame di metà semestre, quindi in che modo posso esserti d'aiuto?».

Sono un po' disorientata. Con goffaggine, scivolo via dalle sue ginocchia e mi siedo a gambe incrociate accanto a lui. Mi sono appena staccata da lui e sento già la mancanza del suo calore. Per un attimo fugace, IL BACIO mi passa per la mente, ma lo scaccio via come una mosca fastidiosa. Fitz non ne ha mai fatto cenno e in questo momento non mi guarda come se volesse mettermi la lingua in bocca.

Sembra sinceramente desideroso di aiutarmi.

«Non lo so», rispondo alla fine. «È che... ci sono così tante informazioni». L'ansia mi riempie di nuovo lo stomaco. «Sono praticamente cinquecento anni di moda. Non so dove concentrarmi e, se non riesco a condensare tutte le informazioni, questa tesina sarà lunga cinquanta pagine e dovrebbe contenere solo tremila parole e non so come snellire tutte le idee e...».

«Respira», ordina lui.

Mi fermo e faccio quello che dice. L'ossigeno mi schiarisce un po' la mente.

«Ti stai lasciando trasportare di nuovo. Devi fare un passo alla volta».

«Ci sto provando. Ecco perché ho fatto questi stupidi post-it, per scomporre tutto».

«E parlarne? Ti è mai stato d'aiuto?».

Annuisco lentamente. «Sì. Di solito schematizzo i punti e

le idee e poi li trascrivo, ma non sono ancora in quella fase. Stavo cercando di trovare la premessa di base quando mi ha preso il panico».

«Okay». Fitz distende le lunghe gambe davanti a noi. «Allora parliamo della premessa di base».

Mi mordo l'interno della guancia. «Apprezzo l'offerta, ma sono sicura che tu abbia cose migliori da fare con il tuo tempo. Tipo, disegnare. O lavorare al tuo videogioco». Mi stringo debolmente nelle spalle. «Non devi aiutarmi con il mio saggio».

«Non lo farei gratis».

Assottiglio gli occhi. «Vuoi che ti paghi?».

Fitz assume un'espressione perplessa. «Che? No, certo che no. Intendevo solo…». Fa un sospiro veloce, evitando il mio sguardo. «Anch'io ho bisogno del tuo aiuto con qualcosa».

«E cioè?».

Mi lancia una rapida occhiata, stranamente imbarazzato. «Che ne dici di uno scambio? Io ti aiuterò con questo esame… con la scaletta, la tesi. E, mentre la scrivi, posso revisionarla e aiutarti a organizzare le idee. E tu mi aiuti…». Borbotta il resto: «Lasciando che ti disegni».

Stavolta sono io a essere perplessa. «Vuoi disegnarmi?».

Annuisce di scatto.

«Come una delle tue ragazze francesi?». Il calore mi brucia le guance. Sta dicendo che vuole disegnarmi nuda?

Oh, mio Dio.

Perché l'idea mi eccita?

«Quali ragazze francesi?», chiede lui, confuso.

«Sei sicuro di non aver visto di nascosto *Titanic* con me e Hollis l'altra sera?».

Sbuffa. «Ah, il ritratto nudo. Mi ero dimenticato di quella scena. E no, non saresti nuda». La sua voce si incupisce alla fine della frase, e mi domando se si stia immaginando la stessa cosa a cui sto pensando.

Me. Stesa nuda di fronte a lui. Il mio corpo in bella vista.

Il mio respiro accelera quando la fantasia prende una piega oscena. All'improvviso, anche Fitz è nudo. Nudo e duro. I suoi bicipiti tatuati si flettono mentre lui abbassa il corpo lungo e muscoloso sopra di me e...

Tossisce, e non mi sfugge il lampo di calore nei suoi occhi. «Saresti completamente vestita», dice. «Voglio basare su di te un personaggio del mio gioco. Be', sul tuo aspetto. È stato complicato capire come potrebbe essere questa donna e...». Scrolla le spalle goffamente, ed è adorabile da morire. «Penso che potrebbe assomigliare a te».

Rimango a bocca aperta. «Vuoi basare un personaggio di un videogioco su di me? Ma che figata. Come si chiama?»

«Anya».

«Oooh, mi piace. Fa molto principessa elfa».

«A dire la verità, è un'umana».

Sorrido. «Dovresti ripensarci. È assolutamente un nome elfico».

Ricambia il mio sorriso, poi fa un cenno al disordine sul pavimento. «Affare fatto, allora? Io ti aiuto, tu lasci che ti disegni?»

«Sì», rispondo subito. Ci metto un secondo per rendermi conto che ogni traccia di sconfitta e disperazione ha lasciato il mio corpo. Mi sento rinvigorita e la gratitudine che mi riempie il petto minaccia di traboccare. «Grazie, Fitz».

«Prego».

I nostri sguardi si incrociano. Vorrei sapere a cosa stava pensando. Vorrei che parlasse del nostro stupido bacio al gioco della bottiglia, così da poter capire i suoi sentimenti al riguardo.

Vorrei che mi baciasse di nuovo.

Vedo il suo pomo d'Adamo andare su e giù mentre deglutisce. Si lecca le labbra.

Un'ondata di eccitazione mi attraversa il corpo. Oddio. Lo farà davvero?

Ti prego, supplico in silenzio. Con qualsiasi altro ragazzo, probabilmente prenderei il toro per le proverbiali corna. Vale a dire, metterei la mano letterale sul suo pene letterale.

Non con Fitz, però. Sono terrorizzata ad espormi di nuovo, non quando il sapore amaro del suo rifiuto di Capodanno è ancora attaccato alla mia gola. Lo voglio ancora, sì. Ma non lo ammetterò mai a meno che non faccia lui la prima mossa.

Non succede.

La delusione mi investe quando Fitz distoglie lo sguardo. Si schiarisce la voce, ma possiede ancora quel vibrato quando dice: «Vado a prendere il blocco per schizzi».

Capitolo sedici
Fitz

«Spogliati».

Trascorrere del tempo con Summer è… una sfida. E lo dico io, un tizio che gioca a hockey a livello universitario. Con tutta sincerità, posso dire che la mia estenuante carriera atletica è una passeggiata nel parco rispetto alla grinta pura che ci vuole per mantenere un'amicizia con Summer Di Laurentis.

Punto uno, mi è impossibile dimenticare il bacio che abbiamo condiviso. Forse lei è stata in grado di toglierselo dalla mente, ma di sicuro non ha abbandonato la mia. Il che significa che ogni volta che le ho guardato la bocca in questi ultimi giorni, mi ricordavo di quanto fosse stato bello sentirla premuta contro la mia.

Punto secondo, sono ancora attratto da lei, quindi di solito quando ammiro quella bocca, la mia immaginazione non si ferma a un innocuo bacio. Le sue labbra e la sua lingua hanno avuto un ruolo da protagonista in così tante fantasie sconce che ho preso a masturbarmi sotto la doccia ogni mattina al solo pensiero di lei.

Punto terzo, masturbarsi ogni mattina mi rende difficile guardarla negli occhi quando stiamo insieme.

E infine, quando sei amico di Summer, lei fa cose come entrare spavalda in camera tua e ordinarti di spogliarti.

«No», rispondo.

«Spogliati, Fitzy».

Inarco un sopracciglio. «No».

«Oh, mio Dio, perché non ti togli i vestiti!».

«Perché mi stai chiedendo di togliermi i vestiti? Non sono una delle tue ragazze francesi», ringhio.

Summer collassa dalle risate. Ha questo modo di ridere a crepapelle fino a perdere il controllo. Di solito comporta anche le lacrime: si piega in due e si sfrega furiosamente un punto sul fianco. Quando ride, lo fa con tutto il corpo e l'anima.

Inutile dire che mi piace provocare in lei quella reazione.

«Non voglio disegnarti», dice tra una risata e l'altra. Si raddrizza e pianta le mani sui fianchi. «Sto cercando di *aiutarti*, stupido idiota».

Deglutisco. Sono profondamente pentito di averle detto del mio colloquio di lavoro con Kamal Jain di domani mattina. È saltato fuori la scorsa notte durante la nostra sessione notturna di disegno/studio, una routine che abbiamo sviluppato negli ultimi quattro giorni. Quando mi ha domandato cosa avessi intenzione di indossare, ho fatto spallucce e ho detto: «Forse un paio di jeans e una giacca?».

Al che lei mi ha guardato con orrore e ha replicato: «Mi dispiace, ciccio, ma non è un abbigliamento che puoi permetterti. Justin Timberlake, lui sì che spacca vestito così. Ma tu? Assolutamente no». Poi ha sventolato la mano in modo sprezzante. «Non preoccuparti. Ci penserò io».

Non ero preoccupato e non le ho chiesto di chiarire cosa intendesse con "ci penserò io".

Ora mi pento di non averlo fatto, perché sono le otto di giovedì sera e Summer ha buttato sul mio letto una mezza dozzina di custodie per abiti e mi ha ordinato di spogliarmi.

«Non proverò dei vestiti per te», dico con ostinazione.

«Te l'ho detto, non è per me!», brontola per la frustrazione. «È per te. Ti sto facendo un grosso favore, Fitz. Sai quante migliaia di dollari di vestiti ci sono in queste custodie».

La guardo torvo. «Non mi interessa quanto costano. Voglio indossare le mie cose».

«Quali cose?». Si dirige verso lo sportello del mio armadio e lo apre. «Intendi questa roba? Un mucchio di magliette. Jeans e pantaloni cargo. Qualche maglione, un paio di camicie, un sacco di maglie sportive e più canottiere che un uomo qualsiasi dovrebbe avere».

«E il completo che indossavo per il funerale di mio zio Ned», suggerisco. «Potrei indossare quello se vuoi».

«No che non voglio». Rovista tra le stampelle. «Tutto ciò che possiedi è nero o grigio. Che cos'hai contro i colori, Colin? Il rosso ha fatto il bullo con te da bambino? Il verde ti ha fregato la ragazza? Nero, grigio, grigio, nero, nero, toh, guarda! Altro nero! È una follia. Sto letteralmente impazzendo a guardare il tuo armadio». Summer si volta, lanciandomi un'occhiataccia. «Lascerai che ti vesta per il colloquio, hai capito? È un mio diritto, ora che siamo migliori amici».

«Migliori amici?», sbotto, ridendo. «Non ho accettato nulla del genere».

«Se decido qualcosa, allora è legge». Tira fuori la lingua. «Non hai voce in capitolo».

Se n'è andata la ragazza con gli occhi pieni di lacrime che avevo confortato pochi giorni fa, e devo ammettere che è bello vederla sorridente e raggiante. Mi piace guardarla dirigere verso di me tutta la sua solarità innata, invece di guardarmi con oscura cautela e torbida incertezza.

«E dai, Fitz. Per favore? Prova solo alcuni vestiti. Se non ti piacciono, li manderò indietro».

«Mandarli indietro a chi?». Mi si stringe lo stomaco. «Ti prego, non dirmi che li hai comprati». Non sono bravo ad accettare regali, soprattutto se costosi.

«Oh, no. Intaccherebbe troppo il mio fondo fiduciario. I miei genitori mi ucciderebbero». Scrolla le spalle. «Una mia amica me li ha mandati come favore. Disegna gli abiti per un attore».

«Che attore?». Non posso fare a meno di chiedere, adocchiando con curiosità le custodie.

«Noah Billings».

«Mai sentito nominare».

«È in una serie TV di supereroi della CW. Ha circa la tua taglia, forse è un po' più basso. Molti capi sono stati personalizzati per lui, ma vediamo cosa possiamo fare. In ogni caso, Mariah ha detto che puoi prendere in prestito tutto ciò che vuoi, a patto che paghiamo il lavaggio a secco prima di restituirli. Quindi ora sta' zitto e spogliati, ciccio. Voglio che tu abbia un look fantastico domani. Cioè, è una cosa enorme».

Ha ragione. *È* una cosa enorme. Lavorare a Orcus Games sarebbe un sogno che si fa realtà.

«Hai ragione», le concedo. «Non posso avere l'aspetto di un fannullone».

«Scusa tanto, hai appena detto che ho ragione? Quindi hai torto?»

«Sì, Summer. Hai ragione. Devo fare una buona impressione». Sospiro, sconfitto. «Vediamo cosa c'è in quelle custodie».

Summer strilla così forte da farmi sussultare. Cavolo, ma ha ingoiato un megafono? «Non te ne pentirai. Ci divertiremo un sacco».

Applaudendo allegramente, fa qualche piroetta; i suoi capelli biondi le colpiscono il corpo snello. Enfatizza la danza animata con un piccolo salto in cui stende in avanti le gambe e poi atterra direttamente sulla punta delle dita dei piedi nudi.

«Caspita», dico io, sinceramente impressionato. «Dove hai imparato a farlo?»

«Ho fatto sei anni di danza classica». Marcia verso la sedia e prende la prima custodia.

Giusto, ricordo che aveva detto che la danza classica era stata uno dei suoi interessi. «Non hai continuato poi?»

«Te l'ho detto, mi annoio facilmente». Apre la chiusura lampo della custodia ed estrae una stampella che tiene un…

Maglione grigio.

«È uno stupido maglione grigio», commento in tono accusatorio. «Sai, come quello che si trova a un metro di distanza da noi? Quello che hai appena criticato?»

«Punto primo, non è grigio. È ardesia…».

«È grigio».

«Punto secondo, è un Tom Ford: quello nel tuo armadio è un Tom Ford? Non penso proprio. Punto terzo, sta' zitto e vieni a toccarlo».

Ho paura che mi tiri uno schiaffo se non lo faccio, quindi obbedisco alla signora. Non posso fare a meno di fischiare mentre le mie dita si imbattono nella lana più morbida che abbia mai sentito. «È bello», cedo.

«Perfetto, quindi ci proveremo questo su…». Controlla la seconda stampella. «Oooh, su questa maglietta di Saint Laurent. Anzi, no… Sai una cosa? Non penso che ci sia bisogno di avere una maglietta sotto. Il maglione sembra abbastanza spesso da non mostrare i tuoi capezzoli. Lo abbineremo a questi pantaloni. Girati».

«Perché?»

«Voglio vedere il tuo sedere».

«No», dico indignato.

«Girati».

Mi volto perché non ho voglia di perdermi in un'altra discussione, ma ribatto con una replica suadente solo per innervosirla. «Ti piace quello che vedi? Puoi dargli una strizzatina se vuoi».

Summer emette un verso stridulo. «Stai *flirtando*? È altamente inappropriato».

«Dice la donna mi fissa il culo con desiderio».

«Credici pure», risponde, ma non mi sfugge un lieve ansimare nella sua voce. «Okay. Proveremo i pantaloni, ma il sedere di Noah Billings non è muscoloso come il tuo. Potrebbero mettere in mostra un po' troppo culo».

«È possibile una cosa del genere?», chiedo con solennità.

Summer fa un sorriso raggiante. «Touché. Va bene. Vediamo come ti sta».

Sto per togliermi la maglietta, quando mi rendo conto che lei è ancora lì a guardarmi. «Be'? Non merito un po' di privacy?»

«Ti stai solo togliendo la maglietta. Non è che ti stai denudando».

Sì, ma sembra comunque… una cosa intima. Scaccio via il pensiero dalla mente. Se fossimo in spiaggia, non esiterei ad andare a torso nudo. Mi sto comportando da pusillanime.

Mi sfilo la maglietta da sopra la testa.

Gli occhi verdi di Summer si allargano. L'apprezzamento le riscalda l'espressione del viso, e accidenti se questo non mi gonfia l'ego come un pallone di elio. Diventa sempre più grande quando lei emette un verso ansimante che parla direttamente al mio uccello.

«Adoro i tuoi tatuaggi», mi informa.

«Sì?»

«Eh, sì».

Il suo sguardo è incollato al mio torso nudo. Santo cielo,

se continua a guardarmi in quel modo, potrei non riuscire a trattenermi dal toccarla. È già stato uno sforzo erculeo per me disegnarla ogni sera senza cedere ad ogni istinto carnale che mi implorava di scoparla.

Ma non posso. No, a meno che non faccia lei la prima mossa. Ho già perso la mia occasione a causa di come mi sono comportato a Capodanno. Le mie parole ipercritiche l'avevano ferita, e solo perché lei ha accettato le mie scuse non significa che io possa supporre che adesso le piaccio. Il fatto che lei ci abbia definito "migliori amici" è probabilmente una buona indicazione di quale sia il mio posto.

È la regola dell'amico.

«Permesso di avvicinarsi al petto?».

Scoppio in una risata frettolosa. «Permesso accordato?».

Summer fa un passo avanti per esaminare più da vicino l'inchiostro sulle mie braccia e sul mio petto. «Li hai disegnati tu stesso?»

«Sì».

«Mio Dio, Fitz. Sei bravissimo».

L'imbarazzo si insinua nella mia gola. Non sono uno che sa accettare i complimenti. Non lo sono mai stato. Così emetto un suono evasivo che spero interpreti come un grazie.

«Il fantasy ti piace parecchio, eh?». Si concentra sul mio bicipite sinistro. «Questa spada è tosta. Si basa sulla spada di vetro di Sir Nornan ne *La foresta di vetro*? No, aspetta, la spada non compare fino al terzo libro».

«*Demoni queruli*», confermo, nominando un altro titolo della serie *Venti itineranti*. I nervi mi fanno fermare, perché non voglio mandare di nuovo tutto all'aria. «Qual è il tuo preferito?». Poi aggiungo velocemente: «Non è una domanda a trabocchetto, lo prometto. So che li hai letti».

«A essere puntigliosi, non li ho letti, ho ascoltato gli audiolibri. Sono ossessionata dagli audiolibri», rivela. «E per rispondere alla tua domanda, il primo libro. Il primo libro è sempre il migliore».

«Concordo».

Lei tocca qualcosa sulla mia spalla. «Oooh, è così carino. Questo groviglio di rose». Il suo sguardo birichino incrocia il mio. «Non molto virile», scherza.

Sono troppo distratto per rispondere o per offendermi, perché i suoi polpastrelli tracciano ancora un sentiero sulla mia carne nuda. L'aria mi rimane intrappolata in gola. Il dolce odore del suo shampoo mi solletica il naso, insieme a un accenno del suo profumo inconfondibile.

Mi ritrovo a chiedere: «Che profumo è?»

«Chanel N° 5». Le sue labbra si curvano in un sorriso. «L'unico profumo che una signora dovrebbe possedere».

«Ti credo sulla parola».

Il mio corpo piange per la perdita di contatto quando Summer ritira la mano. «Basta chiacchiere, Fitzy. Mettiti questo».

In un batter d'occhio, mi fa indossare a forza il maglione. Mi sento come un bambino mentre faccio scivolare le braccia nelle maniche e infilo la testa attraverso il buco del collo. Giuro di poter sentire le unghie di Summer che mi graffiano l'addome mentre trascina giù la maglia.

Un brivido mi scorre lungo la schiena. Sono eccitato.

Cioè, sono parecchio eccitato.

Cazzo, e ora devo togliermi i pantaloni, e indosso boxer che ricalcano perfettamente il mio uccello. Lo noterà di sicuro.

Ding.

Il cellulare di Summer l'avverte dell'arrivo di un SMS. Oh, grazie, Gesù. Mentre si gira per controllare il messaggio, mi affretto a togliermi i pantaloni della tuta e scivolare nei freddi pantaloni neri. Assicurandomi che il suo sguardo sia occupato, mi sistemo rapidamente la zona dell'inguine, così non sarà evidente. Quando Summer tornerà da me, spero di sembrare un uomo che *non* sia più duro del granito.

Lei fischia dolcemente. «Oh, mi piace, Fitz. Sei super elegante. Ecco, guarda». Fa sporgere la porta dell'armadio in modo che possa vedere il mio riflesso nello specchio a figura intera.

Sono piacevolmente sorpreso. Sto molto bene. «Non male», dico. «Metterò questo».

Noto allo specchio l'espressione incredula di Summer. Poi scoppia a ridere. «Colin», dice tra una risata e l'altra. «Sei sempre così ingenuo?».

Corrugo la fronte. «Cosa intendi?»

«Significa che questo è il primo vestito che hai provato». Mi accarezza il braccio quando mi passa accanto, ridacchiando sottovoce. «Abbiamo appena iniziato».

«Iniziato a fare cosa?», dice una voce sospettosa. Ci giriamo e troviamo Hunter sulla soglia.

Un filo di sconforto mi avvolge le viscere. È da domenica sera che Hunter si tiene a distanza da me. Non ha dichiarato apertamente che la cosa del gioco della bottiglia lo ha fatto incavolare, ma ho la netta sensazione che sia così.

A mia difesa, non stavo nemmeno partecipando a quello stupido gioco, e non avrei baciato Summer se la ragazza di Jesse non avesse insistito. Non sono così ingenuo da discutere con Katie.

Inoltre, se Hunter è arrabbiato perché io e Summer ci siamo baciati, può tirare fuori le palle e parlarne con me.

«Senti qua», gli dice Summer con voce divertita. «Ho portato sei custodie con vestiti da far provare a Fitz. Sai, per il suo colloquio di domani. Ha provato solo un vestito». Indica la combinazione di Ford e Saint Laurent. «E lui pensa che...» Sembra stia per esplodere dalle risate. «Pensa che abbiamo finito così».

Mi aspetto che Hunter le dia un'occhiata assente. Ma il

mio compagno di squadra ridacchia, ovviamente avendo capito la battuta. «Che bastardo ingenuo». Entra a grandi passi nella mia stanza e si distende sul letto. «Ci sarà da divertirsi» Fa un occhiolino a Summer. «Va' a cercare Hollis. Digli di fare un po' di popcorn».

«Vado subito». Sta già uscendo di corsa dalla porta, urlando: «Mike!».

«Traditore», brontolo a Hunter.

Lui si limita a sorridere. «Hai dato a un'ereditiera del Connecticut il permesso di vestirti per un colloquio. Pensi davvero che mi perderò questo spettacolo?».

Sospiro. Credo di poter puntare i piedi e porre fine a questa farsa, ma chiaramente Summer si sta divertendo, ed è la prima volta in cui Hunter sembra davvero a suo agio con me. Forse stavo immaginando la sua indifferenza, e non gli importa affatto del bacio.

«Ascolta, riguardo a te e Summer», tergiversa.

Ho parlato troppo presto.

«Ha detto che la stai aiutando con il suo esame».

«Sì, esatto». Faccio finta di essere occupato con la manica sinistra del mio maglione, esaminandola come se contenesse tutti i segreti dell'universo.

«E poi c'è tutta la faccenda del bacio di domenica». Con la coda dell'occhio, lo vedo passarsi le dita tra i capelli scuri. «Quindi te lo chiedo senza tanti fronzoli. C'è qualcosa tra di voi? State insieme?»

«Naah». Cavolo, questa manica è proprio affascinante. «Siamo solo amici».

«Ne sei sicuro?».

Mi sforzo di guardarlo negli occhi come un adulto maturo. «Nel caso te ne fossi dimenticato, stavo pensando ai fatti miei quando quella bottiglia mi ha puntato. Nessuno di noi due voleva andare fino in fondo, ricordi?»

«Vero». Sta annuendo lentamente. «Sembravate proprio a disagio».

Davvero?

Cerco di non aggrottare le sopracciglia. Perché quello che ricordo è come le sue labbra hanno dato fuoco a tutto il mio corpo. Ricordo la sua lingua che si sfregava contro la mia e inviava una scossa elettrica direttamente alle mie palle. Ricordo di aver respirato il suo profumo assuefacente e di essere quasi svenuto per il desiderio.

Ma Hunter ha visto disagio. Interessante.

Forse è per questo che Summer non ha sollevato l'argomento del bacio nemmeno una volta da quando è successo. Cazzo. Devo davvero sottostare alla regola dell'amico?

«Penso che sia una ragazza fantastica, Fitz». Fa spallucce. «Non stavo scherzando sul fatto di avere la precedenza quando siamo tornati dal Vermont. Lei mi piace».

Lancia un'occhiata verso la porta, come se fosse preoccupato che Summer potesse essere lì. Ma si rilassa quando la risata sua e di Mike echeggia dal piano di sotto.

«E penso di piacerle», continua. Un'altra scrollata di spalle. «Cioè, a Capodanno abbiamo limonato. Ci siamo coccolati».

Si sono *coccolati*? La fitta di gelosia mi fa male più di quanto mi aspettassi.

«Sto pensando di chiederle di uscire». China la testa, osservandomi attentamente. «Sarà un problema?».

Come diavolo dovrei replicare? Sì, sarà un problema? E se lo dicessi? Che si fa? Dovremmo duellare per l'onore di Summer?

«Come ho detto quando abbiamo discusso del suo trasferimento, a patto che ciò non influenzi il nostro contratto d'affitto, non mi interessa quello che fate». È molto, molto difficile pronunciare queste parole, ma l'alternativa creerebbe solo problemi. Preferirei non affrontarli al momento.

Se Summer mi avesse strappato i vestiti di dosso e mi avesse implorato di fare sesso con lei, forse la mia risposta sarebbe stata diversa.

Ma non l'ha fatto.

Capitolo diciassette
Fitz

Sono cresciuto nei sobborghi fuori da Boston, quindi le probabilità che io vedessi un tornado erano buone quanto le possibilità che i miei genitori tornassero insieme.

Stamattina, finalmente riesco a vederne uno.

Il tornado si chiama Kamal Jain. Compare all'improvviso nel bar dell'hotel in un turbinio di grigio e nero, offrendo fugaci scorci di denti bianchi, pelle marrone e dita tozze che salutano la cameriera mentre gli passa accanto.

Il vortice si ferma per rivelare la figura bassa e tarchiata di Kamal Jain, e mi serve un notevole sforzo per tenere a freno la mascella perché, a quanto pare, non è vestito di grigio e nero.

È ardesia e carbone, come direbbe Summer.

Ed è lo stesso abbigliamento del cavolo che ho provato io ieri sera. Quello che ho messo per primo, che Summer mi ha consigliato di abbandonare a favore di quello che sto indossando ora: jeans di Ralph Lauren blu scuro, una camicia elegante di Marc Jacobs senza cravatta e mocassini Gucci marroni. Summer sarebbe orgogliosa che abbia ricordato il nome di ogni stilista e l'abbia collegato al capo di abbigliamento corrispondente.

Grazie a Dio, non mi sono accontentato della prima opzione, altrimenti questo colloquio sarebbe stato un tantino imbarazzante.

«Colin!», mi saluta Kamal con entusiasmo, agitando la mia mano in una stretta che dura per tutto il tempo che parla. «È così bello conoscerti! Ma guardati: sei enorme! Dalla foto sembri molto più piccolo. Di persona sei un gigante!».

«Foto?», dico senza capire.

«La mia assistente ha scovato la tua foto segnaletica di hockey su Internet. Si chiama foto segnaletica? Non lo so. Quanto sei alto? Uno e ottantacinque? Uno e ottantotto?»

«Uno e...».

«Uno e ottantotto, scommetto. Io sono alto uno e settantatré, solo un piccoletto con un grosso conto in banca, giusto?». Sghignazza alla sua stessa battuta. «Ci mettiamo a sedere?»

«Certo», dico, anche se dubito che mi abbia sentito. Sembra come se Kamal Jain parlasse principalmente con sé stesso, e tu stai solo a guardare.

Il bar del Ritz assomiglia a uno di quei club del sigaro per gentiluomini che vedi nei film. Alcuni séparé curvi si estendono su una parete, ma principalmente sono le poltrone imbottite in pelle nascoste in tutta la sala a fornire ai clienti l'illusione della privacy. C'è persino un fuoco scoppiettante nel caminetto, uno vero, che scricchiola mentre la cameriera ci conduce oltre ad esso.

Ci sistemiamo su un paio di poltrone nell'angolo della sala. Kamal ordina un vodka tonic. Sono le dieci e mezza del mattino, ma non faccio commenti. Non criticherò la selezione di bevande del mattino del mio potenziale datore di lavoro. Inoltre, sono un po' stremato, quindi parlare potrebbe essere una sfida in generale. Ho visto la faccia di quest'uomo sulla copertina di riviste. Ho seguito la sua carriera per anni. È surreale trovarmi seduto di fronte a qualcuno che ho ammirato da lontano per così tanto tempo.

«Grazie per essere venuto fin qua per incontrarmi, signor Jain», comincio a dire.

«Signor Jain! Ne abbiamo già discusso, amico: chiamami Kamal o KJ. "Signore" mi mette i brividi. Troppo autoritario per i miei gusti».

«Scusa. Kamal». Decido di essere franco con lui. Ho il sospetto che lo apprezzi. «Mi dispiace. Sono quasi imbarazzato da quanto mi stia comportando da fan adesso».

Lui fa una gran risata. «Oh, credimi, ti capisco. Una volta ho incontrato Stan Lee a una convention di fumetti, e sono quasi venuto nelle mutande. Giuro su Dio, ho sentito proprio un formicolio lì sotto».

Soffoco una risata. «Be', per fortuna sei riuscito a controllarti», suggerisco.

«Per un soffio! Quell'uomo è una leggenda. Divorzierò dai miei genitori nella speranza che mi adotti».

La risata mi sfugge. Sapevo già dalle interviste che ho visto di lui che Kamal non ha un filtro tra cervello e bocca. Ma sperimentarlo di persona è tutt'altro spettacolo.

«È una Marc Jacobs?». Indica la mia camicia. «Veste bene, polsini stretti... cara. Spero che tu non abbia ripulito il libretto di risparmio per fare colpo su di me. Sei al college, non puoi permetterti acquisti frivoli, Colin. Ti farò avere dalla mia assistente un assegno di rimborso».

«Oh, non è necessario...».

«Va bene», interrompe, «ho ancora quattro minuti. Facciamo in fretta».

Quattro minuti? Ma se si è appena seduto.

Mi chiedo cosa significhi essere COSÌ IMPORTANTE da volare a Boston per un colloquio di cinque minuti prima di dover risalire sul vecchio jet della compagnia.

Per i prossimi tre minuti, Kamal mi tempesta di domande come se stesse sparando un fucile da colloquio. Sembra non esserci alcun nesso o logica tra di loro. Salta da un argomento all'altro in un batter d'occhio e mi concede solo circa dieci secondi prima di tempestarmi di nuovo.

Chi sono le tue influenze artistiche?

Qual è il tuo film preferito?

Mangi carne?

Saresti disposto a lavorare nei fine settimana se necessario?

Cosa ne pensi di No Man's Sky*?*

Ti considereresti un atleta?

In effetti, la questione dell'atleta viene sollevata in almeno tre domande. Ho la netta sensazione che Kamal sia anti-atleta. Vittima di bullismo da parte di un atleta o due al liceo, sospetto.

Non posso dire se ho risposto correttamente a una sola domanda o a suo gusto. Mentre Kamal si muove e parla come un tornado, il colloquio in sé per sé è uno tsunami, che mi travolge senza preavviso e si ritira altrettanto velocemente.

Prima che possa accorgermene, Kamal si alza in piedi e mi sta tendendo di nuovo la mano. «Puoi essere a Manhattan tra qualche settimana?»

«Ehm, non ne sono sicuro. Dipende dal calendario delle partite…».

«È un giovedì sera, giochi il giovedì?». Si acciglia. È evidente che il più grande punto a mio sfavore in questo momento è l'hockey.

«No, ma…». Aggrotto la fronte. «Cosa c'è a Manhattan?». Ho ottenuto il lavoro? Inizierò a lavorare quel giorno? La mia lettera di presentazione affermava chiaramente che non potevo iniziare fino a dopo la laurea.

«Sto organizzando una raccolta fondi all'Heyward Plaza Hotel. È per sensibilizzare sull'autismo. No, è un evento per bambini con leucemia. L'autismo è in aprile», balbetta.

«Autismo in aprile… il mio team del cazzo adora l'allitterazione. Ho invitato gli altri candidati che sto prendendo in considerazione. Ce ne sono solo altri tre. Due non mi hanno fatto una buona impressione nel faccia a faccia».

E io sì? Sono un po' sconcertato. Non riesco a capire come sia stato in grado di giudicarmi in un modo o nell'altro, data la lunghezza del colloquio e l'assurdità delle sue domande.

«Si vedrà tra voi quattro. L'evento per la leucemia mi consentirà di valutare il modo in cui ti relazioni».

Merda. Non sono bravo a relazionarmi. Per niente.

«Inoltre, sarà proprio uno spasso. Un open bar, molte donne. Puoi farti accompagnare dalla tua ragazza se ce l'hai, ma ti consiglio di lasciarla a casa…». Strizza l'occhio, e io nascondo il mio disgusto.

Non è un segreto che Kamal sia un donnaiolo. Secondo un articolo che ho letto, ha quasi sposato la sua fidanzata del college circa dieci anni fa, ma non l'ha fatto perché lei si è rifiutata di firmare un accordo prematrimoniale. Da allora, è stato fotografato a sbaciucchiarsi con una quantità di top model da far impallidire Leonardo DiCaprio, insieme a diverse attrici ed ereditiere.

«La mia assistente ti manderà un'e-mail con l'invito. Se non confermi, presumo che ti voglia ritirare dalla gara». Mi dà una pacca sulla spalla. «Ma nessuno è così stupido, quindi…». Fa un gran sorriso. «Ci vediamo il mese prossimo».

E sparisce dal bar con la stessa prorompenza di un tornado, lasciandomi lì in piedi da solo.

Due secondi dopo, la cameriera ritorna con un vassoio contenente la vodka di Kamal e il mio caffè.

Lei mi fissa confusa. «Oh. Il suo amico se n'è dovuto andare? Vuole ancora…?». Solleva leggermente il vassoio. «Il conto è già stato pagato».

Guardo la tazza di caffè, poi il bicchiere di vetro. Al diavolo. Chi se ne frega se è presto.

Prendo il vodka tonic e lo trangugio in un lungo sorso.

«Cinque minuti», dico ai miei amici, più tardi quella sera. Siamo tutti bloccati in un séparé al Malone. E stiamo anche sotto un altoparlante, il che significa che devo alzare la voce per sovrastare la canzone di Drake che risuona a tutto volume nel bar. «È durato *cinque* minuti. Ho controllato l'orologio».

«Il tempo è denaro», dice Hollis.

«Non so nemmeno come sia andato il colloquio», dico con un forte gemito. «Sul serio. Non ho neanche un indizio se gli sono piaciuto o no».

«Certo che gli sei piaciuto», dice Summer con fermezza. È dall'altra parte del séparé, incastrata tra Hunter e Matt Anderson. «Non ti avrebbe invitato alla raccolta fondi se il colloquio fosse andato male».

«Il tempo è denaro», dice di nuovo Hollis.

Nate lo colpisce sulla nuca. «Dacci un taglio. Solo perché oggi Fitzy ha incontrato un miliardario non ti rende un miliardario per associazione».

«Se non fosse serio sul fatto di assumerti, non avrebbe fatto tutta quella strada per incontrarti di persona», sottolinea Matt. «Avrebbe mandato un sottoposto».

«Non è detto», controbatto. «Era un bambino povero di Detroit quando ha progettato il suo primo videogioco: in realtà, ha rubato molte delle parti di cui aveva bisogno per costruire il suo computer. La compagnia è la sua bambina. Penso che interpreti il ruolo di uomo pratico più spesso che può».

«O forse siamo qui stasera per festeggiare il fatto che hai catturato l'attenzione di un grande realizzatore di videogiochi, ed è fantastico», dichiara Summer. «Anche se non ottieni il lavoro, è un onore che tu sia stato persino preso in considerazione».

«Brindiamo!», sbotta Hollis, sollevando il boccale di birra. «Il tempo è denaro!».

Nessuno prende parte al suo brindisi, ma ho pietà del ragazzo e alzo la mia bottiglia di Sam Adams contro il suo boccale. È stata un'idea di Hollis uscire a festeggiare, e per quanto non mi piaccia essere al centro dell'attenzione, sono commosso dal fatto che sia così solidale nei miei confronti. Penso che sia più entusiasta di me della possibilità che io possa ottenere una posizione a Orcus Games.

Per fortuna, il bar non è troppo affollato stasera, forse perché non avevamo una partita. Il Malone tende a essere un bar per gli atleti di hockey della Briar, anche se qui a volte capita qualche giocatore di football. In genere, però, i ragazzi del football preferiscono le loro case fuori dal campus alla patetica vita notturna di Hastings. Sono famosi per le loro feste in casa. Io preferisco il bar. Significa che dopo non devo pulire niente. Inoltre, la birra è economica e il venerdì sera hanno alette di pollo a metà prezzo.

«Oh, va bene», cede Summer, sollevando il bicchiere verso quello di Mike. «Il tempo è denaro!».

Mi fa l'occhiolino e sfodera un sorriso, e le mie parti interne si sciolgono prontamente come burro su una padella calda.

Ha quel tipo di sorriso che fa desiderare a un uomo di iniziare a scrivere poesie pessime: abbagliante, sincero e bello come il resto di lei.

Sono in uno stato permanente di semi-erezione da quando siamo arrivati qui. Quando siamo usciti da casa, Summer sembrava un pupazzo di neve, infagottata in un parka con un cappuccio di pelliccia, guanti, sciarpa, tutto l'arsenale invernale. Giunti poi al Malone, si è tolta il cappotto e il resto degli indumenti svelando dei jeans attillati stretti alle sue gambe lunghe in maniera inverosimile e un crop top da orgasmo. La parte superiore è in stile canotta che lascia completamente nudi la schiena e l'ombelico. È fantastico.

«Brenna mi ha scritto che è qui», dice Summer, controllando il cellulare. «Ragazzi, la vedete?»

«La mia Giulietta è arrivata!», dice Hollis felice.

Hunter ridacchia. «Amico. Non è interessata».

«Davvero? Perché mi sembra di ricordare che sembrasse molto interessata quando è entrata in camera mia la settimana scorsa… e sembrava molto soddisfatta quando se n'è andata…». Agita le sopracciglia.

Summer lancia una delle patatine fritte di Matt a Hollis. «Uno: niente discorsi da spogliatoio maschile, per favore. Due: Hunter ha ragione».

«Ho sempre ragione», dice Hunter.

«Ma dov'è…». Summer si gira intorno, mettendo in mostra la nuda distesa della sua schiena. Cristo santo. È bella come il resto di lei. Scapole delicate. Pelle liscia e abbronzata.

La mia semi-erezione si trasforma in una completa mentre mi immagino di baciarla lungo i dossi della sua spina dorsale, finché le mie labbra non raggiungono la parte superiore del suo fondoschiena perfetto. Userei le mie mani per stringerlo. Mmm, e cosa non farei con la bocca… forse le mordicchierei uno dei suoi glutei sodi e rotondi.

Porca puttana. Grazie a Dio che c'è il tavolo del séparé che copre le mie parti basse, perché sono duro come una roccia.

«Perché siete nascosti qui nell'angolo?», chiede Brenna quando finalmente appare. «Come faccio a lanciare occhiate lascive a tutti gli uomini sexy se non riesco a vederli?»

«Puoi lanciare occhiate lascive a me», suggerisce Hollis.

Lei lo ignora e studia la situazione dei posti a sedere. Quando si rende conto che nessuno dei due lati del séparé può accoglierla, fa spallucce e sorride. «Immagino che possa essere tu la mia sedia, Fitz».

Apro la bocca per dare voce a una protesta, ma è troppo tardi. Lei si sta già sistemando sulle mie ginocchia.

Gli occhi di Brenna si spalancano.

Lei squittisce per la sorpresa e io le prendo un fianco e le lancio un'occhiata di avvertimento. Se dice una parola sull'erezione che le preme contro il gluteo sinistro, sarò il bersaglio delle prese in giro dei miei compagni di squadra fino alla fine dei tempi.

«Che c'è?», chiede Summer preoccupata.

Brenna si riprende rapidamente. «Scusa, non volevo spaventarti. Penso di essermi seduta sul tuo cellulare, Fitz». Fa una grande scenata per spostarsi, poi fa scivolare la mano nella mia tasca e tira fuori il telefono. «Mi stava infilzando il culo».

«Sexy», dice Hollis.

Lei lo ignora di nuovo, probabilmente perché è concentrata a pescare il proprio cellulare dalla tasca della sua felpa nera con cappuccio. La chiusura lampo dell'indumento è aperta a metà, rivelando la parte superiore di un reggiseno di pizzo nero. Solo Brenna poteva indossare una felpa con sotto nient'altro che un reggiseno.

Scrive un messaggio con una mano sola e io soffoco un sospiro rassegnato quando mi vibra il cellulare. Leggo con nonchalance l'SMS.

BRENNA: Per favore, dimmi che l'erezione non è per me!

Il sospiro mi sfugge.

Quando inarca il sopracciglio, scrivo subito: «No».

BRENNA: Ok, bene. Era lì prima che mi sedessi, quindi ho pensato che non fosse per me. Volevo solo esserne sicura. Tu e io non siamo fatti per stare insieme, dolce Fitzy. Ti mangerei vivo.

Ah. Lei mangerebbe qualsiasi uomo vivo. E per qualche ragione, sento lo stupido bisogno di giustificare il motivo per cui ho un'erezione. Anzi, *avevo*, perché il poverino si è ritirato come un soldato confederato.

IO: Una ragazza mi ha mandato delle foto di nudo appena prima che arrivassi qui. Sono un ragazzo. Cose che capitano.

BRENNA: Pensa a Hollis. Questo uccide sempre il mio desiderio.

Rido forte, facendo sì che tutti guardino nella mia direzione. «Cosa c'è di così divertente?», chiede Summer in tono leggero.

Appoggio il cellulare sul tavolo e prendo la mia bottiglia di birra. «Niente. Un amico mi ha appena mandato un divertente *meme*».

«Vuoi dire la tua ragazza?». Il tono di Summer non sembra più leggero e noncurante. Una nota più oscura si intreccia in esso, qualcosa che non riesco a decifrare del tutto.

Nate sembra sorpreso. «Hai una ragazza? Da quando?»

«È sexy?», chiede Hollis.

Brenna arrotola un tovagliolo e glielo lancia addosso. Lui lo prende con facilità. «Ehi, è una domanda lecita».

Lei sospira. «Non è mai una domanda lecita quando viene da te».

«È carina», dice Summer a malincuore.

Sono un po' disorientato. Pensavo che si trattasse di una conversazione scherzosa, ma ovviamente lei si riferisce a una persona reale. All'improvviso mi viene in mente. «Oh, intendi Nora?».

La bocca di Summer si appiattisce in una linea sottile. «Sì».

«Non ne sembri una grande fan», dice Nate, contraendo le labbra in un'espressione sardonica.

Summer si stringe nelle spalle, afferrando la sua vodka al mirtillo. Ne prende un sorso discreto, e vedo ogni ragazzo nel séparé che osserva le sue labbra. «Penso che sia altezzosa. Ed è stata scortese con me perché ammiro una simpatizzante nazista».

Hunter si strozza con la birra a metà sorso. «Scusa, come?»

«Chanel», spiega Summer. «Chanel è il mio idolo e la ragazza di Fitz…».

«Non è la mia ragazza…».

«…in classe non voleva smettere di parlare su come Chanel fosse stata una criminale in tempo di guerra». Summer sporge il mento con ostinazione. «Si presume».

Nate sbuffa.

«Come osa», dice Brenna in tono ironico.

«Aspetta, è questa la tua ragazza?», mi chiede Matt.

«No. Siamo stati ad un appuntamento», dico esasperato. «Dubito che ce ne sarà un secondo».

Lo sguardo contemplativo di Summer è fisso su di me. «No?».

Mi stringo nelle spalle. «Probabilmente no».

Nora e io ci siamo messaggiati un paio di volte da quando siamo andati a bere qualcosa, ma a voler essere sincero, non ho sentito scattare nulla tra di noi. Nora è davvero carina, ma non c'è proprio chimica. Di solito sono fermamente convinto che siano necessari due appuntamenti prima di chiudere con qualcuno. Le persone sono sempre nervose al primo appuntamento. Forse Nora era ansiosa, ed è per questo che la conversazione sembrava così ampollosa.

Quando mi ha suggerito di uscire ancora, ho detto di sì, ma non c'è stato un seguito. Ora non sono sicuro se ci sarà mai. Il fatto che mi diletto tutte le mattine fantasticando su un'altra ragazza mi dice tutto quello che devo sapere sui miei sentimenti per Nora.

«Okay, chiaramente il nostro cameriere non tornerà mai più», annuncia Brenna, scivolando dalle mie ginocchia. «Ordinerò un drink al bar».

«Vengo con te», dice Summer, e Matt si alza per farla uscire dal séparé.

Ci giriamo tutti ad ammirare le due ragazze mentre si allontanano. Due paia di jeans attillati significano due fantastici fondoschiena su cui sbavare, e la pelle nuda ed elegante della schiena di Summer è un ulteriore bonus. Vuol dire che non indossa un reggiseno e la mia bocca si trasforma in deserto mentre un'altra immagine maliziosa mi passa per la mente: i seni nudi di Summer che si muovono dolcemente a ogni passo sensuale che fa.

Nate emette un fischio basso. «Gnam. Sono davvero le ragazze più sexy di questo bar».

«Tutti vogliono prenderci a calci in culo», concorda Matt, sorridendo mestamente.

«Eh. Possiamo batterli», assicura Hunter. Non è un'esagerazione. Summer e Brenna saranno anche le ragazze più sexy del bar, ma noi siamo i ragazzi più grossi del bar.

Con la coda dell'occhio, vedo le ragazze avvicinarsi al bancone. Un'altra ombra attraversa la mia vista periferica. Lancio un'occhiata e nascondo un cipiglio. Un tipo con una polo nera sta chiacchierando con Brenna, che gli tocca l'avambraccio e dice qualcosa che lo fa ridere fragorosamente.

«È da urlo», dice Hollis con un sospiro pesante, succhiaanime. I suoi occhi azzurri sono fissi su Brenna.

«Oh, perché così triste, amico?», lo canzona Nate.

«Sì, dovresti avere un sorriso perenne perché quella stupenda ragazza si è trastullata con te», commenta Hunter.

«Forse è così che Gesù si è sentito quando ha trasformato l'acqua in vino».

Matt e Nate ridacchiano.

Hollis alza il dito medio, ma non offre la sua caratteristica risposta idiota. Si limita a prendere il suo boccale.

Alzo un sopracciglio. «Che c'è? Non dirai che non è stato un miracolo perché sei un tale stallone eccetera eccetera?».

Invece di rispondere, trangugia il resto della sua birra, come se avesse bisogno del coraggio liquido per pronunciare le sue parole successive.

«Ragazzi. Penso che forse abbia pomiciato con me quella notte solo perché era annoiata».

Tutti ammutoliscono.

Hunter è il primo a ridere. Non posso trattenermi: lo faccio anch'io. Poi si uniscono Nate e Matt.

Hollis si nasconde il viso tra le mani. Quando alza la testa, ci guarda male. «Voialtri siete gli stronzi più perfidi che abbia mai incontrato».

«Amico, lei ti demolisce ogni volta che ti vede», dice alla fine Hunter, ma non mi sfugge il modo in cui il suo tono si è ammorbidito. Sta cercando di disilludere Mike dolcemente.

Mi sento male a lasciare che Hunter faccia questo da solo, quindi parlo anch'io. «Non succederà», dico a Hollis.

«Potrebbe», protesta lui.

Guardiamo tutti di nuovo il bar. Brenna lancia i lunghi capelli scuri su una spalla. È ancora con quello studente. Capisco che fa parte di una confraternita non solo per la polo, ma perché un paio di suoi amici si sono uniti a lui, e uno di loro indossa una felpa con il logo di Sigma Chi. L'altro sta parlando con Summer.

Osservo le spalle di Hunter irrigidirsi mentre guarda Summer e il ragazzo. Per fortuna, il barista dà finalmente le bevande alle ragazze. Non ho visto nessun movimento di denaro, il che mi dice che il barista si è innamorato di loro come chiunque altro in questo bar.

Ritornano con una seconda vodka al mirtillo nella mano di Summer e una bottiglia di Harpoon in quella di Brenna. Invece di mettersi sopra di me, stavolta Brenna mi si intrufola accanto, mentre Summer si sistema dall'altro lato, vicino a Matt, invece che tra lui e Hunter. Hunter le lancia un'occhiata contemplativa.

«I ragazzi da confraternita sono i peggiori», ci dice Brenna mentre porta la birra alle labbra dipinte di rosso. «Il fatto che pensino che tutto gli sia dovuto mi fa davvero incazzare. Anche quelli poveri sono uguali».

«Ci sono quelli poveri?», dice Nate in tono scherzoso.

«Ovviamente. Chiunque può farne parte». Alza gli occhi al cielo. «Se sei ricco, hai solo più speranze di entrare».

Summer si stringe nelle spalle. «Quei ragazzi non erano così male».

La gelosia mi pugnala nello stomaco. Per fortuna, la risposta di Brenna mi assicura che non c'è bisogno di preoccuparsi del fatto che Summer andrà a casa con uno di quei tizi.

«Il coglione con la polo ha cercato di infilare la mano nella mia maglietta e afferrarmi il seno, Summer».

Di colpo, solleva le sopracciglia. «Sul serio? Oh, mio Dio. Che schifo». Scuote la testa. «Pensavo che quello con la maglietta color salmone fosse davvero bello».

«Rosa», le brontola Hollis. «Cavolo, di' che è rosa, Summer».

«Ci sono diverse sfumature di rosa, Mike».

«Ah, sì? Dimmene dieci».

«Bene». Come una professionista, inizia a elencare i colori. «Salmone, pesco, cipria, fucsia, anguria, fenicottero, ciliegia, malvarosa, magenta…».

È al numero nove quando un turbinio di rosso e giallo si precipita verso il séparé.

In un batter d'occhio, una cascata di liquido viene scaraventata su di noi. L'obiettivo previsto era Brenna, che lo prende quasi tutto, ma Hollis, Nate e io siamo colpiti dagli schizzi.

Brenna spalanca la bocca mentre una bionda furiosa la fissa. «Ma che…».

«*Tieni lontano le tue zampacce dal mio uomo!*».

Capitolo diciotto
Summer

Brenna è fradicia. Nonostante il suo shock iniziale, si riprende rapidamente, cercando un tovagliolo per asciugarsi il viso. «E chi sarebbe il tuo uomo?», chiede con calma.

La bionda indica un punto a circa tre metri alla sua destra. La ragazza ha le unghie lunghe, dipinte di fucsia chiaro (o rosa, come direbbe un ingenuo Hollis), e un artiglio tagliente conduce il mio sguardo sul tipo con la polo che ci stava provando con Brenna: l'acchiappa-tette dilettante.

«Lui?». Il disprezzo di Brenna è stampato su tutto il suo splendido viso.

«Sì».

«Buffo. Non mi ha detto che aveva una ragazza quando si era offerto di portarmi a fare un giro sulla sua Lamborghini».

Hollis ridacchia.

«Sei una bugiarda. Davey non lo farebbe mai». La ragazza sprizza ancora rabbia da tutti i pori, con le guance più rosse della canottiera cremisi che indossa. Il colore del top stona con quello delle unghie. Non lo sopporto. «Ha detto che ti sei gettata tra le sue braccia».

Le labbra di Brenna si incurvano in un sorriso beffardo. «Certo che l'ha detto. Ho ferito il suo ego. Ma se stasera avessi accettato di fargli un pompino nella sua fantastica auto sportiva dopo aver aspettato che tu tornassi a casa? Ti garantisco che non avresti mai saputo nulla».

«Sante parole», commenta Hunter in modo strascicato.

Nascondo un sorriso. Ha assolutamente ragione. L'unico motivo per cui questo perdente ha persino menzionato l'esistenza di un'altra donna alla sua ragazza è perché aveva bisogno che il suo ego venisse appagato. Probabilmente sapeva che la ragazza avrebbe sbroccato con Brenna e avrebbe messo le mani avanti sul suo uomo, cosa che lo fa sentire voluto e desiderato dopo che Brenna ha riso quando le ha offerto di divertirsi sulla sua Lamborghini.

Brenna si mette in piedi. Il suo viso è asciutto, ma il davanti della felpa è ancora bagnata. Il liquido trasparente non puzza di alcol, quindi sospetto che fosse solo acqua. Con un sospiro annoiato, Brenna apre la zip della felpa bagnata e se la toglie dalle spalle magre.

«Oh, mio Dio, cazzo», esclama Hollis, con l'eccitazione che gli oscura gli occhi.

Non indossa nient'altro che jeans e una bralette nera di pizzo che è più un crop top che un reggiseno, e non è molto più succinto di quello che ha la bionda. Non verrà buttata fuori dal Malone per atti osceni in luogo pubblico, ma di sicuro sarà responsabile di ogni pene duro nelle vicinanze.

Anche quello di Fitzy?, mi deride una voce.

Cerco di ingoiare la mia gelosia. *Non* mi piace l'idea di Fitz che si eccita per Brenna, non importa quanto sia incredibile il suo seno in quella bralette.

Ma una rapida occhiata a Fitz rivela un'espressione sferzante e un ghigno di disgusto mentre guarda il ragazzo con la polo, che adesso sta strisciando verso la fidanzata. Le mani grandi di Fitz non sono proprio pugni, ma sono piegate sul tavolo. Sta in guardia e non gradisce questa situazione che si sta inasprendo.

«Ehi, tesoro?», dice Brenna alla bionda. «Il tuo uomo è

uno scopaiolo con la S maiuscola. Piantalo adesso prima che ti farà ancora più male».

«Hai appena chiamato Davey uno scopaiolo!», è la risposta oltraggiata. «Saresti *fortunata* ad avere uno come lui! Se ha cercato di stare con te, e hai detto di no, allora sei una stupida stronza».

Gli occhi marroni di Brenna brillano. «Prima sei furiosa perché pensi che abbia cercato di fregartelo. Ora sei incazzata perché l'ho rifiutato. Scegli un'ingiustizia e indignati per quella, ciccia».

Non posso fare a meno di ridere. La bionda mi lancia uno sguardo fulminante.

«Ma se vuoi, sarei felice di scoparlo», suggerisce Brenna. «La sua tecnica era terribilmente maldestra quando ha cercato di afferrarmi il seno. Forse potrei insegnargli un paio di cosette».

«Puttana», sbotta la ragazza.

«Certo. Sono io la puttana, non lui».

«Non sapresti riconoscere un brav'uomo neanche se ci sbattessi contro».

«Questo vale anche per te, a quanto pare».

Hunter ridacchia.

La faccia della ragazza è così paonazza che quasi mi sento male per lei. Quasi.

«Stupida puttana!».

E in quel momento, raggiungo ufficialmente la quantità massima di *puttana* che sono disposta a sentire.

Scatto in piedi. «Basta con questa stronzata della puttana», l'aggredisco. «Ti rendi conto di quanti decenni ci fai tornare indietro ogni volta che chiami un'altra ragazza puttana? Abbiamo passato anni a combattere per non essere viste come oggetti sessuali o essere giudicate e messe al patibolo se ci piace fare sesso. È già abbastanza brutto che gli uomini ci facciano ancora questo. Quando lo fai anche *tu*, trasmette il messaggio che è giusto per le donne essere trattate in questo modo».

«Sta' zitta», è la sua replica. «Anche tu sei una puttana!».

Incrocio strette le braccia sul petto. «Dillo di nuovo. Ti sfido».

Lei sfodera un sorriso compiaciuto. «Sei. Una. Puttana».

Avrei potuto lasciar perdere. Avrei potuto davvero. Se non si fosse fatta avanti e quelle sue unghie affilate non mi avessero colpito la guancia con un gesto beffardo e sprezzante che mi fa diventare livida dalla bile.

Mi lancio su di lei.

«Scazzottata tra donne!», grida Hollis, saltando fuori dal séparé.

Sono troppo impegnata ad affrontare la bionda per rimproverare Hollis perché ci gode. A cavalcioni su di lei, riesco a sferrare un bel pugno prima che lei assesti il suo sull'angolo della mia bocca. Sento un sapore improvviso di rame sul labbro inferiore, lo lecco via e le afferro un bel po' di capelli. Piagnucola quando li tiro forte.

«Che diavolo è successo al potere alle donne? Non hai mai ascoltato le Spice Girls?», le ringhio in faccia. «Ma che problema hai?».

Mi dà uno schiaffo con le sue mani artigliate. «Togliti di dosso!».

Il suo desiderio viene esaudito, perché all'improvviso vengo sollevata dal suo corpo. Delle forti braccia mi avvolgono la vita per tenermi lontana da lei. La bionda salta in piedi e attacca di nuovo. «Mi hai rotto l'unghia!», mi strilla.

Davey l'afferra e la tira indietro. Si aggrappa al suo braccio come se fosse l'ultima scialuppa di salvataggio sul *Titanic.*

Aggrotto la fronte. «Quello sfigato del tuo ragazzo ha cercato di afferrare il seno di un'altra ragazza… perché non sei arrabbiata per quello?».

Tenendo la sua fidanzata in modo protettivo, Davey annuncia al mondo che è un imbecille per aver scelto proprio questo momento per unirsi alla conversazione.

Perché solo un imbecille può indicare Brenna e dire: «Guarda che indossa! Se l'è cercata!».

Cosa ha osato dire.

Mi lancio di nuovo in avanti, ma quelle grosse braccia si stringono attorno a me. Appartengono a Hunter, mi accorgo. Ma anche se fossi stato in grado di avventarmi contro Davey, non sono neanche lontanamente veloce come Fitz. Un attimo prima è seduto e quello dopo ha preso Davey il Coglione per il collo.

«Se l'è cercata?», sibila Fitzy. «Quelle parole sono appena uscite dalla tua bocca schifosa da stupratore?».

Davey boccheggia in cerca d'aria. «Non intendevo quello…».

Fitz sbatte lo studentello contro il muro di mattoni vicino al séparé. Giuro di poter sentire tremare tutta la sala. Il Malone ha dei cimeli sportivi appesi alle pareti, e diverse fotografie di giocatori di hockey che non riconosco si schiantano sul pavimento macchiato di birra. Sento lo scricchiolio del vetro sotto le Timberland di Fitz mentre sposta i piedi.

Una cameriera si precipita da noi, ma è una donna minuta e non può competere con un uomo furioso alto un metro e ottantotto come Colin Fitzgerald. I suoi occhi scuri sputano fuoco mentre tiene Davey letteralmente appeso a trenta centimetri da terra con una mano attorno al collo del ragazzo.

Un senso di preoccupazione fluttua nella mia pancia. Cazzo, non va bene. Fitz sta strangolando il…

No, lo sta prendendo a pugni. Con il braccio libero, tira

un cazzotto potente che colpisce il naso di Davey. Fitz lo libera e Davey si accascia sul pavimento appiccicoso, con il sangue che gli scorre dalle narici.

«Ti farò arrestare per aggressione!».

«Provaci». Fitzy sembra divertito dalla minaccia, e c'è qualcosa di così follemente sexy in questo. «Risparmi a Brenna una telefonata alla polizia. Può sporgere denuncia contro di te nello stesso momento».

Non riesco a staccargli gli occhi dal viso. Ha la mascella più affilata dell'acciaio. La bocca è dura e pericolosa. E le braccia sono... Oh, Signore santissimo, i suoi muscoli sono attorcigliati per la tensione, tirati per la rabbia, e i tatuaggi sembrano incresparsi sulla pelle mentre preme le braccia marmoree sui fianchi. Il drago sul bicipite sinistro sembra che stia per prendere il volo e far piovere fuoco sul mondo. Fitz è primitivo come la creatura sul suo braccio. Si innalza su Davey riverso a terra. Grande e forte, irradia potere virile grezzo.

Non ho mai voluto scopare qualcuno così tanto.

«Buon'idea», interviene Brenna, sorridendo a Davey. «Non so se lo sapevi, ma tentare di palpare una ragazza in un bar è considerato un'aggressione sessuale in questo Stato».

Le sue parole riescono a impallidirlo. Il suo naso insanguinato abbinato alle guance sbiancate conferisce a Davey un'aria macabra. Si alza in piedi barcollando e cerca di passare oltre Fitz.

Fitz è un muro di muscoli. I muri di muscoli non cedono.

«Colin», mormora Hollis.

Dopo alcuni istanti, Fitz si sposta per far passare Davey.

«Andiamo, Kerry», borbotta Davey alla sua ragazza. «Con questi stronzi non ne vale la pena».

Lo dice come se fosse stato lui a prendere il sopravvento su Fitz e non viceversa.

«Puttana», è l'insulto di addio della bionda.

Deglutisco. Certe persone non imparano mai.

«Mi dispiace», dice Fitz con una voce roca. Sta parlando ai camerieri. «Pagherò i danni».

«No», mormoro, facendomi avanti. «Pagherò io. Ho iniziato io la zuffa. È colpa mia».

Il fatto che Fitz non controbatta o insista sul pagamento mi suggerisce che anche lui è della stessa opinione. Uno sguardo è tutto quello che mi serve per intravedere l'accusa a malapena celata nei suoi occhi.

Oh, dà la colpa a me, va bene.

Aspetto che mi rimproveri. O magari che mi butti sulla sua spalla come è incline a fare.

Invece, impreca sottovoce, afferra la giacca, poi borbotta: «Vado fuori».

In me infuria un vortice di incredulità mentre lo guardo allontanarsi. Rimango impietrita per un istante. Poi distolgo lo sguardo da lui e afferro la mia borsa di Chanel dalla sedia.

Nate e Matt stanno cercando di aiutare la cameriera agitata a ripulire le cornici rotte, mentre Hollis sta mormorando qualcosa all'orecchio di Brenna.

Solo Hunter rimane. Gli lancio la Chanel e gli dico: «Ho dei contanti, puoi pagare quel che serve? Vado a vedere se Fitz sta bene».

Senza dargli la possibilità di rispondere, mi precipito verso l'uscita.

Fuori, prendo atto subito del mio errore. Ho dimenticato che è inverno. Il mio cappotto è dentro, e indosso una maglietta che non mi copre la schiena. All'istante mi viene la pelle d'oca sulla parte nuda quando l'aria fredda la bacia. Corro con la velocità che i miei stivali Prada e il senso di autoconservazione mi consentiranno. I tacchi non sono così alti, ma uno strato di ghiaccio copre il terreno sotto di loro.

Raggiungo Fitz nel parcheggio dietro al Malone, mentre sta aprendo l'auto.

«Aspetta», gli urlo.

Al suono della mia voce, la sua ampia corporatura si irrigidisce. «Torna dentro, Summer. Morirai di freddo».

Mi affretto verso di lui. «Non finché non mi assicurerò che tu stia bene».

«Sto bene». Il suo tono è sbrigativo.

«Ti sanguinano le nocche». Allarmata, gli afferro la mano e strofino una grossa nocca. Il polpastrello del mio pollice si macchia di una sfumatura rossastra.

«'Fanculo le mie nocche. Ti sanguina il labbro, cazzo».

Mi asciugo la bocca con il palmo della mano. «Non mi ha spaccato il labbro», lo rassicuro. «È un graffio delle sue unghie demoniache».

Non accenna nemmeno un sorriso. «Torna dentro», ripete. «Me ne vado».

Qualcosa della sua espressione mi fa saltare la mosca al naso.

Be', non qualcosa. So esattamente cosa mi infastidisce: la disapprovazione rivolta a me.

«Sei incazzato perché ho affrontato quella ragazza?», chiedo.

«Certo che sono incazzato». Sbatte lo sportello del conducente e viene verso di me. «Che ti frullava in testa?»

«Stavo difendendo me stessa e la mia amica», scatta. «Non so te, ma non mi piace particolarmente essere chiamata puttana».

«E a me non piacciono particolarmente le risse da bar», ribatte lui. Il suo fiato aleggia nell'aria gelida prima di dissiparsi.

«Certo, e io sono un'abituale attaccabrighe!». Digrigno i denti. Perché ho freddo e non smetteranno di battere, ma anche perché provo un impulso pazzesco di morderlo. Forse sono un'attaccabrighe.

«Come ti pare», dice in tono piatto. «Non voglio essere messo di nuovo in quella posizione, okay?»

«Quale posizione?»

«Quella in cui devo difendere il tuo onore».

Spalanco la bocca. «Non ti ho chiesto di farlo! Sei tu quello che ha deciso di afferrare per la gola quel cretino. Certo, se l'è meritato...».

«Non avrebbe aperto quella stupida bocca se tu non avessi attaccato la ragazza», interviene Fitz. Lui scuote la testa, profondamente accigliato. «Non mi piace fare a botte, Summer. Ho imparato molto tempo fa che i pasticci non hanno bisogno di essere risolti con i pugni».

«Ha palpato Brenna», rammento a Fitz. «Meritava un pugno».

Capisco dalla sua espressione inflessibile che non è d'accordo. Nella mente di Fitz, l'ho costretto a una zuffa da bar, fine della storia.

Giro i tacchi. «Torno dentro».

«No».

Con uno sguardo incredulo, mi volto. «Ma sei serio? Faccio quello che vuoi! Continui a dirmi di entrare».

«Ho cambiato idea», sbraita. «Ti porto a casa. Hai causato abbastanza problemi per una notte».

«*Io* ho causato problemi! Che mi dici di quella maniaca che ha buttato l'acqua su Brenna? O il suo ragazzo viscido e dalla mano lunga? Non ci credo che dai la colpa a me per quello che è accaduto lì dentro!».

Fa un passo in avanti e metto di scatto le mani in una posa da arti marziali. Ho fatto tre mesi di karate quando avevo dodici anni. Posso batterlo.

«Se mi butti sopra le spalle, urlerò a squarciagola», lo avverto. «Non è colpa mia se stasera hai deciso di dare un pugno a qualcuno. Affronta le conseguenze delle tue azioni».

I suoi occhi scuri mi fulminano. «Non dovrei affrontare queste conseguenze se tu non ti fossi fottuta il cervello per una ragazza sciocca che non valeva la tua rabbia».

E in quel momento, il mio corpo reagisce come se qualcuno mettesse il mio misuratore interno di eccitazione su *Pericolo: Orgasmo Imminente*. Un ragazzo sexy come lui non ha il permesso di dire la parola *fottere*. Perché ora sto immaginando una versione diversa di quella frase. Nella mia testa, sento la sua voce rimbombare: "*Voglio fotterti fino alla svenimento, Summer*".

«Non guardarmi così, cazzo».

Sposto di colpo lo sguardo su di lui. Okay, le parole non sono le stesse, ma quel grugnito aspro è esattamente ciò che avevo sentito nella mia testa.

«Così come?», chiedo debolmente. Le mie pulsazioni sono passate da zero a un milione in una frazione di secondo, facendo traballare le mie ginocchia.

«Sai di cosa sto parlando», sibila in un sussurro. «E devi smetterla».

«Smettere cosa?».

Geme. Un gemito frustrato e animalesco che manda un dardo di calore tra le mie gambe prima di espandersi verso l'esterno per incendiare ogni centimetro quadrato della mia pelle. Non sento più il freddo. Potrei anche essere nuda nella tundra siberiana, ma mi sentirei comunque come se fossi in fiamme. Pensavo di sapere cos'era la lussuria, ma mi sbagliavo.

«Smettila con questi giochetti del cavolo». Le sue parole sono tormentate, tremanti. «Un giorno flirti con me, quello dopo ti coccoli con Hunter».

Il senso di colpa mi trafigge. Merda. Dimenticavo della notte in cui io e Hunter ci siamo accoccolati. Fitz lo sa?

«Un giorno dici che siamo migliori amici, quello dopo mi guardi come se volessi prendermi l'uccello in bocca».

Sento nel profondo un dolore così potente che quasi mi piego in due. Oh, mio Dio. Quella è un'immagine di cui adesso *non* ho bisogno.

Fitz scuote la testa prima di abbassare lo sguardo sugli stivali logori. «Non mi piacciono questi giochetti mentali e di sicuro non mi piacciono i drammi», mormora.

«Fitz». Una patina di cautela mi riveste la gola. «Di che stai parlando?».

Fitz serra la mascella. Per un momento non mi aspetto che risponda, ma poi borbotta: «Ti saresti potuta fare male là dentro».

Vengo scossa dalla sorpresa. È di *questo* che si tratta? Era preoccupato per la mia sicurezza?

«Ma non mi sono fatta male», lo rassicuro. «Fidati di me, so badare a me stessa. Sono battagliera».

«L'ho notato».

Scuoto la testa irritata. «Non potevi dirlo fin dall'inizio? *Summer, non mi piace l'idea che tu ti faccia male*. Ecco. Facile. Invece, mi urli addosso come un maniaco e poi ti comporti come se ci fosse qualcosa di sbagliato in me se penso che tu sia sexy quando sei arrabbiato?».

Lentamente, alza la testa.

Mi blocco. Incrocia il mio sguardo con un'espressione sensuale e bramosa che mi fa stringere le gambe come una disperata. Risento le palpitazioni, e sono peggiorate. Nessuno mi ha mai guardato in questo modo.

«Pensi che sia sexy quando sono arrabbiato?»

«Sì, certo. Mi stavi gridando in maniera sexy e mi sono infervorata. Fammi causa, allora». Lo guardo male. «Solo perché non sei attratto da me non significa che io sia…».

«Non sono attratto da te?», mi interrompe incredulo, e

in un batter d'occhio, mi prende la mano e la mette direttamente sul cavallo dei pantaloni. «Lo senti? Ecco cosa mi fai. Me lo fai venire duro. Sempre».

Mi preme di più la mano contro il suo corpo, e un gemito mi si incastra in gola. Sono ipnotizzata dal dorso spesso sotto la mia mano. È incredibilmente grande. Cioè, me lo sarei dovuto aspettare. È un ragazzo grosso. Spalle alte, muscolose ed enormi. Grandi mani… Ma non sempre sono un'indicazione affidabile delle dimensioni del pene. Una volta ho frequentato un giocatore di football con le zampe da orso che portava un quarantotto di scarpa, ma aveva un pisellino minuscolo. Il tipo di pene che ti fa piangere lacrime vere perché ti delude così tanto da essere deprimente.

Fitz? Non ti delude. Vorrei poter avvolgere le mie dita attorno a lui, ficcarmelo in bocca. Ma indossa questi maledetti pantaloni, quindi mi accontento di sfregare la sua verga allettante. Solo leggermente, eppure il contatto fugace è sufficiente per evocare un gemito profondo e tormentato dalla sua gola.

«Pensi che sia divertente andare in giro con questo maledetto coso per tutto il giorno? Basta un tuo respiro a ridurmi così. Sei nella mia mente ventiquattro ore su ventiquattro».

«Ma…». Deglutisco. «Pensi che io sia fuffa».

«Cristo santo. Ricominciamo? Ho detto solo quella cazzata a Garrett perché stavo cercando di convincere me stesso a non farmi coinvolgere da te».

«Davvero?», farfuglio. Provo un'esplosione di speranza… finché non prendo atto dell'ultima cosa che ha detto, il che causa uno sfarfallio di dolore. La mia mano cade dal suo inguine. «Perché non volevi farti coinvolgere da me?»

«Perché mi fai impazzire. Volerti è estenuante, Summer. Starti intorno è estenuante». Getta le mani in aria prima di trascinarle attraverso i capelli scompigliati. «Sono un introverso e tu sei la personificazione dell'espansività. E sei estenuante. Te l'ho già detto che sei estenuante?».

Aggrotto le sopracciglia. «Non...».

«Va tutto bene qua fuori?».

Ci giriamo entrambi al suono della voce di Hunter. Il nostro coinquilino attraversa il parcheggio, il mio parka buttato su un braccio. Me lo porge e, nonostante il calore continui a diffondersi nel mio sangue, prendo il cappotto e mi copro.

«Grazie», dico a Hunter. «E va tutto bene». Muoio dalla voglia di guardare Fitz, ma ho paura di quello che vedrò.

Risolve lui il dilemma per me camminando verso la sua auto. «Assicurati che Summer torni a casa sana e salva», dice.

Non si volta nemmeno.

Un attimo dopo, il suo enorme corpo scompare nel lato del conducente, il motore prende vita e lui si allontana dal parcheggio senza nemmeno aspettare cinque secondi per scongelare il parabrezza.

Le lacrime mi pizzicano gli occhi. Anche se sbatto le palpebre velocemente, riescono comunque a liberarsi. L'adrenalina della rissa da bar (sia quella a cui ho preso parte io che quella a cui ha preso parte Fitz) viene improvvisamente risucchiata dal mio corpo come se qualcuno mi avesse attaccato un tubo dell'aspirapolvere. Mi fa sentire sfinita.

Hunter mi attira a sé, avvolgendomi un braccio intorno alle spalle. «Ehi, non piangere, biondina».

Mi mordo il labbro, sbattendo le palpebre più velocemente per scacciare le lacrime. «Scusa. Una scarica di adrenalina, penso».

«Ci credo». C'è dell'umorismo nel suo tono. «Cioè, stasera hai spaccato il culo a quella lì».

«A malapena».

La sua mano libera raggiunge una delle mie. Mi accarezza leggermente il palmo con il pollice. «A proposito, sei stata fichissima. A difendere Brenna in quel modo».

Almeno qualcuno la pensa così. «Grazie».

Lui ridacchia dolcemente. «Anche se sono abbastanza sicuro che la zuffa abbia dato a Mike abbastanza materiale erotico per almeno un anno».

Faccio una smorfia. «Oddio, spero di no».

Le dita callose di Hunter mi sfiorano il palmo prima di intrecciarle con le mie. Tenergli la mano è al contempo confortante e destabilizzante, ma non ho la forza di staccarmi. Al momento sto usando quasi tutte le mie energie per cercare di dare un senso a tutto ciò che Fitz ha detto prima della sua improvvisa partenza.

Lo faccio impazzire.

Mi trova estenuante.

Mi desidera, ma non vuole desiderarmi.

«Biondina», dice Hunter con voce roca.

«Uhm?». La mia mente continua a vagare, rendendomi difficile la concentrazione. O meglio, mi rende ancora *più* difficile concentrarmi. Il mio ADHD mi dà già un handicap.

«Sabato prossimo», inizia a dire.

«Cosa sabato?»

«Non abbiamo la partita». Esita. «Vuoi uscire la sera? A mangiare qualcosa?».

Tocca a me esitare. Non ci sono dubbi sulle sue intenzioni. Mi sta chiedendo un appuntamento. E forse se Fitz non fosse coinvolto, io...

Cazzo, ma mi prendi in giro?, urla la mia Selena Gomez interiore.

Caspita. Una rara parolaccia da parte sua. La Selena interiore è di solito molto più perbene e composta. Non lascia che il comportamento esasperante degli uomini influenzi il suo modo puro ed elegante di vivere la vita.

Ma ha assolutamente ragione. Ho un ragazzo che non vuole desiderarmi, e un altro che è orgoglioso di dichiararlo… e io pendo verso il *primo*?

Perché? Sul serio. Perché. Non sussiste nemmeno una scelta! Hunter è stupendo. È un grande baciatore. E si sta sforzando davvero per stare con me, invece di scappare ogni volta che ne ha l'opportunità.

Mi piace Fitz, ma è troppo confusionario. Pensa che sia *io* a fare giochetti mentali? È passato dal dire a Garrett che non uscirebbe mai con me, al confortarmi per il mio esame offrendosi di aiutarmi, al confessare che è attratto da me per poi dire che sono troppo estenuante da frequentare.

Ah. Sono *io* quella estenuante.

Voglio un uomo con intenzioni chiare. Un uomo che fa uno sforzo ed è entusiasta di trascorrere del tempo con me. Un uomo che *vuole* davvero desiderarmi.

Se deve combattere sé stesso per stare con me, allora è probabile che non combatterebbe mai per *me* se si arrivasse a quel punto.

Quale donna sceglierebbe mai qualcuno così?

Appoggio la testa sulla spalla di Hunter e permetto al calore del suo corpo di penetrare nelle mie ossa stanche. Gli stringo la mano e dico: «Mi piacerebbe cenare con te».

Capitolo diciannove
Summer

In passato, mi sono sentita giudicata dalle mie amiche. La mia cerchia alle superiori era super competitiva, il che portò inevitabilmente a insulti, pugnalate alle spalle e tradimenti sbattuti in faccia. Anche con le ragazze di cui (più o meno) mi fidavo, provavo a non condividere ogni aspetto della mia vita. Forse, però, è una buona regola di vita: tenere sempre nascosta una parte di te.

Fitz è molto bravo in questo, ma lo porta all'estremo. E per quel che mi riguarda, non l'ho dominata del tutto. Condivido ancora alcuni dettagli personali con i miei amici, tipo se ho baciato qualcuno. Chi mi interessa. Se un appuntamento mi è piaciuto o meno.

Ma ammettere che sono passata dall'aver essenzialmente masturbato un ragazzo (anche se con i pantaloni addosso) all'aver accettato di uscire con un altro? Ehm. No. Se l'avessi confessato a una delle mie amiche delle superiori o della Brown, le voci che mi davano della troia avrebbero già viaggiato attraverso il campus. E non mettiamo in mezzo i tweet e le cazzate da social con cui avrei dovuto confrontarmi.

In genere, non avrei problemi a confidarmi con mia madre, ma stavolta sono troppo in imbarazzo per confessare ciò che è successo. Come faccio a dirglielo? *Ehi, mamma, ieri ho messo la mano sull'uccello di un ragazzo. Parliamone.*

Ma per la prima volta nella mia vita, penso di aver trovato un'amica con cui mi sento a mio agio quando rivelo tutti i piccoli dettagli sconci che altre amiche avrebbero giudicato. Mi fido ciecamente di Brenna e sono sicura che non cercherà di farmi pesare le mie azioni in un modo malevolo, passivo-aggressivo.

Quindi, non mi pento di averle detto tutto.

Tuttavia, mi dispiace di averglielo detto mentre siamo in pubblico.

«Hai toccato l'uccello di Fitzy?!», grida lei.

Eccezionale. Forse avrei dovuto chiamarla dopo che era successo la scorsa notte. Ma avevo bisogno di rimuginarci sopra. E ci stavo rimuginando anche stamattina. E questo pomeriggio. Solo quando stasera siamo arrivate allo stadio della Briar, ho deciso che avevo bisogno di un consiglio. Brenna e io non ci diciamo più di andare alle partite in casa. Diamo per scontato che ci andremo. Stasera incontrerò alcune delle sue amiche, però, cosa di cui sono entusiasta. Le incontreremo al Malone per un drink dopo la partita e lei mi ha assicurato che sono davvero delle ragazze simpatiche.

«Vuoi abbassare la voce?», ordino, guardandomi attorno per accertarmi che nessuno ci presti attenzione.

«Come diavolo è successo?», chiede. «Hai lasciato il bar per controllare se stava bene dopo la rissa. Ciò richiedeva afferrargli il pacco? Hai infilato la mano nei boxer?». Sussulta. «Gliel'hai succhiato?».

Soffoco le risate. «Sopra i pantaloni. E te l'ho detto, gliel'ho solo toccato. Forse l'ho sfregato un po'».

Brenna mette il broncio. «Quindi non gli hai visto l'uccello?»

«Non gli ho visto l'uccello».

«Peccato. Scommetto che ha un uccello fenomenale».

Le ragazze di fronte a noi ridacchiano, avvertendomi del fatto che abbiamo pronunciato la parola "uccello" una volta di troppo. La più coraggiosa delle due ci guarda da sopra la spalla e io le rivolgo un sorriso imbarazzato.

Lei lo ricambia timidamente. Penso siano entrambe delle matricole. Hanno ancora quell'aria di innocenza.

Accanto a me, Brenna abbassa la voce. «Com'era?»

«Intenso».

«Intendevo le dimensioni, Summer. Com'era l'uccello? Grande? Piccolo? Lungo? Spesso? Felice? Triste?».

Mi nascondo il viso tra le ginocchia, tremando dalle risate. Quando mi sono calmata, chiedo: «Come fa un uccello a essere triste?»

«Fidati di me, ho visto qualche salsicciotto triste». Agita una mano, mettendo in mostra le unghie dipinte di rosso. «Bene, possiamo discutere delle dimensioni più tardi. Cos'è che è stato intenso?»

«Non lo so». Deglutisco mentre ricordo la nuda passione che brillava nei suoi occhi. «Lo è stato. Ma poi è stato fastidioso».

Brenna mi guarda con perplessità. «Come mai?»

«Continuava a parlare di come mi desidera, ma non vuole desiderarmi. È stato…». Ci penso. «Offensivo», concludo.

«Ci scommetto. Tu non vuoi il signor Resistenza. Vuoi un ragazzo che grida ai quattro venti quanto sia fortunato ad averti».

«Esatto». Mi piace che siamo sulla stessa lunghezza d'onda. Mi sento come se troppe ragazze non ricordassero una verità fondamentale: ci meritiamo qualcuno che ci dia il cento per cento. Lo sforzo sommario non è uno sforzo. L'amore per metà non è amore. O sei dentro o sei fuori: non ci sono vie di mezzo.

«Quindi, sì. La situazione è diventata strana, e poi Hunter

ci ha interrotto e Fitz se n'è andato». Evito il suo sguardo. «E poi ho accettato di uscire con Hunter sabato prossimo».

«A San Valentino?»

«*È il giorno di San Valentino?!*».

Il mio strillo fa sì che ogni singola persona intorno a noi ci fissi. Brenna agita di nuovo la mano alla svelta. «Non c'è niente da vedere, gente. Godetevi la partita», cinguetta.

«Oh, mio Dio, pensi che sapesse che era il giorno di San Valentino quando mi ha chiesto di uscire?», bisbiglio.

«Ne dubito. Quasi tutti i ragazzi non prestano attenzione a quel genere di cose».

«Ha ragione», conferma una voce familiare.

Mi giro in tempo per vedere Brooks Weston che sprofonda in un posto vuoto dietro di noi. Jake Connelly è con lui, calando il suo ampio corpo sulla sedia vicino. Il viso marcato di Jake è scoperto dai suoi capelli scuri, e non capisco se sono stati soffiati via dal vento o tirati all'indietro con del gel, ma in ogni caso è sexy. Entrambi i ragazzi indossano felpe senza il logo o i colori di Harvard.

Perché così non è *affatto* sospettoso.

Condividendo i miei pensieri, Brenna lancia loro un'occhiata furtiva. «Studiate la concorrenza?».

Weston annuisce, imperturbabile. «Certo che sì. Giocheremo di nuovo contro di voi tra un paio di settimane». Strizza l'occhio. «Correzione: vi sconfiggeremo di nuovo tra un paio di settimane».

«Ti piacerebbe. Abbiamo il vantaggio di giocare in casa», gli rammenta Brenna. Weston si limita a sorridere.

Lei lancia un'occhiata a Jake. «E tu che mi dici? Non hai voglia di punzecchiarci su come hai intenzione di prenderci a calci in culo?».

Lui inarca un sopracciglio. «Vi prenderemo a calci in culo. Non capisco perché sbattervelo in faccia». Jake si concentra su di me. «E per rispondere alla tua domanda, dubito che lo sapesse. Il giorno di San Valentino non è qualcosa che di solito ci segniamo sul calendario, a meno che non abbiamo una ragazza».

«Ragazza?», echeggia Brenna, il suo tono secco. «Da ciò che ho sentito, tu non conosci il significato di quella parola».

Il sorriso che le rivolge è seducente da morire. «Hai chiesto in giro di me?»

«No. È che alle tue fan da strapazzo piace parlare». Scrolla le spalle. «A quanto pare, non esci mai con la stessa ragazza due volte».

«Quindi?». In qualche modo, è in grado di trasmettere arroganza, imbarazzo e sesso puro in due misere sillabe.

Parlo prima di Brenna. «Pensate che dovrei avvisarlo su che giorno è?», chiedo ai ragazzi.

«Dipende», risponde Connelly.

«Da cosa?». Ho completamente abbandonato la partita che si sta svolgendo sul campo sotto di noi. Mi giro sulla sedia, alla disperata ricerca di un consiglio maschile.

Jake si lecca il labbro inferiore. Non sono sicura se sia intenzionale o se abbia le labbra secche. Ma ripeto, è comunque sexy.

È un po' allarmante, questa strana attrazione che provo nei suoi confronti. Non lo voglio per me stessa, ma sono più che consapevole del sex appeal che irradia. Forse mi sto nutrendo dell'energia di Brenna? Nonostante si faccia gioco di lui costantemente, ho notato che il suo sguardo indugia sempre su Jake un po' più a lungo del necessario.

«Dipende se te lo vuoi scopare o no», spiega Jake.

«Vero», concorda Weston. «Se vuoi fartelo, non dirglielo. È probabile che se la dia a gambe se viene a sapere che giorno è. A meno che non vuoi che se la dia a gambe…».

«Non lo so», confesso.

Non si può negare che Hunter sia incredibilmente attraente. È facile parlare con lui, mi fa ridere, mi eccita. Ma Fitz fa qualcosa al mio stomaco. Dire che mi fa venire le farfalle sarebbe un eufemismo. E fa qualcosa anche al mio cuore. Col cavolo che so cos'è quel *qualcosa*, ma potete starne certi che qualunque cosa sia, lui la fa.

Cacchio. Forse accettare di uscire con Hunter è stato un errore. Sto qui a predicare di meritare qualcuno che mi dia il cento per cento… be', Hunter non merita lo stesso?

Finché Fitz è nella mia mente, anche se ne occupa solo una minuscola parte, è giusto che io esca con qualcun altro?

Non lo dico ad alta voce, perché non voglio rivelare a questi ragazzi di Harvard che sono indecisa tra i miei due coinquilini. Ma in fondo, sospetto che non ci sia molta concorrenza. Voglio Fitz dal momento in cui l'ho incontrato l'anno scorso. Penso che quelle siano le prime parole che ho rivolto alla ragazza di Dean. Ho indicato Fitz e ho detto: «Lo voglio».

E non c'entra il fatto che io sia una mocciosa viziata che ha bisogno di un giocattolino nuovo. Fitz non è un paio di ballerine di Louboutin o una pochette di Valentino.

E non c'entra il fatto che lo voglia semplicemente perché ho dovuto inseguirlo.

E anche se è iniziato come un desiderio fisico, è cambiato.

Penso di volere di più ora.

Cazzo.

La partita ha un punteggio sorprendentemente basso. Stiamo giocando contro l'Eastwood, il nostro rivale diretto, e sono proprio bravi a tenere il disco fuori dalla loro zona. Ogni volta che i ragazzi della Briar attraversano la linea blu, hanno bisogno di sfruttare appieno l'opportunità, e non lo hanno fatto finora nei primi due tempi. Inoltre, l'Eastwood ha questo esecutore nella loro squadra che mi sta facendo impazzire. Ha già istigato parecchie risse, ma nulla da giustificare l'attenzione degli arbitri.

«L'uomo dei miei sogni», commenta Weston da dietro di noi. Lo dice dopo che l'esecutore dà qualche altro spintone a un giocatore della Briar prima di allontanarsi.

«Ti pareva che non ti innamoravi. Tra simili ci si intende», dice Brenna con dolcezza.

Weston allunga la mano e le arruffa i capelli bonariamente. «Indosso il mio distintivo di esecutore con orgoglio, zuccherino».

Sul ghiaccio, l'esecutore dell'Eastwood ha appena rubato il disco a Matt Anderson dopo aver sbattuto il difensore contro la barriera del campo. Prende possesso e vola verso la nostra rete, i suoi compagni di squadra che pattinano velocemente al seguito.

«Puah! Odio quello lì!». L'irritazione mi fa balzare in piedi. «Va' via!», gli urlo. «Nessuno ti vuole qui!».

Jake e Brenna sbuffano all'unisono, poi si guardano male a vicenda come se ogni sorta di reazione congiunta fosse inaccettabile.

Weston colpisce la parte posteriore del mio ginocchio. «Ehi, sai chi è, no?»

«No». Non riesco a vedere il numero della maglia o il suo nome. So solo che lo odio.

«È Casper Cassidy. Della Greenwich», risponde, nominando la scuola superiore che ha frequentato mio fratello Dean.

Sono andata alla Greenwich al primo anno, ma mi sono trasferita alla Roselawn perché non ero in grado di gestire il carico di lavoro. La Greenwich dà molto più importanza all'ambito accademico di quanto non faccia la Roselawn. Infatti, nel circuito di scuole preparatorie, la Roselawn ha la reputazione di essere una scuola poco seria. Gli studenti sono ricchi abbastanza da comprarsi l'entrata in college, quindi nessuno si preoccupa troppo di prendere tutti dieci.

Nonostante il fatto che mio padre abbia usato la sua influenza per farmi entrare alla Briar, sono almeno orgogliosa di dire che sono stata ammessa alla Brown con le mie sole forze. La mia media non era stellare, ma ho compensato con attività extracurriculari e lavori socialmente utili.

«Mi prendi in giro?», dico in tono meravigliato, cercando di individuare di nuovo l'esecutore. Ci sono troppe maglie che combattono dietro la rete. «Quello è Casper Cassidy? È cresciuto a dismisura? Sembra enorme».

«No, è sempre stato così grande», sostiene Weston.

Mi giro di nuovo. «Ho giocato con lui a sette minuti in paradiso a una festa della Greenwich, e mi ha fatto un ditalino in un armadio. Fidati di me, non era così grande».

Connelly inizia a ridere. «Sei davvero terribile, Di Laurentis. Apri bocca e le dai fiato». China la testa. «Non ti imbarazza affatto ammetterlo, eh?»

«No».

«Perché dovrebbe essere imbarazzata?», domanda Brenna con tono di sfida. «Che c'è? Non pensi che le ragazze siano autorizzate a spassarsela?».

Jake abbozza un sorriso sardonico. «Jensen, penso che qualunque cosa io dica, tu faresti il bastian contrario».

«Non è vero».

«Lo stai facendo adesso».

«Perché mi irriti».

«Che coincidenza», dice in tono beffardo. «Anche tu mi irriti».

Un sussulto collettivo della folla interrompe il loro bisticcio. Mi ero voltata, quindi non sono sicura di cosa sia successo, ma mi alzo in piedi barcollando quando intravedo il sangue.

«Oh, merda, è Fitz», dice Brenna. «Che diavolo è successo?». Immagino che anche lei non stesse guardando.

Le matricole della fila avanti ci aiutano. «Ha preso un colpo in faccia», dice una ragazza.

«Cosa!». Il cuore mi salta in gola.

«Voleva bloccare il tiro di Cassidy», spiega Weston. «Ha deviato il disco».

«Ma indossa una visiera», protesto.

«Forse è stata la visiera a tagliarlo», dice Jake in tono beffardo.

«Sta bene», dice Weston. «Non sembra se la sia vista tanto brutta».

Ora che l'arbitro ha fischiato e i giocatori si sono allontanati dalla rete, posso vedere chiaramente le gocce rosse che macchiano la superficie bianca. Non è tanto sangue come pensavo. Eppure...

Il mio sguardo in preda al panico cerca Fitz. È sulla panchina della Briar. La sua testa viene capovolta da una donna che presumo sia il medico della squadra. Sta premendo un pezzo di garza sul bordo esterno del suo sopracciglio destro. Non sugli occhi, quindi. Sento un'ondata di sollievo.

Fitz sta discutendo con il medico. La sua bocca si muove e il suo corpo vibra praticamente di frustrazione. Vuole ritornare sul ghiaccio, ma la donna continua a scuotere la testa. Risistema la garza e il mio stomaco si agita quando vedo il fiume di sangue che gli cola lungo il lato del viso.

«Gli serviranno dei punti», dice Brenna con tono infelice.

Fitz scaglia una mano guantata verso il tabellone, presumo per indicare il cronometro della partita. Mancano otto minuti alla fine del terzo tempo. Chiaramente è determinato a continuare a giocare. Il medico di nuovo scuote la testa, inflessibile. Poi l'allenatore Jensen urla qualcosa contro di loro, e Fitz si alza in piedi.

Con il cuore ancora in gola, osservo mentre viene portato via. In preda alla rabbia, sbatte un guanto contro la barriera della pista prima di sparire nel tunnel che conduce agli spogliatoi.

Sto già marciando verso il corridoio. «Ci vediamo dopo, spie», dico ai ragazzi di Harvard. A Brenna, rivolgo un ordine secco. «Andiamo, Bee».

Mi aspetto che lei obietti, che insisti a guardare il resto della partita, ma mi sorprende seguendomi giù per le scale. Fuori dalle porte del campo, la guardo implorante. «Puoi farmi intrufolare negli spogliatoi? O nell'infermeria? Come cavolo si chiama. Voglio assicurarmi che stia bene».

Annuisce con gli occhi che si addolciscono. «Certo. Ti copro le spalle».

Nel corridoio, lei prende il comando, mentre io mi affretto a stare al passo con la sua andatura serrata. Quando raggiungiamo una porta che richiede una tessera magnetica, Brenna ne tira fuori una dalla borsetta e la tiene sullo scanner. Diventa verde ed entriamo. Essere la figlia dell'allenatore porta dei vantaggi, a quanto pare.

Il medico che stava discutendo con Fitz esce dagli spogliatoi nello stesso momento in cui ci avviciniamo.

«Ehi, Alex», la saluta Brenna. «Come sta Fitzy?»

«Fisicamente? Sta bene. L'ho ricucito». La donna, Alex, si sfrega il dorso del naso. È visibilmente seccata. «Ma deve darsi una regolata. Tuo padre ha detto che ha finito per stasera».

Brenna annuisce. «Ha senso. Siamo in vantaggio di due punti». Fa un cenno verso di me. «Ti dispiace se Summer entra un attimo per vederlo?».

Alex mi scruta per un momento. È una donna bassa e tarchiata, con lineamenti marcati e una mandibola stretta, ma dai suoi occhi traspare gentilezza. Alla fine annuisce. «Fai veloce», mi dice. A Brenna dice: «Se tuo padre me lo chiede, non vi ho mai visto».

«Sei grande, Alex». Quando il medico della squadra scompare dietro l'angolo, Brenna mi fa un sorriso sfacciato. «Rimango qui fuori a fare da palo. Se passa qualcuno, bubolerò come un gufo».

Trattengo una risata. «Un ottimo piano», replico, allungando la mano verso la maniglia della porta.

Quando entro negli spogliatoi, li trovo completamente vuoti. Fitz non c'è, solo panchine lucenti, armadietti imbottiti e un vago odore di sudore e vecchi calzini. In tutta sincerità, la stanza ha un odore molto migliore degli altri spogliatoi in cui sono stata. La struttura di hockey della Briar vanta il tipo di sistema di ventilazione su cui probabilmente le altre squadre fanno sogni bagnati.

Il suono dell'acqua che scorre veloce cattura la mia attenzione. Lancio un'occhiata verso l'ampia entrata dall'altra parte della stanza. Ci sono ciuffi di vapore che galleggiano fuori di lì, ma non vedo alcuna luce. Non c'è altro che oscurità oltre quell'entrata.

«Fitz?», dico con circospezione.

Una pausa.

Due.

Poi la sua voce altrettanto diffidente, anche se ovattata, risponde con: «Summer?»

«Sì, sono io. Entro, okay?».

Varco la soglia e vengo accolta da una nuvola di vapore. Mi ci vuole un secondo perché i miei occhi si abituino sia all'oscurità che alla foschia, per distinguere la figura ingombrante nel box doccia più vicino alla porta. Non sono sicura del motivo per cui non accendo la luce. Immagino perché lui non l'ha fatto. Se vuole fare una doccia al buio, chi sono io per vietarglielo?

Mi avvicino al box. Nell'ombra intravedo il turbinio dei suoi tatuaggi e le creste di suoi addominali. Mi viene la bocca impastata quando mi rendo conto che è nudo. L'unica barriera tra il corpo nudo di Fitz e me stessa è una corta porta oscillante. Tutto quello che devo fare è spingere quel divisorio per godermi lo spettacolo di…

«Che ci fai qui?». La sua voce rude interrompe i miei pensieri.

«Volevo assicurarmi che stessi bene. Come va l'occhio?»

«Bene», grugnisce.

Chiude l'acqua e fa un passo verso la porticina. Il mio battito cardiaco triplica in velocità. L'acqua gocciola sul suo petto nudo, increspandosi sul tatuaggio e scendendo tra i pettorali definiti. Un braccio muscoloso si allunga e io mi dimentico come si respira. Sta…

Prendendo l'asciugamano sul gancio dietro la mia testa? Sì, certo che sì.

Deglutisco forte, sperando di portare dell'umidità nella mia bocca arida. Fitz si avvolge l'asciugamano intorno alla vita ed esce dal box, ma invece di andare nell'altra stanza, rimane fermo. Restiamo lì nell'oscurità, l'una di fronte all'altro. L'aria è ancora calda e afosa per il vapore, ma adesso è anche densa di tensione.

Del tipo sessuale.

Del tipo "*porca puttana, questo ragazzo mi sta guardando come se fosse già dentro di me*".

Cerco di indietreggiare con calma, ma mi si intrecciano le gambe. A dire la verità, non ci ho riflettuto a fondo quando ho deciso di controllare se stesse bene. Ha appena lasciato il campo nel bel mezzo di una partita frenetica e impegnativa. Prova dolore perché ha preso un disco in faccia. Probabilmente è ancora gasato per l'adrenalina.

È pericoloso.

Non temo per la mia sicurezza. Ma temo per la mia sanità mentale.

Delle ombre danzano sui suoi lineamenti maschili. Vedo di sfuggita la sua lingua che si trascina sul labbro inferiore. Dita lunghe che grattano i suoi capelli bagnati. Poi parla in una voce aspra che manda un brivido caldo sulla mia spina dorsale.

«Dovresti andartene».

I battiti mi martellano in gola. È tutto ciò che sento, l'implacabile *tutum tutum* del mio cuore. «Cosa succede se non me ne vado?», mi ritrovo a chiedere, ed entrambi percepiamo la nota ansimante in ogni parola.

Si avvicina. Lentamente. Deliberatamente. Fino a quando non mi inchioda contro la parete piastrellata.

«Se non te ne vai? Allora forse ti bacerò», dice senza mezzi termini.

La mia bocca è così secca che non riesco a rispondergli. Deglutisco, una volta, due volte. Ma è inutile.

Non c'è niente da deglutire. Niente saliva, solo l'aridità che mi ricopre la gola. Il cuore mi batte ancora più velocemente. Cederà da un secondo all'altro, ci posso mettere la mano sul fuoco.

Fitz abbassa la testa e le sue parole successive mi rimbombano nell'orecchio. Tenue e vellutate. «Che ne pensi, Summer? Vuoi che ti baci?».

È la domanda più sexy che abbia mai sentito in vita mia, pronunciata dal ragazzo più sexy che abbia mai incontrato in vita mia. Trovo la forza di sollevare la testa per incrociare il suo sguardo. È troppo buio per distinguere appieno la sua espressione, ma non ne ho bisogno. So esattamente cosa sta provando in questo momento. Lo provo anch'io.

Lussuria bollente e incontrollabile.

«Sì o no?», bisbiglia.

Finalmente ritrovo la voce. «Sì».

Capitolo venti
Fitz

Sono cotto di questa ragazza.

Completamente cotto.

Dovrei esortarla a lasciare gli spogliatoi. I miei compagni di squadra potrebbero precipitarsi dentro in qualsiasi momento: non mancava molto alla fine del terzo tempo prima che la dottoressa Alex mi costringesse a lasciare il campo per applicarmi i punti.

Ma anche se il buon senso mi dice che questa non è una buona idea, non riesco a fermarmi. Tutto ciò che mi circonda scompare. Quando respiro, sento solo l'odore di Summer e del suo Chanel N° 5.

'Fanculo. Ne ho troppo bisogno. Ne ha bisogno anche lei, altrimenti non avrebbe detto di sì.

Le avvolgo una mano intorno alla nuca e metto l'altra tra i suoi capelli. Sono come seta tra le dita.

«Colin», sussurra lei, e il suono del mio nome sulle sue labbra è ciò che mi spinge all'azione.

Abbasso la testa e premo le labbra sulle sue, e lei fa il suono più dolce del mondo. Un gemito tenero e disperato. Poi approfondisce il bacio e tocca a me gemere. Quando le nostre lingue si incontrano, mi sento come se fossi stato colpito da un taser. Una scossa di elettricità sfrigola fino al mio uccello. Mi frigge il cervello. Mi fa tremare le mani.

Summer ha il sapore della cola e la menta, e le sue labbra sono morbide da morire. Restiamo lì al buio, con la sua lingua nella mia bocca, le mie dita tra i suoi capelli. Una delle sue gambe si alza e si aggancia alla mia vita. E non so se è intenzionale o no, ma il suo piede spinge via l'orlo del mio asciugamano, facendo scivolare il tessuto di spugna sul pavimento.

Di colpo, la sua bocca lascia la mia. «Il tuo uccello è all'aria aperta», mi informa.

Soffoco una risata. «Sì».

«Bene». Una vena comica colora il suo tono. «Era tanto per essere sicura che lo sapessi».

I nostri sguardi si incrociano quando Summer posa la mano sul mio petto nudo. Nel frattempo, la mia erezione è impossibile da ignorare. È come una spada affilata tra noi che le preme sul ventre.

Le sue dita scivolano in basso. Solo di pochi centimetri, in bilico sui miei addominali. Nonostante il vapore ancora sospeso nell'aria, rabbrividisco.

La sua mano smette di muoversi. «Hai freddo?»

«No», dico con voce profonda.

Mi sto godendo la sua lenta, tortuosa esplorazione del mio petto. Dita delicate mi accarezzano i muscoli addominali prima di scorrere ancora più in basso.

«Ricordi la sera in cui ci siamo incontrati», mormora. «Quando ti stuzzicavo per farmi vedere il tuo uccello?».

Mi sfugge una risata. «Come posso dimenticarlo?».

La sua testa si inclina, facendo cadere a cascata i suoi capelli setosi su una spalla. «Hai detto che non vai in giro a farlo vedere a chiunque».

«Infatti».

«Quindi sono speciale».

«Moltissimo».

Le sue dita si avvolgono attorno alla base del mio membro dolorante. Nell'istante in cui lei lo tocca, un brivido mi attraversa e dell'umidità si forma sulla mia punta. Cristo. Sto gocciolando. Ecco quanto sono eccitato.

Summer fa scorrere la mano su e giù un paio di volte. E poi mi tira in avanti per il pene e preme di nuovo le labbra sulle mie.

Grugnisco, affondando nel suo pugno chiuso. La mia lingua le riempie la bocca e ci scambiamo il bacio più conturbante che abbia mai provato. Ancora una volta, sono perso nella nebbia. Sono perso in lei. A malapena sento più il dolore all'occhio. In questo momento, sto baciando Summer e lei mi accarezza l'uccello e io sono in paradiso.

Quando trascino le mani su per il suo corpo per afferrarle il seno coperto da un maglione con scollo a V, perdo subito la capacità di pensare lucidamente. Anche attraverso il reggiseno sento i suoi capezzoli, due piccoli boccioli turgidi che mi fanno venire l'acquolina in bocca per il desiderio. Il petto femminile è sempre stato una mia passione, e provo un disperato bisogno di succhiare e mordicchiare il suo seno. La fantasia mi fa gemere rumorosamente contro le sue labbra. Summer mi sfrega più velocemente, e proprio quando penso che non possa essere meglio di così, spinge via le mie mani e cade in ginocchio.

«Lascia che ti faccia sentire bene».

Abbasso lo sguardo, ma è difficile vedere la sua espressione. È troppo buio. Ma assaporo ogni minima sensazione quando la sua bocca calda e umida mi avvolge.

«Oh, cazzo», dico a denti stretti.

Mi succhia fino alla radice, poi lo lecca tutto. La sua lingua mi stuzzica la punta del pene prima di scivolare lungo la parte inferiore del mio membro, e quasi perdo i sensi.

«Dio... cazzo, che bello...».

Il suo gemito di risposta vibra tutto intorno a me. Lo sento fino alle dita dei piedi, lo giuro. Summer prende ancora di più del mio membro e lo succhia più forte, pompandomi con la mano mentre mi tormenta con la lingua.

Nei meandri della mia mente sento un campanello d'allarme. *Fermati*, mi avverte. Ma fermarsi è impossibile quando la testa bionda di Summer si muove su e giù sul mio uccello. Le mie dita si aggrovigliano tra i suoi capelli, ma non perdo il controllo. La lascio seguire il proprio ritmo, confidando che lei mi farà arrivare dove ho bisogno di essere.

E lo fa. Con il ritmo della fellatio che accelera e si intensifica, le mie palle pulsano e la punta del mio pene freme, e poi sono al limite. «Sto per venire», dico con voce soffocata.

Lei non mi rilascia. Mi mordo il lato del pollice per trattenermi dal gemere forte mentre mi faccio ondeggiare i fianchi e le vengo in bocca. Lei ingoia ogni goccia mentre io rabbrividisco di un piacere che rasenta il dolore.

Quando Summer si alza in piedi, la tiro a me e poso il mento sulla sua spalla. Ancora tremo per quell'orgasmo.

«Ne avevo bisogno», dico con voce rauca.

«Lo so». Pianta un bacio tra i miei pettorali e riporta la mano al mio uccello, accarezzandolo dolcemente.

Sono percorso dai brividi. «Mi stai uccidendo».

Le sue risate mi solleticano la clavicola. «Scusa. È che mi piace molto toccarti». Fa una pausa. «Forse dovrei andare».

«Già».

«Non voglio».

«Neanch'io».

La sento tremare mentre mi bacia di nuovo; stavolta le sue labbra mi sfiorano in maniera fugace la spalla. «Che cosa abbiamo fatto, Fitz?».

Mi hai estasiato in tutti i sensi?, quasi dico. Ma so cosa intende. Vuole sapere che cosa questo significa.

«Io...».

«*Uuuh, uuuh! Uuuh, uuuh!*».

Sollevo la testa di scatto, allarmato. Ma che era un gufo?

«Oh merda», sbotta Summer. «È il segnale».

«Segnale?»

«Sì. Brenna è in corridoio. Le ho chiesto di tenere gli occhi aperti e assicurarsi che nessuno mi sorprendesse qui».

A malapena ha finito di parlare quando sentiamo delle voci. E dei passi. Un sacco di voci e un sacco di passi. I miei compagni di squadra stanno attraversando il tunnel.

Summer agguanta il mio asciugamano caduto da terra e me lo avvolge in fretta intorno alla vita.

Le sue dita mi sfiorano l'uccello, e io deglutisco un gemito. Sono ancora duro.

Prendo fiato e faccio un cenno verso una porta in fondo ai box docce. «Lì c'è la sala della terapia fisica. Da lì vai agli uffici degli allenatori, e poi c'è un'altra uscita per gli spalti».

I passi si fanno più forti, accompagnati da voci maschili animate e risate rauche.

I miei compagni di squadra sembrano felici, il che significa che abbiamo vinto.

«Summer», dico quando non si muove. «Devi andare. E faresti meglio a farlo in fretta, prima che i ragazzi entrino qui e comincino a tirare fuori i loro uccelli».

Lei esita. «Dobbiamo finire questa conversazione».

«Lo faremo», prometto. «A casa».

Affonda i denti nel suo labbro. «Brenna e io ci vediamo con le amiche al bar».

«Allora parleremo al bar. O dopo. Adesso devi andare».

Summer annuisce. Si alza in punta di piedi, mi dà un bacio sulla guancia, e poi se ne va.

Sono un codardo. Non vado a cercare Summer dopo la partita, e non vado al Malone. Neanche vado a casa.

Come uno stronzo, salgo in macchina e guido verso Boston.

Il mio amico Tucker ha comprato un bar in città lo scorso autunno. L'ho aiutato con la ristrutturazione, preparandolo per la grande apertura a novembre. Non mi sorprende che l'unica persona con cui voglio confidarmi ora sia Tuck. È facile parlare con lui e ha la testa ben piantata sulle spalle. Dà anche dei consigli davvero intelligenti, e in questo momento sono alla disperata ricerca di un consiglio.

Sto raggiungendo l'uscita della tangenziale quando mi squilla il cellulare. La mia auto è un modello più vecchio e non ha la funzione Bluetooth, quindi sono costretto a usare il vivavoce. Se non fosse il numero di mia madre che lampeggia sullo schermo, probabilmente lo ignorerei. Ma ignorare mia madre non è mai una buona idea.

«Colin! Tesoro! Stai bene?». Il suo saluto contiene una forte dose di preoccupazione.

«Sto bene. Perché non dovrei esserlo?»

«Tuo zio Rand era alla partita stasera, e mi ha appena mandato una foto *telefonica* della tua faccia».

«Puoi anche dire solo "foto", mamma. Non è necessario aggiungere "telefonica"».

«Ma l'ha inviato dal suo telefono al mio telefono».

«Sì, ma...». Mi trattengo dal continuare. *Scegli le tue battaglie da combattere.* Mia madre non è un'anziana signora e quindi non ha scuse per la sua totale ignoranza su tutto ciò che è tecnologico. Ma è anche fatta a modo suo e litigare con lei è inutile.

Usa ancora un BlackBerry, per la miseria.

«Te lo prometto, sto bene. Mi hanno messo dei punti e ora sono come nuovo».

«Quanti?»

«Solo due».

«Okay». La preoccupazione lascia la sua voce. Purtroppo viene sostituita dalla rabbia. «Questa è tutta colpa di tuo padre».

Ci risiamo.

«Da cosa lo deduci?». Non so perché la sto assecondando. Conosco già la risposta.

«Perché ti ha costretto a giocare a hockey».

«Non mi ha costretto. Amo l'hockey».

È come parlare al muro. «Che stronzo egoista è quell'uomo», dice. «Dai, Colin. Non pensi che sia patetico che un uomo adulto stia cercando di vivere indirettamente attraverso suo figlio?».

Serro la mandibola. È inutile chiederle di smetterla, però. O viceversa. Quei due non la smettono mai. «Cambiando argomento», dico nel tentativo di spostare la conversazione in un territorio sicuro. «Il mio colloquio di lavoro è andato bene».

«Hai avuto un colloquio di lavoro?». Sembra sorpresa.

«Già». La ragguaglio rapidamente su Kamal Jain mentre esco dalla tangenziale e mi fermo a un semaforo rosso. «Credo che prenderà la sua decisione a questa raccolta di fondi a New York».

«Non c'è nessuna decisione da prendere: sei *chiaramente* il miglior candidato», risponde con quel tipo di fiducia incrollabile che solo una madre può provare nei confronti del figlio.

«Grazie, mamma». Svolto sulla strada dove si trova il bar di Tuck e aziono la freccia per reclamare l'ultimo parcheggio disponibile sul marciapiede. «Sono appena arrivato dal mio amico e ho bisogno di parcheggiare. Ti chiamo più tardi questa settimana».

«Ottimo. Ti voglio bene». Davvero? A volte me lo domando.

«Anch'io ti voglio bene».

Riattacchiamo, e provo lo stesso senso di sollievo travolgente di quando, la scorsa settimana, ho terminato la telefonata con mio padre.

Salto giù dall'auto e guardo le insegne al neon che illuminano la facciata del bar di Tucker. E c'è una fila davanti alla porta. Ovviamente gli affari vanno a gonfie vele. Buon per Tuck.

Mentre mi avvicino al marciapiede, gli mando un breve messaggio.

IO: Amico, sono fuori dal bar. Non mi farai congelare le palle qui in fila, vero?

Appaiono tre punti mentre digita una risposta.

TUCK: Sono di sopra. Sali. E x il futuro, di' al buttafuori il tuo nome e lui ti lascerà entrare. Sei nella lista degli ospiti fissi.

Forte. Sono un VIP.

Evito l'ingresso principale e mi dirigo verso il lato dell'edificio, dove una porticina si apre con un ronzio quando la raggiungo. So che Tuck mi sta fissando da una telecamera. L'ho aiutato a configurare il sistema, che può controllare interamente dal suo smartphone. Rende più facile entrare e uscire da questo posto. Inoltre, prende sul serio la sicurezza. La figlia e la sua compagna sono le cose più importanti al mondo per lui.

«Ehi», dico quando raggiungo il loft del secondo piano.

Tuck mi saluta con la piccola Jamie al fianco. «Gaaah!», strilla lei quando mi vede.

Posso dire con tutta sincerità che è una delle bambine più belle che abbia mai visto. È destinata al mondo delle pubblicità per pannolini e omogeneizzati. Ha ereditato il meglio dei genitori, che sono attraenti da far schifo, soprattutto Sabrina.

La bocca da bocciolo di rosa di Jamie si apre e mi rivolge un enorme sorriso tutto gengive. Le sue braccia si agitano verso di me.

Tuck sospira. «Le piace stare al centro dell'attenzione».

«Oh, non mi dispiace mica». Tendo le braccia, e la bambina di sei mesi praticamente si lancia tra di loro. «Cavolo se è cresciuta».

«Lo so. Giuro su Dio, basta che mi giro per cinque secondi ed è già raddoppiata».

Jamie si muove felice tra le mie braccia, le sue mani paffute cercano istantaneamente la barba sul mio viso. Ama le consistenze ed è affascinata dai colori. L'ultima volta che l'ho vista, era totalmente estasiata dai miei tatuaggi.

«Sei sicuro che non ti dispiaccia che sono passato?», chiedo mentre lui chiude la porta d'ingresso a chiave.

«Certo che no. Sei il benvenuto in qualsiasi momento, amico».

«Dov'è Sabrina?»

«Gruppo di studio».

«Così tardi?». Sono quasi le dieci.

«Sì. Quella donna si fa un culo così». Un profondo orgoglio risuona nella sua voce.

Sabrina frequenta la facoltà di Legge e, a dire il vero, non ho idea di come riuscirà a fare la mamma mentre studia per diventare avvocato. Per fortuna, lei e Tuck hanno un aiuto: la madre di lui si è trasferita qui dal Texas a dicembre. A quanto pare, vive in un appartamento a pochi isolati di distanza.

«A tua madre piace Boston?»

«Odia il freddo con tutto il cuore».

Sorrido. Immagino che il mese di febbraio nel Texas sia un paradiso tropicale rispetto a questi freddi inverni del New England.

«Ma il suo appartamento ha una splendida vista del fiume Charles. Dice che è carino da guardare e che vede sua nipote ogni volta che vuole, quindi è felice. Lo siamo tutti».

«Direi che te la cavi benissimo».

Tucker annuisce. Sembra così felice mentre guarda sua figlia, che mi sta ancora accarezzando il mento con le sue piccole dita. Strilla ogni volta che incontra un pelo più ispido. «Vuoi una birra?», mi chiede Tuck.

«Certo. Ma solo una. Rientro stasera».

«Abbiamo solo lattine. Ultimamente a Jamie piace afferrare ogni cosa, e fa cadere di tutto e di più dai piani della cucina. Ho dovuto raccogliere i vetri rotti così tante volte che abbiamo deciso, vaffanculo. Siamo una famiglia da lattine di birra adesso».

«Le lattine vanno bene», lo assicuro. Continuando a tenere in braccio la bambina, accetto la lattina di Peak IPA e ci dirigiamo verso il divano.

L'appartamento è formato da un ambiente unico con il soggiorno da un lato, la cucina dall'altro e la zona pranzo nell'angolo più lontano. Le finestre dal pavimento al soffitto offrono una vista decente del piccolo parco giochi dall'altra parte della strada, e un corridoio che parte dalla zona pranzo conduce alle camere da letto. Ho aiutato Tuck a trasformare una di quelle stanze in una adatta a Jamie, e mentre mi sistemo sui cuscini del divano e riposiziono la bambina sulle mie ginocchia, mi chiedo perché non sia in camera sua.

«Non dovrebbe già dormire?»

«Mi stavo preparando a darle da mangiare. In realtà, stava urlando a squarciagola da circa trenta secondi prima che tu arrivassi qui. Si è appena tranquillizzata».

«Bugiardo. Questo bellissimo angelo non potrebbe mai urlare a squarciagola», ribatto mentre solletico uno dei piedi di Jamie. «Guarda com'è dolce e calma».

Jamie ridacchia di gioia.

«Vaffanculo. Si comporta in modo dolce e calmo perché abbiamo compagnia. È un diavoletto nella vita reale. Non è vero, tesoro?».

La bambina guarda il padre con pura adorazione.

Tuck capitola subito. «Me lo rimangio», dice alla figlia. «Non sei un diavoletto. Fitz, intrattieni la principessa mentre le preparo il biberon».

Non è un sacrificio. Faccio rimbalzare Jamie sul ginocchio e le faccio il solletico sulla tutina rosa mentre lei emette dei versetti adorabili. Cacchio, questa bambina è troppo carina.

«Allora, che succede?», domanda Tucker dalla cucina. «Non è da te presentarti di punto in bianco. Soprattutto la sera di una partita. Quel colpo al tuo occhio sembrava brutale, a proposito».

«L'hai visto?»

«Sì, stavo facendo zapping tra la tua partita e quella di Garrett. La sua ancora va. Secondo tempo».

«G gioca stasera?». Guardo la TV, ma sullo schermo passa una pubblicità del detersivo per il bucato.

«Sì. Ha una serie di partite in trasferta. A Los Angeles stasera».

«Qual è il punteggio?»

«Due a zero. G è in forma».

«Uno di quei tiri è il suo?»

«No. Ha fatto assist, però».

«Grande». Sono felicissimo del successo che Garrett sta avendo nella sua stagione da esordiente con i Boston Bruins. È pieno di talento, e si dà anche il caso sia davvero un bravo ragazzo. Un po' arrogante, certo. Di sicuro spocchioso. Ma ha un gran cuore, ed è un ottimo amico.

«Porca miseria, Fitz». La parlata strascicata di Tuck, tipica del Sud, fa capolino quando mi rimprovera. «Sei riuscito a distrarmi ancora. Perché non sei a festeggiare la vittoria di stasera al Malone?».

Mi stringo nelle spalle. «Non ero dell'umore giusto per stare tra la gente».

«Okay. Allora perché non sei a casa?».

Perché la mia coinquilina mi ha fatto un pompino stasera, e non so come comportarmi con lei.

«Io... è complicato». Tengo lo sguardo sulla cima della testa di Jamie. «La sorella di Dean vive con noi ora».

«Ho sentito». Il tono di Tucker è cauto. «Come procede la cosa?».

Be', mi ha fatto un pompino stasera, e non so come comportarmi con lei.

«Abbastanza bene». Tengo il mio tono di voce vago e riempio di baci la morbida guancia di Jamie, facendo ridere la bambina di nuovo. Ma non passa molto tempo prima che il mio scudo-bambina venga portato via da me.

«Sei pronta, piccolina?», dice Tuck in modo strascicato. «La mamma ha pompato questa bontà squisita solo per te».

Sbuffo forte.

Alla vista del biberon, il viso di Jamie si illumina. Qualche istante dopo, sta succhiando felicemente dalla bottiglia. Con un cuscino appoggiato sotto il gomito e una bambina contenta tra le braccia, Tuck mi sorride.

«Ancora le piaci?», chiede.

«Jamie? Certo, mi ama».

Lui alza gli occhi al cielo. «Sto parlando di Summer Di Laurentis. Ricordo che lo scorso inverno aveva una cotta per te. È ancora così?»

«Sì».

«Capisco». Sembra che stia cercando di non sorridere. «E tu? Ricambi i suoi sentimenti?».

Dopo una pausa piena di riluttanza, abbasso la testa in segno di assenso.

Tuck sfodera un sorriso. «Allora qual è il problema? Ti preoccupi di come reagirà Dean?»

«No. Io…». Sbuffo un altro sospiro. «Non so se voglio arrivare a tanto».

Forse stasera non avresti dovuto permetterle di prendertelo in bocca, allora.

Forse no, ma chiaramente non ho alcun controllo quando si tratta di Summer. Mi fa fare le cose più assurde. Be', lei non mi *fa fare* niente. Succede e basta. Ho lasciato che mi facesse un pompino negli spogliatoi, per la miseria. Sarebbe potuto entrare chiunque, e per uno che odia le manifestazioni pubbliche di affetto, il dramma e l'attenzione, il sesso orale in pubblico sicuramente non è in cima alla mia lista.

Ed è buffo, perché l'altra sera non stavo dicendo a me stesso che se Summer si fosse gettata tra le mie braccia, allora avrei sfidato la pretesa di Hunter su di lei? Be', le sue intenzioni nei miei confronti non si possono più fraintendere. Non mi considera un suo amico. Le sue azioni di stasera lo hanno dimostrato.

Ma invece di rivendicarla per me, sono scappato.

Mi passo le mani tra i capelli, che stanno diventando troppo lunghi per i miei gusti. Preferisco che non mi vadano sugli occhi quando disegno. «Anche Hunter ha una cotta per lei», dico a Tuck.

«Oh».

«Sì. E si sono baciati a Capodanno».

Tuck inarca le sopracciglia rossastre. «Oh».

«Ma stasera…», mi fermo.

«Stasera cosa?»

«Si è presentata negli spogliatoi dopo che mi avevano messo i punti, e ci siamo baciati». Mi fermo. «E forse un po' di più».

«Definisci di più».

«Me l'ha succhiato nelle docce».

Tucker sussulta per la sorpresa, e il biberon esce dalla bocca di Jamie. Lei strilla indignata.

«Oh, mi dispiace, piccola», cinguetta. «Va tutto bene, continua a mangiare. Papà è un citrullone».

«Un citrullone?». Ridacchio.

«Oh, zitto. Tu sei un citrullone ben peggiore. Hai sentito, piccola? Tuo zio Fitzy è il re dei citrulloni». Tocca le labbra di Jamie con il biberon e lei ci si attacca di nuovo. Poi il mio amico mi guarda male. «È successo stasera?».

Annuisco.

«E invece di restare a parlare con la ragazza che ti ha su…». Il suo sguardo si abbassa sulla figlia. Riformula subito la frase. «…la ragazza che ha fatto cose al tuo corpo, sei venuto qui?».

Il senso di colpa mi brucia. Cazzo. Sono un tale coglione. Stasera quella bellissima e meravigliosa ragazza si è inginocchiata per me su un pavimento di piastrelle bagnate e scomode e ha sconvolto il mio mondo. Dovrei inondarle il cellulare con messaggi di scusa in questo momento.

Tucker mi vede solo annuire velocemente.

«Non ti ho mai considerato un vigliacco».

«Di solito non lo sono», dico in tono scontroso.

Tucker afferra un piccolo panno blu dal tavolino e asciuga l'angolo della bocca di Jamie, dove si è sbavata con un po' di latte. Lui la guarda con così tanto amore che provo davvero una scintilla d'invidia. Mi chiedo cosa voglia dire amare così tanto qualcuno.

«Non so come gestire la situazione, Tuck. Summer vuole parlare… di "noi", presumo, e non ho idea di cosa dirle».

Un solco appare nella sua fronte. «Non sai come scaricarla, vuoi dire? Stai dicendo che non vuoi stare con lei?».

Affondo i denti nella guancia. «Non ne sono sicuro neanch'io. Lei è… è troppo, Tuck».

«Troppo», ripete. «Cosa significa?»

«È troppo tutto». Una sensazione di impotenza mi stringe la gola. «È troppo bella. Ha troppa energia. È troppo espansiva». Emetto un gemito. «Sono tutti attratti da lei. Tutti. Entra in una stanza e all'istante ha gli occhi di tutti addosso, e non semplicemente perché è sexy. Summer è una di quelle ragazze, quelle di un certo livello che attirano l'attenzione. Non può farci niente. È la sua orbita: ne vieni risucchiato».

«Ed è un male perché?».

Perché non sono mai stato così attratto da nessuno e questo mi spaventa a morte.

«Perché non voglio essere un ragazzo di un certo livello», dico invece. Tuck non avrebbe capito questa paura che ho nei confronti di Summer. Le emozioni non lo spaventano. Sapeva che voleva stare con Sabrina dal momento in cui l'ha incontrata, e la sua certezza che si appartenessero e l'inseguimento incessante per conquistare il suo cuore erano quasi incomprensibili per me.

«Stare con qualcuno come lei significa mettersi sotto i riflettori. E ci sarà sempre una specie di dramma. L'altra sera ha innescato una rissa al bar», borbotto. «Summer non conosce il significato della parola *moderatezza*. Tutto ciò che fa è esagerato, vistoso, stravagante. Non è da me».

«No», concorda Tuck, prima di offrirmi un sorriso asciutto. «Ma neanche lasciare che una ragazza te lo prenda in bocca negli spogliatoi è da te, quindi… Deve piacerti una cifra se stasera hai preso un rischio del genere».

Ha ragione. Soffocando un gemito, faccio cadere la testa tra le mani per un lungo, tormentato momento. «Sono nella sua orbita, Tuck», mormoro tra le mani.

Lui ridacchia. «Quindi cosa vuoi fare?».

Sollevo la testa. «Non ne ho la benché minima idea».

Capitolo ventuno
Summer

Quindi immagino che nessuno parli più di sesso orale? Ce lo facciamo a vicenda, distribuiamo orgasmi a destra e a manca e poi non se ne discute più? È questo il mondo in cui viviamo? Se è così, esco di scena. Costruirò una baracca in mezzo ai boschi dove non c'è neanche un pene all'orizzonte.

Gli animali della foresta hanno i peni, Summer.

«Oh, sta' zitta, Selena», mormoro. «Ti adoro, ma non ho bisogno di questo oggi».

Il mio compagno di fila, Ben, mi guarda, sospira, e poi ritorna con lo sguardo davanti a sé. Si è abituato ai miei vaneggiamenti da gattara. Non sono sicuro se sia un bene o un male.

Sono passati due giorni dall'incidente negli spogliatoi, e Fitz si è dato per disperso. Il pomeriggio è assente (rintanato nello studio di pittura, secondo Hollis), non cena (né mangia in generale, se è per questo) a casa, e tutte e due le sere è tornato verso mezzanotte e ha annunciato di essere STANCHISSIMO quando ho provato a parlargli.

E sapete cosa ne penso a riguardo?

Vai pure affanculo, Colin Fitzgerald. È l'ultima volta che il suo stupido pene si avvicina alla mia sacra bocca. Una ragazza deve avere degli standard.

Brenna appoggia questo sentimento quando l'aggiorno dopo le lezioni su Fitz.

IO: Ancora nessun accenno del pompino. Ieri sera ha detto di avere un'emicrania e si è chiuso nella sua stanza. Stamattina è partito per gli allenamenti alle 5. È sgattaiolato fuori come un ladro nella notte.
BRENNA: Gli uomini sono uno schifo.
IO: Pura spazzatura.
BRENNA: Spazzatura schifosa.

Le mando l'emoji della cacca, perché non riesco a trovare un'emoji della spazzatura e la cacca è un'alternativa adeguata.

BRENNA: Siamo serie, però… mi dispiace, BM. Mai pensato che Fitz fosse spazzatura schifosa, ma la gente è piena di sorprese.
IO: Come i cassonetti.
BRENNA: lololololol.

Sorrido tra me e me mentre infilo il telefono nella borsa. La borsa Prada odora di deliziosa pelle nuova, un profumo che non manca mai di tirarmi su di morale. Si è presentata alla mia porta ieri mattina per gentile concessione del corriere e nonna Celeste. Quella donna sa percepire ogni volta che le sue nipotine sono turbate, ci metto la mano sul fuoco. È come se possedesse un radar interno che urla "Presto! Chiama Prada!" se una delle sue nipotine si taglia con la carta.

Non che mi stia lamentando della mia nuova fantastica borsa. Non sono pazza.

Scendo i gradini verso il leggio di Laurie. Non è il suo orario di ricevimento, ma ha accettato di vedermi dopo la lezione per poter iniziare a scrivere la mia tesina oggi, invece di aspettare fino a mercoledì affinché me la approvi.

E la cosa bella di Erik Laurie che insegna Storia della moda, oltre che a servire come tutor per lo studio indipendente, è che posso prendere due piccioni con una fava: posso avere il via libera sulla mia tesi e aggiornarlo sulla mia linea di costumi da bagno in un colpo solo.

Non riesco ancora a spiegarlo, ma quell'uomo continua a farmi venire i brividi. Tutti gli altri lo adorano, soprattutto le ragazze. Ridono di tutte le sue battute. Tollerano il suo disturbo ammiccante.

E poi ci sono io, che lascio ogni incontro con lui sentendomi come se avessi bisogno di una doccia. Mi ricorda un personaggio di *Harry Potter*: Gilderoy Lockhart, la versione cinematografica in cui Kenneth Branagh se l'è cavata alla grande. Laurie non è altrettanto esuberante, ma, come Lockhart, si presenta come un egomaniaco vanitoso che vuole che tutti lo amino.

Anzi, che presume che lo facciano già.

So che è una valutazione dura, e cerco di togliermela dalla testa quando vado dal professore.

«Winter!», dice in tono scherzoso. «Oggi mi sono piaciuti i tuoi pensieri in classe».

«Grazie».

Mescola alcuni fogli, poi guarda oltre la mia spalla e fa un cenno a qualcuno. Mi volto e mi accorgo che Nora sta aspettando da una discreta distanza.

«C'è un'altra studentessa con cui ho bisogno di fare il punto della situazione, quindi sarò rapido», mi informa.

Grazie a Dio. Più rapido è, meglio è.

Legge la mia tesi per l'esame, suggerisce due ritocchi di poca entità e la firma. Una volta risolta la cosa, lo ragguaglio sul tessuto che ho ordinato. Il dipartimento Moda ha una discreta selezione di tessuti gratuiti da far utilizzare agli studenti, ma possiamo anche acquistare i nostri se decidiamo di farlo. Poiché molti dei miei top bikini sono all'uncinetto, ho dovuto ordinare un filato più leggero che non si allunghi o si restringa se si bagna. Laurie approva la scelta, annuendo in assenso quando spiego il ragionamento che c'è dietro. Concludo aggiornandolo sui modelli che intendo ingaggiare.

Getta la testa all'indietro per le risate quando dico che vorrei chiedere ad alcuni giocatori di football di fare da modelli per la linea maschile. «È un'ottima idea, Summer. Di sicuro ci farà vendere qualche biglietto. E per i capi femminili?»

«Non ne sono ancora sicura».

Fa l'occhiolino. «Quindi non hai cambiato idea sul fare te stessa da modella per uno dei costumi da bagno?».

Bleah.

Perché.

Ma perché, Gilderoy.

Emetto una risata forzata. «No, non sono ancora interessata».

«Peccato. Va bene, facciamo il punto alla fine della settimana». Appoggia la mano sulla mia spalla prima di dargli una leggera stretta.

E o me lo immagino, o i suoi polpastrelli mi sfiorano la nuca quando mi volto per andarmene.

Un senso di disgusto mi striscia sulla schiena. Mi devo sforzare parecchio per non schizzare fuori dall'aula come Usain Bolt. Invece, mi muovo a un'andatura normale e mi comporto come se non fossi completamente nauseata dall'ipotetica carezza sul collo.

«Nora, sarò da te tra un minuto», le dice Laurie, allontanandosi per rispondere a una chiamata al cellulare.

«È tutto tuo», mormoro a Nora.

Lei emette un suono sardonico sottovoce. «Non mi sembra proprio dal mio punto di vista».

Mi volto per guardarla confusa. «Cosa vorresti dire?».

Controlla che Laurie sia ancora al telefono, prima di lanciarmi una frecciatina: «Non ti stanchi di usare il tuo aspetto per farti strada?»

«Di che parli? Non uso nulla».

«Laurie pende dalle tue labbra. Sbava ogni volta che entri nell'aula. Si comporta come se ogni parola che dici fosse degna di un Pulitzer. Giuro, se non fosse già in piedi, ti farebbe una standing ovation ogni volta che apri la bocca».

Serro la mandibola così forte che i miei denti cominciano a farmi male. «Non gli ho detto mica di farlo. Sono davvero interessata agli argomenti di cui discutiamo».

«Ne sono certa». Alza gli occhi al cielo, infilando una ciocca di capelli striati di rosa dietro l'orecchio. «Forse se avessi passato meno tempo a flirtare e più tempo a imparare, non ti avrebbero cacciato dalla tua ultima scuola».

«Uhm. Buona giornata, Nora».

Le mani mi tremano mentre mi allontano. È una persona così cattiva. Non posso credere che a Fitz sia piaciuta al punto da uscire con lei.

Mi domando se Nora gli abbia fatto un pompino e lui abbia ignorato anche lei.

Il ricordo mi inonda la pancia con il calore dell'imbarazzo. Generalmente non mi vergogno degli atti sessuali, nemmeno quelli delle superiori che si sono verificati quando non ero molto sobria. Ma Fitz ha provocato questo sentimento in me. Non riconoscendo nemmeno ciò che è successo, mi ha fatto sentire come se ci fosse qualcosa di cui vergognarsi in quello che abbiamo fatto.

Cerco di spingere via i pensieri negativi quando esco dall'edificio. Fa ancora freddo fuori. Giuro, febbraio è ancora più gelido di gennaio. Ma almeno è più breve.

Tuttavia, non so per quanto tempo potrò ancora sopportarlo. Potrei saltare una settimana di lezioni, volare a Saint-Barthélemy, scrivere il mio saggio su una sedia a sdraio mentre sorseggio una piña colada.

Mmm. In realtà, non è una cattiva idea.

Mentre mi dirigo verso la mia auto, scorro tra i contatti del cellulare. Devo proprio trovare i miei modelli. Ho bisogno di dodici corpi. Sei maschi, sei femmine. Brenna mi riderebbe in faccia se le chiedessi di mettersi un bikini per sfilare su una passerella. Ma conosco qualcuno che potrebbe dire di sì. Le mie sorelle Kappa. O meglio, ex sorelle, ma non cerchiamo il pelo nell'uovo.

Le ragazze della confraternita bramano l'attenzione e la maggior parte di loro non ha problemi a mettersi vestiti succinti. Inoltre, ho la sensazione che Bianca possa accettare solo per il senso di colpa. Penso che fosse davvero dispiaciuta per il modo in cui Kaya ha gestito tutta la faccenda del mese scorso.

Non ho il numero di Bianca, quindi carico il mio profilo su MyBri, il social network del college. Non è nella mia lista di amici, ma non devi essere amico di qualcuno per mandargli dei messaggi. Invio una breve nota per spiegare di cosa ho bisogno, poi chiudo l'app.

Per quanto riguarda gli uomini, non stavo scherzando sull'usare l'espediente del giocatore di football. Nessuno vuole vedere slip e boxer da mare su uomini magri con le costole e le ossa iliache sporgenti. Devono avere gli addominali, cacchio.

Chiamo mio fratello, che in realtà risponde nonostante sia a metà della giornata scolastica. «Ehi», saluto Dean. «Non insegni oggi?»

«Giorno di neve», risponde.

«Oh, nevica laggiù? Stamattina abbiamo avuto qualche spruzzata, ma si è schiarito». Prego che qualunque tempesta abbia colpito New York non decida di fare un salto in Massachusetts.

«Sì, il tempo fa schifo qui. Che succede, moccolona? Di che cosa hai bisogno?»

«Sei ancora amico di qualcuno dei giocatori di football della Briar, o si sono tutti laureati?»

«Mi sento ancora con qualcuno».

Inciampo quando raggiungo la mia Audi. «Perfetto. Mi puoi presentare?»

«Perché?», chiede sospettoso.

«Ho bisogno di modelli per la mia sfilata di moda. Speravo di ingaggiare qualche corpo tonico».

Mi sbuffa nell'orecchio. «Se anche uno di loro dice di sì, mi aspetto un biglietto in prima fila per lo spettacolo, così posso metterli in imbarazzo».

«Affare fatto. Quasi tutti vivono nella stessa strada di Hastings, giusto? Elmway? Elmhurst?». Ricordo che Brenna me l'ha indicata quando abbiamo attraversato il quartiere tornando a casa da una partita della Briar.

«Elmhurst», conferma. «La casa di Rex è la tua migliore opzione. Vive con un gruppo di pagliacci che amano mettere in mostra i muscoli».

«Perfetto. Ho un po' di tempo adesso, quindi pensavo di passarci. Puoi darmi uno dei loro numeri?»

«Col cavolo che vai da sola in una casa di giocatori di football». L'orrore gocciola da ogni sua parola. «Fammi chiamare uno dei ragazzi e gli chiedo di incontrarti lì. Mi stavo scrivendo con Hunter prima, quindi so che è nei paraggi».

La sua iperprotettività mi esaspera. Ma suppongo sia dolce. «Bene. Digli che lo vedrò tra mezz'ora».

Ma non è la Range Rover di Hunter che si ferma dietro la mia Audi trenta minuti dopo. È la berlina malconcia di Fitz.

Mio fratello ha mandato Fitz?

Ah.

Se Dean avesse avuto un sospetto su quello che Fitz e io abbiamo fatto negli spogliatoi questo fine settimana, non lo avrebbe mai mandato a Elmhurst Avenue.

Non so chi di noi sembra più a disagio quando ci avviciniamo l'un l'altro.

Le mani di Fitz sono infilate nelle tasche, e i suoi occhi non si incrociano con i miei quando dice: «Ehi. Mi ha mandato Dean».

«C'ero arrivata». Il mio tono è probabilmente più duro del necessario, ma…

È assolutamente necessario!, mi rassicura Selena.

Vero. Fitz è venuto nella mia bocca ed è scappato via.

«Tu, ah, avevi lezione stamattina? Storia della moda?», dice con imbarazzo.

Vuole parlare del più e del meno?

Ma fa sul serio?

«Sì, Fitz, avevo lezione», dico. Metto la borsa sull'altra spalla e mi avvio verso il vialetto della casa vittoriana indipendente davanti alla quale abbiamo parcheggiato. Secondo Dean, ci sono, tipo, otto ragazzi che vivono qui.

«Come va il saggio?».

Mi fermo nel bel mezzo del vialetto pavimentato. «Intendi quello che avevi accettato di aiutarmi a scrivere?». Non posso fare a meno di lanciargli la frecciatina.

L'infelicità gli offusca l'espressione. «Mi dispiace. So di aver gettato la spugna. Sono stato…».

«Occupato?», suggerisco.

«Sì».

«E non dimenticare i mal di testa», dico sarcastica. «Tutti quei terribili, terribili mal di testa di cui hai sofferto».

Fitz emette un sospiro veloce. Alza la mano per passarla tra i capelli, poi si ferma quando si ricorda di indossare un berretto dei Red Sox.

«Non preoccuparti», mormoro, inghiottendo l'amaro in bocca. «Ho tutto sotto controllo».

Riprendiamo la nostra passeggiata sul vialetto. Le sue gambe sono più lunghe delle mie, quindi accorcia i suoi passi per adattarsi alla mia andatura. «Sei sicura? Il tuo professore ha approvato la tesi? Ti ha fatto qualche osservazione?».

Alla menzione di Laurie, dimentico momentaneamente che sono incavolata con Fitz. «Aveva qualche suggerimento, ma ero così impaziente di andarmene che non ho ascoltato del tutto quello che ha detto. Leggerò ciò che ha scritto a margine quando torno a casa».

Fitz studia il mio viso. La sua stessa espressione è imperscrutabile. «Perché eri impaziente di andartene?»

«A essere sincera, mi mette a disagio».

Un cipiglio gli stringe gli angoli della bocca. «In che modo?»

«Non lo so. È molto amichevole». Mi fermo. «Un po' troppo amichevole».

«Ha provato a farti qualcosa?», domanda Fitz in tono intransigente.

«No. Oh, no, non ha fatto niente», lo rassicuro. «Io... non lo so. Forse sono troppo sensibile. Ho una strana sensazione quando sono con lui, tutto qui».

«Fidati sempre del tuo istinto, Summer. Se qualcosa ti puzza, di solito è così».

«Il mio istinto non è proprio il barometro più preciso», dico in tono piatto. «Cioè, mi ha detto di raggiungerti negli spogliatoi questo fine settimana, e guarda *come* è andata a finire».

Appena accenno a quel che è successo questo fine settimana (io, in ginocchio, con il suo uccello in bocca), l'espressione di Fitz si riempie di rimpianto. «Mi...», si schiarisce la voce. «Mi dispiace tanto».

Non so come rispondere, perché non riesco a capire per

cosa si stia scusando… perché è scomparso dopo che gli ho fatto un pompino, o per l'atto in sé per sé.

«Ti dispiace», è quello che finalmente dico.

«Sì».

Aspetto che si spieghi meglio. Quando non lo fa, la mia rabbia ritorna a piena forza, spronandomi a superarlo e ad avanzare, battendo i piedi, verso il portico.

La porta si apre prima che io possa suonare il campanello e un omone di colore con la testa rasata appare davanti a me. In una frazione di secondo, l'entusiasmo nei suoi occhi si trasforma in una profonda delusione. «Non è la pizza!», grida da sopra la spalla.

«Porca puttana», impreca qualcuno da dentro.

Il ragazzone sbircia dietro di me. «Fitzgerald? Sei tu?».

Fitz raggiunge il portico. «Ehi, Rex. Come va?»

«Merda. Pensavo che la tua ragazza fosse la pizza, ma non ha la pizza».

«Scusa». Mi sto sforzando di non ridere.

Fitz sembra fare lo stesso. «Ti rendi conto che è appena mezzogiorno, eh?»

«Mi stai dicendo che non puoi mangiare la pizza a mezzogiorno? Ciccio, puoi mangiare la pizza ogni volta che vuoi mangiare la pizza. Mezzogiorno, mezzanotte. A cena. A colazione. È la pizza, cazzo».

«È la pizza, cazzo», ripeto con solennità. Poi tendo la mano. «Sono Summer Di Laurentis. Ho costretto Fitz a portarmi qui perché ho bisogno di un favore».

«Sono incuriosito. Sei perdonata per il malinteso della pizza». Rex ci tiene la porta aperta. «Venite dentro. Ho freddo». Entriamo in casa, e lui fa un cenno verso la spaventosa quantità di appendiabiti e portascarpe nell'ingresso. «Abbandonate qui la vostra roba. Stiamo giocando a *Madden*. Vuoi farti un giro, Fitz?»

«Naah, non penso che resteremo così a lungo. Giusto?», mi chiede.

Scuoto la testa. «Sarò veloce. Ho bisogno di tornare a casa e lavorare sulla mia tesina».

Seguiamo Rex in un'enorme sala da pranzo con un sezionale a forma di U che sta attualmente sopportando il peso di quattro giocatori di football. Calcolo circa trecentocinquanta o quattrocento chili di muscoli.

«Fitzgerald!», esclama uno di loro. Agita il controller di gioco. «Vuoi partecipare?»

«Un'altra volta», risponde Fitz.

Rex si accascia su una poltrona e fa un cenno all'unica rimasta libera. «Siediti, dolcezza. Summer, tu puoi rimanere in piedi». Ride fragorosamente della sua stessa battuta prima di dire: «Scherzo. Fitz, il tuo brutto culo può rimanere in piedi».

Sprofondo nella poltrona da lui indicata e mi ritrovo ad annegare in pelle marrone. È la poltrona più grande del pianeta. Mi sento come una bambina che cerca di mettersi sulla sedie dei grandi.

Rex mi presenta ai suoi compagni di squadra, ed è difficile tenere il passo con tutti i nomi e le posizioni che spiattella. A quanto pare, sono tutti giocatori d'attacco: due ali, un interno e un ricevitore. Anche Rex è un ricevitore. «Lockett, Jules, Bibby, C-Mac. Questa è Summer Di Laurentis. Ha bisogno di un favore».

«Lo faccio», dice un giocatore all'istante. Jules, penso. È davvero carino, con i capelli scuri lunghi fino al mento, le fossette e un piccolo diamante come orecchino.

Gli sorrido. «Non sai nemmeno cosa sto per chiedere».

«Non importa. Nessuno di noi dirà di no a un faccino come il tuo», dice C-Mac, che ha i rasta e il viso d'angelo più carino che abbia mai visto. Se non fosse per i suoi bicipiti grandi come un tronco d'albero e gli enormi pettorali, penserei che avesse quattordici anni.

«Tesoro, siamo seri. Anche se mi chiedi di lasciarti fare la ceretta sulle mie palle, ti direi di sì». Il commento viene da Lockett, il più piccolo della stanza. E per piccolo intendo che probabilmente è alto un metro e ottanta invece di un metro e novantacinque, e pesa ottantadue chili invece di centoquindici. Vale a dire, un maschio umano di dimensioni normali.

«Oh». Trattengo le risate. «Be', cioè, è un gran bell'impegno».

Rex sbuffa.

«Se accetti di aiutarmi, c'è la possibilità che mi occuperò delle tue palle, però».

«Cosa!», farfuglia Fitz, voltandosi verso di me. «Dean ha detto che ti servivano solo dei modelli».

«Dean?». Lockett si sporge in avanti, i suoi occhi scuri si riempiono di consapevolezza. «Oh, merda. Dean Di Laurentis? Heyward-Di Laurentis? Sei la sorella di Dean?»

«Sì. E ho bisogno di sei modelli per la mia sfilata di moda», spiego ai giocatori di football. Ce ne sono solo cinque nella stanza, ma se almeno due o tre accettano, sono sicura che potrebbero ingaggiare il numero che mi serve. «Dovremo prendere le misure e fare le prove. E come ho detto, potrei toccarvi per sbaglio il pacco. Mi scuso in anticipo».

«Non scusarti *mai* perché tocchi il pacco di un uomo», mi dice Rex.

Bibby, un'ala con una folta barba rossa, sembra curioso. «Per cosa faremo i modelli?»

«Costumi da bagno».

«Io mi prenoto per gli slip!», dice subito Lockett.

C-Mac alza alla svelta la mano. «Io voglio il perizoma».

Sono sorpresa da quanto sia facile. Ma nel caso mi stiano prendendo in giro, offro maggiori dettagli per giudicare la loro sincerità. «Lo spettacolo sarà tra un mese, giusto prima delle vacanze di primavera. Sono ancora nella fase di progettazione, ma se accettate, prenderemo le misure nei prossimi giorni e inizieremo le prove tra un paio di settimane. Faremo anche un po' di pratica sulla passerella…».

«Non ho bisogno di pratica sulla passerella», interrompe Lockett. «Ho visto *America's Next Top Model*».

«Pure io», interviene Jules. «Tyra è niente in confronto a me».

Mi mordo il labbro per non ridere. Sì. Questi sono esattamente i ragazzi di cui ho bisogno. «Quindi ci state?». Il mio sguardo percorre la stanza. «Tutti quanti?».

Annuiscono. «Ci saremo», promette Rex.

«Gliene serve un altro, però», dice Bibby. Mi guarda. «Chiederò a Chris».

Non ho idea di chi sia Chris, ma rispondo: «Ottimo. Grazie».

Si stringe nelle spalle. «Qualunque cosa per un Di Laurentis».

Rex annuisce con fervore. «Tuo fratello era solito bazzicare qui tutto il tempo. Era un buon amico con molti di noi».

«Lo so». Prima che possa fermarlo, un groppo di tristezza mi sale in gola. «La morte di Beau è stata un brutto colpo per lui».

Lo è stata anche per me, ma non lo dico ad alta voce. Beau Maxwell ha giocato come quarterback per la Briar per tre stagioni ed è morto in un incidente automobilistico l'anno scorso. Dopo aver sentito la notizia, mi sono chiusa nella mia stanza alla residenza Kappa e ho gridato a squarciagola. Dean non lo sa, ma Beau e io siamo stati insieme una volta. Era una stupida cosa da ubriachi, ed entrambi giurammo di portarcelo nella tomba perché nessuno di noi voleva affrontare l'ira di mio fratello.

Il mio cuore si stringe dolorosamente quando mi rendo conto che Beau ha davvero portato il nostro segreto nella tomba.

«Beau era un bravo ragazzo», dice Rex a bassa voce, e l'atmosfera nella stanza si incupisce.

«Comunque sia». Fitz si schiarisce la voce. «Dovremmo andare».

«Aprirò una chat di gruppo per noi su MyBri», dico ai ragazzi. «E grazie mille per aver accettato».

Non mi lasciano andare via subito: prima, ognuno deve inghiottirmi in un abbraccio da orso, mentre Fitz sta a guardare con sguardo rassegnato.

«Ogni maschio etero su questo pianeta si innamora di te a prima vista?», mormora quando siamo di nuovo fuori.

«No. Alcuni provano solo lussuria», gli rispondo in modo pungente. «E alcuni se la spassano con me e poi fanno finta che non sia mai successo».

Si ferma a circa un metro dalle nostre auto. «Non faccio finta che non sia successo».

«Ah, no? Quindi mi stai evitando senza motivo, allora? Solo per il gusto di farlo?». Digrignando i denti, lo supero a forza.

Mi raggiunge quando arrivo all'Audi. «Summer. Dai. Aspetta».

«Aspetto cosa?», sbotto. «Che ti decida che io sia degna del tuo tempo e della tua attenzione?»

I suoi occhi marroni si spalancano. «Che cosa…».

«Non è questo il punto?», lo interrompo, con l'amarezza che mi macchia la voce. «Non sono una persona con cui vuoi passare del tempo».

«Non è vero».

«Bene. Mi correggo. Va bene spassarsela con me, ma non merito una discussione a riguardo».

«Smettila di dire quelle parole», ringhia. «Degna. Merito. Non si tratta di questo».

«Cos'è *questo*?», scoppio, i miei livelli di frustrazione schizzano alle stelle. «Sul serio, Fitz. Cos'*è* questo? Ti strusci su di me fuori dal Malone, e poi vai via. Mi metto in ginocchio per te negli spogliatoi e poi sparisci per due giorni. Non ho la benché minima idea di cosa provi per me. Quindi perdonami per aver dato per scontato che tu non mi voglia». La mia bocca si contorce in un sorriso tirato. «Perché mai dovrei pensarlo, no?». Il sarcasmo si insinua nella mia voce. «Cioè, un ragazzo scappa a gambe levate dopo che gli ho fatto un pompino. Ciò significa che è presissimo da me, giusto?».

Il senso di colpa balugina nei suoi occhi alla menzione del pompino. Ma lui rimane in silenzio, cosa che mi fa infuriare.

Digrigno i molari. Presto diventeranno polvere, per quanto sono incavolata. «Ho un appuntamento con Hunter questo fine settimana», dichiaro alla fine.

Questo provoca una replica. Un muscolo nella sua mascella si contrae, e poi mormora: «Da quando?»

«Me l'ha chiesto la settimana scorsa». Premo il pulsante della chiave elettronica per aprire la macchina. «E vuoi sapere perché ho detto di sì? Perché è stato davvero bello essere invitata a un appuntamento da qualcuno che, non so, non si vergogna di me».

Fitz espira lentamente prima di parlare. «Non mi vergogno di te», mormora. «È che…».

«Cosa?»

«Sono pessimo a esprimermi».

«Cazzate. Sei la persona più eloquente che conosca».

«Non quando si tratta di condividere i miei sentimenti». Sembra scoraggiato tanto quanto me.

«Sentimenti? Oh, vuoi dire che ce li hai?».

Ogni muscolo del suo volto diventa teso. È l'unico segno visibile che mi suggerisce che la mia accusa lo ha turbato. La sua espressione è completamente raccolta. «Non sono bravo con queste cazzate, Summer». Le parole sono rauche, tese.

«Bravo con cosa?». Stringo i pugni per l'esasperazione. «Non è così difficile, Colin! O vuoi stare con me o no». Mi tremano le dita sulla maniglia della porta. «Qual è delle due?».

Esita.

Esita sul serio.

Un groviglio di dolore mi ostruisce la gola. Lo inghiotto meglio che posso. «Risposta sbagliata», mormoro, e poi salgo in macchina e sbatto lo sportello.

Capitolo ventidue
Summer

Qualche giorno fa, era Fitz a evitarmi. Adesso ci evitiamo a vicenda.

Se è in salotto con Hollis e Hunter, allora io sono in camera mia. Se sono in cucina, allora lui è da qualche altra parte. La nostra casa si trasforma in un patetico gioco delle sedie – versione stanze, mentre facciamo tutto ciò che è in nostro potere per non condividere lo stesso spazio o respirare la stessa aria.

Ma forse è una buona cosa. Forse non dovrei stargli vicino. Perché quando ci sono, o gli tocco l'uccello o glielo prendo in bocca, e mi rifiuto di lasciare che accada di nuovo.

Come al solito, Fitz e i ragazzi sono già partiti per gli allenamenti quando sono pronta per andare al campus. Ho un altro controllo con Hal Richmond questa mattina. Evviva. Che divertimento. Non vedo l'ora.

Guido verso la Briar e parcheggio dietro l'edificio dell'amministrazione, ma non esco ancora dall'auto. Sono quindici minuti in anticipo, e col cavolo che passerò del tempo in più con Testa di rospo. Invece, spengo il riscaldamento, carico una vecchia playlist e inizio a cantare *No Control* degli One Direction.

Sto ancora canticchiando la stessa canzone dieci minuti dopo mentre mi dirigo verso gli uffici del rettore. Porca miseria, perché gli One Direction si sono sciolti? Erano così magici.

«Dai, tornate insieme», gemo, nello stesso momento in cui una ragazza dai capelli scuri gira l'angolo del corridoio.

Sobbalza per la sorpresa. «Scusa, cosa?».

Sventolo la mano con frivolezza. «Stavo parlando degli One Direction. Devono tornare insieme».

Lei scuote la testa, visibilmente rattristata. «Lo so. È straziante».

Per quanto mi piacerebbe trascorrere il resto della giornata – cacchio, il resto della mia vita – a discutere dell'enorme vuoto che la perdita degli One Direction ha lasciato nella mia anima, mi costringo a continuare a camminare. Non posso permettermi di essere in ritardo. Ogni volta che vedo Testa di rospo, è sempre più accondiscendente. È come se andasse a casa ogni sera e si esercitasse in tutte le cose che può dire per farmi sentire come una cacca di cane sotto la sua scarpa.

Oggi non mi delude. L'atteggiamento paternalistico fa la sua comparsa ancor prima che le mie chiappe colpiscano la sedia, quando mi chiede come sia andata la partita di golf di mio padre con il rettore Prescott lo scorso week-end. «Deve essere bello poter volare in Florida solo per un giorno per farsi un giretto». Il suo tono di voce non è apertamente sarcastico, ma i suoi occhi raccontano una storia diversa.

Rispondo rigidamente che non sto dietro al golf o all'itinerario di viaggio di mio padre e procedo ad aggiornarlo su ciascuno dei miei corsi.

Quando arriviamo a Storia della moda, Testa di rospo si appoggia alla sua sedia felpata e chiede: «Ti piace il professor Laurie? Sai, ha ricevuto diverse offerte succose per insegnare ad altre università, ma ha scelto la Briar in parte grazie a me».

«Grazie a lei», faccio eco, sperando che il mio scetticismo non si manifesti sul mio viso.

«Mia madre ha frequentato la North London Collegiate School con Anna Wintour. Pensa un po'». Il suo finto accento diventa più pronunciato. Almeno, continuo a pensare che sia finto. Mio padre non mi ha fatto più sapere nulla del luogo di nascita di Testa di rospo.

«Pensa un po'», ripeto con un debole sorriso.

«Comunque, sono rimaste in contatto nel corso degli anni. Anna ha fatto un'apparizione alla festa di compleanno di mia madre l'anno scorso. Erik l'ha accompagnata e l'ho convinto che la Briar sarebbe stato il posto più adatto per qualcuno della sua fama».

«Forte». A dire la verità, non riesco a pensare a nient'altro da dire.

«Immagino che ti piaccia il suo corso?»

«Certo. È a posto».

«Solo a posto?». Inclina la testa. «Sulla base del riscontro che abbiamo ricevuto fino ad ora, sembra abbia un successo strepitoso».

«Le lezioni in sé per sé sono interessanti». L'esitazione mi travolge mentre rifletto se continuare o meno.

Forse dovrei dire qualcosa riguardo agli occhiolini. E le moine. Le strette sulla spalla, le carezze sulla mano. Le sue dita sulla mia nuca.

Ma al signor Richmond non piaccio molto e non sono sicura della sua reazione.

Diglielo.

La voce di mia madre mi riempie la testa, spingendomi a essere diretta. So che sarebbe questo il suo consiglio. La mamma non si tiene nulla dentro.

«Mi piace la materia», continuo, prima di fermarmi per prendere un respiro profondo. «Ma... il professor Laurie...».

Espiro in fretta. «È un po' inquietante, se devo essere sincera».

Richmond assottiglia gli occhi. «Inquietante?»

«Sì». All'improvviso sento la bocca secca, ma ho le mani sudaticce. Le asciugo sui jeans. «Mi tocca molto la mano, e le spalle, e il suo sguardo indugia su di me un po' troppo a lungo…».

«Devi aver frainteso», interrompe Richmond. «Erik è un tipo amichevole. È uno dei motivi per cui tutti lo adorano».

Mi mordo il labbro. «È quello che pensavo all'inizio, che era semplicemente amichevole. Ma penso che sia più di questo. Non mi piace quando mi tocca. Lo trovo inappropriato…».

«Summer», mi interrompe l'assistente del rettore.

«Sì?»

«Essendo una bella ragazza, sono sicuro che sei abituata a venir ammirata, forse abbastanza spesso da indurti a pensare che quando qualcuno agisce in modo amichevole o ti presta maggiori attenzioni, ci sia una connotazione di amore sviscerato o sessuale…».

Spalanco la bocca per lo shock.

«Tuttavia, sono certo che stai interpretando in modo errato qualunque segnale tu creda che il professor Laurie ti stia mandando». Si china in avanti sulla sedia e congiunge le mani sulla scrivania. «Ti rendi conto che fare dichiarazioni del genere potrebbe essere una seria minaccia alla carriera di qualcuno e potrebbe potenzialmente distruggerla?».

Le mie mani non sono più umide. Sono asciutte come polvere, e le piego in pugni stretti sulle ginocchia. «Non sto cercando di distruggere la carriera di nessuno. Io…».

«Vorresti presentare un reclamo formale? Se è così, possiamo iniziare il processo adesso. Dovresti essere consapevole, tuttavia, che spesso può essere un processo lungo, oltre che difficile, per tutte le parti coinvolte».

Mi cominciano a bruciare gli occhi. «Io, ehm…».

L'impazienza crea un solco sulla sua fronte. «Summer. Presenterai un reclamo formale contro il professor Laurie?».

Dopo un lungo momento di indecisione, dico: «No».

«Capisco». Richmond si alza dalla sedia. «Bene, fammi sapere se cambi idea. Fino ad allora, ti consiglio di essere prudente prima di fare questo tipo di accuse…».

«Non stavo facendo accuse», protesto. «Mi ha chiesto cosa pensassi di lui, e le ho detto che mi mette a disagio».

Richmond fa il giro della scrivania. «Ci vediamo la prossima settimana, Summer. Ti accompagno alla porta».

Più tardi nel pomeriggio, sto ancora pensando al comportamento sprezzante di Testa di rospo. Ma allo stesso tempo, sto anche iniziando ad avere delle riserve su me stessa. Le descrizioni che avevo dato a Richmond sembrano alquanto inconsistenti quando le ripeto nella mia testa.

Mi tocca molto la mano, e le spalle, e il suo sguardo indugia su di me un po' troppo a lungo.

Esattamente non è l'emblema di un "comportamento altamente inappropriato". Più ci penso, più mi domando se forse la mia valutazione iniziale di Laurie fosse corretta, ed è semplicemente un uomo molto amichevole. Il fatto che Richmond abbia ammesso apertamente che Laurie è noto per essere un "tipo amichevole" mi fa solo dubitare di me stessa. Se l'assistente del rettore non pensa che la cordialità di Laurie sia qualcosa di cui preoccuparsi, forse non dovrei?

Puah. Proprio non lo so.

«Ahi!».

Madison, la ragazza del secondo anno a cui sto prendendo le misure, sobbalza per una fitta di dolore, avvertendomi del fatto che ho stretto troppo il metro attorno al suo seno.

«Scusa», dico alla svelta, allentando la presa. «Fammi finire con il busto, e poi abbiamo terminato». Guardo Bianca, che è distesa sul divano decorato a sfogliare l'ultimo numero di «Vogue». «Grazie mille per aver accettato di farlo, comunque. Penso che sarà uno sballo».

«Grazie per avermelo chiesto. Sono emozionatissima», ammette Bianca.

«Anch'io!». Madison rimbalza sui talloni. «Non ci credo che tu abbia convinto la squadra di football a fare la passerella in slip da mare».

«Non tutta la squadra. Solo sei giocatori». Le faccio l'occhiolino. «Sei giocatori molto sexy».

La sua espressione si illumina. «Dio mio. Non vedo l'ora di andare all'after-party».

Quando Bianca mi ha messaggiato per dire che lei e cinque ragazze appartenenti alla confraternita ci stavano a fare da modella nel mio spettacolo, avevo indorato la pillola dicendogli che erano tutte invitate all'after-party. Non quella ufficiale organizzata dalla Briar, ma l'after-*after*-party con la squadra di football. Ho già fatto in modo che Rex accettasse di ospitarci. Tutto quello che dovevo dire era "ragazze della confraternita" e lui non ha potuto resistere.

«Non vedo l'ora di vedere i disegni finali», dice Bianca enfaticamente. «Le foto che hai inviato dei bozzetti sono così trendy».

«Sì, sono una figata», concorda Madison.

«Grazie. Non vedo l'ora di vederli addosso a voi». Annoto le misure del busto di Madison e poi arrotolo il metro. Lo infilo con il mio piccolo bloc-notes nella borsa Prada. «Okay. Perfetto. Ho tutto ciò di cui ho bisogno. La prossima volta faremo la prova costume…».

«Che diavolo succede?». Kaya appare sulla soglia, il sospetto che le incupisce ogni centimetro del suo bel viso.

«Ehi, Kaya», dico allegra.

Bianca si alza adagio dal divano, mentre Madison scappa dalla stanza come un animale che ha appena percepito un temporale.

Kaya mi fissa. «Cosa ci fai qui?»

«Sono venuta per prendere delle misure». Metto la cinghia della borsa sulla spalla e ci rovisto dentro alla ricerca del cellulare.

«Per che cosa?»

«Sono affari miei», cinguetto.

Bianca informa subito Kaya dei miei affari, però. «Alcune delle ragazze e io faremo da modelle per la sfilata di Summer».

«Be'», intervengo, «non è la mia sfilata. Il dipartimento Moda la fa ogni marzo».

Kaya mi ignora. È troppo occupata a fissare Bianca. «Perché dovresti fare da modella alla sua sfilata?».

Bianca balbetta per un attimo. «Perché sembrava divertente».

«Così divertente che non hai pensato di chiedermi se volessi farlo anch'io?».

Guardo perplessa la ragazza stizzita. «Ti piacerebbe fare da modella nella mia sfilata, Kaya?»

«Assolutamente no».

È difficile non alzare gli occhi al cielo, ma in qualche modo riesco a trattenermi.

«Penso che avrei dovuto essere informata di questo prima che tu acconsentissi», dice in tono severo. «Sono la presidentessa di questa confraternita, Bianca. Qualunque cosa faccia una Kappa ha il potere di riflettere male su di me».

«Rilassati, Kaya. È solo una sfilata di moda, e sarà grandioso per la confraternita, te lo prometto. Aiutiamo una nostra collega. Al Consiglio nazionale piace quando mostriamo spirito comunitario».

«Quante di voi hanno detto di sì?», chiede Kaya.

«Sei».

«Sei? Oh, mio Dio. Non ci credo che avete accettato di fare questa cosa senza dirmi niente!».

«Perché non ha niente a che fare con te».

Mi dirigo piano piano verso la porta. «Ehm. Ora devo scappare…».

«Dopo tutto quello che ho passato con Daphne! Lo *sai* quanto fossi turbata quando ho scoperto che agiva alle mie spalle, e ora stai facendo la stessa cosa?»

«Nessuno agisce alle tue spalle», sussurra Bianca. Lei mi lancia uno sguardo che mi dice: *Vattene finché puoi.*

Me la filo, fuggendo attraverso le porte d'ingresso della residenza che, invece di Kappa Beta Nu, dovrebbe chiamarsi DAPHNE KETTLEMAN È STATA QUI, perché cazzo se quella ragazza non ha lasciato il suo segno su questo posto.

Mentre sto aprendo l'auto, *Cheap Thrills* inizia a suonare dalla borsa. Tiro fuori il cellulare e lo capovolgo per controllare lo schermo.

Hunter.

Rispondo con un tono fin troppo gioioso: «Ehi».

«Biondina. Ehi».

Il suono della sua voce rauca scatena in me il senso di colpa. Sabato sera si avvicina rapidamente, e continuo a temporeggiare per dirgli che è il giorno di San Valentino. Perché o vorrà andare comunque o rimandare, e io nemmeno so se voglio uscire.

«Allora. Mi hanno appena detto che ho programmato il nostro appuntamento a San Valentino». Ridacchia. «Errore mio».

Rido sollevata. «Okay, grazie al cielo. Stavo per dire qualcosa a riguardo, perché, sì… non so se il giorno di San Valentino sia l'idea migliore per un primo appuntamento».

«No, capisco perfettamente. C'è molta pressione».

«Forse dovremmo rimandare», dico, ancora più sollevata ora. Forse posso rimandare all'infinito, o almeno fino a quando non capisco cosa provo per lui.

Hunter mi mette i bastoni tra le ruote suggerendo: «Che ne dici di stasera?».

Deglutisco. «Stasera?»

«Sì. Non ho né partite né piani. Tu?»

«No». Merda. Perché ho detto di no? Ora non ho un motivo per non andare.

«Facciamolo. Cena?»

«Certo», acconsento.

«Forte. Ti verrò a prendere a casa».

Mi sfugge un'altra risata. «La battuta non regge».

«Lo so». Ridacchia. «Andiamo verso le sette?»

«Va bene». Spero che non senta la nota di incertezza nella mia voce.

«A dopo, biondina».

Dopo aver riagganciato, chiamo subito mia madre.

«Tesoro!». Sembra felicissima. «Mi hai beccato nel momento giusto. Sono appena uscita da una riunione».

«Ho problemi amorosi!», le butto lì.

C'è un momento di silenzio, e poi: «Okay, piccola. Spara».

Una risata mi gorgoglia in gola. Adoro questa donna. «Ho un appuntamento con uno dei miei coinquilini stasera. Hunter. Ha frequentato la Roselawn, ma era un anno indietro rispetto a me».

«Va bene...». Posso praticamente vedere il profondo solco tra le sue sopracciglia mentre assorbe le mie parole. «Sei nervosa per l'appuntamento?»

«No, non proprio. Ma...». Emetto un sospiro. «Ho baciato il mio altro coinquilino». Tra le altre cose. Ma ciò che non sa non la ferirà.

«L'hai baciato prima dell'appuntamento?»

«No, non ho baciato quello con cui uscirò. Be', l'ho baciato, ma è stato qualche tempo fa. Sabato ho baciato l'altro».

«Hunter».

«No. Fitz».

«Fizz?»

«Fitz!», sbotto. «Colin Fitzgerald. Mamma, stammi dietro».

«Scusa, Summer, ma forse sarebbe più facile starti dietro se la tua vita sentimentale non fosse come un episodio di *The Bachelor*».

«*The Bachelorette*», correggo. «Okay. Fai attenzione. Hunter è quello con cui vado a cena stasera. Fitz è quello che ho baciato».

«Capisco. E provi dei sentimenti per entrambi?»

«Sì?»

«È una domanda?»

«No? Cioè, non lo so. Davvero non lo so».

«Be', non saprei cosa dirti, tesoro. Stai lesinando sia sul contesto che sui dettagli. Immagino… scegli quello che ti piace di più?»

«Mamma! Questo non aiuta per niente», borbotto. «Vabbè. Lo capirò da sola». Imito il suo schifoso suggerimento. «*Scegli quello che ti piace di più*. Andiamo, mamma. Ripigliati».

Le sue risate mi solleticano l'orecchio. «Ehi, è tutto ciò che ho. Chiamami dopo. Fammi sapere come si risolve tutto».

Meraviglioso. Di solito mia madre dispensa i consigli più saggi del mondo. Oggi non mi dà niente. Persino i biscotti della fortuna pieni di errori grammaticali offrono soluzioni migliori rispetto a *scegli quello che ti piace di più*.

Inoltre, non è una questione di gradimento. La metà delle volte non sono sicura che mi piaccia Fitz. Mi fa infuriare quasi tutto il tempo. Ma sono attratta da lui, e lui è costantemente nella mia mente, molto più di quanto lo sia Hunter.

A essere sinceri, non prenderei in considerazione l'idea di uscire con Hunter se Fitz venisse da me e dicesse: «Facciamolo».

Ma Fitz *non* lo dirà. Non dice nulla tranne che è "pessimo a esprimere i propri sentimenti" e "non è bravo con queste cazzate".

Come diavolo dovrei reagire? Implorarlo di diventare magicamente bravo con "queste cazzate"? Ma anche no.

Hunter è un bravo ragazzo e andiamo molto d'accordo. Che male c'è nel conoscerlo meglio?

Lo illuderai.

Non per forza. Forse ci divertiremo tanto che i miei sentimenti per Hunter eclisseranno quelli per Fitz.

Oppure non succederà e lo illuderai.

Vado all'appuntamento o l'annullo? Non ho idea di cosa fare.

Ancora sono in dubbio quando più tardi mi faccio una doccia. Una doccia priva di preoccupazioni, grazie alla nuova serratura che Hollis ha montato alla porta del bagno.

Sono ancora in dubbio mentre mi asciugo i capelli e mi vesto. Abbino un vestito di maglia color tortora a calze nere e anfibi stringati di Jimmy Choo in pelle scamosciata nera.

Ancora sono in dubbio quando Hunter mi informa dal piano di sotto che sta mettendo in moto l'auto.

E sono ancora in dubbio quando Fitz entra in camera mia senza bussare e mi spiazza con due parole gutturali.

«Non andare».

Capitolo ventitré
Summer

«C-cosa?». La domanda mi esce in uno squittio veloce, mentre il mio cuore incespica a metà battito.

Il corpo lungo e muscoloso di Fitz avanza verso di me. Mi ritrovo a indietreggiare. Mi allontano da lui, perché la sua intensità è un po' terrificante. Di solito i suoi occhi hanno una normale sfumatura di marrone. In questo momento, sono cioccolato fondente e fuoco liquido. Il loro calore mi incendia.

Mi muovo finché non riesco più a muovermi… perché il mio sedere incontra la parete. Fitz non si ferma finché il suo corpo non è a pochi centimetri dal mio. Se inspiro, il mio seno si alza e probabilmente gli colpirà il petto.

«Summer». La sua voce è profonda, tormentata.

Le sue dita ruvide mi sfiorano lo zigomo. Riesco a malapena a respirare. Il mio sguardo preoccupato guizza verso la porta. È socchiusa. Hunter o Hollis potrebbero entrare da un momento all'altro e vederci.

«Non andare con lui stasera». Sembra che le parole gli vengano strappate dalla gola.

Il mio battito accelera. Le labbra di Fitz sono così vicine alle mie che quasi riesco a sentirne il sapore. Il tatuaggio sul petto fa capolino dalla maglietta grigia e logora, e devo combattere contro l'impulso di allungare la mano e far scorrere le dita sull'inchiostro sbiadito.

«Non andare con Hunter», gracchia, quegli occhi incandescenti si fissano nei miei.

Ritrovo di nuovo la voce, anche se è più tremenda di quanto vorrei. «Dammi una ragione per non farlo».

Deglutisce forte.

Lo imploro in silenzio. Non posso pronunciare le parole per lui, ma se non vuole che esca con Hunter, allora deve dirmi perché. Ho bisogno che mi dica perché.

Non me lo dice. Un muscolo della sua mascella si contrae, ma ancora non parla.

«Che diavolo succede, Fitz? Perché sembra che tu voglia solo avere la tua fetta di torta. Ce la siamo spassata, e poi mi hai respinto. Non puoi accampare pretese sulle persone con cui esco… non ti devo niente. Hai avuto la tua occasione».

«Lo so», dice alla fine, sembrando confuso tanto quanto me.

Chiaramente quando si è precipitato nella mia stanza, non si era preparato nulla a parte "non andare con Hunter". Be', non mi basta.

«So che ho fatto un casino». Il rimorso nuota nei suoi occhi. «Evitarti dopo quello che è successo negli spogliatoi è stato terribilmente stupido. Ed egoista».

«Ma non mi dire».

«Mi dispiace», dice con voce rauca. «Mi dispiace davvero. E non sto cercando di avere la mia fetta di torta. O almeno non lo sto facendo di proposito. Tutto quello che so è che mi sento male al pensiero che tu esca con lui stasera».

Aspetto che elabori. Come al solito, non lo fa.

«Allora dimmi perché dovrei restare qui, Fitz! E non dire che è perché sei eccitato ventiquattro ore su ventiquattro a causa mia. Non possiamo più stare insieme, okay? Non mi interessa fare una botta e via con te. Tanto ho la sensazione che le sveltine non sono nel tuo stile».

«Infatti», dice con voce roca.

«Allora di cosa stiamo parlando?». Spossata, indico lo spazio tra di noi. «Perché non dovrei uscire con Hunter?»

«Non dico che non puoi».

«Non dici nulla!». Ricordo la porta aperta e abbasso rapidamente la voce. «Che cosa *vuoi*, Colin? Dimmi solo cosa provi».

Ci fissiamo per quella che sembra un'eternità. Non riesco a individuare una sola emozione nella sua espressione. È così bravo a farlo, a mettere quel velo sugli occhi. Custodisce i suoi pensieri ed emozioni con la dedizione di un agente dei servizi segreti. Cavolo, forse preferirebbe prendersi una pallottola piuttosto che mostrare a qualcuno quello che prova.

E che lo faccia apposta o no, sta giocando con me. Mi piacciono i giochi: quelli che fai alle feste, con gli amici. Quando si tratta della mia vita amorosa, non sono interessata a dover indovinare ciò che l'altra persona prova o pensa.

«Devo andare», mormoro.

Emette un verso frustrato sottovoce. «Summer». Ma sto già avanzando verso la porta.

E lui non mi ferma.

Inutile dire che sono un tantino distratta quando Hunter mi fa accomodare sulla sedia del ristorante più carino di Hastings. Si chiama Ferro e mi è stato altamente raccomandato sia da Allie che da una sua amica, Grace Ivers. Grace è la fidanzata di Logan, e a quanto pare mangiano sempre da Ferro.

Non posso negare che Hunter sia sexy stasera. I suoi glutei sodi riempiono i pantaloni molto, ma molto bene, e di recente si è tagliato i capelli. Preferisco i ragazzi con i capelli più corti.

Mentre lo squadro, lui fa lo stesso con me. Il suo sguardo sensuale mi ammira dall'altra parte del tavolo. «Bel vestito, biondina».

Abbozzo un sorriso. «Grazie». Riesce a vedere che sono inquieta? O peggio, riesce a vedere che sono turbata? Perché lo sono. Sono ancora molto scossa dall'incontro con Fitz.

Perché non poteva semplicemente dirmi ciò che provava? Perché devo tirargli fuori i dettagli come se stessi cercando di estrarre una scheggia da sotto le unghie? Parlare con Fitz è doloroso e frustrante; io non lo capisco proprio.

Non mi accorgo neppure del cameriere che viene a prendere il nostro ordine di bevande finché Hunter non dice: «Summer? Vodka al mirtillo?».

Mi affretto a scuotere la testa. «Acqua per ora», dico al cameriere. Dopo che se ne va, spiego la mia scelta a Hunter. «Non mangio da ore. Non mi piace bere a stomaco vuoto».

«Sì, ha senso.» Mi osserva mentre srotolo il tovagliolo.

È fatto di una stoffa raffinata, e le mani mi tremano leggermente mentre lo poso sul grembo.

Hunter aggrotta la fronte. «Cosa c'è che non va?».

Deglutisco. «Nulla. È stata solo una lunga giornata un po' schifosa».

«Dovevi vedere il tuo tutor accademico, giusto? Com'è andata?»

«Non bene. Richmond mi odia a morte». Le mie guance si incavano quando digrigno i denti. Mi sforzo di fermarmi. «Mi ha praticamente tormentato per farmi dire che uno dei miei professori mi dà i brividi e poi mi ha rimproverato per il fatto che non dovrei lanciare simili accuse».

«Accuse?». Hunter sembra allarmato. «Che ha fatto questo stronzo?»

«Nulla», dico alla svelta. «Davvero, non ha fatto nulla.

Ma mi dà i brividi e ha le mani lunghe. L'ho raccontato a Richmond e, come ho detto, mi ha rimproverato».

Il cameriere torna con le nostre bevande e chiede se siamo pronti per ordinare. Nessuno di noi ha ancora aperto il menu, quindi Hunter dice che abbiamo bisogno di più tempo.

Prendiamo i menu. Cerco disperatamente di concentrarmi sulla lista degli antipasti, ma il mio cervello è ancora nella mia camera da letto con Fitz.

Hunter emette un pesante sospiro.

Alzo la testa. «Stai bene?»

«Io? Sto bene». Sventola con fare sardonico la mano. «Tu, invece? Non sembra che tu stia bene».

Offro una flebile sicurezza. «Sto bene».

«Summer, vivo con te da un mese ormai. Sono abbastanza bravo a decifrare i tuoi stati d'animo. Sei molto distratta stasera».

«Lo so. Mi dispiace». Stringo le mani sul grembo. «Io...».

Esita per un lungo momento, poi chiede: «Che cosa succede tra noi?».

Il tormento mi brucia la gola, mi punge gli occhi. Non so come spiegare ciò che sento, perché non *so* cosa provo.

Ho un tuffo al cuore quando mi rendo conto di essere nella posizione esatta in cui si trovava Fitz venti minuti fa. La posizione in cui l'ho messo. Quando ho preteso di avere accesso ai suoi pensieri. Quando ho insistito che confessasse i suoi sentimenti per me.

Forse non lo sa davvero. Dio solo sa che non riesco a descrivere ciò che provo per *lui*. Eppure mi aspetto che lui, cosa, combatta per me? Dichiari il suo amore eterno per me? E ora ecco Hunter, che mi chiede cosa succede tra di noi, e per quanto mi sforzi, non so rispondere alla domanda.

«Summer», dice in tono aspro.

Catturo con i denti il labbro inferiore. Non mi piace deludere le persone, ma non sono sicura che ci sia molta scelta al momento. «Penso di dover andare», sussurro.

Hunter non risponde.

Incrocio il suo sguardo. Non c'è un briciolo di sorpresa nei suoi occhi.

«È Fitz?». Le parole sono brusche, velate.

Nonostante il senso di colpa e la vergogna che mi indeboliscono il corpo, mi sforzo di dire: «Sì».

Il suo sguardo fisso mi fende e mi penetra. Non potrei nemmeno azzardare un'ipotesi su cosa stia pensando in questo momento. E non sono sicura di cosa farà. Farà cadere il tovagliolo sul tavolo e uscirà con calma dal ristorante? Perderà le staffe e mi definirà una stronza senza cuore?

Non fa niente di tutto ciò. Indietreggia con la sedia, strusciandola per terra, si avvicina e mi aiuta ad alzarmi.

«Dai. Ti porto a casa». Lancia venti dollari sul tavolo, molto più del necessario per due acque che non abbiamo nemmeno bevuto.

Cercando di non piangere, lo seguo alla porta.

Nessuno di noi dice una parola sulla strada di casa. È imbarazzante da morire, e peggiora solo quando Hunter si ferma nel vialetto, ma non spegne il motore.

«Non entri?», chiedo, poi mi maledico per aver dato voce alla domanda più stupida del mondo. Certo che non entra. L'ho appena respinto. Non è che si metterà a sedere sul divano con me mentre guardiamo insieme i video musicali degli One Direction su YouTube.

«Naah». Tamburella le dita sul volante. Sembra iperattivo, o forse non vede l'ora di avermi fuori dall'auto. «Non posso essere lì adesso. Esco, a cercare una festa». Fa spallucce. «Non aspettarmi alzata».

«Mi mandi un messaggio se decidi di stare fuori tutta la notte, così non mi preoccupo?».

Per la prima volta da quando gli ho detto che ero interessata a Fitz, rivela un lampo di rabbia.

Con un sorriso cinico, dice: «Sono più che sicuro che sarai troppo impegnata per preoccuparti di ciò che farò stasera, Summer».

Il senso di colpa mi trafigge. «Hunter…».

Non fare così, voglio dire, ma come posso biasimarlo? Ho accettato di andare a un appuntamento con lui, e dopo dieci minuti gli ho detto che volevo stare con qualcun altro. È una cosa schifosa da fare a qualcuno, e non so come potrò farmi perdonare.

«Grazie per avermi riportato a casa», sussurro.

«Non c'è problema».

Gli tocco delicatamente la spalla, e lui sussulta come se gli avessi fatto del male. E mi rendo conto di averlo fatto, solo non fisicamente. Non sapevo che gli piacessi così tanto. Pensavo fosse più un flirt da parte sua.

Tiro la maniglia dello sportello e scivolo fuori dalla Rover. Ho a malapena fatto un passo quando Hunter si allontana dal vialetto. Se ne va in una nuvola di gas di scarico che mi brucia le narici prima di fluttuare nell'aria della sera.

Mi sento uno schifo quando entro in casa come un automa. Immagino che Hollis sia uscito, perché non è in salotto, e la sua camera da letto è vuota quando passo davanti alla porta aperta. Ignoro la mia stanza e vado verso quella padronale. Nessuna luce si riversa nel corridoio da sotto la porta, ma so che Fitz è a casa perché la sua auto è nel vialetto. A meno che non sia andato da qualche parte con Hollis, ma immagino che lo scoprirò.

Prendo fiato, mi armo di coraggio e busso piano.

Nessuna risposta.

Merda. Forse è uscito.

Esito, solo per un secondo, prima di girare il pomello e aprire lentamente la porta. La stanza è immersa nell'ombra. Strizzo gli occhi nell'oscurità e scorgo una figura ingombrante sul letto. Non è sotto le coperte, ma un copriletto di pile è sistemato a caso sulla parte inferiore del suo corpo.

«Fitz?».

Il materasso scricchiola. «Summer?», dice assonnato.

«Sì. Sono tornata».

Fa un verso assonnato, un incrocio tra un lamento e un brontolio. È così adorabile. «Per quanto tempo ho dormito?»

«Non molto. Sono solo le otto».

«Te ne sei andata mezz'ora fa». Emerge molta confusione da quell'affermazione.

«Sì».

«E ora sei tornata».

«Sì».

«Perché?».

Chiudo la porta e poi mi avvicino ai piedi del letto. «Non ne sono ancora sicura. Ma ho tre domande per te». Prendo fiato. «Potresti per favore, solo per questa volta, provare a rispondere? Non mi aspetto un discorso o altro. Un sì o un no sarebbe sufficiente». Cerco i suoi occhi nell'ombra. «Per favore, Fitz?».

Il copriletto fruscia mentre lui scivola in posizione seduta. «Cosa vuoi sapere?», chiede senza garbo.

Con un sospiro tremante, chiedo: «Pensi ancora che io sia superficiale?»

«No. Non lo penso». Candida sincerità.

Annuisco lentamente. «Avevi intenzione di scappare dopo che ti ho fatto un pompino negli spogliatoi?»

«No. Non è così». Autentico rimpianto.

Deglutisco. «Sei tanto stanco di combattere questa attrazione tra noi quanto me?»

«Sì. Sono stanco». Puro bisogno.

Mi tremano le mani mentre afferro l'orlo del mio vestito e trascino la morbida lana sul mio corpo e sopra mia testa. È una pazzia. Ma pazzia è un po' il mio secondo nome.

Fitz fa un rumore strozzato. «Summer?».

Lo ignoro. Mi tengo addosso le calze perché il pavimento in legno è freddissimo. Non mi tolgo neanche le mutandine, ma mi slaccio il reggiseno senza spalline e lo faccio cadere a terra.

Fitz emette un respiro mozzato.

Mi arrampico sul letto e scivolo sotto il copriletto con lui.

«Non indossi una maglietta», gracchia.

«No».

«Perché no?».

Mi avvicino in modo che le nostre labbra siano a pochi centimetri l'una dall'altra. «Secondo te, perché?».

Capitolo ventiquattro
Fitz

Summer è nel mio letto. La bella ragazza a seno scoperto che mi ha appena svegliato da un pisolino e mi ha detto che è stanca di combattere la sua attrazione per me.

So che c'è altro di cui dobbiamo parlare. L'ho praticamente supplicata di non uscire con Hunter prima, e lei se n'è comunque andata. E sono sicuro che lei ha delle domande per me, domande che senza dubbio avrò difficoltà a rispondere. Non perché non voglio, ma perché ho paura.

Summer mi spaventa. Lo ha sempre fatto. Mi fa venir voglia di aprirmi, e non è un impulso naturale per me.

E a proposito di impulsi, ne scatena uno piuttosto primitivo quando porta le sue dita sulle mie labbra e le accarezza dolcemente.

Mi avvicino di più, facendo tutto ciò che è in mio potere per non guardarle il seno. Non fraintendetemi: ne ho una voglia matta. Ma sto per offrirle una via d'uscita prima che la situazione sfugga di mano, e se lei l'accetta, preferirei che ci fermassimo prima che io diventi troppo attaccato a quel seno.

«Sei sicura?», sussurro.

«Al cento per cento». Una nota di vulnerabilità si infiltra nella sua voce. «E tu?».

Non riesco a trattenere una risata.

L'intero corpo di Summer si irrigidisce. «Mi prendi per il...».

«No», dico alla svelta, «non ti sto prendendo in giro. Lo giuro. È solo che… sono sicuro? Cazzo, Summer, mi masturbo pensandoti ogni singolo giorno. Non riesco a toglierti dalla mia testa, ed è solo peggiorato dopo che mi hai fatto un pompino. Ora mi masturbo *due volte* al giorno».

Lei mi risponde baciandomi quasi fino all'incoscienza.

Sì, nessuno di noi fermerà quello che sta per accadere. È stata una lunga attesa. Lunghissima, cazzo.

I nostri vestiti spariscono. Non sono sicuro di come o quando, ma all'improvviso sono nudo e rotolo sopra di lei, scivolando con una gamba tra le sue, affondando la parte inferiore del mio corpo sulla sua morbidezza. La sua bocca è fusa con la mia. Summer solleva i fianchi, sfregandosi spudoratamente sul mio uccello, sforzandosi di venire più vicino.

Spingo con la lingua tra le sue labbra chiuse. Lei le separa a comando, garantendomi l'accesso. Quando faccio scorrere la mia lingua sopra la sua, lei emette un gemito disperato che mi vibra per tutto il corpo. Ridacchio e mi ritiro, mordicchiandole il labbro inferiore prima di riempirla di baci lungo la mascella.

Quando raggiungo il suo collo, lei inclina la testa e la mia bocca si attacca alla sua carne, succhiando delicatamente. Lei piagnucola e ondeggia di più i fianchi contro di me.

Cerca di afferrarmi l'uccello intrappolato tra i nostri corpi, ma io delicatamente scaccio via le sue mani. «Eh, no», mormoro. «Sei sempre tu a farmi sentire bene. Adesso tocca a me».

E poi procedo a stuzzicarla fino al limite della sopportazione. Al diavolo le droghe: vuoi un vero sballo? Succhia le tette perfette di Summer. Bacia il punto sorprendentemente sensibile proprio sotto l'ombelico e osserva i suoi fianchi sollevarsi ad arco mentre la sua vagina cerca il calore del tuo pene.

La mia barba ispida gratta il lato di un seno tondo e sodo mentre mi faccio strada con la lingua per giocare un altro po' con i suoi capezzoli. Trascorro una quantità oscena di tempo a baciarla e leccarla, mentre lei mi afferra la testa per tenermi lì. Ah. Dove vuoi che vada. Succhio un capezzolo con forza per suscitare un forte gemito dalle sue labbra, poi lo colpisco con la lingua in movimenti leggeri come piume su ogni gemma dura, fino a quando i fianchi di Summer non iniziano a dimenarsi di nuovo.

«Fitz», implora lei. «Basta stuzzicarmi. Ho bisogno di...».

Scivolo in basso e seppellisco il viso tra le sue gambe. «Hai bisogno di questo?», gemo sulla sua carne.

Lei solleva il sedere di scatto.

Ridacchiando, le afferro i fianchi per bloccarla prima di stuzzicarla con la lingua. Ogni leccata lunga e pigra genera in lei un gemito o un lamento o un sospiro. Quando spingo un dito dentro, i suoi muscoli interni si aggrappano avidamente intorno ad esso, e la parte superiore del mio uccello quasi esplode. Oh, cavolo, è incredibilmente stretta. Mi si annebbia il cervello quando le prendo il clitoride in bocca e lo succhio, muovendo nel frattempo il dito languidamente dentro di lei.

«Oh, mio Dio», dice con voce strozzata. «Non fermarti. Ci sono quasi...».

Mi fermo.

«Perché?», urla Summer.

Trascino la lingua sulle mie labbra. Cazzo, sento solo il suo sapore. «Non ancora», dico, mettendomi a sedere.

«Che cosa ti dà il diritto di deciderlo?», sbuffa lei. «È il mio corpo, Colin!».

«È la mia lingua», dico con un sorriso sfacciato.

«Voglio venire».

«Non lo vogliamo tutti?»

«Arrrggh!» Il suo grido di frustrazione mi scatena una risata. «Ti odio, lo sai?»

«No che non mi odi».

«Morirò se non avrò un orgasmo». Il suo tono è solenne. «Tipo, morirò sul serio. E poi dovrai spiegare a mio padre come la mia morte poteva essere prevenuta se solo avessi finito di leccarmi laggiù fino in fondo. Mio *padre*, Fitz. È davvero ciò che vuoi?».

Stringo le labbra per combattere un'altra ondata di risate. Questa ragazza è la migliore. Proprio la migliore. «Sai una cosa?», dico con voce roca. «Perché non arriviamo a un compromesso?». Apro il cassetto inferiore del mio comodino e tiro fuori un preservativo. «Possiamo venire entrambi e nessuno deve morire».

«L'idea migliore di sempre».

Mi osserva quando mi metto in ginocchio per infilarmi il profilattico. La fisso, e mi si blocca il respiro. Le sue guance sono arrossate, gli occhi verdi scintillanti di eccitazione, il petto che si gonfia a ogni respiro ansimante. Non ho mai visto uno spettacolo più sexy.

Il suo respiro diventa più agitato. «Perché non sei dentro di me?».

Bella domanda.

Abbasso il mio corpo nudo sul suo e scivolo dentro di lei in un'unica spinta dolorosamente lenta. *Oh, cazzo*. È la miglior sensazione del mondo. È… un senso di appartenenza che non ho mai provato prima. E il mio petto si espande in un modo stranissimo quando guardo Summer e vedo il modo in cui ricambia il mio sguardo.

Penso che provi le mie stesse sensazioni.

Le molle del letto cigolano quando comincio a muovermi. Spinte lente e poco profonde, che la riempiono solo per ritirarsi ogni volta che lei cerca di trascinarmi più a fondo.

«Di più», implora.

«No».

Il mio autocontrollo impressiona anche me. Muoio dalla voglia di accelerare il ritmo. Di arrivare al climax. Ma non voglio neanche che questo finisca. Non voglio mai perdere questa sensazione di aver trovato il mio *destino*.

Quindi la tiro per le lunghe: spingo e ritiro i fianchi con una tale cautela che le gocce di sudore iniziano a imperlarmi la fronte. Mentre Summer prova ad agganciare le gambe intorno al mio sedere, la rimprovero mordendole il collo e ritirandomi completamente.

«Porca miseria, Fitz… ti prego. Ti prego, ti prego, *ti prego*».

L'ho ridotta a supplicare. Cavolo, sì.

Una risata rauca rimbomba fuori dal mio petto. «Penso che mi piaccia tormentarti». Per sottolineare la cosa, faccio scivolare di nuovo il mio uccello dentro di lei e lentamente ruoto i fianchi.

Si aggrappa alle mie spalle, il suo seno schiacciato contro il mio petto. I suoi capezzoli sono come sassolini riscaldati dal sole che si conficcano nella mia carne. La sua vagina si stringe intorno a me così tanto da annebbiarmi la vista.

«Ho bisogno di venire».

È quell'unica parola tremolante – *bisogno* – che mi fa cedere. Ne ha bisogno, non voglia. L'ho torturata abbastanza a lungo.

Con un gemito agonizzante, affondo il più possibile, e si parte. Il sesso diventa violento, veloce e sporco. Stavolta lascio che avvolga le gambe intorno a me, e la nuova angolazione significa che le sto sfregando il clitoride a ogni spinta. Summer viene per prima, e io subito dopo, e poi entrambi ansimiamo di piacere e dondolando insieme come se lo avessimo fatto cento volte prima.

Forse perdo conoscenza, perché quando finalmente il

piacere diminuisce, sono sulla schiena e Summer è sdraiata sopra di me, e non riesco a ricordare come siamo arrivati a questa posizione. Il preservativo usato è accanto al mio ginocchio sinistro. Nemmeno mi ricordo di averlo tolto. Con la mia ultima sferzata di energia rimastami, lo raccolgo, lo lego e lo butto sul comodino.

Summer appoggia la guancia sulla mia clavicola. «Il cuore ti batte così forte».

«Anche il tuo». Le sue rapide palpitazioni vibrano sul mio petto, quasi al ritmo del mio battito cardiaco incostante. Intreccio le dita tra i suoi capelli.

Lei sospira felice. «Mi piace accoccolarmi nuda con te».

«Anche a me», dico sottovoce.

«Mi piace fare sesso con te». Il suo respiro mi riscalda il capezzolo sinistro, facendomi rabbrividire. «Mi piaci tu, punto. Mi piaci molto».

«Io...». La mia bocca si secca. Quasi dico "idem" e poi mi rendo conto di quanto sembri sprezzante. Quindi dico la cosa migliore: niente.

Perché è nel mio stile.

Summer percepisce che il mio atteggiamento è cambiato. So che se ne accorge, perché rilascia un leggero sospiro. Ma con mia sorpresa, lei non perde la calma come le altre volte in cui non ho offerto le dolci parole e le rassicurazioni di cui ha chiaramente bisogno.

«Ho avuto come un'illuminazione, prima».

Le accarezzo i capelli. «Ah, sì?»

«Mmm, mmm. Continuo ad aspettarmi che ti apra sui tuoi sentimenti e ti mostri vulnerabile di fronte a me, e forse non è giusto». Fa scorrere distrattamente le dita sul mio addome, provocandomi la pelle d'oca. «Devo ricordarmi che non tutti sono come me. Io dico qualunque cosa che mi passa per la mente».

«Dire quello che ti passa per la mente non è come condividere ciò che senti», sottolineo.

«Faccio anche quello».

Rido. «Vero».

Lei si ammutolisce, e posso praticamente sentire le sue meningi che si spremono. «Non condivido *tutto*».

La curiosità mi punzecchia. «Mi stai nascondendo dei segreti, eh?»

«Non solo con te. Lo faccio con tutti».

Ne dubito. Come ha detto lei stessa, Summer è una delle persone più espansive che abbia mai incontrato. «Certo, come no. Per esempio?»

«Ah. Non ti rivelerò nulla se non so che avrò qualcosa in cambio». Si appoggia su un gomito. «Facciamo un patto. Dammi una cosa. Un vero momento vulnerabile. E se lo fai, io...». Contrae le labbra per un secondo. «Ti dirò perché ho appiccato l'incendio alla confraternita».

Adesso *sì* che ha tutta la mia attenzione. È la prima volta che ammette di aver intenzionalmente dato fuoco.

«Affare fatto», le dico. «Ma inizi prima tu».

«Sapevo che lo avresti detto». Lei striscia in avanti e cerca la coperta di pile che è appallottolata ai piedi del letto.

«Hai freddo?», chiedo.

«Certo che ho freddo. Questo è il New England». Si avvolge la coperta intorno alle spalle e torna a sedersi vicino al mio fianco.

Per quanto mi riguarda, sono disteso sulla schiena, nudo, e il mio corpo è ancora in fiamme. Tendo ad avere una temperatura bollente.

«Okay, devi promettermi di non dirlo a nessuno». Non mi sfugge la nota di imbarazzo nella sua voce. «Le uniche persone a cui l'ho raccontato sono i miei genitori».

«E Dean? E il tuo altro fratello?»

«Nicky e Dicky pensano che mi sono ubriacata a un toga party e ho sbattuto contro una candela», ammette.

«E non è quello che è successo?».

Summer scuote la testa.

La trama si infittisce... «Quindi cosa è successo?»

«Devi prometterlo, Fitz».

I suoi occhi verdi sono più seri di quanto li abbia mai visti. «Lo prometto».

Si porta la mano alla bocca e inizia a rosicchiarsi l'unghia del pollice. È la prima volta che la vedo mordersi le unghie. È allarmante, e non mi piace. Delicatamente le prendo la mano. La porto sul petto, dove lo copro con la mia.

«C'era un toga party», dice alla fine. «Quella parte è vera. E io ero ubriaca, ma non così ubriaca come credono i miei fratelli. La residenza Kappa ha un enorme portico chiuso, proprio fuori dal salotto. In realtà, immagino che non fosse davvero un portico. Più come una veranda. Era un'aggiunta alla residenza, e c'era questo enorme muro di finestre, con tende spesse». Alza le spalle con fare sardonico. «Tende altamente infiammabili, come si è scoperto».

«Oh, cavolo».

«Già». Cerca di rosicchiare l'unghia dell'altro pollice, così le rubo anche quella mano e la stringo al petto. «Ero praticamente l'unica a usare la veranda. Non era ben isolata, quindi di solito faceva freddissimo. Andavo a sedermi là fuori, soprattutto quando ero di pessimo umore e avevo bisogno di stare da sola. Ad ogni modo, c'era un toga party. L'avevamo organizzato con la confraternita Alpha Phi, e alcuni membri erano nella mia classe di sociologia. Il professore aveva riportato le tesine di metà semestre quella mattina, quindi i ragazzi stavano parlando dei loro voti e mi sono messa ad ascoltarli di sfuggita». Il suo tono diventa cupo. «L'avevano superato tutti a pieni voti. Io, invece, avevo preso una F».

Deglutisco. «Ah, piccola. Mi dispiace». Il vezzeggiativo mi sfugge prima che io possa fermarlo, ma non sono sicuro che Summer se ne accorga.

La vergogna le incupisce lo sguardo. «Ho copiato».

La rivelazione mi sbigottisce. «Dici sul serio?»

«Sì». La sua voce si incrina. «Non avevo capito che era considerato plagio, però. Ho parafrasato da un gruppo di siti Web e non li ho citati correttamente. Qualunque cosa con una citazione diretta, mettevo un riferimento. Ma non per gli altri. Li ho infilati nella bibliografia, ma credo di non averlo fatto bene». Si stropiccia gli occhi, e quando mi guarda, la tristezza le incupisce il volto. «Avevo già avuto un sacco di problemi a scrivere quella tesina, Fitz. È stato un casino. Ho avuto un ulteriore aiuto, ma non è stato sufficiente. Ho mandato un'e-mail al professore e ho chiesto altro aiuto, ma lui era un cazzone e mi ha detto che mi avrebbe accontentato il più possibile. E, be', hai visto cosa succede quando mi sento sopraffatta».

Vengo travolto dalla compassione. «Mi dispiace».

«Ho consegnato la tesina sapendo che avrei preso un voto di merda, ma non mi aspettavo una F. E quando ho provato a parlare con il professore dopo la lezione e ho spiegato che non avevo copiato di proposito, mi ha fatto il discorsetto del "peccato, ma ormai" e ha detto che potevo presentare un reclamo al college se volevo, ma che dubitava che mi avrebbero cambiato il voto».

Quando le lascio andare le mani, Summer si stringe di più la coperta intorno. «Torniamo alla festa. I ragazzi della confraternita si stavano vantando dei loro voti, e io ero lì in una ridicola toga a sentirmi come una deficiente totale. Ero...». Geme piano. «Ero proprio stanca di essere l'idiota del villaggio, sai? Di sapere che la mia tesina era al piano di sopra sulla mia scrivania, con quella grande F rossa e la parola "copiato" scritta sopra in lettere maiuscole. Ero incazzata. E volevo solo, non lo so, eliminare tutte le prove della mia stupidità».

Il mio cuore si incrina al suo tono affranto, poi si spezza in due quando vedo i suoi occhi. Cristo. Lei crede davvero a quello che sta dicendo. Pensa davvero di essere stupida.

«Così sono andata di sopra e ho afferrato la tesina, poi sono scesa in veranda e ho acceso un fiammifero. C'era una grande ciotola di ceramica su un tavolo sotto una delle finestre. Ci ho buttato dentro il saggio in fiamme». Sospira. «A dire la verità, pensavo che avrebbe bruciato e basta. Forse sarebbe andata così, se non fosse stato per le tende e il fatto che qualcuno abbia lasciato la finestra aperta». Scuote la testa per lo stupore. «Con tutte le volte che sono stata lì, proprio quella sera hanno lasciato la finestra aperta, eh?».

Mi viene da ridacchiare.

«Allora», continua, «la brezza ha fomentato le fiamme e le tende hanno preso fuoco e la veranda è andata distrutta».

«Sul serio è andata in cenere?»

«No. Cioè, il muro esterno è stato completamente distrutto e deve essere ricostruito, ma la parte che era attaccata alla residenza è rimasta intatta». Abbassa la testa per la vergogna. «Quando sono arrivati i vigili del fuoco, ho mentito e ho detto di aver rovesciato una candela mentre stavo ballando sul tavolo. Tipo, "Oops, sono solo una ragazza ubriaca in una toga!". L'hanno etichettato come un incidente, i miei genitori hanno staccato assegni considerevoli alla confraternita e alla scuola, e mi è stato chiesto molto gentilmente di andarmene».

«Caspita». Mi siedo contro la testiera e trascino Summer verso di me. È avviluppata nella coperta di pile, quindi le passo una mano confortante sulla testa. «Fammi capire bene», dico dolcemente. «Preferisci che la gente pensi che tu sia una ragazza che si ubriaca, invece che sappia che hai preso una F su una tesina?»

«Praticamente sì». China la testa in modo da poter incrociare i miei occhi. «Ma sembra davvero ridicolo quando lo dici ad alta voce».

Le accarezzo la guancia, spingo il pollice contro il suo labbro inferiore. Trema quando lo tocco. «Non sei stupida, Summer. Hai un disturbo dell'apprendimento. C'è una differenza».

«Lo so». La mancanza di convinzione nel suo tono di voce mi turba profondamente, ma lei non mi dà la possibilità di indagare a fondo. «Ecco. Ora sai qualcosa di veramente imbarazzante su di me. È il tuo turno».

Quando non rispondo subito, sporge la mano dalla coperta e intreccia le dita con le mie.

«Condividi qualcosa, qualsiasi cosa. Mi hai promesso qualcosa di reale, Fitz».

L'ho promesso. Ma questo non significa che sia facile per me farlo. «Io…», borbotto per la frustrazione. «Non mi sto trattenendo di proposito», le dico. «È solo… un'abitudine».

«Un'abitudine». Corruga la fronte. «Trattenersi è un'abitudine?»

«Sì. Non parlo di ciò che provo».

«Ma perché?».

Mi stringo nelle spalle. «Non lo so. Immagino… sono abituato a pensare che qualsiasi cosa dica possa essere usata contro di me».

«Che cavolo significa?».

Il disagio si insinua nella mia schiena, finché la nuca non diventa fredda, tesa. L'istinto di fuggire è forte, ma lo è anche la stretta di Summer alla mia mano. Inspiro.

«Fitz?», mi sprona.

Espiro. «I miei genitori hanno avuto un brutto divorzio quando avevo dieci anni. Mio padre l'ha tradita. Anche se glielo chiedi, è stato perché mia madre lo ha spinto a farlo. In ogni caso, non potevano sopportarsi allora e non possono sopportarsi adesso».

«Mi dispiace. Sarà stata dura».

«E questo è solo l'inizio della storia. Fino a quando avevo dodici anni, avevano l'affidamento congiunto. Poi papà ha iniziato a uscire con una donna che la mamma disprezzava, così ha deciso di richiedere l'affidamento esclusivo. Papà si è incazzato e ha deciso che era *lui* a meritarsi l'affidamento esclusivo. Ed è allora che sono iniziati i giochi mentali».

«Giochi mentali...?»

«La battaglia per la custodia è stato ancora più brutta del divorzio. Mi hanno usato per ferirsi a vicenda».

Summer spalanca gli occhi. «In che senso?»

«Ogni volta che ero da solo con papà, cercava di costringermi a dire cazzate sulla mamma. Lei faceva la stessa cosa. Se mi lamentavo con papà che la mamma non mi permetteva di giocare a pallone con i miei amici finché non avessi pulito la mia stanza, all'improvviso appariva un'assistente sociale che mi chiedeva se mi sentivo "socialmente isolato" a causa di mia madre. Se avessi detto alla mamma che papà mi permetteva di mangiare cereali glassati prima di andare a dormire, un'assistente sociale diversa si presentava per interrogarmi su tutto ciò che papà mi dava da mangiare. Tutto veniva persino documentato. Ogni cosa che dicevo finiva agli avvocati».

«Oh, mio Dio, è terribile».

«Si lanciavano addosso accuse di abbandono, abuso emotivo, "malnutrizione"». Scuoto la testa in segno di disapprovazione. «E non potevo dirgli come mi sentivo. Non potevo dirgli nulla, in effetti. Altrimenti iniziava il gioco della colpa».

«Il gioco della colpa?»

«Se ero triste per qualcosa? *È colpa di tuo padre*. Se ero arrabbiato? *È colpa di tua madre*. Ero nervoso per la recita scolastica? *È perché tuo padre non ha ripassato le battute con te*. Se qualcosa mi spaventava? *È perché tua madre sta crescendo una femminuccia*». Sospiro perché ricordo quanto fosse estenuante avere una sola conversazione con loro. Cavolo, è altrettanto estenuante ora.

«Sei andato in tribunale e hai detto al giudice con quale genitore volevi vivere?», chiede Summer con curiosità. «Non avrebbe risolto l'intera battaglia per la custodia?»

«Non proprio. Sono andato in tribunale. Be', era più una sala conferenze con un mucchio di tavoli, ma c'era un giudice».

Mi si accappona la pelle al solo pensiero. Ricordo di aver tenuto la mano di un'assistente sociale mentre mi conduceva nella stanza e mi ha chiesto di sedermi. I miei genitori erano seduti accanto ai rispettivi avvocati. La mamma mi stava implorando con gli occhi. Papà mi ha rivolto quello sguardo incoraggiante che diceva: «So che prenderai la decisione giusta». Tutti mi stavano fissando. È stato micidiale.

«Il giudice mi ha chiesto di descrivere la mia routine in ogni casa». Strofino distrattamente le nocche di Summer. «Mi ha fatto domande su quello che facevo, se mi piaceva giocare a hockey… un mucchio di domande che mi hanno fatto capire che avevano detto agli avvocati tutto quello che io avevo detto loro. E poi il giudice mi ha chiesto con chi volevo vivere».

Summer sobbalza. «Chi hai scelto?».

Contraggo le labbra in una smorfia divertita. «Mi sono avvalso della facoltà di non rispondere».

Lei rimane a bocca aperta. «Avevi dodici anni e ti sei avvalso della facoltà di non rispondere».

«Sì. Penso di aver visto qualcuno farlo su CSI o su qualche

altra cagata». Rido. «Il giudice ha detto che non potevo farlo e mi ha spinto a scegliere. Quindi ho detto entrambi. Volevo vivere con entrambi». Mi spunta un sorriso sardonico. «Ha stabilito l'affidamento congiunto, che era quello con cui avevano iniziato. Ha detto che sentiva che fosse meglio per il mio benessere mentale ed emotivo trascorrere la stessa quantità di tempo con tutti e due».

«Le cose sono migliorate dopo? I tuoi genitori si sono calmati?»

«No. Hanno continuato a insultarsi davanti a me. Ancora oggi, anche se non come prima».

Lei aggrotta le sopracciglia. «Come lo hai affrontato mentre stavi crescendo?»

«Diventando invisibile», dico bruscamente. «Cioè, ho avuto una fase ribelle quando mi sono fatto il primo tatuaggio alle loro spalle e li ho sfidati a prestarmi attenzione, ma perlopiù mi rintanavo nella mia stanza. Finché non potevano vedermi, non erano in grado di avvelenarmi per mettermi contro l'uno o l'altro».

«Mi dispiace che tu abbia dovuto vivere tutto questo».

Mi stringo nelle spalle.

«Lo stai facendo di nuovo», dice lei in tono scherzoso, riservandomi un sorriso. «Okay, ascolta. So che sei abituato ad avere i tuoi sentimenti distorti in qualcosa di negativo, ma te lo prometto, qualsiasi cosa tu mi dica rimarrà nel nostro sacro cerchio della fiducia. Non lo riferirò mai e poi mai al giudice».

Mi ritrovo a ricambiare il suo sorriso. «Mi dispiace. È un viziaccio. Proverò a liberarmene». Le lancio un'occhiata severa. «Ma solo se prometti di smettere di essere così dura con te stessa. Devi smetterla di dirti che sei stupida».

«Ci proverò», dice, e suppongo di non poter chiedere di più. «Hai fame? Alla fine non ho più cenato».

Voglio chiederle perché no, cosa è successo all'appuntamento con Hunter, ma freno l'impulso. Non voglio davvero rovinare l'atmosfera parlando di un altro ragazzo. Possiamo aspettare fino a domani.

Voglio che questa sera riguardi solo me e Summer.

Capitolo venticinque
Summer

«Le mie ragazze francesi non sono nulla in confronto a te», mi informa Fitz tre sere dopo.

Dal pavimento della sua camera, sollevo lo sguardo dai fogli in grembo e gli faccio la linguaccia. E poi mi rendo conto che non sta scherzando. Un misto di timore reverenziale e apprezzamento brilla nei suoi occhi marroni mentre mi fissa.

«Sei stupefacente», insiste.

«Smettila», ordino. «Mi farai arrossire».

«Sì, come no. I complimenti non ti fanno arrossire. Li adori».

Be', certo. Li adoro. Ma l'intensità sul suo viso è un po' snervante. Siamo tornati alla nostra routine di lui che mi disegna mentre io scrivo il mio saggio, ma di solito non dice molto mentre mi disegna, e di certo non butta lì parole come "stupefacente".

Tendo io a parlare perlopiù, leggendogli pezzi della mia tesina ad alta voce e cercando di vocalizzare i miei pensieri prima di metterli sulla pagina. La sua presenza aiuta la mia concentrazione, se devo essere sincera. È come se si alimentasse dentro me il senso di responsabilità. L'esame è previsto tra pochi giorni, ma ho un buon presentimento al riguardo. Non dico che merito una A, ma mi accontenterei anche di una B o di una C.

Fitz studia il suo schizzo. I suoi bicipiti si flettono quando sposta un braccio e raschia la matita sulla pagina per aggiungere un altro dettaglio.

Signore, è più bollente di un incendio indomabile. Nell'aspetto e nella temperatura corporea, sto scoprendo. Si è tolto la maglietta dieci minuti dopo dall'inizio della nostra sessione di studio/disegno, stuzzicandomi con il suo petto muscoloso. Non so proprio come il mio cervello disturbato sia riuscito a rimanere concentrato sul mio saggio.

«Stupefacente», dice di nuovo, stavolta borbottando sottovoce. «Capisco perché le altre donne si sentano minacciate da te».

Sento il rossore salire sulle mie guance. «Nessuno è minacciato da me. Sei pazzo».

«No? Ti ricordi la ragazza al bar?»

«Era minacciata da Brenna, non da me».

«Naah, lo era da tutte e due». Esamina di nuovo il suo disegno. «Cristo. Non riesco a capacitarmene. Sei bellissima, ma è il tipo di bellezza che è così… irraggiungibile. È mistica».

Sbuffo. «È molto poetico da parte tua, tesoro».

Ma dentro di me, Selena Gomez e io stiamo facendo un numero di cheerleading con annesse ruote e capriole. Nessuno mi ha mai definito *mistica*. Penso che mi piaccia.

Quando dei passi echeggiano nel corridoio, entrambi ci irrigidiamo. E questo è qualcosa che *non* mi piace: l'orribile nuvola di tensione che avvolge la nostra casa. Se siamo nella mia camera da letto o in quella di Fitz, la tensione svanisce. La conversazione scorre, e c'è una pace tra noi che non ho mai provato prima con un altro ragazzo.

In qualsiasi altra parte della casa, la nube temporalesca incombe.

Hunter non ci ha rivolto una parola da giovedì sera.

Ci comportiamo con cautela con lui, e persino Hollis, che sembra niente lo turbi, ha ammesso che il broncio di Hunter lo sta influenzando. Non so come migliorare la situazione, però. Hunter ha bisogno di tempo per abituarsi all'idea che Fitz e io ci stiamo... frequentando, si può dire?

Non abbiamo ancora dato un'etichetta al nostro rapporto, ma non ho fretta. So che gli piace stare con me, ed è tutto ciò che conta al momento. Inoltre, non è che potrei sollevare la questione durante il week-end di San Valentino. È una pressione con la P maiuscola per un ragazzo.

In effetti, a malapena abbiamo ammesso che ieri era il giorno di San Valentino. Abbiamo guardato *Titanic* con Hollis, poi siamo saliti di sopra e ce la siamo spassata per un po' (non con Hollis).

Oltre la porta, sento i passi che scendono le scale, poi si attutiscono. La TV è accesa nel soggiorno. Ci rilassiamo entrambi. Deve essere Hollis. Hunter non viene in salotto da giorni.

«Okay, penso che scriverò le conclusioni domani. Ho bisogno di ricaricare il cervello». Appoggio il portatile e il quaderno sul legno duro e raccolgo il portfolio in pelle che contiene tutto ciò che riguarda *Summer Lovin'*, il nome dozzinale che ho scelto per la mia linea di costumi da bagno.

Avrò le prime prove costume con i modelli tra qualche giorno. La maggior parte dei miei capi sono finiti: ho cucito io stessa quasi tutto nelle stanze da cucito del dipartimento Moda. Brenna mi ha tenuto compagnia per un paio d'ore ieri, chiamandomi ironicamente Barbie Sarta. I bikini all'uncinetto, ho dovuto farli fare a qualcun altro; sto lavorando con una sarta fantastica a Hastings. Una volta adattati i costumi ai miei modelli, faremo un'ultima prova costume per sistemare eventualmente qualche particolare, e poi siamo a posto.

«Ho bisogno di rifare questo paio di slip», dico assente, sfogliando i miei disegni. «La mia sarta dice che il taglio è troppo alto per un uomo. Mi metterò a disegnare un altro paio di opzioni e vedrò quello che dice».

«Disegnare?». C'è una nota divertita nella sua voce.

Lancio un'occhiata, confusa dallo stupore nei suoi occhi. «Sì, disegnare. Come pensi che abbia ideato questi costumi da bagno? Ho fatto degli schizzi».

«Schizzi». Fitz mi sta fissando come se non mi avesse mai visto prima nella sua vita.

«Sì. Schizzi. Cos'hai sulla faccia?».

Scuote la testa un paio di volte, come se fosse piena di ragnatele. «È che... non ci credo che tu sappia *disegnare*, cazzo, e che questa sia la prima volta che ne sento parlare».

Inarco le sopracciglia. «Cioè, sei l'unico in questa casa a cui è permesso disegnare? È un po' arrogante, non credi?».

Fitz butta da parte il suo blocco per schizzi e si trascina verso di me. «Devo vedere. Fammi vedere».

Chiudo il portfolio e lo stringo al petto. Prima gli avrei mostrato volentieri gli schizzi. Adesso, con i suoi occhi impazienti e le mani da arraffone, sento un'incudine di pressione che mi pesa sulla gola.

«È un mucchio di bikini e pantaloncini da bagno. Niente di stravagante», insisto.

«Fammi vedere».

Mi si scaldano le guance. «No. Tu sei, tipo, l'artista più talentuoso del mondo». Mi ha mostrato le foto di alcuni dei suoi dipinti – perlopiù sbalorditivi mondi fantastici e paesaggi distopici – e la sua arte mi ha lasciato a bocca aperta. «Io disegno *vestiti*».

«Gli indumenti possono essere davvero difficili da disegnare».

«Dai. Non c'è bisogno di assecondarmi».

«Dico sul serio. L'abbigliamento ha elementi che molti artisti tendono a trascurare. Ci sono ombre e pieghe nel drappo di ogni capo, nel modo in cui alcuni tessuti si piegano». Si stringe nelle spalle. «Può essere una sfida».

«Immagino di sì». Continuo a pensare che mi stia assecondando, ma la sua espressione sincera mi fa capitolare e gli mostro i miei schizzi.

Fitz non dice una sola parola mentre li studia. Cerco di vedere i disegni attraverso i suoi occhi, ma è difficile dire cosa pensa. Le figure sono basilari al massimo. Senza volto, con arti lunghi che non sono anatomicamente corretti, perché non importa. Sono lì solo per esporre i vestiti.

«Sono grandiosi», mi dice, poi passa molto tempo a esaminare un costume intero con una scollatura a tuffo che rivela i seni perfettamente tondi della mia modella disegnata a matita.

«Belle tette», osserva lui.

Trattengo una risata. «Sai che non sono vere, giusto?»

«Ah, no? Okay. Sostengo la scelta di una donna di rifarsi le tette. Qualunque cosa la renda felice».

«Sei esilarante».

Guarda di nuovo lo schizzo. «Hai usato le tue tette come riferimento?», chiede.

«E dai. Quelle sono molto più grandi delle mie».

Il suo sguardo seducente cade sul mio petto. Sto ancora indossando il vestito che indossavo oggi al campus, e la sua scollatura alta e le maniche lunghe non offrono molto in termini di décolleté. Ma Fitz mi sta guardando come se fossi completamente a petto nudo. «Non lo so... Le tue sono alquanto grandi».

«Sono una coppa C. È nella media».

«Non è nella media».

"Mmm, mmm, e com'è che saresti a conoscenza della

taglia media globale? Hai personalmente interrogato ogni donna del mondo?»

«No, ma c'è questa cosa su Internet, Summer. Si chiama porno. Ne hai sentito parlare, vero?».

La mia risata non può essere contenuta stavolta. Mi diverto così tanto con questo ragazzo che è irreale.

«Sono eccitatissimo al momento», aggiunge. «Tanto per fartelo sapere».

«Per via delle tette più grandi della media alla Jessica Rabbit?»

«No, perché sei un'artista. Sei letteralmente diventata più sexy per me».

Alzando gli occhi al cielo, raccolgo le mie cose e mi alzo in piedi. «Vado a riportare tutto quanto nella mia stanza. Hai detto che volevi vedere qualcosa su Netflix... lo facciamo comunque?»

«Certo che sì».

Il timbro di voce ringhioso mi impedisce di fare un altro passo. Quando noto la sua espressione, un brivido mi attraversa.

Mi sta guardando come se fossi il suo prossimo pasto.

«Sei sexy da morire», lo informo.

Fitz si avvicina e mi prende le cose di studio dalle mani. Senza dire una parola, mette l'intera pila sul letto. Poi ritorna.

Si sta slacciando i pantaloni mentre cammina.

Mi si mozza il fiato. Dio mio.

La saliva mi inonda la bocca. Ha un razzo lì dentro. Lo voglio. Con mio grande sgomento, si limita a infilare una mano nei pantaloni slacciati e si risistema un po', infilando l'erezione sotto la cintura dei suoi boxer.

Spalanco la bocca. «Mi stai prendendo in giro? Ti sei slacciato i pantaloni solo per nascondermi il tuo dolce pene?».

Lui soffoca una risata. «Il mio dolce pene può aspettare qualche minuto».

«Aspettare cosa…».

La sua bocca è sulla mia prima che io possa finire. Un forte gemito mi sfugge, che viene inghiottito dalle sue labbra morbide e fameliche. «Fa' silenzio», mormora, mentre la sua lingua scorre sopra la mia in un bacio al limite dell'osceno. «Mike è di sotto. E la porta non è chiusa a chiave».

«Dovremmo chiuderla…?».

Mi interrompe con un altro bacio. Immagino che sia fiducioso che il nostro coinquilino onorerà il codice della privacy.

Con le sue labbra incollate alle mie, mi spinge con delicatezza indietro. Il mio sedere urta contro la sua scrivania, e un paio di cuffie si schiantano sul pavimento. Fitz le ignora e mi infila una mano sotto il vestito. Rabbrividisco quando le sue dita mi sfiorano l'interno coscia. Le sue nocche mi strofinano per un momento le mutandine umide, poi sposta il tessuto da un lato e il polpastrello del suo pollice preme sul mio clitoride.

L'aria fuoriesce dai miei polmoni in uno soffio stridulo.

«Ti piace?», mi sussurra all'orecchio.

«Tu che pensi?».

Sorride, ed è sconcio e adorabile allo stesso tempo. La sua mano scivola su di me. Ora è il suo polso a prendersi cura del mio clitoride gonfio mentre il suo dito medio stuzzica la mia apertura. Ogni terminazione nervosa nel mio corpo prende vita crepitando. Non voglio che questo finisca, mai e poi mai.

Fitz si piega e bacia la colonna del mio collo. Sono sicura che riesca a sentire il mio battito che pulsa lì. La sua bocca è calda sulla mia gola quando il suo dito mi scivola dentro. Non va troppo in profondità. Invece, lo piega e strofina un dolce punto dentro di me.

«Sei così bagnata», gracchia.

Già. Lo sono. E riesco a malapena a stare in piedi. Per fortuna, mi sta stringendo il sedere con l'altra mano, tenendomi ferma mentre lui mi masturba con abilità. Il piacere aumenta così tanto da diventare straziante, facendomi dondolare anche con la sua forte presa su di me.

Ride con voce rauca. «Sali sulla scrivania».

Quasi piango quando ritira il dito, ma eseguo i suoi ordini e trovo una superficie disponibile, il che è difficile perché sulla sua scrivania ci sono monitor per computer e apparecchiature da gioco.

Non appena il mio sedere tocca il legno massiccio, Fitz appallottola l'orlo del mio vestito tra le sue dita. Le sue mani callose mi sfiorano le gambe nude mentre alza il tessuto fino alla mia vita. Il suo sguardo famelica si concentra sulle mie mutandine rosa. In un batter d'occhio, le tira via e le butta da parte.

Ora sono completamente esposta davanti a lui e mi osserva come un uomo che ha appena scoperto un tesoro segreto.

«Non mi stuzzicare stasera». Dalla mia voce trapela una nota di disperazione. «Scopami e basta».

Ridacchia e va a prendere un preservativo dal suo cassetto. Fa scendere i pantaloni cargo e i boxer lungo i fianchi finché il suo pene non si libera e gli schiaffeggia gli addominali scolpiti.

«Sei così sexy», bisbiglio, fissando la sua spessa erezione.

La pressione tra le mie gambe si intensifica. È così grande, così virile e non ho mai desiderato nessuno nel modo in cui desidero lui.

Leccandosi le labbra, Fitz si infila il preservativo. Quando afferra la base della sua erezione, un senso di aspettativa mi travolge.

Allargo di più le gambe.

I suoi occhi scintillano di calore. Si intrufola nella culla tra le mie cosce e mi penetra.

Ed è in quel momento che la porta si apre e Hunter entra barcollando nella camera da letto.

Capitolo ventisei
Fitz

«Oh, be', questo sì che è accogliente».

Summer e io ci pietrifichiamo quando Hunter fa un ingresso non molto aggraziato, barcollando nella mia stanza senza preavviso. E non abbiamo altra scelta che rimanere immobili, perché il mio sedere è nudo e il mio uccello è sepolto dentro di lei.

Ma Hunter non lo sa ancora. Dal suo punto di vista, sembra che Summer sia seduta sulla mia scrivania e io me ne stia tra le sue gambe. A culo nudo, certo, ma non credo che se ne sia accorto.

È esageratamente ubriaco. E intendo sbronzo da morire. Il suo corpo grosso e muscoloso si muove a zig-zag e sbanda mentre vaga per la stanza. Il suo sguardo si incrocia per poco con il mio, e lo vedo che fa fatica a mettere a fuoco. I suoi occhi sono offuscati dai fumi dell'alcol. Finalmente si ferma ai piedi del letto, poi allarga le braccia e si lascia cadere sul materasso. Atterra con un tonfo e inizia a ridere.

Si alza sui gomiti e mi sorride. Non ho ancora notato il mio sedere che sporge. «Cazzo, Fitz, il tuo letto è molto più comodo del mio. Bastardo fortunato».

Le mani di Summer tremano sulla mia vita. Le fa scivolare via lentamente e le appiattisce sulla scrivania. La sua vagina si contrae attorno al mio uccello ancora duro. Non so se è intenzionale o involontario, ma soffoco comunque un gemito.

«Sono appena tornato da questa festa della Sigma Cow. Chow. Chi. Sigma *Chi*». Sta farfugliando ora. «E il mio amico era tipo, che vuoi dire che sei incazzato con Fizzy? Ti è spuntata una vagina o una roba del genere?».

Summer si sposta, e le lancio un'occhiata di avvertimento. Sto aspettando il momento giusto per uscire da lei. E non può essere quando Hunter mi sta col fiato sul collo.

Mi servono diversi secondi per ritrovare la voce. «Amico, possiamo parlarne più tardi? Forse in privato?»

«Cosa stai...». Le parole gli muoiono in bocca. Hunter assottiglia gli occhi. Poi ride. «Sei dentro di lei adesso?»

«Vattene, cazzo», ringhio.

Gli tremano le spalle per le risate. «È così. Cristo. È piuttosto eccitante».

Al diavolo. Nonostante lui mi penetri con lo sguardo, mi ritiro dal calore del corpo di Summer e mi rimetto in fretta l'uccello nei pantaloni, con ancora indosso il preservativo. Summer abbassa la gonna e salta giù dalla scrivania. Due chiazze rosse le macchiano le guance.

«Oh, non dovevate fermarvi a causa mia».

«Hunter», dico in tono piatto.

«Cosa?». Alza le mani in un gesto di innocenza. «Siamo coinquilini. A volte i coinquilini si guardano mentre scopano».

Summer esce dalla mia stanza senza guardarsi indietro. Non la biasimo. Vedo le sue spalle tese, ma so che non è arrabbiata con me. Cavolo, probabilmente non è arrabbiata nemmeno con Hunter. Semmai, solo l'imbarazzo gli irrigidisce il corpo.

«Ciao anche a te, biondina», le dice Hunter, ma non ottiene risposta. Scrollando le spalle, si alza di nuovo in piedi barcollando. «Non hai perso tempo, vero, Fitz? Dopo quanto che l'ho riportata a casa te la sei fatta?».

Trattengo la mia rabbia. È ubriaco. E per quanto odio dirlo, ha ragione. «Ne parliamo quando sei sobrio, va bene?»

«Ma anche no». Scuote la testa, continuando a ridere sottovoce mentre si muove a zig-zag verso la porta. «Tu e biondina fate quello che volete. E io faccio quello che voglio. E *felicessero* tutti vivi e contenti. Cioè, no. E vissero tutti felici e contenti».

Guardo perplesso la sua schiena che si allontana. «Hunter».

«Mmmm?»

«Siamo a posto?», chiedo con circospezione.

Mi guarda da sopra la spalla. «No».

Dopodiché, faccio del mio meglio per tenermi lontano da Hunter, soprattutto per casa. È il minimo che possa fare. Da un lato, Summer e io non abbiamo fatto nulla di sbagliato: non è che ci stiamo ufficialmente frequentando. Ma Hunter mi aveva chiarito le sue intenzioni. Aveva rivendicato la sua pretesa e io l'avevo calpestato. Ma all'epoca, non pensavo che Summer ed io potessimo avere una relazione. Pensavo di essere stato rilegato al ruolo dell'amico.

Ma non è questo il punto. Non puoi cambiare il passato. Si può solo fare un tentativo di migliorare il futuro.

In questo caso, significa dare a Hunter il suo spazio, cosa che sia io che Summer riteniamo essere forse la cosa migliore al momento.

Se fosse Hollis o Tuck, forse gestirei la situazione in modo diverso, parlerei con loro, cercherei di sistemare meglio tutto il casino. Ma io e Hunter, anche se amici, non siamo molto intimi. Ha un grande senso dell'umorismo ed è divertente averlo intorno, ma la verità è che non lo conosco molto bene.

Quindi mantengo le distanze. Pensavo che sarebbe stato più difficile, considerando che viviamo insieme, ma Hunter non c'è molto nei giorni successivi al nostro confronto. Non posso evitarlo del tutto, però, perché siamo costretti a interagire durante gli allenamenti.

La squadra di Harvard è ancora al comando del nostro girone. Giocheremo di nuovo con loro tra qualche settimana, quindi l'allenatore Jensen e l'allenatore O'Shea ci stanno facendo sgobbare ancora di più in questi giorni. Mercoledì mattina, eseguiamo diversi esercizi individuali, seguiti da una mini-partita tre contro tre: Jesse, Matty e io contro Hunter, Nate e Kelvin.

Hunter e io prendiamo il centro. Mentre si mette in posizione, intravedo la sua espressione determinata e so che non sarà piacevole.

Non mi sbaglio. Prende possesso e slitta via. Quando cerca di passare il disco a Nate, viene intercettato da Matt, che lo lancia verso di me. Vado verso la linea blu e colpisco il disco, raggiungendolo di nuovo dietro la rete. A malapena lo tocco col bastone prima di essere sbattuto contro la barriera. La botta è più forte del necessario, così come la gomitata alle costole, per gentile concessione di Hunter.

Mi sfodera un sorriso tirato e mi ruba il disco. Poi se ne va.

Figlio di puttana, mi ha fatto male. Ma va bene. Come vuole. Lascio perdere. Ha il diritto di essere arrabbiato, ed è meglio che sfoghi la sua aggressività sul ghiaccio piuttosto che fuori.

Qui nello stadio, è violenza controllata. Il che è una delle mie cose preferite dell'hockey. Potrebbe essere scioccamente primitivo, e forse conferma la convinzione delle donne che siamo stupidi, ma a volte è bello scaricare la nostra aggressività repressa in un posto in cui non possiamo metterci nei guai.

Mentre gli allenamenti continuano, gli scontri tra me e Hunter diventano sempre più fisici. I nostri compagni di squadra iniziano a notarlo. Nate emette un fischio sommesso quando do a Hunter una spinta secca col bastone. Giuro di poter sentire il respiro che gli lascia i polmoni.

«Risparmiatelo per la partita», incalza Nate dopo il fischio.

Ci schieriamo per un altro confronto. Gli occhi di Hunter mi stanno fulminando. Non gli è piaciuta quella mossa. Be', a me non è piaciuto il suo gomito nelle costole, ma cosa ci puoi fare.

Stavolta vinco il confronto. Jesse e io ci passiamo il disco avanti e indietro mentre progettiamo il nostro attacco. In modo pigro e predatorio. Alla linea di Hunter non piace venir presa in giro, e proprio quando si decidono a venirci contro, Jesse schiocca il disco verso di me e faccio il mio tiro. Corsen lo blocca con il suo bastone, poi lo passa a Hunter.

Lo inseguo e finiamo dietro la mia rete. Ci tiriamo gomitate. Una mi colpisce al centro della gola. Per un secondo, non riesco neanche a respirare. Annaspo, ma la trachea non funziona. Mi sento come se stessi soffocando.

Hunter non se ne cura. Mi dà una spinta mentre si allontana, e riesco a riprendere l'equilibrio prima di cadere. Quel colpo alla gola? Non ci passo sopra.

Gli vado dietro, la partita completamente dimenticata. «Che diavolo era quello?».

Il silenzio regna sul campo. Sento il sibilo delle lame dei pattini di Nate quando si ferma a pochi passi da noi.

«Era un colpo pulito», dice Hunter.

Ringhio. «Non c'era nulla di pulito».

«Ah, no? Scusa, allora. Colpa mia».

Il suo tono spensierato mi fa saltare i nervi. «Come ti pare, amico. Se picchiarmi ti fa sentire meglio, fai pure».

«Oh, com'è generoso da parte tua, darmi il permesso di riempirti di botte. Compensa completamente il fatto che tu ti stia scopando la ragazza che mi piace».

Sì, l'ha detto.

Nate si avvicina, il suo bastone penzola sciolto dal guanto. «Andiamo, ragazzi, abbiamo del lavoro da fare».

Lo ignoriamo.

«Senti, Summer e io ci ronziamo intorno da più di un anno. Ho una sbandata per lei da prima che ci siamo conosciuti».

«Buffo, non hai detto di provare qualcosa per lei quando ti ho detto che piaceva a *me*».

Riesco a percepire i nostri compagni di squadra che ci osservano, il che dà origine alla familiare sensazione di formicolio quando ho tutti gli occhi puntati addosso, perché mi ritrovo in un dramma che non posso evitare.

Supero Hunter, ma lui mi afferra la maglia.

«Non facciamolo qui», mormoro.

«Perché no? Non vuoi che tutti sappiano che testa di cazzo sei?»

«Ehi, signorinelle!», grida l'allenatore. «Non abbiamo tutto il giorno. Parcheggiate il culo in panchina».

Hunter obbedisce a malincuore. Io lo faccio con piacere, perché essere al centro dell'attenzione mi fa accapponare la pelle.

L'allenatore annuncia che eseguiremo più esercitazioni. La prima, coinvolge due giocatori all'angolo: uno deve pattinare verso la rete, l'altro deve fermarlo. Dalla panchina, osservo diverse coppie che si scontrano. Poi è il mio turno, e non sono affatto sorpreso quando l'allenatore annuncia che sono contro Hunter. Forse, come me, spera che Hunter scarichi tutta la sua ostilità e la lasci sul ghiaccio.

Non appena il fischio risuona, Hunter usa ogni colpo basso esistente per tenermi intrappolato all'angolo. Finalmente riesco a liberarmi e a tirare il disco, ma il portiere del secondo anno, Trenton, lo cattura facilmente con il guanto e poi lo getta in aria con un sorriso.

«Fatelo ancora», chiede l'allenatore.

Obbediamo. Ancora una volta ci malmeniamo all'angolo. Riesco a prendere possesso e a dirigermi verso la rete, ma prima che possa tirare, il dolore mi trafigge il braccio quando quello stronzo mi stritola il polso con entrambi le mani.

«Che cazzo di problemi hai…».

Non riesco a finire la frase. In un batter d'occhio, mi ritrovo a terra sulla schiena, l'onda d'urto che mi ha messo al tappeto.

Hunter si sfila i guanti. Un pugno mi colpisce nel petto. Il mio elmetto scivola via e un altro pugno colpisce la mia mascella. Sento le grida e le urla dei nostri compagni di squadra. Alcuni ci incitano, altri cercano di dividerci. Qualcuno cerca di strapparmi Hunter di dosso. Non funziona, ma mi dà l'opportunità di togliermi anch'io i guanti e sferrare qualche colpo decente in risposta. Ma poi Hunter mi assesta un altro pugno e sento il sapore del sangue in bocca.

Respirando pesantemente, ci scambiamo qualche altro cazzotto, finché Nate non si lancia tra di noi e ci separa con la forza. Un paio di altri giocatori si avvicinano e ci afferrano per impedirci di attaccarci di nuovo.

«Allora? Voi signorinelle vi siete sfogate?». Dal suo trespolo vicino alla panchina, l'allenatore Jensen sembra profondamente annoiato.

O'Shea sembra che stia cercando di non ridere. «Fatevi una doccia», ci dice.

Abbasso lo sguardo e noto goccioline rosse che macchiano il ghiaccio. È il mio sangue: Hunter non ha versato nemmeno una sola goccia di sangue. Ma sono soddisfatto nel notare che la sua guancia sta iniziando a gonfiarsi. Domani avrà un livido. Io avrò un labbro spaccato. Non siamo proprio pari, ma alla fine ho fatto *qualche* danno.

Incrocio il suo sguardo duro. «Mi dispiace, amico».

Penso che stia digrignando i denti, perché le sue guance continuano a scavarsi e riempirsi. «Già». Fa spallucce. «Penso che tu dica sul serio».

«È così».

Ci fissiamo. Hunter divarica le gambe mentre si prepara a pattinare, e i giocatori si irrigidiscono, pronti a dividerci di nuovo. Ma lui non si muove verso di me: si allontana per parecchi metri, adocchiandomi pensieroso.

Poi si scrolla di nuovo le spalle e fa ruotare il corpo, lasciando il suo equipaggiamento sparpagliato sul ghiaccio dietro di sé. Mi guarda da sopra la spalla. «Non preoccuparti, Fitz. Ci passerò sopra».

Non ne sono così sicuro.

Capitolo ventisette
Fitz

Tre settimane dopo

Sei giocatori di football seminudi competono in una gara di twerking mentre la canzone *It's Raining Men* viene sparata a tutto volume dalle casse wireless.

No, non è l'ambientazione per una barzelletta volgare.

È ciò che io e Hollis ci ritroviamo a casa al nostro ritorno in questo freddo martedì mattina. Avevamo appena finito gli allenamenti e poi abbiamo fatto colazione alla tavola calda di Hastings, perché Summer aveva detto che aveva bisogno della sala da pranzo e del soggiorno per le prove finali.

Hollis rimane a bocca aperta mentre contempla la scena davanti a lui. «Siamo nella casa sbagliata?», mi chiede.

«Vai, Rex!». Brenna sta urlando dalla poltrona. Agita una banconota da un dollaro in aria, mentre Summer e una ragazza che non conosco ridono in maniera incontrollabile dal divano.

Il ricevitore della squadra di football della Briar agita il sedere prima di andare con disinvoltura verso Brenna per mimare una lap-dance.

«No», sento Hollis borbottare. «No, no, no».

Un secondo dopo, è di fronte all'impianto home theatre per spegnere gli altoparlanti.

La musica si arresta.

Il balletto di Rex giunge a una brusca fine. All'inizio, il ragazzone sembra deluso, ma poi mi nota sulla soglia e dice: «Fitzgerald! Che ne dici?». Indica con entrambi gli indici il suo slip da mare.

Be', tecnicamente non è un semplice slip da mare, ma una creazione originale di *Summer Lovin'*. Rex indossa un costume blu navy con strisce argentate ai lati, e quando fa un giro completo, sorrido alla S cucita sul sedere.

«È carino», gli dico. Ma è un costume da bagno, e non ne ho un'opinione in negativo o in positivo. Del resto, uso lo stesso costume da circa cinque anni.

Summer fa un'espressione esasperata. «Fregatene di Fitzy. Non capisce la moda». Si alza dal divano e si avvicina a Grier Lockett. «Non muoverti per un secondo. C'è qualcosa che non va con questa cucitura».

E poi la mia ragazza cade in ginocchio davanti al pacco di un altro uomo e inizia a toccarlo.

«Summer», dico con cortesia.

La sua testa fa capolino dall'inguine di Lockett. «Cosa c'è, tesoro?»

«Hai bisogno di aiuto per masturbarlo?».

Rex e gli altri scoppiano a ridere a crepapelle. Summer mi fa il dito medio, e spalanco la bocca quando lei dà un colpetto sul sedere di Lockett.

«Okay, toglilo e indossa abiti veri. Devo scucirlo e ricucirlo».

Lockett aggancia le dita sotto l'elastico.

«Nel bagno!», squittisce lei prima che lui possa tirare giù il costume. «Cristo!».

«Be', non sei divertente». Mettendo il broncio, Lockett esce dal soggiorno.

«Anche voialtri potete rivestirvi. Tutto sembra perfetto». Si rivolge a Rex, che so essere il leader ufficioso della linea di attacco. Il suo quarterback, Russ Wiley, sarà anche il capitano, ma ho sentito dire che Russ è un egomaniaco. Rex, invece, è amato da tutti.

«Quindi siamo pronti per la prossima settimana? Lo spettacolo inizia alle nove, ma avrò bisogno di voi almeno un'ora prima».

«Non preoccuparti, tesorino. Saremo lì, pronti a fare le palle di casa».

«Gli onori», corregge l'amica di Brenna dal divano.

Rex la fissa con uno sguardo severo. «Audrey. Quando dico palle, intendo palle». Lei sbuffa e torna a controllare il suo telefono.

«Sei sicuro che arriverete in tempo?», insiste Summer. «Ho sentito Bibby parlare di un ritiro di team-building, ma non è fuori stagione?»

«Infatti», borbotta Bibby.

Jules, un altro ricevitore, alza gli occhi al cielo. «L'allenatore ci sta facendo partecipare a questo corso di cazzate hippy perché siamo andati in bambola ai playoff».

«Perché Wiley è andato in bambola nei playoff», corregge Lockett, riferendosi al loro quarterback.

Non mi sfugge la delusione nelle loro espressioni. Prima di questa stagione, era passato un po' di tempo da quando la Briar aveva prodotto una squadra di football con un buon record. Il fatto che quest'anno si fossero classificati così in alto solo per poi perdere nei playoff li avrà uccisi.

«Pensa che abbiamo problemi di fiducia», dice Jules. Si stringe nelle spalle. «Quindi siamo stati condannati a cinque giorni di cameratismo forzato».

Brenna inarca le sopracciglia. «Cinque giorni? È disumano».

«Torniamo il giorno della sfilata», dice Rex. Quando nota gli occhi preoccupati di Summer, lui le scompiglia i capelli in modo rassicurante. «Ma avremo un sacco di tempo libero. L'autobus ci lascerà al campus verso le sette e trenta/otto».

Summer annuisce con sollievo. «Va bene. Perfetto».

Quando i giocatori lasciano la stanza per rivestirsi, Summer raccoglie le sue cose e le infila nell'enorme borsa da cucito sul tavolino da caffè. Audrey ora sta chiacchierando con Lockett, che torna in mutande e una felpa con cappuccio dei New England Patriots. E sulla poltrona, Brenna è piegata sul cellulare, i suoi lunghi capelli formano una tenda scura attorno al suo viso.

«A chi scrivi?», le chiede Summer.

«A nessuno».

Ma è chiaramente qualcuno, in base al suo tono riservato e alla rapida occhiata che lancia in direzione di Hollis. La nuvola di dolore negli occhi azzurri di lui è inconfondibile, e provo una fitta di compassione. Non penso che abbia ancora rinunciato all'idea di lui con Brenna, ma è passato circa un mese da quando sono stati insieme, ed è evidente che lei non vuole un bis.

«Mi preparo una tazza di caffè», borbotta Hollis infine, distogliendo lo sguardo da Brenna. «Ne vuoi una, Fitz?»

«No, grazie». Ne ho bevute due da Della e sono ancora su di giri.

Nel momento in cui scompare in cucina, Summer sottopone Brenna a un interrogatorio. «Sputa fuori, Bee. Chi è? Lo conosco?».

Brenna fa spallucce. «L'hai incontrato una volta».

Summer continua a fissarla come un falco. «Chi è?». Sono abbastanza sicuro che lei sta trattenendo il respiro mentre attende la risposta di Brenna. Quando non ne riceve una entro tre secondi, esclama: «È Jake Connelly?».

Giro la testa verso Brenna. «Mi prendi per il culo?»

«Dio, no. Non è Connelly. È un tale coglione».

«Allora chi!», esige Summer. «Dimmelo. Altrimenti ti ruberò il cellulare e…».

«Rilassati, pazzoide. È Josh, okay?»

«Chi?»

«McCarthy», chiarisce Brenna.

Summer sussulta. «Il ragazzo di Harvard? Dio mio. Ma come hai il suo numero?»

«Mi ha mandato un messaggio su Facebook. Voleva scusarsi per essere uscito di testa quando ha scoperto chi era mio padre». Brenna fa un'altra scrollata di spalle. «Ce la spassiamo e basta, comunque. Niente di serio».

Non mi sfugge il modo in cui fa scivolare con discrezione il cellulare nella borsetta, come se una parte di lei fosse preoccupata che Summer potesse davvero provare a strapparglielo. E non se ne discute più dopo, perché il resto dei ragazzi entra nella stanza e si salutano con Summer. Brenna e Audrey annunciano che anche loro se ne vanno, quindi il nostro ingresso si trasforma in una scatoletta di sardine quando otto persone (sei di loro enormi giocatori di football) indossano cappotti e stivali e vari indumenti invernali.

«Ehi, Summer». Uno dei giocatori esita alla porta. Ha una zazzera di capelli castani ricci e un'espressione timida. «Ci sono ancora biglietti disponibili? Ho controllato online e diceva che lo spettacolo è esaurito».

«Lo è, ma tutti gli stilisti ricevono un blocco di biglietti da regalare. Mi sa che me ne sono rimasti cinque. Quanti te ne servono, Chris?»

«Solo uno. È per la mia ragazza, Daphne».

Summer si pietrifica. E dico sul serio. Stava per infilarsi una ciocca di capelli dietro l'orecchio e il suo braccio letteralmente si ferma a mezz'aria. Poi cade di colpo lungo il suo fianco, e passano almeno cinque secondi mentre lei fissa Chris, il cui linguaggio del corpo mostra un po' di disagio.

«Cioè... sei mai uscito con una ragazza Kappa di nome Kaya, per caso?».

Chris si infila le mani inguantate in tasca. «Sì, sono uscito con Kaya. Ma è stato tanto tempo fa». Si acciglia. «Adesso sto con Daphne».

«Daphne Kettleman?».

Sembra sorpreso. «Sì. La conosci?».

Tutto il corpo di Summer sembra vibrare per l'euforia. «No. Non la conosco».

Da quando si è trasferita da noi, ho visto questa ragazza entusiasmarsi per molte cose.

I suoi stivali Prada.

Gli One Direction.

Leonardo DiCaprio.

Il sesso.

Ma non ho mai visto il suo viso illuminarsi come fa durante questa conversazione su Daphne Kettleman. Chiunque lei sia.

«Dio mio. Va bene. Mi dispiace. Sto sclerando adesso». Sta praticamente rimbalzando su e giù. «Non vedo l'ora di incontrarla. Dille che sono una sua grande fan. Oh, mio Dio, dille che dobbiamo stare insieme all'after-party».

Chris le rivolge uno sguardo strano.

Com'è giusto che sia. Anch'io sarei stranito se, per nessuna ragione apparente, una bionda pazza uscisse di testa al pensiero di conoscere la mia ragazza.

«Ehm. Certo. Glielo dirò». Comincia a indietreggiare, poi borbotta un frettoloso arrivederci e fugge.

«Cazzo se non è stato strano», dico a Summer.

Lei mi sorride raggiante. «Neanche ti immagini. La reputazione di Daphne la precede». E poi parla di Daphne, di alcol e di qualcuno che ruba i vestiti di Daphne, e io la seguo su per le scale e cerco di tenere il passo fino a quando i miei occhi finalmente si velano.

Entriamo nella mia stanza e chiudo la porta, zittendo Summer nell'unico modo che conosco… baciandola.

Ma baciarla non manca mai di farmi venire un'erezione enorme, che lei nota all'istante. «Sono le nove del mattino, Fitz. Come mai sei sempre così eccitato?»

«Il mio uccello non sa che ora è».

Lei ride, una dolce melodia che mi fa vibrare il membro per l'anticipazione. La bacio di nuovo, e siamo nudi in men che non si dica, a pomiciare sul letto con le gambe intrecciate e le mani impegnate a esplorare.

Mentre le sue dita vagano sul mio petto nudo, lei rilascia un sospiro felice. «Dovrebbe esserci una legge che dichiara che non ti è permesso indossare mai una maglietta».

«Dovrebbe esserci una legge che dichiara che non ti è permesso indossare mai niente». Mi libero dalla sua presa e la bacio lungo il suo corpo da modella fino a raggiungere il mio posto preferito sulla Terra.

La lecco finché lei non agguanta le lenzuola e mi implora di entrare dentro di lei, ma invece di salire sopra di lei, mi sdraio sulla schiena e la tiro sopra di *me*.

«Cavalcami», le dico, e lei è felice di accontentarmi.

In un batter d'occhio, indosso un preservativo e c'è una bella donna che dondola sul mio uccello.

Il dolore mi pizzica sui pettorali quando Summer affonda le unghie nella pelle, il suo bacino si muove con spinte lente e seducenti. Il ritmo stuzzicante non dura a lungo, però. Presto aumenta e Summer mi cavalca con impeto.

Mi sdraio e ammiro la scena, i suoi seni sodi che ondeggiano mentre si muove, il rossore che le sale sulle guance. Si morde il labbro inferiore e posso vedere nei suoi occhi che sta per venire. Ha quello sguardo annebbiato e fuori di sé per la beautitudine che adoro, e quando lei urla e crolla su di me, il suo orgasmo mi spinge oltre il limite. Le avvolgo le braccia intorno mentre lei spreme il piacere fino all'ultima goccia dal mio corpo. Riesco solo a fare respiri corti e irregolari, e ci vogliono alcuni minuti prima che il mio cervello sia in grado di funzionare di nuovo. Apro gli occhi per ritrovare Summer che mi sorride.

«Stai bene?», chiede in tono scherzoso.

Gemo. «Non mi sento più le gambe».

«Oh, povero piccolo». Mi accarezza le spalle e bacia un punto tra i miei pettorali. «Come faccio a migliorare le cose?»

«Lo hai appena fatto».

Mi lamento per la sua assenza quando si stacca da me. E sto ancora sfoggiando una semi-erezione, un fatto che lei non perde tempo a commentare quando torna dal bagno.

«Oh, bene!». I suoi occhi si illuminano. «Presto sarai pronto a rifarlo».

Mi rotolo su un lato. «Accidenti, donna, un orgasmo non ti basta? Hai aspettative incredibilmente alte».

«Me ne servono almeno due». Salta sul letto e si rannicchia davanti a me. «Sto scherzando. Sto bene per ora. È stato incredibile».

«Mmm, mmm», concordo. Le butto un braccio intorno e la stringo forte. Tutt'a un tratto mi sento assonnato. «Vuoi fare un pisolino?»

«Mmm, mmm». Anche lei sembra assonnata.

Le mie palpebre si chiudono. Sento che sto per addormentarmi, la mia coscienza sta iniziando a svanire, quando all'improvviso mi ricordo qualcosa. «Ehi. Piccola».

«Uhm?». Lei accoccola il sedere più vicino al mio inguine, e il calore del suo corpo penetra dentro di me.

«Giovedì sera».

«Che c'è giovedì?»

«C'è la raccolta fondi. Quella a cui Kamal Jain vuole che io vada. La sua assistente mi ha mandato i dettagli stamattina. È al tuo hotel».

La notizia attira la sua attenzione. «L'Heyward Plaza?»

«Mmm, mmm». Passo le dita sul suo fianco. La sua pelle è morbidissima. «Posso portare qualcuno».

«Uhm?».

Rido. «Ho la sensazione che possiamo avere un'intera conversazione fatta solo di mugugni».

«Dovremmo provarlo quando non sono in coma da orgasmo».

«Affare fatto». Le premo un bacio sulla nuca. «Vuoi venire alla raccolta fondi con me?»

«Aspetta. Mi stai invitando a una festa mondana in cui posso agghindarmi ed essere socievole? Ma che ti è preso? Non è *proprio* da me».

Sospiro. «Hai ragione. Era una domanda stupida».

«Certo che vengo. Ma a una condizione».

«Uhm?»

«Scelgo io quello che indosserai».

«Be', sì». Le spalle mi tremano dalle risate quando avvolgo le braccia intorno a lei. «Non mi sognerei mai di scegliere da solo».

Capitolo ventotto
Fitz

«Faremo tardi», dico all'armadio di Summer. Vorrei dirlo a Summer, ma è rinchiusa nella cavernosa cabina armadio da due ore.

All'inizio non mi importava, perché mi dava l'opportunità di esplorare l'attico, cosa che non ho potuto fare quando sono venuto qui con Dean una volta. Il posto ha un design elegante e moderno, ed è il lusso per antonomasia. Ho dato una sbirciatina nella biblioteca, e poi ho dovuto rinunciarci, perché mi servirebbero circa tre giorni interi per esaminare a fondo il contenuto dell'enorme sala di pannello di noce.

Non ci credo che delle persone vere vivano qui. E nemmeno a tempo pieno; i genitori di Summer dividono il loro tempo tra questo appartamento surreale e la loro villa a Greenwich. Ho paura di vedere persino le foto di quest'ultima. Ho sentito che c'è una pista di pattinaggio nel cortile sul retro.

È un colpo di fortuna che la raccolta fondi di Kamal Jain per la leucemia si svolga in una delle sale da ballo al piano di sotto. Ciò significa che Summer e io non abbiamo dovuto prendere una stanza in questo hotel dai prezzi folli. No, restiamo gratis nell'attico. Anche se non è un dettaglio che ho intenzione di rivelare a Kamal. Ho la sensazione che non gli piacerebbe l'idea che io stia meglio di lui, presumendo che si trovi in questo hotel. Per quel che ne so, dopo la festa volerà a bordo del suo jet privato per dirigersi in una villa nel Mediterraneo.

«Sono quasi pronta», risponde Summer con voce ovattata.

«Definisci quasi», replico.

«Tre minuti, al massimo cinque».

Una risata mi gorgoglia in gola. Summer è unica.

Siamo arrivati ieri sera, e finora ci siamo divertiti molto. L'ho leccata sul tavolo da biliardo, il che è stato molto eccitante. Lei mi ha fatto un pompino sul suo letto grandissimo, e poi ci siamo accoccolati e abbiamo fatto un'overdose di TV guardando un programma su bambini assassini. Summer ha acconsentito a guardarlo con me in cambio di... puah. Non voglio neanche pensarci. Ma potrei o non potrei aver accettato di guardare con lei l'ultima stagione di *The Bachelor*. Summer ha questo effetto su di me. Il mio primo istinto è dire di sì a tutto ciò che chiede, perché voglio renderla felice.

Nelle ultime tre settimane, abbiamo trascorso quasi ogni momento insieme. Lei dorme nella mia camera da letto. I suoi trucchi mi riempiono il bancone del bagno. Ogni mattina sgualcisce le lenzuola per dare l'impressione che dorma ancora nella sua stanza. Penso che lo faccia per il bene di Hunter, ma non è un idiota. Lo sa.

Per quanto pensiamo di essere silenziosi mentre facciamo sesso, non ho dubbi che sia Hunter che Hollis siano ben consapevoli del fatto che stiamo dormendo insieme.

Ma a parte trasferirmi, o chiedere a Summer di farlo, non so come migliorare la situazione con Hunter. E al momento, devo concentrarmi sul fare una buona impressione su Kamal Jain.

«Summer», brontolo. «I tuoi tre minuti sono scaduti. So che l'evento è proprio al piano di sotto, ma penso che farebbe una brutta impressione se fossimo in ritardo per...».

Le mie corde vocali si paralizzano, tutti i pensieri coerenti volano via dal mio cervello.

L'armadio di Summer è chiaramente un portale magico. È entrata indossando pantaloni Lululemon, calze di lana e una delle mie felpe da hockey.

Esce da lì come una dea.

Un vestito argentato e sinuoso le avvolge il corpo, abbracciando ogni curva allettante. Una spaccatura sale sulla sua coscia, rivelando una gamba lunga e abbronzata, e i suoi tacchi a spillo argentati aggiungono altri dieci centimetri alla sua figura già alta. I capelli dorati sono sollevati in un elegante chignon tenuto insieme da un fermaglio ornato che scintilla sotto la lampada. Mi ci vuole un momento per rendermi conto che il suo fermaglio è scintillante perché è incastonato di diamanti.

Summer si accorge della mia espressione. Il suo trucco è discreto tranne che per le labbra rosse accese, che si incurvano in un sorriso. È davvero sexy da morire.

«Ti piace?». Fa una piroetta e il suo abito scintillante si muove intorno alle caviglie.

«Mi piace», dico con voce gutturale.

«Quanto?». Si mette una mano sulla vita, solleva un fianco, e allunga una gamba in una posa che mi fa gemere. Il mio uccello freme alla vista della sua coscia nuda che emerge dalla spaccatura del vestito.

«Mi piace molto». Mi schiarisco la voce. «Che ne dici di me?».

Mi scruta dalla testa ai piedi. Completamente inutile considerando che è stata lei a scegliere ogni pezzo di stoffa sul mio corpo, dalle scarpe di Tom Ford alla giacca nera elegante e alla camicia blu navy sbottonata solo in alto. Summer ha detto che, per quanto sia sexy il mio tatuaggio sul petto, non vuole che faccia capolino stasera. A quanto pare, è già stata a questa raccolta fondi per la leucemia (perché non ne sono sorpreso?), e mi ha avvertito che la folla sarà composta da molti vecchi con le tasche piene di soldi e mentalità molto chiuse.

«Sei da favola, tesoro. Molto professionale. Oh, e sexy».

Rido. «Perfetto. Sexy è l'effetto che volevo. Ho intenzione di dormire con Kamal Jain per ottenere il lavoro».

«Fammi sapere come andrà».

L'attico ha un ascensore che richiede una chiave a cui solo la famiglia di Summer ha accesso.

Mentre scendiamo, Summer tira fuori il cellulare dalla borsetta argentata e apre Instagram. «Facciamoci un selfie», annuncia, e in un batter d'occhio, mi tira verso l'obiettivo e scatta una dozzina di foto di noi.

«Sei pessima», le dico, perché sa che odio i selfie.

Lei mi sorride raggiante. «Penso che quello che intendi sia che sono la migliore».

Sbuffo. «Colpa mia. È esattamente ciò che intendevo».

Raggiungiamo la lobby. I tacchi di Summer battono sul pavimento di marmo mentre lo attraversa con naturalezza. L'Heyward Plaza è senza dubbio l'hotel più elegante che abbia mai visto. Non riesco a capacitarmi del fatto che Summer possa ereditarlo un giorno.

Lei sorride e saluta il concierge. «'Sera, Thomas».

L'uomo dai capelli bianchi le restituisce un caldo sorriso. «'Sera, signorina Summer. Cercherà di non causare troppi problemi stasera, vero?».

Ridacchio sotto i baffi.

«Thomas lavora qui da più di venti anni», spiega lei quando entriamo in un altro corridoio che ospita un altro gruppo di ascensori.

«Davvero?».

Lei annuisce. «Ero una bambina quando è stato assunto, quindi mi ha praticamente visto crescere».

«Ah. Quindi ha avuto un posto in prima fila per vedere tutti i casini che facevi».

«Oh, sì. I miei amici di Greenwich e io eravamo soliti venire in città e intrufolarci in albergo, e pensavo di poterlo corrompere con un centinaio di dollari per avere il suo silenzio». Fa una faccia oltraggiata. «E poi ho scoperto che faceva il doppio gioco».

Sbuffo. «Ha fatto la spia ai tuoi genitori, eh?»

«Ogni benedetta volta. Ma non hanno mai detto una parola. Non mi ero resa conto che lo sapevano fino a qualche anno dopo, quando sono partita per il college. I miei genitori sono davvero fantastici», ammette. «Se marinavo la scuola per andare a fare shopping con le amiche, a loro non importava finché ero al sicuro e non ne facevo un'abitudine».

L'ascensore arriva ed entriamo. Summer preme il pulsante per la "Sala da ballo Erica". Ci sono altre quattro sale da ballo sulla lista, ognuno ha un nome di un fiore. La Giglio, la Rosa, l'Erica e la Dalia. Raffinato.

Le porte si aprono, e ci troviamo di fronte a un crescendo di rumore: una sinfonia di tintinni di bicchieri, tacchi a spillo sul legno duro, il brusio delle conversazioni, risate.

Summer aggancia il braccio al mio mentre ci avviciniamo alla massiccia porta ad arco della sala da ballo. Al di là, vedo gente vestita di classe che si aggira in una sala elegantemente decorata. Il palco è stato preparato per una band dal vivo, ma al momento non stanno suonando. Tavoli rotondi con tovaglie candide e centrotavola ornati sono disposti su entrambi i lati della pista da ballo lucente. Non vedo nessuno mangiare pasti veri, ma i camerieri si fanno strada tra la folla portando vassoi di antipasti.

Non è affatto il mio ambiente. Un mare di abiti e smoking si gonfia davanti a me; dita, lobi delle orecchie e polsi scintillano e luccicano come la vetrina di un negozio di lampade. E io pensavo che il fermaglio di diamanti di Summer fosse appariscente. Rimango a bocca aperta quando vedo una donna di mezza età che porta orecchini di rubino così enormi che i lobi delle orecchie le si stanno effettivamente allungando a causa del loro peso.

«È lui?», mi sussurra Summer all'orecchio.

«Sì». Non sono sorpreso che abbia individuato Kamal tra la folla. Nonostante la sua piccola statura, ha una grande personalità.

Tiene banco vicino al più grande dei tre bar nella sala da ballo. La gestualità incontrollata e le espressioni facciali animate accompagnano qualunque aneddoto prolisso che regala al suo pubblico.

Restiamo a guardare mentre la sua mezza dozzina di ammiratori scoppia a ridere. «Deve essere una gran bella storia», commenta lei. «O è noioso da morire, e gli leccano il culo solo perché è un fantastiliardario».

Rido. La mia ragazza ci sa fare con le parole. Soprattutto con quelle che si inventa. «Potrebbe essere sia l'uno che l'altro».

«Be', andiamo a salutare. È la ragione per cui sei qui, giusto?»

«Giusto».

L'ansia mi solletica lo stomaco mentre ci avviciniamo al bar. Nel momento in cui mi nota, Kamal si interrompe a metà frase, la sua espressione si illumina. Schiaffeggia il braccio del tizio accanto a lui con fare da amicone e dice: «Devi scusarmi, fratello. Il mio ospite è arrivato». Si congeda dal gruppo e si dirige verso di me. «Ce l'hai fatta!».

«Grazie ancora per l'invito…».

Sta ancora parlando, come fa sempre. «Ero preoccupato per te, amico! Tutti gli altri sono arrivati qui prima che le porte fossero ancora aperte, li ho visti in agguato nella hall come un gruppo di maniaci, ma ehi, meglio presto che tardi, eh?». Nella sua ultima affermazione si sente un po' di astio.

«Può incolpare me per il nostro ritardo», dice Summer con ritrosia. «L'ho trattenuto».

Kamal reagisce a scoppio ritardato, come se si fosse reso conto all'improvviso che non ero solo. Squadra Summer dalla testa ai piedi e non c'è nulla di discreto nel modo in cui lo fa. I suoi occhi indugiano sulla sua scollatura. Si soffermano ancora di più sui diamanti tra i capelli.

«E tu chi saresti?», chiede infine.

«Sono Summer». Gli porge una mano delicata. «La ragazza di Colin».

Le sopracciglia di Kamal si inarcano. Le prende la mano, ma invece di stringerla, se la porta alle labbra e le bacia le nocche. «Piacere di conoscerti».

Il sorriso di lei è forzato. «Altrettanto».

Lui le lascia la mano e si gira verso di me. «Non mi hai mai detto che avevi una ragazza».

Scrollo le spalle goffamente. «Be'. Sì. Non è saltato fuori durante il colloquio».

«E non doveva saltare fuori», dice Summer con leggerezza. «I colloqui di lavoro riguardano il curriculum del candidato, non la loro vita personale. Giusto?»

«Giusto», fa eco Kamal. Ancora una volta, nel suo tono c'è dell'astio. E la sua espressione si oscura ogni secondo che passa.

Non riesco a capire la fonte del suo disappunto, ma più a lungo guarda Summer, più il suo comportamento cambia. Potrei giurare di aver visto l'angolo della sua bocca sollevarsi in un lieve ghigno. Immagino che la fonte sia Summer. Ma non ne capisco il perché.

«Sono io o la situazione è imbarazzante?», bisbiglia Summer al mio orecchio un'ora dopo. Mi aveva trascinato sulla pista da ballo e mi aveva avvolto le braccia al collo, lasciandomi senz'altra scelta se non quella di posare le mani sui suoi fianchi e fingere di saper ballare.

Capisco le sue motivazioni, però: era l'unico modo per scollarci da Kamal. Da quando siamo arrivati, non ci ha mai perso di vista. Ciò non si significa che non abbia socializzato. L'ha fatto, solo che trascina me e Summer insieme a lui in ogni conversazione. Gli altri candidati ci vengono dietro come piccoli anatroccoli, e mi sento male per loro perché non gli sta prestando la minima attenzione. Sembra completamente affascinato da Summer, ma allo stesso tempo sento l'animosità incresparsi sotto la superficie.

«Non sei tu. Si sta comportando in modo strano».

«No, si comporta come un cazzone». Si morde il labbro. «Ho l'impressione che ci stia giudicando. Non so davvero spiegarlo...». Le parole le muoiono in bocca.

So esattamente cosa pensa. Ho avuto anch'io la stessa impressione.

La canzone termina prima che io sia pronto, e il panico mi travolge quando il cantante blues annuncia che faranno una pausa di dieci minuti. Summer intreccia le dita con le mie mentre camminiamo fino al bordo della pista da ballo.

«Non odiarmi», dice, «ma... devo proprio fare pipì».

Le afferro la mano. «No. Non puoi abbandonarmi con questa gente».

Lei ridacchia. «Dici la parola "gente" come se fosse una malattia».

«La gente è una malattia», borbotto.

«Puoi sopravvivere senza di me per cinque minuti». Mi bacia la guancia e poi ci strofina l'indice sopra, immagino per cancellare la macchia di rossetto che ha lasciato. «Torno subito. Promesso».

Sconfitto, la osservo mentre se ne va con disinvoltura. Al bar, ordino una Sam Adams e una barista molto efficiente in camicia bianca e una cravatta nera mi porge una bottiglia. «Grazie», le dico.

Ne ho appena bevuto un sorso quando Kamal compare. Sono sorpreso che non si sia attaccato come una sanguisuga nel momento in cui Summer e io siamo usciti dalla pista da ballo.

«Caspita che vestito indossa la tua ragazza, Colin». Sorseggia rumorosamente il bicchiere di bourbon che tiene in mano. Non è il primo che ha consumato stasera. L'ho visto ordinare almeno tre drink da quando sono arrivato qui, e chissà quanti ne ha mandati giù prima.

Faccio un gesto evasivo, un incrocio tra un'alzata di spalle e una mano svolazzante, perché accettare un complimento per conto di Summer sembra strano.

«Tu chi sei?».

La domanda arriva inaspettata. Corrugo la fronte e scruto la sua espressione, ma non riesco a decifrarlo. «Che intende?»

«Quello che intendo è…». Trangugia il resto del suo drink e poi sbatte il bicchiere sul bancone. «Un altro», abbaia alla barista.

Lei sussulta al suo tono acuto. «Subito, signore».

«Quello che intendo, Colin», continua, come se la donna non avesse parlato, «è che pensavo che tu fossi uno di noi». Fa un cenno agli altri tre candidati di lavoro: due maschi, una femmina. Tutti studenti universitari come me. «Neil, Ahmed, Robin. Me. Te. Gli emarginati che si sono dedicati ai videogiochi a causa di persone come la ragazza con cui ti sei presentato stasera».

Mi si irrigidiscono le spalle.

«Tutta la mia vita ho avuto a che fare con quelle persone. Le persone carine». Accetta il nuovo drink e ne prende diversi sorsi profondi. «Gli atleti, le cheerleader e gli stronzi popolari che pensano di avere il diritto di fare quello che cazzo gli pare. Fanno i bulli senza paura delle conseguenze. Gli viene sempre servito tutto su un piatto d'argento. Fluttuano nella vita e si aspettano che tutti si facciano da parte per loro».

Appoggio la birra intatta sul bancone e parlo con tono misurato. «Non ho mai fluttuato nella vita. Mia madre è un'insegnante di inglese, e mio padre è un capoturno in una centrale elettrica. Si fanno un culo così, e anch'io. Ho passato tutto il mio tempo libero a disegnare, dipingere e giocare ai videogiochi. E a hockey», cedo, anche se so che per lui è una parolaccia. «Gioco a hockey perché mi piace, e sono bravo. Allo stesso modo in cui sono bravo nel progettare videogiochi», concludo con un'alzata di spalle.

«Sei davvero un tipetto arrogante». Un lampo di gelo compare nei suoi occhi.

Summer sceglie quel momento sfortunato per tornare alla sala da ballo. Attira l'attenzione di ogni persona, maschio e femmina, mentre attraversa impettita il pavimento lucido. È stupenda e nessuno può distogliere lo sguardo. Tutti vogliono far parte di quella bellezza, anche solo ammirandola mentre lei passa accanto a loro.

È la sua orbita.

Quella sua benedetta orbita.

Kamal trangugia il resto del suo drink. Il suo sguardo pieno di sdegno non lascia mai Summer. «Guardala», mormora. «Pensi che starebbe con te se non fossi un atleta? Le stronze come lei vogliono solo una cosa, Colin». Ride con freddezza. «Scommetto che se schioccassi le dita e le dicessi che sono interessato, me lo succhierebbe prima che tu possa dire *cacciatrice di dote*. Perché sprecare il suo tempo con un atleta universitario da strapazzo quando può avere un miliardario, giusto?».

Le mie labbra si assottigliano. «Lei non la conosce».

Ridacchia.

Summer ci ha quasi raggiunti. I suoi capelli biondi catturano la luce dell'enorme lampadario di cristallo sopra le nostre teste. Il suo fermaglio di diamanti luccica come uno stroboscopio a ogni passo che fa.

«Fidati di me, la conosco. Eccome se la conosco. Tutto quello che faccio è uscire con le donne. Non gliene frega un cazzo di noi, Colin. Spariscono non appena trovano qualcosa di più allettante».

Potrei mettermi a discutere, ma a che pro? Ha già fatto le sue supposizioni su di me e Summer, su cosa significhi essere un atleta, un nerd, una bella ragazza.

Summer ci raggiunge, e lei deve intravedere qualcosa nella mia espressione che la preoccupa, perché mi prende la mano e la stringe in modo confortante. «Tutto okay?»

«Perché non dovrebbe esserlo?». Kamal sghignazza, prima di toccare il bancone per fare un segno al barista. La colpisce ancora e ancora e ancora, come un ragazzino che cerca di attirare l'attenzione di sua madre. «Bourbon», sbotta alla donna molestata. Si rivolge a noi. «Allora, in cosa ti stai laureando?», chiede a Summer.

Lei rimane perplessa all'improvviso cambio di argomento. «Moda...».

La interrompe prima che finisca di parlare. «Ovvio che è moda». Il disprezzo trapela da ogni parola.

«Ha un problema con la moda?», chiede lei con tono leggero, ma dalla sua rigida postura capisco che è guardinga. Riesce a forzare una risata cansonatoria. «Perché per quel che ne so, le piace proprio la compagnia delle modelle».

Lui non ride. «Capisco. Qualcuno come me non può uscire con donne bellissime? Stai insinuando questo?»

«Niente affatto. E chiaramente *può* uscire con belle donne, perché è...».

«Stanno con me solo per i miei soldi? È questo che pensi?»

«Certo che no. Ho solo...».

«Ovvio che lo pensi», sbotta lui. Le sue guance stanno lentamente arrossendo. «E indovina, hai ragione. *È* l'unica cosa che vogliono le troie come te: soldi. Non firmerai eventuali accordi prematrimoniali, vero, Summer? No, no, no, le troie come te devono essere mantenute. Devi spendere tutti i miei soldi sudati».

Mi avvicino a Summer in un gesto protettivo. «Adesso basta», dico sottovoce. Continua a sputare la parola *troia*, e ad alta voce. Sospetto che stia parlando di una donna specifica, la ragazza del college che non voleva firmare il suo accordo prematrimoniale. Ma non me ne frega un cazzo se la Regina d' Inghilterra gli ha spezzato il cuore. Nessuno parla a o di Summer in questo modo.

Kamal non è intimidito dal comando minaccioso. Ride di nuovo. Un suono acuto che mi logora i nervi. «Basta quando io dico basta». Tracanna quel che è rimasto del suo bourbon e poi cerca di mettere il bicchiere vuoto sul bancone. Se non fosse che è a circa un metro di distanza, perché è ubriaco fracido e manca di ogni coordinazione. Quindi posa il bicchiere... sul nulla.

Si schianta sul pavimento e va in mille pezzi. Frammenti di vetro finiscono in tutte le direzioni, e rapidamente allontano Summer dal caos. Guardo la barista. «Potresti far venire qualcuno per...».

«Oh, verranno!», urla Kamal. «Qualcuno viene sempre a ripulire i miei pasticci. Vuoi sapere perché, Colin? Summer? Non tirate a indovinare?». Comincia a ridacchiare tra sé e sé. «Perché sono un miliardario! Sono una divinità del cazzo nel settore tecnologico e posso comprare e vendere tutti in questa stanza del cazzo! Io...».

«È ubriaco», interrompo con freddezza.

«Oh, sta' zitto, stupido energumeno». È così sbronzo, sta barcollando, ma quando cerco di immobilizzarlo, lui mi dà uno schiaffo sulla mano. «Vaffanculo. Non ho bisogno del tuo aiuto. E non ho bisogno che tu lavori per la mia compagnia. Hai capito? Il posto è già occupato, Colin». Ridacchia ancora. «Grazie per il tuo interesse».

Summer fa un passo minaccioso verso di lui. «Che c'è, signor Jain? Non assumerà Colin perché, cosa? Gioca a hockey ed è più bello di lei?».

Lui fa un passo indietro. Il vetro scricchiola sotto le sue costose scarpe di pelle. Con la coda dell'occhio, vedo avvicinarsi diverse figure. Tutte intorno a noi, le persone stanno guardando. I loro curiosi sguardi penetrano dentro di me. La schiena non smette di formicolarmi.

«Signorina Heyward, sta bene?». Un uomo alto e corpulento in giacca e cravatta nera appare davanti a noi.

Non ho idea di chi sia, ma Summer sì. Gli tocca con gratitudine il braccio. «Sto bene, Diego. Ma c'è del vetro rotto su tutto il pavimento. Potresti chiedere alla manutenzione di mandare qualcuno al più presto?»

«Subito». Lancia uno sguardo diffidente a Kamal.

Kamal è impegnato a fissare Summer. «Heyward?», fa eco. Corruga e distende la fronte, ripetutamente. «Chi cazzo sei?»

«Moderi il linguaggio, signor Jain», abbaia Diego.

«Chi cazzo sei *tu*?», è la risposta.

«Sono il capo della sicurezza di questo hotel», risponde l'uomo muscoloso, scoprendo i denti nel sorriso più spaventoso che abbia mai visto. «L'hotel che si dà il caso appartenga alla famiglia della signorina Heyward. E credo sia giunto il momento che lei si congedi per la serata, signor Jain. Perché non si fa accompagnare da uno dei miei colleghi alla sua suite?»

«Vaffanculo. Devo fare un discorso del cazzo tra dieci minuti, cazzo». Mi guarda e inizia a ridere forte nasalmente. «Bene, buon per te, Colin. E io che pensavo che fosse lei la cacciatrice di dote, a cavalcarti il cazzo per i tuoi soldi, ma sei tu il cacciatore di dote, eh? Sei tu che cerchi l'oro nella sua figa da ereditiera».

Summer sussulta.

Diego avanza.

Per quanto mi riguarda, scuoto tristemente la testa e incrocio gli occhi vitrei di Kamal. «Vivi in un mondo davvero deprimente, amico. Un mondo in cui ognuno è un cacciatore di dote, in cui tutti si sfruttano a vicenda, o competono l'uno contro l'altro. Un mondo in cui due persone non possono stare insieme perché potrebbero amarsi». Ridacchio cupamente. «Vuoi la verità? Sono felice che non mi assumi. Preferirei finire per strada piuttosto che lavorare per qualcuno come te. Non voglio nemmeno sapere che tipo di ambiente di lavoro tossico crei per i tuoi dipendenti».

Penso che Kamal cerchi di continuare a litigare, ma lo ignoro. Inoltre, Diego e i suoi "colleghi" sono pronti a scortare il miliardario ubriaco e bellicoso fuori dalla Sala da ballo Erica. Non so cosa questo significhi per la raccolta fondi per la leucemia, ma per quanto io sostenga la causa, non mi interessa rimanere un secondo di più in questo evento soffocante e di merda.

In tacito accordo, Summer e io lasciamo la sala da ballo. Mi accorgo che è arrabbiata perché si sta mordendo il labbro inferiore, ma non dice una parola. Neanche una parola, almeno non prima di salire sull'ascensore privato fino all'attico.

Nel momento in cui le porte si aprono, Summer mi fissa con uno sguardo triste e dice: «Rompo con te».

Capitolo ventinove
Fitz

Guardo sbigottito la sua esile schiena mentre si allontana dall'ascensore verso l'ingresso di marmo.

Ha appena detto che vuole *rompere* con me?

«Col cavolo!», ruggisco.

I suoi tacchi a spillo echeggiano rumorosamente sul marmo, e lei si ferma per toglierseli con un calcio. Approfitto della breve pausa nei suoi passi per fiondarmi ad afferrarla per un braccio. «Summer. Che dici?».

Lei non risponde. Stringendomi la mano, posa la sua piccola borsetta argentata sulla credenza di mogano. Poi rimuove il fermaglio dai capelli. In qualche modo, l'acconciatura rimane intatta, e mi rendo conto che viene tenuta da una dozzina di spille minuscole. Comincia a togliere le spille, una ad una, mentre la osservo stupefatto. Neanche mi guarda.

«Che diavolo succede?», esigo di sapere.

Alla fine, incrocia i miei occhi confusi. «Ti sono costata il lavoro».

Sbatto le palpebre. «Che cosa?»

«Non hai ottenuto il lavoro a causa mia», mormora. «Ovviamente quell'imbecille ha avuto una brutta esperienza con una ragazza carina che l'ha rifiutato».

«Ne sono certo, ma ti garantisco che ha avuto anche una brutta esperienza con qualche atleta che lo ha picchiato. Questo non ha niente a che fare con te».

«Aveva tutto a che fare con me. Hai sentito come mi parlava! La serata sarebbe andata liscia se non fossi venuta con te. Ma è quello che succede quando vado in un posto, Fitz. Attraggo i drammi. Non lo faccio apposta, ma succede, cacchio». Emette un profondo respiro. «Tu odi i drammi e odi l'attenzione e un'intera sala da ballo pieno di persone ti ha puntato gli occhi addosso a causa mia, perché mi stavi difendendo. E la stessa cosa è accaduta al Malone il mese scorso».

Mi strofino il dorso del naso. Di che diavolo sta parlando? L'ho difesa – e ho difeso anche *me stesso* – perché Kamal aveva oltrepassato il limite. Glielo dico, ma lei testardamente scuote la testa.

«Non lo voglio più fare, okay, Fitz? Preferisci rimanere invisibile. Be', guarda cosa è successo di sotto... la cosa più visibile di sempre!».

Ha ragione. Quando Kamal ha urlato, ridacchiato e si è comportato come un emerito imbecille, mi sentivo come se ci fosse un riflettore puntato su di me. Ho percepito gli sguardi curiosi e sentito i sussurri sommessi.

Ma quando gliene ho dette quattro, non mi importava che ci fosse l'intera sala a guardare e ascoltare. Mi importava solo che Kamal fosse stato scortese con Summer, e per me era inaccettabile.

«Vuoi davvero parlare di drammi?», le chiedo. «Perché ora sei una regina del dramma, piccola».

«Non è vero».

«Sì, lo sei. Stai esagerando. Sei passato da zero a rompere con me senza nemmeno parlarne».

«Non c'è niente di cui parlare. Non vuoi stare sotto i riflettori. Io li attiro. A volte intenzionalmente, ma molte volte no». Fa un verso frustrato. «Quel lavoro era importante per te».

«Lo era». *Ma tu sei più importante.* Non lo dico ad alta voce. Non perché tenere le mie emozioni sotto chiave è una mia abitudine, ma perché di nuovo Summer va via spedita, dirigendosi verso la scala a chiocciola che conduce al piano di sopra. L'attico ha tre piani – soprassediamo – e la sua camera è al terzo.

La inseguo in fretta e furia. «Fermati», ordino.

«No». Lei continua a camminare.

«Sei una tale mocciosa».

«E tu sei un prepotente», replica lei. «Vorrei stare da sola. Ci siamo lasciati».

«Non ci siamo lasciati!», urlo.

Cristo, non penso di aver alzato la voce più di dieci volte in tutta la *vita*: un paio di mesi con Summer e rischio di perdere la voce. Fa emergere un lato primitivo di me, che non sapevo esistesse fino a quando non è apparsa e ha iniziato a farmi impazzire.

E… lo adoro.

Ho passato anni a fare di tutto per evitare conflitti. Permetto che i miei genitori vomitino il loro veleno l'uno sull'altro perché è più facile dei litigi e dei sensi di colpa che ne derivano se provo a spiegargli la verità dei fatti. Evito le situazioni pubbliche perché non voglio alcuna attenzione su di me.

Esco con le ragazze che sono introverse quanto me, perché poi non si aspettano che mi lasci andare alle feste o che partecipi a eventi stravaganti come galà di beneficenza per la leucemia.

Non mi dispiaceva quell'esistenza. È stata bella e accogliente. Priva di conflitti.

Ma non mi sono mai sentito veramente vivo fino a Summer.

Non voglio stare con una donna che si nasconde nell'ombra con me, perché questo mi consente di continuare a *nascondermi*. Ed è quello che ho fatto per anni: ho celato parti di me ai miei genitori, ai miei amici, alle mie ragazze, al mondo. Voglio qualcuno che mi incoraggi a uscire dal mio guscio confortevole, e Summer è quel qualcuno.

Mi fa impazzire. Fa cazzate folli come tirare i capelli di una ragazza in un bar perché l'ha chiamata puttana. Tasta giocatori di football seminudi nel nostro salotto. Fa dei bei balletti quando prepara la colazione nella nostra cucina.

E sì, a volte mi fa perdere la pazienza, ma la cosa è reciproca. Fa parte del divertimento.

«Vado di sopra, Fitz. Puoi dormire sul divano o nella stanza di Dean o in qualsiasi altra stanza. Ma non nella mia, perché ci siamo lasciati».

«Dillo ancora una volta. Ti sfido, cazzo».

Si ferma ai piedi della scala e si gira. I suoi occhi verdi brillano di forza d'animo. «Ci siamo…».

Mi lancio in avanti.

Lei alza le mani. «Non osare!».

Sì, non succederà. La afferro per la vita e sollevo il corpo che si dimena sulla mia spalla, fissando una mano sul suo sedere. «Ci sediamo a parlarne», ringhio, dirigendomi verso il salotto.

«Non c'è niente di cui parlare! Mettimi giù!». Riesce a liberarsi da sola, i suoi piedi nudi schiaffeggiano il pavimento di marmo quando entrano in contatto con esso.

«Mi vuoi dare retta? Non ci lasciamo. Non succederà, Summer. Non me ne frega un cazzo del lavoro a Orcus Games. Me ne frega di *te*. Quel bastardo è stato stronzo con te. È stato stronzo con tutti e due, e mi rifiuto di lavorare per qualcuno che tratta le persone con una tale mancanza di rispetto o si comporta in quel modo in pubblico. Gli ho risposto a dovere, e se ne avessi la possibilità, rifarei tutto da capo, mi hai sentito? Perché è stato un imbecille con te, e ti amo».

Le si mozza il fiato. «È...». Deglutisce. «È la prima volta che me lo dici».

«Be', è vero. Ti amo. Sei la mia ragazza...».

«Ero la tua ragazza».

«Sei».

«Ero».

Le avvolgo le braccia attorno alla vita e la tiro verso di me. Quando lei sussulta, so che sente l'erezione che preme sulla sua pancia. «Puoi obiettare fino alla nausea, ma sappiamo entrambi che non ci lasceremo». La mia mano scivola sotto il vestito per accarezzare la sua coscia liscia. «E sappiamo entrambi che anche tu mi ami».

I suoi occhi si assottigliano mentre studia la mia faccia. «Tu sei diverso».

Ha ragione. Lo sono. La mia pazienza si sta esaurendo e ho i nervi a pezzi. Sono ancora incazzato con Kamal. Ancora incazzato con Summer. Eppure, allo stesso tempo, voglio scoparla come non ho mai voluto scoparla prima.

Gemendo piano, copro con la mano il paradiso caldo tra le sue gambe. Quando trovo la sua vagina nuda, rabbrividisco di desiderio. «Non hai avuto indosso le mutandine per tutta la serata?», dico con voce rauca.

«No. Questo vestito non si abbina con le linee delle mutandine. Non lo farei mai a Vera».

«Chi è Ve... lasciamo perdere».

«Fitz». Lei deglutisce di nuovo. «Mi dispiace di averti fatto perdere il lavoro».

Scuoto la testa. «Ancora non capisci, vero? Non mi hai fatto perdere il lavoro. Kamal Jain si è perso un dipendente. Sono bravo a realizzare videogame. Troverò qualcos'altro, te lo prometto. Ma non troverò mai un'altra te».

Dischiude le labbra, meravigliata. «È la cosa più dolce che tu mi abbia mai detto».

«Posso essere dolce quando voglio». Le mie nocche le sfiorano il clitoride. «Ma adesso ho solo desideri osceni». Le infilo un dito dentro. «Allarga le gambe così posso scoparti sul muro».

La mia richiesta audace la fa rimanere a bocca aperta. «Oh, mio Dio. Sei di buon umore stasera».

«Sì, è vero. Quindi, per amor del cielo, smettila di cercare di rompere con me. Smettila di preoccuparti di questo lavoro. Smettila e baciami».

Quando la mia bocca copre la sua, smette finalmente di controbattere e ricambia il mio bacio con un livello di passione che mi ruba il respiro. Mi muovo contro di lei, ma non basta. Il mio uccello dolorante sta stretto nei pantaloni, e ce l'ho troppo duro per i preliminari.

«Ho bisogno di essere dentro di te», sussurro nel suo orecchio. «Ti farò sentire bene dopo. Te lo prometto».

«Mi fai sempre sentire bene», sussurra lei, e cavolo se il mio cuore non batte più veloce.

Grazie a Summer, tengo sempre un preservativo in tasca in questi giorni, indipendentemente dall'occasione. Non mi prendo la briga di togliermi i pantaloni. Li slaccio, tiro fuori il mio uccello, e infilo un profilattico. Poi tiro su con forza il vestito di Summer, sollevo una delle sue lunghe gambe fino al mio fianco e con un colpo solo mi seppellisco dentro di lei.

«Oh, mio *Dio*», geme lei.

Il suo calore mi circonda, i suoi muscoli interni si stringono attorno al mio uccello come per intrappolarlo lì. La mia pelle è in fiamme. Il mio cuore batte in uno staccato netto contro la mia cassa toracica. Sono caldo, duro e ho un disperato bisogno di un orgasmo.

Non c'è niente di aggraziato nei miei movimenti violenti.

Il muro dietro di lei trema e la credenza fa rumore mentre la scopo in piedi. Le sue gambe serpeggiano intorno alla mia vita ed è così bagnata e stretta che non riesco a pensare con lucidità. Non posso fermare il treno merci di piacere che mi colpisce senza preavviso. Affondo la mia faccia nell'incavo del suo collo e tremo contro il suo corpo, venendo così forte da vedere le stelle.

«Cazzo, sì», grugnisco sul suo collo.

I miei fianchi continuano a muoversi per diversi momenti prima di fermarmi. So che non è venuta, ma ho già promesso che mi sarei fatto perdonare. Le mie ginocchia iniziano a tremare, ma ancora non mi muovo.

«È così bello dentro di te», biascico. «Non voglio mai lasciarti...».

Ding.

Sobbalziamo entrambi per la sorpresa quando le porte dell'ascensore si aprono. E subito dopo sento: «*Ma che cazzo!*».

È Dean.

Vale a dire, il fratello di Summer, Dean.

Vale a dire, il mio buon amico Dean.

Come può succedere ancora?

«Come può succedere ancora!», esclama Summer imbarazzata.

Proprio non lo so. È la seconda volta che qualcuno ci sorprende mentre sono dentro di lei. Ma questo è un milione di volte peggio perché è suo *fratello.* Sto per girarmi quando mi rendo conto che se lo faccio, Dean vedrà sbandierare il mio uccello e saprà dov'era un secondo prima.

«Ti prenderò a calci in culo, Fitzgerald!».

«Dean», implora Summer, affondando la faccia nel mio petto. «Girati. Per favore».

«Oh, mio Dio, cazzo. State facendo sesso?», tuona. «Qui in mezzo?!».

«Dean! Girati!».

Ha la decenza di obbedirle, ma sembra furioso mentre ringhia: «Rimettetevi in sesto e incontriamoci in salotto. Sto passando accanto a voi proprio ora, e non sto guardando, okay? Porca puttana, non sto guardando».

La mia vista periferica lo coglie quando ci passa accanto impettito, tenendosi una mano sul viso come un cieco. Nel momento in cui scompare, entriamo in azione. Lo tiro fuori. Summer prende il preservativo e lo va a buttare nella toilette vicina. Scarica il water, poi ritorna e a malincuore ci dirigiamo nel soggiorno come due adolescenti che...

Sono stati sorpresi a fare sesso?

Sì. Proprio quello.

Quando ci sediamo sul divano, Dean incombe su di noi, le braccia incrociate. «Da quand'è che dura?», chiede con severità.

Soffoco una risata. Sentire Dean (il cui soprannome al college era "Dean la macchina del sesso", per la miseria) assumere un tono puritano e uno sguardo di disapprovazione è il più grande paradosso. Ma so che tutta questa postura da fratello maggiore nasconde una sincera preoccupazione. Adora sua sorella.

«Da un po'», ammette Summer.

«Ah». La guarda torvo. «Oh, ma dai. La prossima volta che cerchi di nascondermi una cosa, faresti meglio a non pubblicare certe foto sui social».

Lei alza gli occhi al cielo. «Non cercavo di nascondertelo».

È indignato. «Quindi *volevi* che lo scoprissi dai social?»

«No, non mi è nemmeno passato per la mente. Fitzy e io siamo andati a una festa. Ho fatto una foto di noi insieme. L'ho pubblicata su Instagram. Da nessuna parte in quella catena di eventi ho pensato a te. Vuoi sapere perché? Perché non ha niente a che fare con te».

«Ha *tutto* a che fare con me!», controbatte.

Ah. Ora so da chi Summer ha ripreso la teatralità.

Lo sguardo assassino di Dean guizza verso di me. «È la mia sorellina, amico!».

«Lo so», rispondo con calma. «E mi importa molto di lei».

«Sì, Dicky», interviene Summer. «Non è solo sesso tra noi, okay? Cioè, facciamo sesso, e molto, ma…».

Dean si lascia cadere la testa tra le mani. «Perché, moccolona? Perché devi dire cose del genere?».

Lei sbuffa. «Così a te è concesso parlare della tua vita sessuale con me, ma io non posso parlare della mia?»

«Non parlo mai della mia vita sessuale con te! È un argomento tabù! Tabù!». Emette un gemito pieno di esasperazione. Poi inspira lentamente. Il suo sguardo si sposta tra di noi. «È così, allora? State insieme adesso?».

Guardo Summer, che cinque minuti fa minacciava di rompere con me. No, neanche mi ha minacciato: ha rotto *proprio* con me. Sono io che non l'ho permesso.

Summer accenna un sorriso mesto. «Stiamo insieme», conferma. «Colin è il mio ragazzo».

Mi mordo l'interno della guancia per non ridere. La rassegnazione nel suo tono è piuttosto adorabile.

Dean fa un cenno lento mentre studia attentamente la mia faccia. «Quindi stai con mia sorella? Sei il ragazzo di mia sorella?». Sembra tanto rassegnato quanto Summer.

Trattengo il respiro, perché so esattamente dove vuole andare a parare. «Sì».

«Okay, allora». Si passa una mano tra i capelli biondi. «Sei pronto?».

Lascio andare l'aria che trattenevo. «Facciamola finita».

Lo sguardo di Summer rimbalza da me a Dean, la confusione nuota nella sua espressione. «Di che state parlando?».

Dean si alza in piedi. Anch'io.

«Scusa, moccolona. Deve essere fatto».

«Deve essere fatto», ripeto in tono colpevole.

Quando Dean si crocchia le nocche della mano destra, la sorella ha come un'illuminazione. «Lo vuoi picchiare?», esclama, saltando in piedi. «Ma che cavolo! Non ci provare!».

«Fitz conosce il codice. Non l'ha rispettato. Perciò…».

Dean ha ragione. C'è un codice. Altre squadre potrebbero avere delle regole sul non uscire con la sorella o la ex di un compagno di squadra o con chiunque altro, ma la nostra squadra non ha mai aderito rigorosamente a qualcosa del genere. La nostra regola era molto più semplice: chiedi prima di agire.

Anche se l'altro ragazzo dice *col cavolo*, probabilmente potresti fare quello che vuoi comunque, dal momento che non c'è modo per lui di far rispettare la cosa. Ma non riguarda questo il codice. Riguarda il rispetto del tuo compagno di squadra.

Dean crocchia le nocche della mano sinistra.

«Sei pazzo. Non toccarlo, Dicky!».

Cerca di gettarsi tra di noi, ma la sposto delicatamente di lato. «Lascia che succeda», le dico. "Non è niente di…».

Lo stronzo non tira un pugno.

Mi dà una ginocchiata alle palle.

Cado a terra come un sasso, le stelle lampeggiano nel mio campo visivo mentre il dolore mi attorciglia le viscere. Mi rannicchio e afferro le mie parti basse, cercando di riprendere fiato. «Deficiente», gracchio, fissando Dean in modo accusatorio.

«Dicky! Perché gli hai preso le palle! Ne abbiamo bisogno per fare i tuoi futuri nipoti!».

«Nipoti al plurale? Quanti figli volete avere?»

«Un sacco!».

«Non ti è permesso rimanere incinta finché non hai almeno trent'anni. Non sono pronto per essere uno zio».

«Oh, mio Dio. Il mondo non gira sempre intorno a te!».

Stanno lì a litigare come se non fossi piegato a metà sul pavimento di marmo, senza fiato.

«Non farò dei bambini con te», ansimo a Summer. «Non voglio far parte della tua folle famiglia».

«Oh, silenzio, dolcezza. È troppo tardi. Ormai mi sono affezionata».

Si direbbe che è impossibile ridere in una situazione del genere, mentre mi contorco sul pavimento in agonia.

Ma Summer Heyward-Di Laurentis rende tutto possibile.

Capitolo trenta
Summer

Il mio ultimo incontro con Erik Laurie ha luogo il lunedì prima dello spettacolo. Avrei voluto discuterne dopo la nostra lezione di Storia della moda di stamattina, ma aveva una fila di studenti che aspettavano di parlargli. Così ho ammazzato due ore al campus e poi sono andata nel suo ufficio durante l'orario di ricevimento.

Odio incontrarmi nel suo ufficio. Trovo che sia sempre più viscido a porte chiuse. Ha già fatto l'occhiolino quattro volte, ha fatto un commento provocante su come dovrei sfilare, e ora la sua mano sfiora la mia (intenzionalmente, sospetto) mentre mi passa il programma per venerdì sera. È l'equivalente della scaletta di una band, con i nomi di ogni studente stilista e l'ordine in cui la loro linea farà il suo debutto.

Un'occhiata al programma rivela che *Summer Lovin'* aprirà lo spettacolo. Merda. Avrei preferito essere da qualche parte nel mezzo del branco. Aprire una sfilata di moda è molto stressante.

«Voglio che iniziamo la serata con il botto», mi dice, strizzando di nuovo l'occhio. «I tuoi costumi lo faranno, sospetto».

Bleah. Perché dice cose del genere? Accoppiato con l'occhiolino squallido, le sue parole mi fanno accapponare la pelle.

«Quello che pensa sia meglio». Mi stampo in viso un sorriso allegro. «Quindi è tutto a posto?». Non voglio passare un altro secondo nell'ufficio di quest'uomo.

Lui sorride. «Tutto a posto».

Il sollievo mi inonda. Salto in piedi e prendo la mia borsa Prada. La mia testa è abbassata quando infilo il programma nella mia borsa, quindi non vedo Laurie girare intorno alla scrivania. Quando alzo la testa, si trova a circa trenta centimetri da me. È fin troppo vicino.

Faccio subito un passo indietro. «Comunque sia, ci vediamo mercoledì». Abbiamo un'altra lezione questa settimana, così potrà ridarci i nostri esami e discutere sulla tesi finale. «Non vedo l'ora di vedere il mio...».

«Per quanto tempo continueremo a combatterlo?».

Sbatto le palpebre e lui non è più a trenta centimetri di distanza. È a tre centimetri. E le sue lunghe dita mi accarezzano la guancia , scatenando una raffica di brividi... e non del tipo buono. Sono troppo stordita per spingere via la sua mano, e il mio cervello è ancora bloccato sulla domanda gutturale che ha espresso.

Continuare a combatterlo? Fa sul serio? Pensa che i suoi sentimenti perversi siano ricambiati? Che abbiamo vissuto in una storia d'amore proibita per tutto il semestre?

«Summer», dice con voce roca, e non mi sfugge il bagliore di passione nei suoi occhi.

Deglutisco. Forte. E poi mi lecco le labbra, perché all'improvviso le sento così secche che si stanno attaccando, e ho bisogno che si *stacchino* se ho intenzione di far uscire le parole.

Solo che Laurie fraintende la leccata delle labbra per un via libera. Con mio orrore, la sua testa si tuffa verso di me, la sua bocca quasi atterra sulla mia, prima che riesca a piantare le mani sul suo petto per respingerlo con forza.

«Mi dispiace», rispondo. «Non so cosa pensa ci sia tra noi, ma...». Mi tremano le mani da morire quando porto la cinghia della borsa sulla mia spalla. «Ho un ragazzo».

E anche se non ce l'avessi, non ti bacerei neanche se la mia vita dipendesse da questo, razza di verme squallido.

Sante parole! Selena è d'accordo.

Laurie si liscia il risvolto della giacca gessata. «Capisco», dice con fermezza.

«Sì, mi dispiace...». Perché mi sto scusando? Prendo fiato e mi ricordo che non ho nulla di cui scusarmi. E che non dovrei usare un ragazzo come scusa. «Ma anche se non ci fosse il mio ragazzo di mezzo, non sarei comunque interessata. Sarebbe inappropriato...». *Smettila, Summer! Ancora con le scuse?* La rabbia si accumula nel mio intestino. Perché noi donne lo facciamo? Perché sentiamo il bisogno di giustificare il motivo per cui non ci piace qualcuno? «Non sono interessata a lei in quel senso», concludo con fermezza. Ecco qua. Niente più scuse.

Serra la mascella. I suoi occhi bruciano con qualcosa che non riesco a decifrare. Non è proprio rabbia. Di sicuro non dolore o vergogna.

Penso che potrebbe essere tradimento.

«Mi dispiace se l'ho portata a credere diversamente», aggiungo, anche se sono certissima di non avergli inviato alcun segnale sessuale.

Inarca leggermente un sopracciglio. «Hai finito?», chiede con un tono così freddo da poter ricongelare la neve che ha iniziato a sciogliersi di recente oltre le finestre.

«Credo di sì», mormoro.

«Allora ci vediamo in classe, Summer».

Lascio l'ufficio e la porta si chiude dietro di me. Laurie non la sbatte, ma la chiude decisamente più forte del necessario. Rimango nel corridoio per un momento, stordita da ciò che è appena successo. Esco dalla mia trance quando il mio cellulare vibra con un testo in arrivo.

FITZ: Al laboratorio informatico a lavorare sul codice. Pausa. Ci vediamo per pranzo?

IO: Scusa, tesoro. Sto per incontrarmi con il mio tutor. Ci vediamo a casa xoxo.

Non so perché gli mento. Non penso di poterlo vedere mentre il mio stomaco continua a bruciare per l'umiliazione. All'improvviso mi interrogo su ogni discussione in classe, quando Laurie annuiva con approvazione per qualcosa che avevo detto, o mi elogiava per una particolare osservazione. Erano tutte cazzate? Stava solo facendo finta di trovarmi intelligente e perspicace per entrarmi nelle mutande?

Certo che stava fingendo, idiota. Su quale pianeta un professore pensa che tu sia intelligente?

Mi mordo il labbro per non piangere. Voglio dire al mio critico interiore di andare affanculo, ma sono troppo sconvolta. E non ho intenzione di dire a Fitz cos'è successo. Darà di matto se scoprirà che Laurie ha provato a baciarmi. Probabilmente darà la caccia al professore e cercherà di farlo a pezzi, e questo di certo non migliorerà la situazione.

È finita ora. Laurie ha fatto una mossa, io l'ho rifiutato. Alla fine ne parlerò a Fitz. In questo momento, voglio dimenticare che sia mai successo.

Ma è più facile a dirsi che a farsi, soprattutto quando diventa evidente che Laurie non vuole che me lo dimentichi.

Quando venerdì entra a grandi passi nell'aula, il suo sguardo cerca il mio quasi immediatamente, e il ghiaccio nei suoi occhi mi fa rabbrividire. Poi rompe il contatto visivo e saluta il resto della classe con un sorriso smagliante.

«Indovinate che giorno è, ragazzi e ragazze!».

Dei risolini attraversano la stanza, perlopiù da parte delle ragazze. Nella fila davanti a me, Nora sussurra qualcosa a una delle sue amiche, ed entrambe ridacchiano. In realtà, si è fatta indietro in queste ultime settimane, i suoi vari sguardi torvi e le sue osservazioni combattive si sono lentamente attenuate. Penso che abbia accettato che io sia la "mascotte" di Laurie e che nessuna quantità di assurdità su Chanel farà sì che lui mi odi.

Dovrei darle una dritta sul fatto che tutto quello che serve per suscitare l'odio in Erik Laurie è non permettergli di ficcarti la lingua in bocca.

«Come sapete, oggi vi ho riportato le vostre tesine».

Ci sono sussurri entusiasti, mescolati con alcuni lamenti e voci preoccupate.

«Non vi preoccupate: quasi tutti avete svolto un lavoro eccellente. Molti scritti interessanti nel gruppo. Signorina Ridgeway, il suo in particolare è stato una lettura affascinante».

Nora alza la testa di scatto in stato di shock. Questa è la prima volta che la sceglie per lodarla. Non riesco a vederla in viso, ma immagino che stia arrossendo allegramente.

«Detto ciò», continua, «ho notato che alcuni di voi hanno avuto problemi con i principi base della scrittura di saggistica, ad esempio come citare correttamente una fonte o organizzare un paragrafo. Ho pensato che forse sia necessaria una guida passo-passo».

Apre una valigetta e prende un portatile che sistema sul tavolo vicino al suo leggio. «Ho scoperto che a volte per insegnare a uno studente come fare qualcosa in modo corretto, è utile sapere come appare una versione *incorretta*. Quindi analizzeremo due tesine, le quali hanno ottenuto una D meno, ed esamineremo il perché». Fa l'occhiolino. «Non vi preoccupate: sono gli esami di un corso di Storia della moda che ho tenuto all'Università della California di

Los Angeles un paio di anni fa. Tendo a riutilizzare gli stessi argomenti. Do la colpa alla pigrizia».

Questo gli fa ottenere più risate.

Si china sul suo computer. «Iniziamo con questo articolo sull'evoluzione della moda newyorkese».

Mi paralizzo.

Deve essere una coincidenza, no? Ha appena detto che tende ad assegnare gli stessi argomenti.

L'ansia si rovescia nello stomaco mentre aspetto che il saggio appaia sullo schermo di proiezione.

E poi succede, e la sensazione di malessere mi salta alla gola, e quasi soffoco nella mia stessa bile.

Una pagina di copertina riempie lo schermo per circa mezzo secondo prima che Laurie passi rapidamente alla prima pagina.

Ma mezzo secondo è tutto quello che serve per distinguere il mio nome sulla copertina. La data sotto indica chiaramente che è stata scritta e presentata in questo semestre. Università della California, un corno.

E non sono l'unica che se n'è accorta. Ben, il mio compagno di fila con le sopracciglia cespugliose, mi lancia uno sguardo strano. Nora si gira per guardarmi male prima di rivolgersi di nuovo allo schermo.

«Come potete vedere, la studentessa ha avuto molti problemi con la struttura base della saggistica. Date un'occhiata alla sua tesi: ci ha chiaramente detto cosa intende discutere e in quale ordine. Eppure il paragrafo successivo non segue questo progetto...».

E continua a blaterare e blaterare, smontando la tesina su cui avevo lavorato sodo negli ultimi due mesi. Sulla quale ho pianto. Le mie guance diventano sempre più calde a ogni secondo che passa. Mi sale sempre di più la nausea. I miei colleghi hanno visto il mio nome su quella copertina.

O almeno quasi tutti. Sanno che l'ho scritto io. Laurie l'ha fatto apposta: strizza l'occhio, sorride e se la gode mentre disseziona il mio lavoro.

«Come potete vedere, la studentessa aveva lo scheletro, ma niente carne, se mi passate l'espressione».

Nora ridacchia. Ben mi dà un'occhiata comprensiva.

Cerco disperatamente di non piangere. Incollo il mio sguardo sulle mie mani, che tengo strette sul grembo. Non voglio che Laurie sappia quanto sia vicina alle lacrime. Mi rifiuto di fargli vedere che il suo stratagemma di umiliazione ha funzionato.

Ora quel bastardo arrogante sta facendo notare un errore di ortografia che mi era sfuggito alla rilettura. Anche a Fitz era sfuggito.

«Questo non è un asilo nido. Questa è un'università prestigiosa. L'ortografia ha importanza, bambini».

Scatto in piedi. Ho chiuso. Ne ho avuto abbastanza. Le mani mi tremano come rami in una tempesta mentre raccolgo le mie cose e mi affretto verso il corridoio.

Laurie sta ancora parlando quando apro le porte e fuggo dall'aula. Sono a metà strada nel corridoio quando qualcuno chiama il mio nome.

«Summer, aspetta». Ben si precipita verso di me, la preoccupazione incisa sul suo volto. «Stai bene?»

«Non proprio». Deglutisco ripetutamente, ancora una volta cercando di reprimere le lacrime.

«Quello stronzo di Laurie ha fatto davvero una cosa subdola», dice Ben con tono piatto.

«Ma non mi dire».

«Devi segnalarlo al capo del dipartimento».

«E dire cosa?», chiedo in tono sardonico. «"Ehi, ho preso una D meno su un esame. Licenziate il professore"».

«No, ma puoi dirgli che ti ha umiliato di fronte ai tuoi

compagni e ha insinuato che sei una scrittrice incompetente e…».

«Mi dispiace», lo interrompo, perché sono a un passo dal crollare. «Ma devo andare».

«Summer».

«Ben, per favore. Lascia perdere». Faccio un cenno alle porte. «Torna dentro e aspetta il tuo esame. Scommetto che sei stato bravissimo».

«Summer». Scuote la testa arrabbiato. «Non è giusto».

«La vita non è giusta». La mia voce si incrina. «Ma apprezzo che tu sia venuto qui a controllare che stessi bene. Lo apprezzo davvero. Sei un bravo ragazzo, Ben. Grazie».

Gli stringo il braccio e poi me ne vado.

A casa, trovo Fitz alla sua scrivania. Porta le cuffie e sta usando il controller di gioco collegato al computer. O almeno penso sia collegato. Non capisco davvero il suo sistema di gioco. Ha provato a spiegarmelo una volta, ma me ne sono già dimenticata.

Gli tolgo gli auricolari, facendolo sobbalzare sulla sedia imbottita. «Cazzo, mi hai spaventato, piccola». Quando vede l'espressione sul mio viso, la preoccupazione riempie i suoi occhi. «Cosa c'è che non va?».

Faccio un respiro lento e regolare. «Ho bisogno di chiederti una cosa, e devi promettere di essere sincero con me».

«Okay…». La sua espressione diventa cauta.

«Il mio saggio faceva schifo?»

«Cosa?». Si gratta il viso con le mani, chiaramente confuso. «Intendi il saggio di moda? Su New York e la prima metà del XX secolo?».

Annuisco. «Mi hai detto che ho fatto un buon lavoro», dico con tono tremante.

«Hai fatto un ottimo lavoro».

Scruto la sua espressione e non trovo nulla di ingannevole a riguardo. E la sua voce non è altro che sincera. «Ci credi davvero o lo dici solo perché stiamo insieme?»

«Summer, se avessi pensato che il tuo saggio facesse schifo o che ci fosse qualcosa di altamente problematico, te l'avrei detto», dice con fermezza. «E mi sarei offerto di aiutarti a risolverlo. Non vedo l'utilità nel mentire su cose del genere».

Affondo sul bordo del suo letto. Ancora una volta, cominciano a bruciarmi gli occhi, ma stavolta non riesco a controllare alcune lacrime che mi scappano e scivolano lungo le mie guance.

Fitz è in piedi in un batter d'occhio. Si inginocchia di fronte a me e mette le sue grandi mani sulle mie cosce. «Parlami», mi esorta con voce roca. «Che succede?»

«Ho preso una D meno all'esame».

La cosa lo stupisce. «Davvero?».

Annuisco lentamente.

La sorpresa sul suo viso si trasforma in scetticismo. «Ma è praticamente una bocciatura».

«Lo so», gemo, e mentre le lacrime continuano a cadere, gli dico tutto quello che è successo in classe oggi. E poi, dato che sto già confessando cose umilianti, rivelo anche quello che è successo nell'ufficio di Laurie.

Gli occhi di Fitz divampano. «Quel figlio di puttana. E ora ti sta punendo perché non volevi fare sesso con lui?».

Mi asciugo gli occhi bagnati. «Non lo so. Forse mi meritavo davvero una D».

«Stronzate. Non era una tesina da D, Summer. Mi dispiace. Non pretendo di essere un genio nello scrivere saggi, ma se fossi stato un tuo professore, ti avrei dato una B. Forse una B meno se fossi stato un po' pignolo sulla grammatica, o una C solo se fossi stato di cattivo umore quel giorno. Ma una D meno è una stronzata pazzesca. Ti sta assolutamente punendo». Con rabbia scuote la testa. «Devi presentare ricorso».

La sua fiducia nella mia tesina mi asciuga le lacrime. «Posso farlo?»

«Non sono sicuro di come funzioni il dipartimento Moda, ma in questo college c'è senz'altro un modo per appellarsi e devi approfittarne». Mi prende le guance con entrambe le mani, accarezzandomi il profilo del mento con i pollici. «Non puoi lasciare che la faccia franca. Non ti meriti un voto del genere, piccola».

Ma cosa succede se lo fai?, controbatte il mio critico interiore. Non sei proprio la tipa più sveglia del…

Sta' zitto, interrompo, schiaffeggiando mentalmente la parte negativa del mio cervello che mi ha tormentato per anni. *Stai. Zitto. Punto.*

Non ho intenzione di ascoltare il critico. Ascolterò Fitz, che sembra così irremovibile sul fatto che io abbia scritto una buona tesina.

E la sua fiducia in me mi mozza il fiato. Gli getto le braccia attorno e lo stringo forte. «Ti amo», sussurro. «Mi fai sentire…». Mi fermo per pensarci su. «Intelligente».

La sua risata roca mi solletica la parte superiore della testa. «Intelligente, eh?». Fa scorrere le mani su e giù per la schiena prima di stringere la presa su di me.

«Sì». Sorrido sulla calda colonna del suo collo, respirando il suo familiare profumo maschile. «Non ho fatto ricorso all'accusa di plagio alla Brown, perché pensavo che nessuno avrebbe creduto che non avessi imbrogliato di proposito. Ma avrei dovuto farlo. Non meritavo di essere bocciata: mi meritavo un aiuto in più». Serro la mascella. «Perché ho un disturbo dell'apprendimento».

Inclino la testa e trovo Fitz che mi fissa con orgoglio negli occhi.

«Non sono stupida», gli dico, e per una volta, il mio critico interiore rimane in silenzio. «Imparo solo in maniera diversa. Mi sono fatta un culo così su quella tesina, e forse c'erano alcune frasi sconnesse e un paio di paragrafi che avrei potuto riorganizzare. E va bene, c'era *un* errore di ortografia, ma andiamo, ti aspetti che io creda che nessun altro in classe abbia fatto un errore di battitura?». Sporgo il mento. «Farò ricorso».

«Ci puoi scommettere. Laurie può andare a farsi fottere».

«Ci puoi scommettere». Faccio scorrere le dita sulla barba ispida che gli punteggia la mascella forte. «Grazie per avermi fatto sentire meglio».

«Ehi, essendo il tuo ragazzo, è il mio lavoro farti sentire meglio». Le labbra di Fitz sfiorano le mie in un bacio rassicurante. «Non preoccuparti, piccola. Farai ricorso e il college dovrà cambiarlo perché sarà chiaro che Laurie è uno stronzo vendicativo. Andrà tutto bene». Mi bacia di nuovo. «Te lo prometto».

Capitolo trentuno
Fitz

A causa di un conflitto nei programmi con l'Arbor House, la nostra struttura di Hastings, la sfilata di moda di domani si terrà alle 19:00, anziché alle 21:00. Ci scusiamo con i possessori di biglietti per ogni eventuale disagio.

«Non. Ci. Posso. Credere».

La rabbia stravolge i bellissimi lineamenti di Summer in qualcosa di oscuro e primordiale. Sembra pronta a guidare fino alla casa di Erik Laurie per strangolarlo a mani nude.

Non la biasimo.

«Un conflitto nei programmi?», strilla. «Il giorno prima dell'evento? L'ha fatto apposta. Sta cercando di fottermi, letteralmente e figurativamente».

Non rido, perché sono furioso per lei. Quando ha mandato un'e-mail a Laurie per rammentargli che metà dei suoi modelli non saranno disponibili se l'evento verrà anticipato, ha avuto una risposta fredda in cui il professore dichiarava che Summer avrebbe dovuto semplicemente rifare lo studio indipendente l'anno prossimo.

Il che è uno schiaffo in faccia dopo che lei si è fatta un culo tanto per tutto il semestre.

«Sei sicura che sapesse che Rex e gli altri sarebbe stati indisponibili fino alle otto?»

«Lo sapeva», dice lei con tono severo. «Gliel'ho accennato più volte durante gli incontri. Lui voleva che aprissi la sfilata, e gli avevo detto che preferivo uno spazio successivo per dare ai ragazzi della squadra di football il tempo di riorganizzarsi dopo il ritiro. Inoltre, è un sacco di pressione andare per prima».

«Puoi scavalcarlo?», chiedo.

«Per parlare con chi? Il mio tutor accademico? Richmond non mi sopporta. Ed è innamorato di Laurie».

«Forse sarà ragionevole. Non è come se non avessi fatto nulla. Hai ancora sei modelle».

«Ho detto tutto questo a Laurie», mi rammenta. Mi lancia il suo telefono.

Leggo di nuovo il loro scambio di e-mail. Dopo la sua risposta maleducata, Summer ha perorato la sua causa, dicendo che ha sei modelle pronte a sfilare, e chiedendo se potesse semplicemente non mostrare la linea uomo. Laurie le ha detto che tutti e dodici i modelli devono essere lì, o non si farà nulla. Ancora una volta ribadisce che dovrà ripetere lo studio indipendente.

Perfido bastardo.

«Che faccio?». La sua espressione è piena di sgomento, ma non sta piangendo, il che mi dice che non ha ancora ammesso la sconfitta.

«Dev'esserci una soluzione. Hai parlato con Rex… non c'è modo che arrivino prima?»

«No. L'allenatore Deluca li ha messi in isolamento. A quanto pare, questo ritiro hippy è nel bel mezzo del bosco, a chilometri e chilometri dalla civiltà. L'autobus non li va a prendere fino alle cinque. Torneranno un paio d'ore dopo».

Ci rimugino. «Va bene. Quindi abbiamo sei costumi da bagno per uomini».

«Otto. Rex e Lockett avrebbero sfilato due volte».

«Ma hai solo bisogno di sei corpi».

«Sì, ma…». Lei scuote la testa per la frustrazione. «I costumi sono fatti su misura per questi corpi. Ecco perché abbiamo fatto le prove».

«Ma», ribatto, «abbiamo le loro misure, e sono sicuro che potremmo trovare dei ragazzi che generalmente si adattano a queste misure».

«Dove vuoi andare a parare?».

Già, dove vuoi andare a parare?, gracchia una vocina.

Espiro lentamente. «Lo facciamo noi».

Summer mi guarda perplessa. «Noi?»

«Be', loro», mi correggo. «Recluterò i miei compagni di squadra». Già ho afferrato il cellulare dalla scrivania. «Hollis sarà senz'altro dei nostri, sai che è un esibizionista. Hunter...». Mi fermo. No, Hunter è fuori. Ci ha a malapena rivolto una parola da settimane. «Nate, lo vedo che dice di sì». Scorro la lista dei miei messaggi. «Abbiamo bisogno di qualcuno un po' più snello per sostituire Lockett».

«Jesse!», suggerisce Summer.

«Se Katie glielo permette». Salto il nome di Jesse e cerco quello della sua ragazza. «Sai una cosa? Scriverò direttamente a Katie. È lei che porta i pantaloni in quella relazione».

«Vero». Contrae le labbra. «Ma chi sostituirà Rex? Per favore, non arrabbiarti con me, ma... ha un pacco enorme».

Chiudo brevemente gli occhi. «Sul serio? Nessun ragazzo vuole sentire la sua ragazza dire una cosa del genere, Summer».

«Ti ho detto di non arrabbiarti», protesta lei. «Comunque sia, non preoccuparti. Lui non è molto più grande di te. Hai quasi la stessa...». I suoi occhi si illuminano come se fosse la mattina di Natale.

«Assolutamente no», ringhio, leggendole nel pensiero. «Recluto per te, non mi offro volontario come tributo». Il pensiero di camminare con disinvoltura su una passerella mentre una folla di persone mi fissa mi fa venir voglia di vomitare.

«Bene. Quindi dovrai interrogare i tuoi compagni di squadra sulle dimensioni del loro pene. Trovamene uno grande».

Contengo a fatica le mie risate. Dio. È unica.

«Vedrò cosa posso fare», prometto.

La cosa buona di non avere una partita la sera seguente è che, in teoria, quasi tutti miei compagni di squadra dovrebbe essere disponibili.

La cosa brutta di non avere una partita stasera è che quasi tutti hanno già dei piani. Metà dei ragazzi sono andati in uno strip club a Boston. Altri non rispondono al cellulare. Un paio di loro consultano le loro ragazze che dicono "ma manco per sogno".

Katie, per fortuna, non è una di loro. Allenta le briglie e dà a Jesse il permesso di farlo. Hollis, come sempre, è più che felice di aiutare. Nate e Matt mi hanno fisicamente torturato un po' prima di accettare, finché Summer non ha promesso che l'after-party sarebbe stato pieno di ragazze sexy. Il franco-canadese della nostra squadra, Pierre, è un tipo enorme e peloso che ha all'incirca le stesse dimensioni dell'enorme ala pelosa, Bibby.

In ventiquattro ore ho racimolato cinque corpi.

Devo ancora trovare un sostituto per Rex, quello dal grande pacco.

Sulla sedia della scrivania, do un'occhiata al mio inguine. Non avrei mai pensato di vedere il giorno in cui avrei maledetto le generose dimensioni del mio uccello. Ma sto esaurendo sia le opzioni che il tempo. Summer è andata alla sede un'ora fa per aiutare con l'installazione. Ha anche accettato di riordinare tutto, anche se, a quanto pare, aveva acconsentito prima che Erik Laurie provasse a ficcarle la lingua in bocca.

Stamattina ha inviato un'e-mail a Laurie dicendogli che ha trovato sostituti per i suoi modelli maschili.

Io non vorrei proprio deluderla, ma non sono sicuro su chi altro chiamare. I miei amici gamer non hanno esattamente il fisico da modelli. Morris, Ray, Kenji... sono tutti bassi e magri, per non dire introversi da morire.

Mi sto spremendo le meningi alla ricerca di altri candidati quando mi squilla il telefono. *Numero privato.* Non perdo tempo a rispondere, perché avevo detto ai miei amici che se conoscevano qualcuno a cui interessava, di passargli il mio numero.

Ma quando rispondo alla chiamata, vengo colpito da un senso di déjà-vu. «Prego, rimanga in attesa per Kamal Jain».

Sul serio? Perché mi sta chiamando? Non ho avuto sue notizie (né le ho volute) dalla nostra resa dei conti al Heyward Plaza la scorsa settimana.

«Colin!», mi abbaia all'orecchio. «Spero di averti beccato in un buon momento! Avrei chiamato durante l'orario lavorativo, ma ero in riunione fino alle sei».

Il suo modo rapido di parlarmi mi irrita stasera. «Di cosa ha bisogno, signor Jain?», chiedo, incapace di smettere di essere brusco.

«Ci siamo già passati! Chiamami KJ o...».

«No», interrompo. «Non faremo di nuovo questa tiritera. Mi dica cosa vuole, altrimenti riattacco».

Regna il silenzio.

Non ci credo di aver appena sbottato a un miliardario.

Non penso che ci creda nemmeno lui. Ma quando parla di nuovo, il suo tono è completamente spogliato della sua solita sicurezza. «Colin. Mi dispiace per il modo in cui mi sono comportato alla raccolta fondi». Si schiarisce la voce. «Ho insultato la tua ragazza, e sono stato altezzoso con te. Mi pento del mio comportamento».

Quasi cado dalla sedia. Si sta scusando? Questo sì che *non* me l'aspettavo.

«Scusa se sembro un po' arrugginito, non mi scuso da… l'anno del mai, forse? Le persone si scusano con me, non il contrario. E pensare che sto strisciando di fronte a un atleta! Chi l'avrebbe…».

«Davvero? Siamo tornati alle cazzate sugli atleti?». Sospiro.

C'è una pausa. «Mi scuso di nuovo. Potrei essere poco obiettivo quando si tratta di atleti».

«Ma non mi dica».

«Non ho avuto una gran bell'esperienza con gli atleti alle superiori», ammette. «Anche se sono sicuro che lo sospettassi già. Detto questo, sono davvero dispiaciuto. Sono stato un coglione. E a dire il vero, mi hai colpito quella notte. Gli altri candidati annuivano e concordavano a ogni parola che dicevo. Mi hanno leccato il culo e farneticavano su quanto io sia incredibile… non fraintendermi, *sono* incredibile. Ma alla fine stanca avere persone che ti seguono, che cercano di succhiarti il cazzo. Mi hai tenuto testa, Colin. E per di più, hai un talento immenso».

Sono contento che non sia qui per vedere la mia mascella finire sul pavimento.

«Allora». Il suo tono diventa imbarazzato. «Se sei ancora interessato al posto a Orcus Games, è tuo».

La mia mascella è sul pavimento ora. Sì, non me lo aspettavo assolutamente. E devo ammettere, sono impressionato dal fatto che sia stato abbastanza uomo da chiamarmi per scusarsi.

Ma allo stesso tempo, non posso dimenticare il modo in cui ha trattato Summer con una tale mancanza di rispetto. Non sono sicuro se una scusa lo compensi.

«Gliel'ho detto, non mi interessa lavorare per qualcuno come lei», dico brusco.

«E ti sto pregando di ripensarci. Ho bisogno di qualcuno come te nella mia squadra. Qualcuno che mi sfida, che mi tiene testa. Qualcuno che mi rammenti che prima di essere un coglione arrogante, ero un ragazzino nerd che amava i videogiochi».

Esito per un momento. «Se vuole che ci ripensi, allora deve darmi il tempo di ripensarci», dico alla fine.

«Comprensibile. Prenditi qualche giorno. Diavolo, una settimana, due settimane. Ma ho bisogno di una risposta definitiva entro la fine del mese».

«Bene. Ci risentiremo. Qualcos'altro?». Sono di nuovo maleducato, ma la sfilata inizia presto. E Summer è più importante per me di questo, come si è descritto in modo adeguato, coglione arrogante.

«Pensaci e basta», dice con tono allettante.

«Ho detto che l'avrei fatto». E dico sul serio. Mi prenderò il tempo per decidere se lavorare per Kamal valga la pena, ma se si aspetta che io faccia di nuovo i salti mortali per lui, rimarrà molto deluso. C'è solo una persona per cui li farei con piacere, e non me lo chiede nemmeno.

«Mi farò sentire, signor Jain». E poi concludo on una serie di parole che mai in un milione di anni avrei immaginato di dire. «Adesso devo fare da modello alla sfilata della mia ragazza».

Capitolo trentadue
Summer

«Quell'uomo ti ama davvero».

«Lo so», rispondo a Brenna, incapace di trattenere un sorriso melenso.

Ci troviamo dietro le quinte, a guardare il mio ragazzo sfilare per la lunga passerella che taglia l'enorme sala da ballo dell'Arbor House, una dimora storica di Hastings e la nostra location per la serata. Gli slip da mare di Fitz gli abbracciano il culo perfetto e i muscoli della coscia si increspano con forza mentre i suoi lunghi passi divorano la passerella.

Dall'altra parte delle ali, anche Bianca e le sue ragazze Kappa si stanno godendo lo spettacolo. Ogni volta che un altro giocatore di hockey semi-nudo sale sul palco, sospirano sognanti. Le ragazze hanno già sfilato tra fragorosi applausi. I miei bikini sono stati un successo, ma il costume intero scollata con il quale Bianca ha chiuso la linea femminile è stato il chiaro vincitore della serata.

Bianca mi sorprende a guardare, e mi sventola la mano con entusiasmo. La ricambio con un sorriso. Non ho visto Kaya tra il pubblico stasera, il che mi dice che non ha mai finito per sostenere il progetto parallelo delle sue ragazze. Ma a chi importa. Le Kappa sono venute per me, e io sono in debito con loro per questo.

Oltre le tende, Fitz raggiunge la fine e fa il giro come avevamo provato, anche se in modo imbarazzante. Le persone che occupano le file di sedili su entrambi i lati della pista scoppiano in un applauso, e il mio sorriso diventa più raggiante.

Come sospettavo, i costumi maschili sono un pochino allentati nella parte anteriore, dal momento che la verga di Rex è leggermente più grande di quella di Fitzy. Ma questo non vuol dire che il mio uomo non riempia in modo fantastico quel paio di slip. E poi, sinceramente, non mi sarebbe importato se metà dei costumi non avesse calzato. Sono solo contenta che abbiamo trovato i rimpiazzi per tutti e sei i giocatori.

Tuttavia, qualcun altro non è altrettanto entusiasta. Erik Laurie siede in prima fila con gli altri membri della facoltà, incluso Mallory Reyes, il capo del dipartimento. Laurie tiene in grembo il suo programma, elegante come sempre in un vestito gessato e con la fronte alta libera dai capelli e il viso ben rasato.

Un viso più duro della pietra mentre fissa il mio modello. Correzione, il mio *ragazzo*, che è così sexy che è quasi… mistico. Sì. Non esiste nessun altro modo per descrivere l'uomo oliato, muscoloso, tatuato che si mette in mostra per me.

«Voglio andare là fuori e farmelo sulla passerella», grugnisco. «Davanti a tutti. Non mi interessa nemmeno».

«Non ti biasimo», risponde Brenna. «Guarda quel corpo. È magnifico».

Lo è davvero. E il sollievo sul suo viso quando torna nel backstage è quasi comico.

«Sento che sto per vomitare», geme.

Trattengo una risata. «Sei stato bravissimo!», lo rassicuro. «Ma veloce. Dobbiamo farti mettere i boxer di Rex perché sfilerai di nuovo dopo Nate».

A ogni stilista è stato dato il proprio spogliatoio diviso

da una tenda, e spingo Fitz verso il mio. Il suo secondo costume da bagno non è neanche lontanamente così piccolo come il primo. Ho serbato i boxer per ultimo così da farla subito finita con quegli scomodi slip.

Fitz si gratta il petto nudo, poi ricorda che Brenna e io abbiamo strofinato l'olio su tutti i ragazzi prima che iniziasse lo spettacolo. La sua manona sta luccicando adesso, e si morde la lingua in modo seducente prima di dire: «Sono tutto unto. Me li togli tu?».

Alzo gli occhi al cielo. «Le mani oleose non ti impediscono in alcun modo di toglierti gli slip». Ma aggancio comunque le dita sotto l'elastico, perché quale donna direbbe mai di no a sfilare quello che è essenzialmente biancheria intima dal corpo di questo bel ragazzone?

Infilo le mani sotto gli slip e gli strizzo i glutei. Il suo sedere è incredibilmente muscoloso.

Gli occhi di Fitz brillano. «Non farlo», avverte. «Me lo farai venire duro».

«Sei tu quello che voleva che ti spogliassi».

«Hai ragione. A cosa stavo pensando?». Scaccia via le mie mani e si denuda da solo.

Per un breve e glorioso momento, ammiro il suo dolce pene prima che si infili i boxer e stringa il cordoncino. «Come sembro?», chiede.

«Scopabile». Gli do uno schiaffo sul sedere. «Ora torna al lavoro».

Ridacchia mentre lo faccio uscire dallo spogliatoio e lo metto in posizione. Nate si allontana dalla passerella e Fitz si avvicina, ma prima che cammini, mi fa l'occhiolino e mormora: «Non lo farei per nessun'altra, lo sai».

«Lo so. E ti amo per questo».

Brenna sospira quando lui scompare. «Voi due siete così sdolcinati».

«Sì. Ed è di mia proprietà». Le sorrido. «Ti vedi ancora con McCarthy?». Ultimamente non mi racconta molto della sua vita amorosa.

Lei scrolla le spalle. «Non proprio. Lui è a Boston. Io sono a Hastings. Non ho intenzione di impegnarmi tanto per un ragazzo di Harvard».

«E se fosse Connelly?», ribatto. «Faresti il viaggio per vederlo?»

«Perché nomini sempre Connelly?», chiede esasperata. «Ti giuro, sei ossessionata da quel ragazzo. È un coglione arrogante, Summer».

«Ma è così sexy».

«I coglioni arroganti tendono a essere sexy. È così che diventano dei coglioni arroganti».

Fitz ritorna lasciandosi un forte applauso dietro di sé, ed esorto Hollis ad andare là fuori. Chiuderà il mio spettacolo, e dà il meglio di sé per il finale: flette i bicipiti mentre pianta le mani sui fianchi, mostra le dure creste dei suoi addominali mentre si gira. E poi la mia parte è finita e le ragazze Kappa mi stanno abbracciando, e alcuni dei miei compagni di classe si congratulano con me per un lavoro ben fatto.

Il prossimo è Ben, quindi i miei amici e io ripuliamo le ali per lui e le sue modelle. Brenna e le Kappa vanno a sedersi tra il pubblico mentre Fitz e gli altri si rimettono i loro vestiti. Ringrazio profusamente ognuno di loro per il loro aiuto, e sento una fitta di tristezza al cuore per l'assenza evidente di Hunter. Fitz e io abbiamo convenuto che sia meglio dare spazio a Hunter, ma fa ancora schifo sapere che l'ho ferito.

Quando resto sola con Fitz (e lui indossa i vestiti), afferro la parte posteriore della sua testa per tirare la sua bocca verso la mia. «Grazie», sussurro contro le sue labbra. «Mi hai letteralmente salvato la vita».

«Be', non *letteralmente*», replica lui.

«Letteralmente», ribatto, e le sue labbra si piegano in un sorriso prima di coprire di nuovo le mie.

Qualcuno sussulta da dietro di noi, e ci separiamo per vedere Nora a qualche metro di distanza. All'inizio è pallida per lo shock, ma poi le sue labbra si contorcono in una brutta smorfia e lei sputa: «Non ci posso credere, Fitz. È lei di cui parlavi? *Lei*?».

E poi si allontana, i suoi capelli neri striati di rosa che sferzano mentre gira.

Mi rivolgo a lui confusa. «Che cosa voleva dire, di che avete parlato? Quando le hai parlato?»

«Subito dopo che abbiamo dormito insieme per la prima volta», dice in tono burbero. «Le ho detto che non potevo uscire di nuovo con lei perché avevo iniziato a vedere qualcuno».

«Oh. Non me l'hai detto».

«A essere sincero, me lo sono scordato».

Anch'io mi ero scordata di Nora, almeno in relazione a Fitz. Non è più una minaccia per me, anche se mi sento male che lei ci ha visto baciarci quando so che aveva una cotta per lui.

Davvero ti senti male?, chiede la mia Selena Gomez. Quasi riesco a vedere che sta cercando di non farmi la linguaccia.

Be'. Forse non mi sento *così* male.

«Devo andare a parlare con lei?», chiede lui preoccupato.

«Assolutamente no», dico allegramente. «È una ragazza grande, lo supererà».

La sfilata di moda termina verso le nove e mezzo, che è l'orario di inizio *originario* prima che Laurie decidesse che fare a pezzi il mio saggio mettendomi in imbarazzo di fronte alla classe non fosse abbastanza. Ma il suo tentativo di sabotarmi stasera è fallito. E non mi sfugge la rabbia nei suoi occhi quando Mallory Reyes mi prende da parte all'after-party organizzato dalla Briar ed elogia i miei capi. Non ne ha mai abbastanza dell'influenza bohémien mescolata al mio stile glamour moderno, e dice la stessa cosa a Laurie mentre sta lì a guardarmi in cagnesco.

«Vieni a parlarmi prima della fine del semestre, così potremo fare un brainstorming per il tirocinio per il tuo ultimo anno. Ho qualche idea». Lancia un'occhiata a Laurie. «Adoro lo stile di questa ragazza, Erik. È molto divertente».

«Molto divertente», concorda, ma la rabbia incontrollata nei suoi occhi tradisce il suo tono gentile.

Non me ne frega niente di quanto mi odia, però. Lo studio indipendente è promosso o bocciato, e gli sarà impossibile bocciarmi dopo che Mallory ha trascorso gli ultimi dieci minuti a inondarmi di complimenti. Ancora meglio, è lei che esaminerà il mio ricorso una volta iniziato il processo.

Ho la sensazione che andrà a mio favore.

Mi congedo e faccio un po' di socializzazione. Fitz è al mio fianco, sembra meno infelice del solito nel dover partecipare a un'occasione mondana. Si sta evolvendo, il mio uomo dal dolce pene. Sono fiera di lui.

I suoi compagni di squadra si stabiliscono in uno dei due bar. Poiché la festa è ospitata dal dipartimento di Belle arti dell'università, i baristi non servono nessuno senza documenti. Ma quasi tutti noi abbiamo più di ventuno anni, e io sorseggio uno spritz mentre Fitz beve una birra, e noi stiamo lì a guardare la folla per un po'. Brenna è dall'altra parte della sala a chiacchierare con Hollis. Stanno ridendo per qualcosa, e ogni volta che getta la testa indietro, noto una scintilla di speranza negli occhi di lui. Povero Mike. Uno di questi giorni dovrà accettare che non è interessata a lui.

Fitz viene coinvolto in una conversazione sull'hockey con Nate e Matt, quindi vago e socializzo ancora un po'. A un certo punto mi imbatto in Nora e quasi le faccio i complimenti per il suo spettacolo. I suoi vestiti ispirati al punk rock erano incredibili. Ma i suoi occhi brillano nel momento in cui ci scontriamo, quindi mormoro semplicemente delle scuse e continuo a camminare.

Un po' più tardi, la vedo al bar che chiacchiera con Laurie, e la sua espressione è drasticamente più luminosa. Sta sorseggiando un cocktail rosa e lui tiene in mano un bicchiere di vino rosso. Le tocca il braccio, e poi strizza l'occhio e gioca con una ciocca dei suoi capelli neri e rosa. Lei ridacchia.

Sembra che Nora abbia avuto il suo desiderio esaudito: è finalmente l'esclusiva destinataria delle attenzioni di Laurie. Be', può tenersi quel viscido bastardo. Tanti saluti.

La festa è finita quando mi vibra il cellulare nella tasca posteriore dei miei jeans attillati. Lo tiro fuori e ci trovo un messaggio da parte di Rex.

REX: Ho visto su Snapchat che i ragazzi di hockey hanno spaccato. Sono incazzato, però. Volevamo farlo noi!!

IO: Lo so, dolcezza. ☹

REX: Ci sarete cmq all'after-party, no? Ho tutti questi fusti di birra qui. È un peccato sprecarli.

Torno al bar e mi rivolgo a Fitz e agli altri. «Vi va di andare all'after-*after*-party da Rex?»

«Certo», dice Fitz, anche se a malincuore. «Se tu vuoi andare».

«Assolutamente», rispondo senza indugio. «Daphne Kettleman sarà lì».

«Perché ti interessa tanto questa ragazza?». Dà una scrollata di testa rassegnata.

«Perché lei è Daphne Kettleman».

Si strofina le mani sul viso. «Summer. Sento che lo dirò parecchie volte, ma... Non ti capisco».

Nate ridacchia.

«Va tutto bene, amore. Non molte persone ci riescono». Gli schiocco un bacio sulla guancia. «Okay. Perché voi ragazzi non andate? Presto inizieremo a pulire, quindi devo rimanere, ma una volta finito ci vediamo alla casa a Elmhurst».

«Posso restare ad aiutare», si offre Fitz.

«Hai già aiutato abbastanza». Il mio tono è risoluto. «Prendi Brenna e le Kappa e vai da Rex. Sarò lì tra un'ora, al massimo».

«Non mi piace l'idea di lasciarti qui da sola».

«Zerbino», tossisce Hollis sottovoce.

«Non sarò da sola», dico a Fitz. « Anche Ben e Nora», faccio una smorfia quando pronuncio il suo nome, «si sono offerti volontari per ripulire».

«Sii gentile», rimprovera Fitz .

«Ehi, sono sempre gentile con lei. È lei che si comporta da stronza con me». Scrivo a Rex in un messaggio che festeggeremo con loro, poi faccio scivolare il cellulare in tasca. «Ti scrivo quando parto».

Quarantacinque minuti più tardi, Ben e io abbiamo accatastato l'ultima delle sedie, imballato tutte le stampelle e rimesso in ordine nel miglior modo possibile. Qualcuno dell'università ha il compito di raccogliere tutte queste cose al mattino e restituirle al dipartimento Moda.

Faccio un gesto verso la passerella sopraelevata al centro dell'enorme sala. «Non si aspettano che la smantelliamo, vero?»

«No, penso lo farà chi verrà a prendere le sedie e tutto il resto».

«Okay. Bene». Controllo l'ora sul mio telefono. «Vieni alla festa?».

Si strofina le sopracciglia cespugliose. «Non lo so... Una festa di giocatori di football, eh?»

«Hai qualcosa contro il football?», lo prendo in giro.

«No, ma mi sono beccato abbastanza sparticulo dai giocatori di football che sono un po' traumatizzato». La sua bocca si allarga in un sorriso sfacciato. «Ho anche ricevuto abbastanza pompini dai giocatori di football da compensare il mio trauma».

Sussulto. «Ben, razza di ragazzaccio! Uno, non sapevo che fossi gay. E, due, abbiamo qualcosa in comune: entrambi amiamo gli atleti!».

«Avevamo anche prima delle cose in comune», risponde seccamente. «Siamo entrambi laureandi in Moda? Entrambi amiamo Chanel e Versace?»

«Vero. Quindi vieni alla festa o no?»

«Certo, che diavolo. Ti serve un passaggio?»

«Grazie, ma ho la macchina». Sto per infilare la mano nella borsa per pescare le mie chiavi, quando mi rendo conto che non ho con me la borsa. L'avevo lasciata sul pavimento dello spogliatoio quando Ben e io stavamo chiudendo tutte le tende. A un certo punto anche Nora mi stava aiutando, ma non so dove sia scappata. Probabilmente se n'è andata per evitare di passare del tempo con me.

«Ci vediamo da Rex», dico a Ben.

«Sexy Rexy», mormora lui.

«Oddio, ti prego, chiamalo così in mia presenza così posso vedere la sua reazione».

Ridacchia. «Se penso che così mi beccherò un pompino e non uno sparticulo, lo farò», promette.

Ben se ne va, e salgo sulla passerella e cammino verso le quinte, dove prendo rapidamente la mia borsa. Prima di andarmene, sento una risatina femminile.

Mi paralizzo, il mio sguardo si sposta verso il corridoio

che conduce agli uffici amministrativi di Arbor House. Hanno anche un bagno enorme che ho usato prima stasera.

Un'altra risatina echeggia dal corridoio. Sono abbastanza sicuro che sia Nora, e i miei occhi si assottigliano verso la soglia in penombra. Con chi diavolo è?

In un batter d'occhio, ho un'illuminazione. Laurie? Improvvisamente mi rendo conto che non l'ho mai visto andarsene stasera. È semplicemente scomparso dalla festa, nello stesso modo in cui Nora è scomparsa nel bel mezzo della pulizia.

Seguo le risatine nel corridoio e sto con le orecchie tese. Com'era prevedibile, una voce maschile. Viene dal bagno, ed è quasi certamente Laurie. Poi la voce ovattata di Nora, seguita di nuovo da Laurie, mentre dice qualcosa che la fa ridere di nuovo.

Buon per lei, immagino. Ha avuto una cotta per quel viscido fin dal primo giorno di lezione. Ora riesce a vivere il sogno raccapricciante.

Sto per andarmene quando la sento gridare.

Non è un urlo di terrore ma un'esclamazione di sorpresa, come se la spaventasse. Ma è abbastanza da farmi avvicinare al bagno per controllare se sta bene. Mi ricordo lo sguardo di tradimento sul viso di Laurie quando ho rifiutato le sue avances nell'ufficio. Certo, mi ha lasciato nell'istante in cui ho detto di no. Ma quel giorno era anche sobrio e su proprietà universitaria.

Stasera l'ho visto bere almeno tre bicchieri di vino rosso. Inoltre, era già in uno stato di agitazione perché ho sventato il suo piano malvagio. Non mi sentirei bene con me stessa se me ne andassi senza assicurarmi che Nora…

«Smettila».

Okay, quello l'ho sentito *forte e chiaro*.

Raggiungo la porta proprio mentre i rumori di una colluttazione echeggiano dietro di essa. Un tonfo, come se qualcuno avesse urtato qualcosa. Un leggero tintinnio, come se un oggetto fosse caduto dal bancone sul pavimento piastrellato. Il portasapone, forse.

La voce di Nora è decisa. «Smettila. Ho detto di no».

E poi sento la voce brusca di Laurie mormorare: «Non fare quella che provoca e poi non combina niente».

Sento un altro tonfo. Nora grida di nuovo, e quasi mi piego in due dal sollievo quando giro la maniglia e scopro che la porta non è chiusa a chiave. Grazie a Dio.

Lo apro e urlo: «Lasciala andare!».

Capitolo trentatré
Summer

La mano di Laurie è tra le gambe di Nora. La mano di lei è stretta sulla sua mentre cerca con la forza di respingerlo. La vista mi fa vedere i sorci verdi. Mi scaglio contro il professore, con una mossa di karate gli do una botta sulla nuca. Urla dal dolore e si allontano da Nora barcollando.

«Ma che cavolo!», ruggisce, sfregandosi con rabbia il punto dove il lato della mia mano l'ha colpito.

«Oh, mi dispiace», sbotto. «Sto interrompendo qualcosa?». Il mio stomaco si agita quando noto il rigonfiamento nei pantaloni. Che bastardo. Mi volto verso Nora, la cui faccia è cinerea, le sue dita tremanti mentre cerca di lisciare l'orlo del vestito sgualcito.

«Stai bene?», chiedo con urgenza.

«Sto bene».

Non sembra stare bene. La sua voce è debole e traballa sulle gambe mentre viene verso di me. Le avvolgo un braccio protettivo attorno alle spalle tremanti. Il fatto che me lo lasci fare mi dice quanto sia scossa davvero.

«Certo che sta bene», dice Laurie freddamente. «Non so cosa pensi sia successo, Summer, ma Nora non aveva nulla da temere da me. La tua isteria, per non parlare delle tue ridicole illazioni su quello che stava succedendo, non solo è offensiva, ma ti sei anche esposta a un'accusa per aggressione».

Non riesco a fermare una risata incredula. «Vuoi fare arrestare *me* per aggressione? Ma stai scherzando? E so *esattamente* cosa stava succedendo qui prima di entrare».

«Non è successo niente di strano tra me e Nora. Non è vero, Nora?».

Lei non risponde. Si limita a tremare più forte tra le mie braccia.

«Sei disgustoso», sibilo al nostro stimato professore.

«Non sai di cosa stai parlando», sbotta lui. «Hai interrotto un momento intimo consensuale tra me e...».

«Una studentessa!», termino incredula. «Tra te e una studentessa! Anche se *fosse* stato consensuale – e non sembrava così dal mio punto di vista – come fa a essere appropriato?».

Le sue labbra si appiattiscono in una linea dura. Aspetto una negazione, delle scuse, qualsiasi cosa. Quello che ottengo è: «Non devo starti a sentire».

Rimango a bocca aperta. «Col cavolo che non...».

Ma sta già scappando. Passi frenetici riverberano dietro le quinte, poi diventano sempre più morbidi fino a quando una porta finalmente sbatte. E poi tutto tace.

Tutto il corpo di Nora sta ancora tremando. «Grazie», sussurra.

«Ehi, non c'è di che». Stringo la presa su di lei. Ne ha bisogno, altrimenti ho il sospetto che cadrà. «Ma ora dobbiamo andare dalla polizia».

Solleva la testa di scatto, quasi mi colpisce il mento. «Che cosa? Perché?»

«Ti avrebbe violentato se non fossi arrivata, Nora. Lo sai, vero?»

«Forse no». Ma non sembra molto convinta. Si schiarisce la voce, si raddrizza le spalle e si libera dal mio abbraccio. «Non mi ha violentato, però. E so come andrà a finire... mia madre è un difensore d'ufficio. Sarà la mia parola contro la sua. Tutto quello che ha fatto è stato infilare la mano tra le mie gambe. Non ci sono lividi, nessuna prova di aggressione».

«Ci sono *io*. Sono io la prova. L'ho visto palpeggiarti. Ti ho sentito dire di no. Forte e chiaro».

«Summer, lo sai che è inutile», dice con desolazione. «I poliziotti gli daranno uno schiaffetto alla mano. Probabilmente non lo incrimineranno nemmeno».

Ho la sensazione inquietante che lei abbia ragione. Mi mordo il labbro mentre ragiono sulle nostre opzioni. Non ce ne sono molte, ma una appare in prima linea nel mio cervello. «Penso di sapere chi non gli darà uno schiaffetto alla mano», dico lentamente.

«Chi?».

Le prendo la mano e dico: «Vieni con me».

«Non possiamo semplicemente presentarci a casa del rettore», bisbiglia Nora più di un'ora dopo. È sul sedile del passeggero della mia Audi, e ha protestato contro questa linea d'azione dal momento in cui gliel'ho illustrata.

«Non ci presentiamo e basta», le ricordo mentre supero i cancelli in ferro battuto all'ingresso della proprietà di David Prescott. Il rettore vive in una splendida villa a Brookline, un quartiere benestante fuori Boston. Sono abbastanza sicura che anche Tom Brady e Gisele vivano da queste parti. Improvvisamente ho una visione di Gisele che fa jogging davanti alla casa del rettore, nota il mio vestito favoloso e mi invita a casa sua a bere qualcosa. Dio mio. Quello sì che mi manderebbe fuori di testa.

Purtroppo non siamo qui per scovare celebrità. Siamo qui per segnalare un tentativo di violenza sessuale.

«Mio padre ha chiamato per dirgli che stavamo arrivando, ricordi?». Perché mio padre è fantastico. E terrificante quando ha bisogno di esserlo.

E immagino che anche il rettore Prescott abbia chiamato i rinforzi, perché lui non è l'unico ad aspettarci sulla porta di casa. Hal Richmond è con lui, ed è lui che ci saluta.

«Signorina Ridgeway. Summer». Come al solito, dal suo "accento" trapela una nota condiscendente. «Di che cosa si tratta?».

Lascio andare un sospiro. «Qualcosa che è successo stasera, e, be', Nora non vuole andare alla polizia, ma le ho detto che non potevo in coscienza lasciare che non venisse denunciato».

Gli occhi di Prescott si allargano. «La polizia?». Apre di più la porta e fa cenno di entrare.

Nora mi lancia uno sguardo in preda al panico.

Le stringo il braccio. «Andrà tutto bene. Lo prometto».

Mentre seguiamo i due uomini in un salotto delle dimensioni della mia casa a Hastings, compongo il numero di mio padre sul mio telefono. Risponde immediatamente. Stava aspettando la mia chiamata.

«Ehi, papà, siamo appena arrivate. Ti metto in vivavoce». Lancio un'occhiata a Prescott. «Rettore, conosce mio padre. Spero non le dispiaccia se ascolta».

Vedo Richmond stringere le labbra. Presumo che la nuvoletta nel suo cervello spocchioso stia ora lampeggiando "Trattamento preferenziale!".

Può andare a farsi fottere.

«So che è strano, ma vengo da una famiglia di avvocati», spiego agli uomini. «Non mi è permesso avere conversazioni importanti senza assistenza legale».

Una risatina galleggia fuori dal mio telefono. «Dici bene, principessa».

Nora sembra trattenere un sorriso. Sono sorpresa quando spunta, ed è genuino. «Famiglia di avvocati?», mi mormora. «Anch'io».

«Ma guarda un po'», le rispondo. «E tu pensavi che non avessimo nulla in comune».

Forse se mi avesse dato una possibilità invece di presumere che fossi una testa vuota, avremmo potuto essere amiche. Ma in fondo so che non sarà mai il caso. Sono una persona super gelosa, e il fatto che sia uscita con Fitz significa che vorrò sempre staccarle gli occhi.

Ma l'ho anche vista venir quasi violentata stasera, e non lo augurerei al mio peggior nemico.

Con l'attenzione rapita di Prescott e Richmond su di me, ripeto la storia di quello che è successo stasera. Nora colma i vuoti, spiegando come Laurie le ha offerto due drink e ha flirtato con lei tutta la sera, fino a quando finalmente ha fatto la sua mossa dopo che tutti erano andati via. Entrambi gli uomini assumono espressioni omicide quando menziono dov'era la mano di Laurie quando ho aperto la porta del bagno.

«Quindi l'ho colpito con una mossa di karate e...».

C'è una risatina soffocata da parte di mio padre.

«Papà», lo rimprovero.

«Mi dispiace. Non volevo interrompere. È solo che hai fatto karate per tre mesi prima di smettere. E avevi dodici anni. Non ci credo che ti ricorda ancora qualche mossa».

«Infatti, no. Mi ricordo solo quella», ammetto.

«Be', ti è tornata utile stasera», dice, e il suo orgoglio praticamente esce dalla cassa del telefono.

«Comunque sia». Finisco la storia ammettendo che non era la prima volta che Laurie ci provava con una studentessa. Nora mi fissa sorpresa, mentre svelo: «Ha tentato di baciarmi nel suo ufficio».

Mio padre ruggisce. «*Ammazzerò* quel...».

«Papà, silenzio! Sei un avvocato difensore. Non puoi minacciare di ammazzare le persone. E non ha insistito quando gli ho detto che non ero interessata. Stasera aveva bevuto molto, quindi forse quello ha contribuito al suo comportamento». Fisso Prescott e Richmond con severità. «Ma non può farla franca. Non possiamo avere qualcuno come lui che insegna alla Briar».

«Assolutamente no», concorda Prescott, mentre Richmond fa un cenno cupo. «Non preoccupatevi, signorine. La Briar agirà rapidamente. E, Nora, per favore, ricorda che è disponibile il sostegno psicologico presso il centro di salute studentesco. Ti incoraggio ad approfittarne».

Lei annuisce debolmente.

Mio padre prende la parola. «Per quanto riguarda contattare le forze dell'ordine, ovviamente nessuno può costringerti a sporgere denuncia, Nora... devi fare ciò che ti senti di fare. Tuttavia, se cambi idea, sarò lieto di essere il tuo legale. Summer ti fornirà le mie informazioni di contatto. Puoi chiamarmi in qualsiasi momento, giorno o notte».

Nora si morde il labbro, lo sguardo leggermente meravigliato. «Grazie, signore».

La nostra visita a tarda notte alla casa del rettore si conclude. Nora e io li ringraziamo per averci ascoltato, e mentre gli uomini ci accompagnano fuori, tolgo mio padre dal vivavoce e mormoro: «Ti voglio bene, papà. Grazie».

«Ti voglio bene anch'io, principessa. Oh, a proposito, ho esaminato la questione di cui mi avevi chiesto mentre stavo aspettando la tua chiamata. Non l'ho fatto prima, perché... be', perché tua madre ha detto che sarebbe stato come assecondare la tua follia».

«Papà!».

«Parole sue, non mie. Incolpa la mamma».

«Ma cosa hai scoperto?», lo sollecito.

Lui risponde con: «West Yorkshire».

Arriccio il naso. «West Yorkshire?»

«Ecco da dove viene il tipo di cui sei così tanto interessata. Leeds, West Yorkshire. Inghilterra».

Il mio sguardo vola verso Richmond, che sta camminando davanti a noi. È davvero inglese? Non posso crederci.

«Grazie per avermelo detto», dico cupa. «Ti voglio bene».

Quando raggiungiamo la porta principale, Richmond mi impedisce di uscire dicendo: «Summer, una parola?».

Sum-ah. Accidenti. Odio sbagliarmi. «Aspetterò in macchina», dice Nora.

Annuisco. «Ci metterò solo un minuto». Aspetto che non sia a portata d'orecchio prima di incrociare le braccia. «Cosa vuole?»

«Scusarmi». C'è vero rimorso nei suoi occhi. «Mi sono comportato un tantino da coglione, no?»

«Giusto un tantino», dico in tono piatto.

«Devo confessare di aver avuto un forte pregiudizio nei tuoi confronti».

«Ma va?».

Mi dà un'occhiata. «Posso continuare?»

«Scusi».

«Non sono cresciuto con i soldi, Summer. Ho sgobbato come un matto per frequentare l'università, dato che non mi avevano concesso una borsa di studio. Nel corso degli anni, suppongo di aver sviluppato risentimento nei confronti di persone come te, che provengono da famiglie benestanti che le possono raccomandare. Non sono entrato nella mia università di prima scelta. Nessuno mi ha raccomandato». Abbassa la testa. «Mi dispiace per il mio comportamento. E mi dispiace soprattutto perché hai cercato di avvertirmi riguardo al professor Laurie. Hai provato a dirmi quanto ti metteva a disagio, e io ho respinto quelle preoccupazioni».

«Sì. L'ha fatto». Sento la disapprovazione che si irradia dai miei pori.

«E non hai idea di quanto profondamente me ne rammarico. È orribile, quello che ha subito la signora Ridgeway stasera. Ma se ti fosse successo qualcosa perché avevo ignorato le tue affermazioni?». Rabbrividisce. «Sono terribilmente dispiaciuto».

Espiro. «Ormai è andata. E spero che in futuro, se uno studente verrà da lei con questo tipo di preoccupazioni, gli presterà la dovuta attenzione».

«Lo farò. Lo prometto. E prometto anche di essere un po' più amichevole durante i nostri incontri». Ridacchia seccamente. «Ma per favore, non aspettarti che mi trasformi in una creaturina dolce e coccolona da un giorno all'altro. Sono inglese, dopotutto».

Capitolo trentaquattro
Fitz

Sono ridotto a uno straccio quando sento la chiave girare nella serratura. È quasi mezzanotte. Ho lasciato la festa nel momento in cui Summer mi ha chiamato per dirmi cos'era successo a Nora e che stavano andando a trovare il rettore. Sarei saltato in auto per incontrarla lì, ma lei ha insistito che restassi a casa. Qualcosa su troppi cuochi in cucina.

A quanto pare, suo padre ha partecipato alla riunione tramite vivavoce, il che è un sollievo. Mi sento meglio nel sapere che qualcuno vicino a Summer era lì per sostenerla.

Ora balzo dal divano e la prendo tra le braccia prima che possa persino chiudere la porta d'ingresso. «Sono così felice che tu sia tornata», gemo. «Stai bene?»

«Sto bene», mi rassicura.

«Come sta Nora?», chiedo mentre Summer si sbottona il cappotto.

«Anche lei sta bene. La mossa di karate ha bloccato il bastardo prima che potesse farle del male». Prendo il cappotto dalle sue mani fredde e lo appendo per lei. «E il rettore?»

«Ha detto che si occuperà di lui».

«Sarà meglio che lo faccia. Ancora non c'è nessuna possibilità che Nora vada dalla polizia, però?»

«Persino mio padre ha detto che è inutile». Summer si passa le mani tra i capelli biondi. «Odio questo mondo in cui viviamo, Fitzy, dove le persone di merda possono farla franca con queste bastardate».

«Lo so», dico solennemente. Le cose merdose accadono, ma sono fiducioso che Erik Laurie qualche conseguenza dovrà affrontarla.

Solo la scorsa settimana ho letto online che tre professori di istituti importanti sono stati licenziati nell'ultimo mese. Uno di loro era persino di ruolo. Oggigiorno le molestie sessuali sono un argomento enorme nelle notizie: sarà impossibile che la Briar chiuda un occhio su qualcosa di così serio.

Premo la faccia sul collo di Summer e respiro il mio profumo preferito sulla Terra. Chanel N° 5. L'unico profumo che una donna dovrebbe portare, qualcuno mi ha detto una volta. «Ero preoccupato quando mi hai detto cosa era successo».

«Ero preoccupata quando l'ho visto accadere». Mi prende la mano e mi guida verso le scale. «Non ne parliamo più. Voglio solo fare una doccia calda, poi andare a letto e recuperare *The Bachelor*».

La mia bocca si piega in un sorrisetto ironico. Non avrei mai immaginato di innamorarmi di una ragazza a cui piacciono quei dozzinali reality show. Mai e poi mai.

Ma per fortuna, questo è solo un aspetto di Summer Heyward-Di Laurentis.

Ha una miriade di altri lati. Il lato che stuzzica i suoi fratelli maggiori. Il lato che adora i suoi genitori. Il lato che diventa immediatamente migliore amica delle persone, perché intreccia rapporti con un piatto pieno di fiducia. Altre persone rimangono in guardia quando incontrano nuove persone, ma non Summer. Summer è fiduciosa e aperta.

Ed è intelligente, nonostante il suo disturbo dell'apprendimento. Il suo vocabolario rivaleggia con il mio. Ascolta gli audiolibri di tomi fantasy lunghissimi e li discute con me. Non ho mai avuto una ragazza che potesse stare lì a dissezionare il viaggio di Sir Nornan nella Foresta di vetro e spiegare tutte le ragioni per cui è stato stupido usare la spada dell'angelo, rivelando prematuramente la sua esistenza agli abitanti delle caverne che proteggono il Grande Oltre.

Quindi sì, Summer è tutto.

Lei è la mia musa. I miei schizzi di lei sono già stati trasferiti sul computer per creare gli asset per il nuovo videogioco che sto progettando.

Lei è la mia risata, perché tutto ciò che dice mi fa ridere.

Lei è il mio detonatore, perché cazzo se ci urliamo addosso a volte. Non ho mai pensato di essere in grado di esprimere emozioni sincere, non credevo di esserne capace.

Lei è il mio desiderio, perché non posso fare un passo senza voler essere dentro di lei.

Ma soprattutto, lei è il mio cuore.

«Ti amo», le dico mentre camminiamo lungo il corridoio verso la mia stanza.

«Ti amo anch'io», sussurra lei.

Il suo sguardo guizza brevemente verso la porta di Hunter.

«Non è a casa», mormoro, e so che stiamo entrambi pensando a quanto odiamo che il nostro coinquilino sia ancora incavolato con noi.

Ma Hunter riuscirà a superarla. E se non lo farà, allora lo accetterò. Con il cuore pesante, ovviamente, ma ho guadagnato qualcosa che so potrà guarire il dolore della perdita. Ho guadagnato Summer.

Per la prima volta in assoluto, mi sento davvero come se stessi vivendo la vita invece di nascondermi nell'ombra.

I miei genitori possono continuare a odiarsi a vicenda, ma la prossima volta che uno di loro mi chiama per vomitarmi addosso il loro odio, gli farò capire che non voglio più che quella negatività avveleni la mia vita. Anche se significa riagganciare il telefono. Cavolo, prima non mi sono fatto scrupoli ad attaccare il telefono in faccia a un miliardario.

Quando stavo aspettando che Summer dalla casa del rettore, mi sono preso del tempo per pensare all'offerta di lavoro di Kamal. E ho concluso che forse ha bisogno di qualcuno come me a Orcus Games. Qualcuno che non vuole leccargli il culo. Qualcuno che glielo dica quando si comporterà da idiota. L'idea di accettare mi sta girando in testa, ma deciderò più tardi.

In questo momento, voglio fare una doccia con la donna che amo e poi mettermi sotto le coperte e guardare uno stupido reality con lei.

«Hai il peggior gusto del mondo in fatto di show televisivi», le comunico quando entriamo nella mia stanza.

I suoi occhi verdi danzano maliziosamente. «Ma mi ami lo stesso, vero?».

La tiro verso di me, le mie labbra cercano le sue. «Sì». Le do un bacio lento e stuzzicante. «Ti amo lo stesso».

Nota dell'autrice

Non sapete quanto sia stato divertente immergersi nel mondo del college con *Resta con me per sempre*. Inoltre, ho avuto modo di riacquistare familiarità con i miei giocatori sexy di hockey e alcune ragazze formidabili che non vedo l'ora di presentare a tutti! Come sempre, mettere questo libro nelle vostre mani non è stato uno sforzo da solista. Non sarebbe stato possibile senza l'aiuto di alcune persone straordinarie:

Edie Danford, per aver dato forma a questo manoscritto (e per aver inciso per sempre nel mio cervello l'espressione tartaruga spaventata come similitudine genitale).

Sarina, Nikki e Gwen, le mie lettrici beta, amiche e donne davvero sexy.

Aquila Editing, per aver fatto la revisione di questo libro (mi dispiace per tutti i refusi!!).

Connor McCarthy, il mio giocatore personale di hockey che ha sopportato le mie tantissime domande (la maggior parte casuali e un po' folli) e ha risposto loro come il campione che è. Grazie tantissimo per tutto il tuo aiuto, amico. Ha significato tutto per me. Spero che alla tua ragazza piaccia il libro!

Viv, perché sì.

Nicole, assistente insuperabile. Porca paletta, continui a stupirmi con il tuo sostegno, efficienza, etica del lavoro, la grandiosa magnificenza, e per come non batti mai ciglio alle mie richieste più folli. ☺

Tash: assistente, migliore amica, bestiolina preferita, amorino, ancora di salvezza, terapista, complice di shopping, anima gemella della perplessità. Sei tutto.

Nina, il mio angelo dal cielo. Mi dispiace per tutte le candele che devi accendere per me. Sappiamo entrambe che non sopravvivrei senza di te.

Natasha e Vilma, per il vostro continuo sostegno. Significa tutto.

Damonza.com per la copertina assolutamente incredibile!

I miei amici scrittori (sapete chi siete! Pssst, Vi!), per aver condiviso questa uscita e per aver offerto amore e sostegno per la serie. Vi voglio bene, ragazzi!

E, naturalmente, i blogger, i recensori e i lettori che continuano a spargere la voce sui miei libri. Sono molto grata a ognuno di voi. Grazie per avermi dedicato del tempo e per tutto ciò che fate.

Con amore,

Elle

Vi è piaciuto *Resta con me per sempre*?
Allora lasciate una recensione.

Indice